a

kumar nagarkoti

novel

नगरकोटी

मिस्टिका

BOOK HILL

I will not remain in this world any longer, but will go to dwell in the stronghold of the great bliss of DEATHLESSNESS

This, my life, is finished, my karma is exhausted, what benefit prayers could bring has worn out, all worldly things are done with, this life's show is over

– Longchenpa
a fourteenth-century Dzogchen master

ग्रे–डेज

कुण्डलिनी कुहिरो

ग्रे-डेज शुरू भयो ।
यु क्यान गो नाउ !
गो टु योर ग्रेभ-यार्ड्स एन्ड स्लिप !
लेट द कुण्डलिनी कुहिरो रूल द सिटी अफ तान्त्रिक ड्रिम्स् !
म्याउँ !

- योगनरेन्द्र मल्ल

काठमान्डुको कङ्काल आत्मालाई कुण्डलिनी कुहिरोको कामुकताले घर्लप्प छोपेको हुनुपर्छ ।

या,

कुहिरोको कुण्डलिनी कामुकताले
कुत्कुत्याएको हुनुपर्छ, काठमान्डुको काइते आत्मालाई ।

चाङ आफ्टर चाङ तह आफ्टर तह थाक आफ्टर थाक लेयर आफ्टर लेयर	— कुण्डलिनी कुहिरो

कुण्डलिनी कुहिरोको पत्र-पत्र-दल पाटनको पुड्के आकाशमुनि क्रमशः फिजिंदै गयो, ग्रे-स्मोकको मिहीन केस्रा-केस्रा रेखाझैं ।

०७:०७

जिरो सेभेन दशमलव जिरो सेभेन ओ क्लक । ग्रीनविच टाइम होइन । बरू गौरीशङ्कर समय ।

प्रातःकालीन शून्य सात दशमलव शून्य सात बजेको रोलेक्स घडी सङ्ग्रहालय छेवै अवस्थित ओपन सत्तलको देब्रे कुनामा भर्खरै फेला परेको थियो । घडीको सिसामा समय अलिकति चर्किएको थियो । प्रहरीको राजसी पोशाक लगाई दरबार स्क्वायरतिर गस्ती गर्ने अगस्ति टाइपको लिखुरे सिपाहीले रोलेक्सलाई आफ्नो देब्रे नाडीमा बाँधेको दृश्य अवश्य पनि तपाईंले आफ्नो स्वप्निल सपनामा देखेको हुनुपर्छ ।

म्युजियमको चिम्नीबाट कुहिरो पुत्पुताइरहेको थियो ।

छिपछिपे कुहिरोको सघनता तीव्र हुँदै गयो । घनीभूत हुँदै गयो ।

गल्लीगल्ली, टोलटोलबाट कुहिरो फुत्तफुत्त निस्के र डबलीमा, चोकमा जम्मा भए । पाटनका असङ्ख्य अँध्यारा गल्लीबाट खद्दर प्यान्टको पछिल्लो खल्तीमा दुवै हात घुसारी कुहिरो आ-आफ्ना आङ तन्काउँदै जुर्मराउँदै हिंडे ।

केही कुहिरो चियालयतिर छिरे ।

केही सार्वजनिक शौचालयतिर ।

केही कुहिरो देवालयभित्र छिरे ।

स्वर्णविहारको स्वर्णद्वार खोल्दै केही कुहिरो एकुमष्ट बाहिरिए । केही कुहिरो म्युजियमको आँखीझ्यालबाट भित्र छिरे ।

म्युजियम छेवैको ढुङ्गेधाराबाट पानीको सट्टा कुहिरो फुस्स-फ्यास्स, फुस्स-फ्यास्स गर्दै, तँछाडमछाड गर्दै झरे ।

बिस्तारै शनैःशनैः ती कुहिरो भुइँमा ठोक्किँदै, बज्रँदै अनि नजिकैको क्युरियोका अनगन्ती काष्ठ दोकानतिर मुन्टिए ।

केही कुहिरो देवालयका सिंढी चढ्न थाले ।

कृष्ण मन्दिरको तेह्र खुट्किला चढी कुहिरो मन्दिरको टुप्पासम्मै पुगे । गजुरमा गजधम्म बसी ध्यानातीत भइगए । केही कुहिरो मन्दिरको पटाङ्गिनीमै अलमलिए । केही गर्भ-गृहतर्फ पसे । केही खोकिलातिर अलप भए ।

प्रस्तर भुइँमा छरिएका कुहिरोका स-साना हजारौं दानाहरूलाई परेवाहरू आ-आफ्ना चुच्चे ठुँडले ठुँगिरहेका थिए । कुहिरोको दाना बेच्ने कुहिरिली स्त्रीले एक डालो कुहिरो परेवामाझ छरिदिई । हुर्र्याइदिई । कुहिरोको चारा टिपिरहेका परेवाका बचेराहरू तर्सेर उडे ।

खर्पनमा कुहिरो बोकी एउटा कुप्रे गुभाजु खोच्याउँदै उत्तरतिरको भुताहा गल्लीभित्र अन्तर्ध्यान भयो ।

हातमा लाम्चालाम्चा कुचो बोकी हाकुपटासीको मायावी पहिरनमा सजधजिएका मयजूहरू भुइँमा लम्पसार ढलेका भुइँकुहिरोलाई बढार्दै आफ्नो आङमा नटराज-नृत्यको भाव-भङ्गीमाको भूत मन्साउँदै एक तमासले अघि बढे ।

मयजूहरूलाई पछ्याउँदै नगरपालिकाले वास्ता नगरेका एक हूल कुकुरहरू पनि पुच्छरमा अड्किएको, टाँसिएको कुहिरोलाई टक्टक्याउँदै अघि बढे ।

प्रस्तर पिलरको टुप्पामा विराजमान योगनरेन्द्र मल्ल भने कुहिरोको बाक्लो कम्बलभित्र कतै अदृश्य थियो ।

***

माछा गन्हाउने मत्स्य बजार सुनसान थियो ।

पसलपसलमा माछाको फसल लागेको थियो । असला माछाहरू असरल्ल थिए । पसलअघि, सिमेन्टको टेबलमा खातका खात माछाहरू सजाएर राखिएका थिए । चाङबाट माछाहरू चिप्लिएर पेटीमा झरेका थिए ।

चिप्लिँदै-चिप्लिँदै ती चिप्ला माछाहरू कतै आ-आफ्ना नदी, खोलानाला, पोखरीतिर जाने पो हुन् कि !

ती चिप्लिँदै थिए र फेरि भनूँ: चिप्लिँदै थिए ।

आफ्नो पसललाई लथालिङ्ग छाडी मत्स्य व्यापारी कहाँ गएका थिए ?

सायद कुण्डलिनी कुहिरोले ती सम्पूर्ण साहुजीहरूलाई पसलबाट उठिबास लगाए । कुहिरोले ती सबलाई निल्यो ? या ती सब कुहिरोको मायाजालमा परी बाटो-कुबाटो, मार्ग-कुमार्ग, गल्ली-कुगल्लीतिर अलमलिए !

पसलका माछाहरू त चाङबाट चिप्लिरहेकै थिए ।

***

भण्डारखालको बगैँचामा भण्डारण गरिएका कुहिरो चलमलाउन थाले ।

यताउति भुइँमा टक्र्याकटुक्रुक बसेका पचपन्न थान नाम नखुलेका वृक्षहरू आ-आफ्ना ठाउँबाट जऱ्याकजुरूक काँप्दै उठे । आफ्नो आङमा लतपतिएका कुहिरोलाई हाँगामार्फत् टक्टक्याएर मिल्काउने असफल जमर्को गरे । कुहिरो त झनै वृक्षका लता-लहराहरूमा बेरिँदै गए, अजिङ्गरझैं ।

वृक्षहरूका विमुक्त ब्रान्चहरूमा तुर्लुङ्ग परी अपसाइड-डाउन झुन्डिएका नौ सय उनान्सय चमेराहरूको खोक्रो आत्मामा कुहिरो प्रवेश गऱ्यो ।

चोर ढोकाबाट छिरेको कुहिरोले चमेराका सुषुप्त आत्मालाई झल्याँस्स ब्युँझ्याइदिए र ती सम्पूर्ण मरन्च्यासे चरा पखेँटा फट्फटाउँदै भित्तेघडीको पेन्डुलमझैं बायाँदायाँ-दायाँबायाँ चलमलाए ।

बायाँ-दायाँ, दायाँ-बायाँ ! टिक्टिक् टिक्टिक् !

दायाँ-बायाँ, बायाँ-दायाँ ! टिक्टिक् टिक्टिक् !

***

मत्स्य बजारको साँधुरो गल्लीबाट श्यामश्वेत बिरालाहरू थुतुनोमा एकेकवटा माछा च्यापी फुत्तफुत्त निस्केर दरबार स्क्वायरमा भेला भए ।

काला बिराला !

सेता बिराला !

थाउजेन्ड्स् अफ् ब्ल्याक क्याट्स् !

थाउजेन्ड्स् अफ् ह्वाइट क्याट्स् !

अघिसम्मको निर्जन चोक बिरालोका कल्याङ्मल्याङ्, गज्याङ्मज्याङ् भीडले भरिँदै गयो । मन्दिरको पटाङ्गिनी, आँगन, डबली बिरालाका फौजले ढाकियो ।

हेर्दाहेर्दै दरबार स्क्वायर बिरालोको कुम्भमेलामा परिणत भयो ।

म्युजियम अगाडिको काष्ठबेन्चमा एक बटालियन बिराला अचल उभिए । बिरालाको एउटा टुकडी मन्दिरको सिंढीमा उभियो ।

यो त्यही चोक हो, जहाँ पछिल्लोपटक नेपथ्य ब्याण्डको अल्ट्रा-मोर्डन लोक कन्सर्टले सङ्गीतका पेटेन्टेड पारखीहरूलाई जुरूक-जुरूक उचालेको थियो । थचारेको थियो । फेरि उचालेको थियो । *खान्नँ म त लामपाते सुरती* भन्दै, *छेक्यो छेक्यो देउराली डाँडा हुस्सु र कुहिरोले* भन्दै *सानोमा सानो कमलको हाँगा रेस्सम* भन्दै सोल-सर्चिङ-सिङ्गर अमृत गुरूङ होलिस्टिक भावधारामा गुन्जिएका थिए । यो त्यही चोक थियो ।

यो त्यही चोक हो, जहाँ पछिल्लोपटक दीपक बज्राचार्यले सङ्गीतको कोटीहोम लगाएका थिए । *फर्कर आउनेछैन, म कुनै ऋतु हैन* भन्दै, *मायाको डोरीले निष्ठुरी मोरीलाई* भन्दै, *ओ अमिरा* भन्दै, सन्त भ्यालेन्टाइनको वान्स अपन अ टाइमको प्रेमिल आत्म-प्राक्षलन गरी मिस्टर बज्राचार्य उन्मुक्त गुन्जिएका थिए । यो त्यही चोक त थियो ।

यो त्यही चोक हो, जहाँ पछिल्लोपटक पण्डित दीनबन्धु पोखरेलले श्रीमद्भागवत पुराण सप्ताह लगाएका थिए ।

संन्यासः कर्मयोगश्च निः श्रेयसकरावुभौ
तयोस्तु कर्मसंन्यासात कर्मयोगो विशिष्यते

भन्दै भक्तजनमाझ, धर्मगामिनीहरूमाझ यसरी श्रीमद्भागवत पुराण सप्ताहको विकेन्ड सेलिब्रेट गरेका थिएः

ज्ञेयः स नित्यसंन्यासी यो न द्वेष्टि न काङ्क्षति
निर्द्वन्द्वो हि महाबाहो सुखं बन्धात् प्रमुच्यते

यस्तो खालको भागवत श्लोकको सङ्गतिपूर्ण सङ्गीतलाई भावानुवाद गर्दै आफ्ना विदेशी पर्यटक भक्तजनसामु मिस्टर पोखरेल यसरी गुन्जिरहेका थिए :

One who neither hates nor desires the fruits of
his activities is known to be always
renounced. Such a person, free from all dualities,
easily overcomes material bondage and is completely liberated.

यो त्यही चोक हो, जहाँ पछिल्लोपटक कृष्ण जन्माष्टमीलाई छेको पारी महामहिम राष्ट्रपतिले भ्रमण गरेका थिए र कृष्ण मन्दिरलाई पार्श्वभागमा पारी उभिई-उभिई साढे दुई दर्जन रङ्गीन फोटा खिचाएका थिए ।

यो यही चोक हो, जहाँ पछिल्लो साँझ योगनरेन्द्र मल्ल पाषाण पिलरको सर्वोच्च आसनबाट युगौंदेखि नमस्ते गर्दै आएको जुम्ले हात मोल्दै भुइँमा झरेको थियो र कृष्ण मन्दिरको १३ वटा ढुङ्गे सिंढी चढ्दै ग्राउन्ड फ्लोरको गर्भभित्र लुसुक्क छिरेको थियो ।

र,
यो त्यही चोक हो,
जहाँ अहिले हजारौं बिरालाको फौज
भेला भएको छ, ब्ल्याक एन्ड ह्वाइट कलरमा ।

***

च्याप्नुपर्ने थुतुनोमा त बिरालाहरूले सर्वकालिक मुसा नै हो ।

तर यी बिरालाहरू सके मत्स्यप्रिय हुँदा हुन् !

बिरालाहरू सजग नेत्रले भरिएको कुटिल उन्मादका साथ मन्दिरको गर्भ-गृहमा ठिङ्ग्याइएको स्वर्णद्वारतर्फ अपलक दृष्टिगोचर गरिरहेका थिए । ती सबका नन्भेज नजर एकतमासले स्वर्णद्वारमा कुँदिएको नाइके बिरालोको चित्रमा ठोक्किएका थिए ।

यस्तैमा एउटा बिरालो म्युजियमको छतमा उक्लियो । चिम्नी छेवैको याँमानको ढलौटको घन्टीलाई तीनपटक ट्याङ्, ट्याङ्, ट्याङ् बजायो ।

सबै बिरालाले थुतुनाको माछालाई थपक्क भुइँमा झारे । मुन्टोलाई आकाशतर्फ एकैसाथ बटारे अनि एकैसाथ घण्टीको ढलौटे रिदममा आफ्नो किटि्टक्याट् साउण्ड मिसाए ।

एकैसाथ एकपटक भयानक आवाजमा म्याउँ गरे । सास फेर्न रोकिए । दोस्रोपटक म्याउँ गरे । सास फेर्न रोकिए । तेस्रोपटक म्याउँ गरे ।

म्याउँ ! म्याउँ ! म्याउँ !

ट्वाङ् ! ट्वाङ् ! ट्वाङ् !

अनि मात्र त्यसपछि कृष्ण मन्दिरको बार्दलीमा योगनरेन्द्र मल्ल देखियो । मन्दिरको गर्भ-गृहबाट ऊ बाहिरियो । बार्दलीबाट उसले सम्पूर्ण बिरालाहरूलाई राजकीय शानले हेऱ्यो ।

समुपस्थित समग्र बिरालाहरूको तुलनामा योगनरेन्द्र मल्लको ज्यान अस्वाभाविक किसिमले ठूलो थियो । योगनरेन्द्र मल्लका कान चनाखो भई ठाडा-ठाडा भए । योगनरेन्द्र मल्लका आँखामा रगत जमेको थियो र आँखाको कोषबाट, कापबाट मिहीन कुहिरोको धुवाँ पुत्पुताइरहेको थियो ।

योगनरेन्द्र मल्लको गाला पोक्चिलो थियो ।

योगनरेन्द्र मल्लको चिउँडोमा दाह्री थिएन अपितु चिउँडो स्वास्नीमान्छेको चिउँडोझैं चिल्लो थियो । योगनरेन्द्र मल्लको ओठैको डिलमा मुसाको कालो मांस-डल्लो थियो, जसले अनुहारको शोभालाई केही भुतौली बनाएको थियो । जहाँ जुङ्गा पलाउनुपर्ने हो, त्यहाँ पनि स-साना मुसाका डल्ला पलाएका थिए ।

योगनरेन्द्र मल्लको गोलमटोल भुँडी एकतमासले भुकभुक गर्दै चलमलाइरहेको थियो ।

योगनरेन्द्र मल्लका चारवटै खुट्टालाई कालाकाला झ्यापुल्ला रौंले ढाकेको थियो । पञ्जाका तीखा नङ्ग्राहरूले सिमेन्टको भुइँलाई कोतर्दा निस्कने खस्रो आवाजले योगनरेन्द्र मल्ल स्वयम् डराइरहेको प्रतीत हुन्थ्यो । घरिघरि ङिच्च-ङिच्च गर्दा देखा पर्ने दाँत एवम् दाह्राले योगनरेन्द्र मल्लको व्यक्तित्वलाई अनावश्यक धूर्त एवम् कुटिल बनाएको थियो ।

योगनरेन्द्र मल्लको पुच्छर शरीरभन्दा लाम्चो थियो । कुहिरो बढार्दै हिंड्ने हाकुपटासीमा सजधजिएका मयजूका कुचोभन्दा योगनरेन्द्र मल्लको पुच्छर लाम्चो थियो । पुच्छरको अग्रभाग योगनरेन्द्र मल्लको टाउकोमाथि तुर्लुङ्ग झुन्डिएको थियो, जसले श्रीपेचको भ्रम क्रियट गर्थ्यो ।

दरबार स्क्वायरमा भेला भएका सम्पूर्ण बिरालाहरूलाई सम्बोधन गर्दै योगनरेन्द्र मल्ल गुन्जियो, गर्जियो । योगनरेन्द्र मल्लले भन्यो :

गायज् !
ग्रे डेज शुरू भयो । यु क्यान गो नाउ !
गो टु योर ग्रेभ-यार्ड्स एन्ड स्लीप !
लेट द कुण्डलिनी कुहिरो !
रूल द सिटी अफ तान्त्रिक ड्रिम्स् !
म्याउँ !

***

बिलायो काठमान्डु कुहिरोमा

मोफसल मानन्धर
काठमान्डु, सोमबार

विगत तीन दिनदेखि सर्वत्र छाएको कुहिरोका कारण काठमान्डुको जनजीवन अस्तव्यस्त भएको छ ।

तीन दिनअघि भारतको अण्डमान निकोबार समुद्री क्षेत्रमा उत्पन्न कुहिरो 'कुण्डलिनी' को प्रभाव घुम्दै-फिर्दै काठमान्डु प्रवेश गरेको छ ।

शुक्रबार रातिसम्ममा आँधीयुक्त बादल घडीको उल्टो दिशाबाट काठमान्डुलाई छुँदै पूर्वतिर घुमिरहेको मौसम पूर्वानुमान महाशाखाले जनाएको छ ।

"यो कुहिरो काठमान्डु उपत्यकामा अनिश्चितकालसम्म रहने प्रबल सम्भावनालाई नकार्न नसकिने स्थिति उत्पन्न भएको छ ।", मौसमविद् सुकदेव सिन्दुरकारले भने, "किनभने भू-उपग्रहबाट प्राप्त तस्वीरमा कुण्डलिनी कुहिरोको घनत्व अविश्वसनीयरूपले घनघोर छ ।"

सिन्दुरकारका अनुसार कमजोर न्यून चापीय रेखामा आएको विचलनले गर्दा सूर्यको प्रकाशलाई बाक्लो कुहिरोको पर्दाले छेकिदिएको कारण उपत्यकाको जनजीवनमा प्रतिकूल असर देखा परेको हो ।

काठमान्डुको तापक्रम पनि एक्कासि घटेको छ र सार्वजनिक यातायातको आवागमनमा ठूलो अवरोध उत्पन्न भएको छ । गाडीको हेडलाइटले कुहिरोलाई मुश्किलले चिर्न सक्छ ।

"दिउँसै टर्च बालेर हिंड्नुपर्ने कस्तो खालको कागताली दिन आइलाग्या होला !", ट्याक्सी व्यवसायी सङ्घका कोशाध्यक्ष मनमयजू महर्जन, ४१ ले भनिन् ।

त्रिभुवन विश्वविद्यालयले आफ्नो मातहतका काठमान्डु, भक्तपुर र ललितपुर जिल्लाका सम्पूर्ण कलेजलाई आकस्मिक विदाको घोषणा गर्नुका साथै आफ्नो वार्षिक शैक्षिक क्यालेन्डरमा केही हेरफेर गरेको छ ।

यसैबीच, एकीकृत सनातन धर्म महासङ्घको केन्द्रीय सल्लाहकार समितिको बैठकले कुहिरो मोचनका निम्ति मङ्गलबार र बुधबार गुह्येश्वरी मन्दिरको प्राङ्गणमा दुई दिने विशाल कोटीहोमको आयोजना गर्ने योजना सर्वसम्मतिले पारित गरेको छ ।

***

ब्ल्याक फ्यान्टासी

तपाईंले बारम्बार के कुरामा जोड दिनुभयो भने आफ्नै उपन्यासको
प्लटबारे तपाईंलाई कुनै जानकारी छैन ।

- बाउन्सर उर्फ हट्-डग

क्याफेभित्र छिर्छु । एक्लै ।

काउन्टरमा बसोबास गरेकी रिसेप्सनिस्ट युवती मलाई कर्के नजरले ट्वाल्ल परेर हेर्छे । उसको मुडुलो टाउको देखेर म पनि ट्वाल्ल पर्छु । जिल्लिन्छु ।

प्रायः आवत्जावत् गर्ने यो क्याफेमा म आज उसलाई विल्कुलै नयाँ रूपविन्यासमा देखिरहेको छु ।

मेरो हृदयमा एउटा अलिखित आत्मसंवाद यसरी गुन्जिरहेको छः

प्रिय सिमसारा !
तिमी सिमसार क्षेत्रमा उम्रने झार हौ सायद !
या, सिमसार क्षेत्रमा हरेक वर्ष शिशिर यामको
विदा मनाउन आउने साइबेरियन
माइग्रेटिङ चरा पौ हौ कि !

मनको सारा सिमसार क्षेत्र ओगटी बसेकी
चरा ।
ओ, सिमसारा !
मुस्कुराऊ न !

सिमसारा मुस्कुराई ।

काउन्टरमा अडेसिंदै सोध्छु :

- केश मुण्डन गरिछौ ?
- अँ, केश मुण्डन गरें ।
- किन ?
- ब्लु बोयहरूले केशको अनावश्यक चर्चा गरेर हैरान पारे । दिक्क पारे । जुन प्रेमी आउँछ, केशमै झुन्डिएर, अल्झिएर आत्महत्या नै गरूँलाजस्तो गर्छ । एउटा कवि टाइपको प्रेमीले मेरो केशलाई त समुद्रको छालसँग तुलना

गरिदियो । लौ त भने एक जनाले त नागबेली केश नै भन्यो । कोहीचाहिं घना मेघसित मेरो केशको तुलना गरिदिन्छ । प्रेमीहरू, यी सब ताइँ न तुइँका ब्लु बोयहरू प्रतीकमा कुरा गर्न खप्पिस हुँदा रै'छन् तर मलाई प्रतीकसित अचाक्ली घृणा छ । आई हेट् प्रतीक !

- प्रतीक तिम्रो नयाँ प्रेमी हो ? अ न्यु बोयफ्रेन्ड ?
- के खाएर हुनु नि ! प्रेमीहरू वास्तवमा प्रतीकशील हुँदा रै'छन् ।
- यु मिन प्रगतिशील ? तिमीले प्रोग्रेसिभ प्रेमीको कुरा गरेको हो ?
- होइन । अ बिग नो । नेगेटिभ । प्रगतिशील प्रेमीहरू आजसम्म भेट्या छैन । प्रगतिशील साहित्यकारका किताबहरूचाहिं पढ्या छु । प्रोग्रेसिभ प्रेमीहरू पनि हुँदा हुन् कि ! कि कसो ?
- आई डोन्ट ह्याभ एनि क्लु सिमसारा ! आई डोन्ट नो सिमसारा ! हुँदा हुन् कि सिमसारा !
- तपाईं मलाई किन सिमसारा, सिमसारा भन्नुहुन्छ ?
- तिम्रो नाम सिमसारा होइन र सिमसारा ?
- हो । तर हरेक सेन्टेन्समा सिमसारा, सिमसारा सुन्दा कर्णप्रिय हुँदैन । सारा सेन्टेन्समा सिमसिम, सिमसिम पानी परेको हो कि झैं लाग्यो । तपाईंले यसरी सेन्टेन्सपिच्छे सिमसारा, सिमसारा भनी उच्चारण गर्दा कतै म सिमकार्ड बेच्ने युवती त होइन भन्ने भान पऱ्यो ।
- सिमसारा भनी तिम्रो नाम उच्चारण गर्दा सेन्टेन्स सुन्दर हुन्छ । सेन्टेन्सको गरिमा बढ्छ । तिमीलाई त थाहा छँदै छ । यु नो, आई लभ ब्युटिफुल सेन्टेन्सेज । खैर, तिमी प्रतीकशील प्रेमीबारे केही भन्दै थियौ ।
- अँ त ! मलाई प्रतीकसित अचाक्ली घृणा छ । प्रतीकमा रमाउने हवाइ प्रतीकशील प्रेमीहरूसित म दिक्क छु । हिजो केश कर्तनालय गएँ र केश मुण्डन गरें । टन्टै साफ ।
- बडो गज्जब गरिछौ ।
- हो र ?
- हो नि त । मेरो चिन्डे टाउकोसित तिम्रो मुडुलो टाउको बल्ल म्याच गऱ्यो । बल्ल तिमी लेडी नगरकोटीझैं देखियौ ।

लेडी नगरकोटी मुस्कुराई ।

***

- कफी लिनुस् सर । - वेटरले भनेपछि म झसङ्ग भएँ ।

कफी लिएँ । कफी खल्लो थियो या स्वाद खल्लो थियो ?

कफी-मगलाई सिसाको कफी टेबलमा राखिदिएँ । कफी टेबलको मध्यभागमा अनि मुनिको फ्लोरमा हेर्न थालें । फ्लोरमा कमिलाको ताँती देखा पऱ्यो । पङ्तिबद्ध भई एकनासले कफी टेबलमुनिसम्म आइपुगे । टेबलको खुट्टा चढी ती जीव उक्लिए, चारै कोणबाट र कफीको मगलाई घेरा हाले ।

कक्रोचको जत्रै ज्यान भएका ती कमिलाले प्वाँखहरू फड्फडाए ।

बटालियनका बटालियन ती काला कमिलाहरू सैनिक जवानहरूले बुट बजार्दै हिंडेझैं गरी कहाँबाट क्याफेमा आए ?

कफी टेबलको खुट्टामुनि पुनः ज्यान झुकाएर, आफूलाई कोल्ट्याएर हेरें । त्यो लस्करको टुप्पा खोज्दै म क्याफेको ट्वाइलेटमा पुगें । त्यो लस्करको डेड-एन्ड-टुप्पा लेडिज ट्वाइलेटको ढोकामा टुङ्गिएको थियो । ढोकामुनिको सानो कापबाट ती कमिला निस्केका थिए ।

ती पखेटाधारी कक्रोचजस्ता, कक्रोचजत्रा कमिलाहरू !

लेडिज ट्वाइलेटभित्र छिरें ।

कमोडमा स्याउँस्याउँती कमिलाहरू देखी मलाई दिगमिग लागेर आयो । ती कमिला कमोडभित्रबाट फुत्तफुत्त निस्कँदै थिए । अलमलिएर केही बेर कमोडभित्र आफ्नो दृष्टिलाई हुत्याएँ । कमोडको सङ्लो पानीमा गुजमुज्ज कमिलाहरू तँछाडमछाड गर्दै छप्ल्याङछुप्लुङ गर्दै थिए । करिब दुई मिनेट के कसो पो गर्ने हो भनी टोलाएँ ।

ट्वाइलेट फ्लस गरिदिएँ । एकमुष्ट पानी झरेको भद्दा घरर्रघर्र आवाजले कान खायो । किङ्साइज्ड कमिलाहरू पानीको स-सानो चक्रावातमा फनन्न रिङ्गटा लाग्ने गरी घुम्न थाले ।

कमोडको ढक्कन लगाइदिएँ । डिलमा रहेका केही कमिला कच्याककुचुक परे । ढक्कनमाथि सानी-फ्रेसको ट्वाइलेट क्लिनर राखिदिएँ ।

टेबलमा आई कफी पिउन थालें ।

लगत्तै सम्पूर्ण कमिलाहरू उड्न थाले ।

पखेटाहरू एक-आपसमा बज्दा निस्किएको सामूहिक बजिङ्-नोइजलेवातावरणलाई रोगी बनायो ।

अ सिक क्याफे । यु सी !

- सर, के अर्डर गर्नुहुन्छ ? - मेनु बोकी उभिएको बेयरा-कम-बाउन्सरले भन्यो ।
- के अर्डर गरूँ ? - सोधें ।

  हर्कुलस ज्यानको बाउन्सर ङिच्च हाँस्यो । कसिएको मांसपेशीमा उसको शरीर खाइलाग्दो थियो । ङिच्च हाँस्दा उसका अगाडिका माथ्लो गिँजामा दुई दाँत देखा परेनन् । दाँतको प्वालबाट जिब्रोको पर्पल टुप्पा देखियो ।

- तपाईंको इच्छा सर । - उसले भन्यो - योर चोइस । यहाँको चिल्ली स्वादिलो छ सर ।
- चिल्ली त सिल्लीले खान्छ । - भनें ।

बाउन्सर पुनः ङिच्च गऱ्यो ।

- पिजा लिनुहुन्छ कि सर ? - उसले भन्यो ।
- लिन्नँ । - भनें । - पिज्जा खानेहरूको गिजा खराब हुन्छ । एन्ड आई लभ गिजा ।

मेरो कुरा सुनी बाउन्सर अलमलियो । दायाँ हातले नाक र बायाँ हातले कान कोट्याउन थाल्यो । कानबाट एक डल्लो गुजी र नाकबाट एक डल्लो मुजी (सिंगान जमेर कट्कटिएको कडा गन्धालु एवम् नशालु कालो पदार्थ) निकालेर हत्केलामा राख्यो ।

- तिम्रो नाम के हो ? - उसलाई सोधें ।
- हट्-डग ! - बतायो ।

बाउन्सरको यस्तो अनौठो नाम सुनेर म खुशी भएँ । हट्-डग !

कात्तिकमा कामुकताको काम ज्वरोले कामुक बन्ने काला कामुक कुकुरहरूको कुतकुत्याइँलो कामुकताबाट प्रेरणा लिई आफ्नो नाम बाउन्सरले हट्-डग राखेको हुनुपर्ने प्रारम्भिक ठहर मैले गरें तर त्यसो होइन रहेछ । मेरो अनुमान ढुस भयो । बाउन्सरले भन्यो, "यो क्याफेमा हामी सबै स्टाफको नाम मेनुको परिकारबाट राखिएको छ । हामी सबै पन्ध्र जना स्टाफको नामाकरण विभिन्न परिकारबाट गरिएको छ । यो क्याफेको यस्तै नियम छ । कसैको नाम अमलेट छ भने कसैको नाम चाउमिन ।"

- तिम्रो बोसको नामचाहिं के हो नि ? - सोधें ।
- चिकेन ड्रमस्टिक । - उसले भन्यो र ङिच्च हाँस्यो ।

मैले चिकेन चिल्ली नै खाने मुड बनाएँ । अलिकति भोकाएको पनि थिएँ । बाउन्सरसित भनें, "कुरा के भने हट्-डग, मैले चिकेन चिल्ली खाने भएँ । ल्याउँछौ कि !", उसले अवश्य पनि ल्याउँछु भन्दै भन्यो, "अघि त चिल्ली खानेहरू सिल्ली हुन्छन् भन्नुहुन्थ्यो त !"

- त्यो त म अहिले पनि भन्छु । - भनें ।

बाउन्सर गइगयो ।

सोफाको कुनामा ब्ल्याक फ्यान्टासीको ब्रान्डेड चम्किलो सेलफोनको सेटमा मेरो नजर गयो । त्यसलाई हातमा लिएँ । ओल्टाइपोल्टाई हेरें । कुनै ग्राहकले छोडी गएको हुँदो हो !

यताउति हेरें । चारैतिर सुनसान थियो ।

सिमसारा आफ्नो टाइम एन्ड स्पेसमा थिइन । क्याफेको कर्नरमा गेरूवस्त्रधारी एक सज्जन चुपचाप सोग्याल रिम्पोचेको द *टिबेटन बुक अफ लिभिङ एन्ड डाइङ* का पानाहरू पल्टाइरहेको थियो । प्रत्येक पाँच सेकेन्डमा ऊ पाना पल्टाइरहन्थ्यो ।

पाँच सेकेन्डको पाना !

गुजुमुज्ज परेको जगल्टे कपाल सज्जनको टाउकोमा स्तुपाझैं थपक्क अडेको थियो । कक्रोच-कमिलाहरू प्वाँख फड्फडाउँदै स्तुपा वरपर चक्कर लगाइरहेका थिए । स्तुपाको परिक्रमा गरिरहेका थिए । सज्जन भने पाना पल्टाइरहेको थियो । पाँच सेकेन्डको पाना !

यस्तैमा ब्ल्याक फ्यान्टासीको रिङटोनले मेरो ध्यान खिच्यो । फोन रिसिभ गरूँ कि नगरूँ ? दोधारमा परें । पाँच-पाने सज्जनले मलाई आँखा तरी हेर्‍यो । फोन किन नउठाएको भनेजस्तो गरी आँखैको भाकाले गाली गर्‍यो । ब्ल्याक फ्यान्टासीको चिल्लो स्क्रिनमा दायाँ इन्डेक्स औंलाले जादुयी स्पर्श गर्दै स्वाट्ट क्रस मार्क गरेँ । हेलो भनें । उताबाट कोही बोल्यो :

- तपाईंले मेरो फोन फेला पार्नुभएको जस्तो छ । एम आई राइट ?
- यस यु आर राइट ।
- हेर्नुस् न, हिजो राति म्याक्सिमम वियर खाइएछ । म्याक्सिमम लाग्यो । मोबाइल कहाँ छुट्यो, कहाँ खस्यो, कहाँ हरायो, पत्तै पाइएन । अहिले काँ छ ?
- के ?
- मेरो मोबाइल, कहाँ छ ?
- मेरो हातमा छ ।
- गुड, तपाईंको हातमा आउनुअघि त्यो मोबाइल कहाँ थियो ?
- सोफामा ।
- गुड-गुड, भेरी गुड !
- म यसलाई के गरूँ ?
- त्यसलाई केही नगर्नुस् । त्यो मोबाइल उपहारमा आएको थियो । मेरो बर्थ-डे गिफ्ट ! चार वर्षअघि पुष्पकमल दाहाल उर्फ प्रचण्ड पहिलोपटक भूमिगत जीवन त्यागी बालुवाटारमा सार्वजनिक हुँदा म पचपन्न वर्ष पुगेको थिएँ ।
- ह्याप्पी बर्थ-डे टु यु ! म्यानी-म्यानी ह्याप्पी रिटर्न्स अफ द डे !
- यु आर टु लेट । अहिले त म उनन्साठी वर्षको भैसक्या छु ।
- बधाई छ !
- धन्यवाद ! त्यो ब्ल्याक फ्यान्टासी मेरो गुरूले मलाई उपहार दिनुभएको हो । गुरू रिम्पोचेले मलाई त्यस बखत उपहार दिंदै मोबाइलबारे महत्त्वपूर्ण कुरा भन्नुभएको थियो ।
- गुरू रिम्पोचेले के भन्नुभएको थियो ?
- टेलिफोनमा कहिलेकाहीं टेलिप्याथी हुने गर्छ ।
- त्यसो भए तपाईंको यो मोबाइललाई म के गरूँ ?

- भनिहालें नि, केही पनि नगर्नुस् ।
- तैपनि । तपाईंलाई फिर्ता गर्न पाए हुन्थ्यो, तपाईंको यो बर्थ-डे गिफ्ट ।
- यसो गर्नुस् ।
- कसो गरूँ ?
- त्यो मोबाइल आफैसित राख्नुस् ।
- म अरूको सामान सितिमिति राख्दिनँ ।
- सामान नराख्नुस्, मोबाइल राखे हुन्छ ।
- किन राखूँ ?
- किनकि तपाईंलाई मोबाइलमा अनेक कल आउनेछन् । ती कल रिसिभ गर्नुस् ।
- अर्काको फोन म किन रिसिभ गरूँ ?
- अहिलेचाहिं किन गरेको नि ?

म ट्वाँ परें । कस्तो अनौठो मान्छे रै'छ ।

- किन ट्वाँ परेको ? - उसले फोनमा भन्यो ।

म डबल ट्वाँ परें । यस्तो अप्ठेरो परिस्थितिमा कहिल्यै परेको थिइनँ । म हतास भएँ ।

- तिमी किन हतास भएको ? - फोनमा बोल्छ - मानिस कहिल्यै हतास हुनुहुँदै न । हतासलाई बतासले हम्काएर उडाउनुपर्छ ।
- यहाँ बतास चलेको छैन । - ठट्टा गरें ।
- हतास र बतासको कुरा छाड । मेरो दिमागलाई फोकटमा खराब नगर । यसै पनि हिजोको म्याक्सिमम वियरले अहिलेसम्म म्याक्सिमम ह्याङमै छु । आफूलाई ह्याङ्गरमा झुन्ड्याउन मात्र बाँकी छ । चाउमिन खाऊ ।

फोनमा कुरा गर्दा बाउन्सरले अघि नै चाउमिन छाडेर गएको थियो । चाउमिनको सेतो प्लेटमा गँड्यौला चलमलाउन थालेपछि म रन्थनिएँ । चिकेन चिल्लीको सट्टा बाउन्सर उर्फ हट्-डगले चाउमिन ल्याएछ ।

केही बेर हेरी बसें ।

चाउमिनको प्लेटमा स्याउँस्याउँती गँड्यौला एकमाथि अर्को गर्दै एक आपसमा झुत्ती खेल्न थाले । त्यसमाथि कक्रोच-कमिलाहरू झ्याम्म हाम फाल्दै जाइलागे । पलभरमा चाउमिन सफाचट भयो ।

तर चाउमिनको कुराचाहिं उसले कसरी थाहा पायो ?

फोनसम्पर्क जारी राख्छु । ऊ बोल्न थाल्छ :

- अघिको डाइलग याद गरेनौजस्तो छ । त्यसलाई फेरि रिपिट गर्छु । डाइलगलाई ध्यान दिएर सुन । डाइलग यस्तो थियो, "हतास र बतासको कुरा छाड । मेरो दिमागलाई फो कटमा खराब नगर । यसै पनि हिजोको म्याक्सिमम वियरले अहिलेसम्म म्याक्सिमम ह्याङमै छु । आफूलाई ह्याङ्गरमा झुन्ड्याउन मात्र बाँकी छ ।"

- तिमीले त्यसपछि पनि केही बोलेका थियौ । तिम्रो लास्ट टुक्रा डाइलग पनि थियो ।
- मैले चाउमिन खाऊ भनेको थिएँ । तर तिमीलाई थाहा छँदै छ, चाउमिनको प्लेटमा स्याउँस्याउँती गँड्यौला एकमाथि अर्को गर्दै एक आपसमा झुत्ती खेल्न थाले । त्यसपछि कक्रोच-कमिलाहरू झ्याम्म हाम फाल्दै जाइलागे । पलभरमै चाउमिन सफाचट भो । कि कसो ?

उसको कुरा सुनी म झसङ्ग भएँ । यो सब के भइरहेको थियो ?

- किन झसङ्ग भएको ? झसङ्ग नहोऊ ।
- म घोर आश्चर्यमा परेको छु ।
- आश्चर्यको कुनै बात छैन । यो फोन तिमी आफै राख । तिमीलाई मेरो उपहार भो । तिमीलाई रहस्यमय फोन कलहरू आउनेछन् । तिनलाई रिसिभ गर । कुरा गर ।
- तिमी को हौ ?
- म कुमार नगरकोटी हुँ । - उसले आफ्नो आवाजको भोल्युम बढायो ।
- ह्वाट ननसेन्स् ? - म झर्किएँ ।
- ह्वाट, ह्वाट ननसेन्स्, माई फ्रेन्ड ? - ऊ पनि झर्कियो ।
- कुमार नगरकोटी त म हुँ । - भनें ।
- कुमार नगरकोटी त म पो हुँ त । - उसले भन्यो ।

र फोन सम्पर्क बिच्छेद भयो ।

***

यो कस्तो फसादको कुरा भयो ? यस्तो पनि मजाक हुन्छ ? ठट्टा हुन्छ ? ऊ कुमार नगरकोटी हो भने मचाहिं को हुँ ? यस्तो आइडेन्टिटी क्राइसिस त कहिल्यै भोगेको थिइनँ । आत्मपरिचयको त्यो उदेकलाग्दो सङ्कटपूर्ण घडी थियो ।

यदाकदा साहित्यिक समीक्षकहरू भन्थे, "कुमार नगरकोटीको रचनाको समीक्षा गर्नुभन्दा आत्महत्याको बाटो रोज्नु मनासिव हो ।" म होमा हो मिलाउँदै भन्ने गर्थें, "बाटो म खनिदिऊँ !"

यदाकदा साहित्यिक समालोचकहरू भन्थे, "कुमार नगरकोटी धेरै भुक्छ तर नगरकोटीको भुकाइसित पाठकहरूले डराइहाल्नुपर्ने आवश्यकता छैन । नेपाली साहि(त्यको गल्लीमा केही काल भुक्नेछ र आफै हराउनेछ । बार्किङ डग सेल्डम बाइट्स !" म होमा हो मिलाउँदै भन्ने गर्थें, "कुमार नगरकोटी बार्किङ डग नै हो, हु सेल्डम बाइट्स ! पाठकलाई नटोक्ने कुकुरको के काम ? त्यस्तो कुकुर - मेरो त नामको अगाडि नै 'कु' जोडिएको छ - लाई झुन्ड्याइहाल्नुपर्छ । यसो गर्दा साहित्यको कल्याणै होला ।"

आफ्नो नामलाई लिई बतासमा उड्ने यस्ता क्रोनिक टिप्पणीहरूप्रति म कहिल्यै गम्भीर भइनँ । सिरियस भइनँ । सिरियसनेस् इज अ काइन्ड अफ डिजिज भन्दै म सदा गैर-गम्भीर भएँ । टु हेल विथ् नगरकोटी भनी आफैलाई उडाइदिन्थें । कुनै बालै थिएन । छु मतलब ? कसैले उचालुन्जेल प्रशंसा गरोस् या नर्कमा भासिन्जेल गाली गरोस्, नन् अफ माई बिजनेस भनी फिस्स गरी फिस्सिन्थें ।

तर त्यो दिन कसैले म कुमार नगरकोटी हुँ भनेपछि म झस्किएँ । बेस्सरी झस्कें । त्यो एक डरलाग्लो ठट्टा थियो । म कसरी एक्सचेन्ज अफरको वस्तु हुन सक्थें र ? आफ्नो नाममा अरू कोही बाँचिरहेको छ भन्ने कल्पना नै म कसो गरी गर्न सक्थें र ?

ब्ल्याक फ्यान्टासीको रिङटोन फेरि बज्यो । फोन उठाएँ :

- फोन किन डिसकनेक्ट गरेको ? कुमार नगरकोटीको फोन किन काटेको ?
- फोन मैले होइन, तिमीले काटेको । - भनें - मलाई एउटा कुरा बताऊ ।
- के कुरा ?
- के तिमी साँच्चिकै त्यही मानिस हौ, जुन मानिस तिमी आफू हुँ भनी मलाई भनिरा'छौ ?
- कोइ शक ? - पो भन्छ त !
- तिमी कुमार नगरकोटी नै हौ त ?
- कोइ शक !
- त्यसो भए म को हुँ ? तिमीचाहिं कुमार नगरकोटी हौ भने म को हुँ ? म के हुँ ?
- यो तिम्रो निजी समस्या हो । दिस इज सिम्प्ली योर पर्सनल प्रोब्लम । तिमीले आजसम्म आफूलाई चिन्न सकेका रहेनछौ । मलाई अफसोस छ । मेरो गुरू भन्नुहुन्छ, "मनुष्यले आफूलाई चिन्नुपर्छ । बाहिरी भौतिक संसारमा मनुष्य अकारण अलमलिरहेको छ । भौंतारिरहेको छ । भड्किएको छ ।" तिमीभित्र मैले स्पिरिचुअल अवेकनिङको ठूलो सङ्कट देखें । यस्तो खालको क्राइसिसलाई तिमीले डिसाइफर गर्नुपर्छ । तिमीले भर्खरै मलाई सोधेका छौ कि म को हुँ ? म के हुँ ? उत्तर तिम्रो आफ्नै प्रश्नमा छ । प्रश्न त्यसै खेर नफाल ।

प्रश्न त्यसै खेर नफाल । यो गज्जबको सल्लाह थियो ।

छेवैमा बाउन्सर उर्फ हट्-डग उभिएको थियो । उसले आफ्ना दुवै हात मुसारी विनम्रतापूर्वक यसो भन्यो, "सरलाई हिजो वियर म्याक्सिमम लागेछ । मैले केटाहरूलाई भनी तपाईंको होम डेलिभरी गरिदिएको थिएँ ।"

होम डेलिभरी ! मेरो होम डेलिभरी !!

यो कस्तो उदेकलाग्दो कुरा भइगयो !

***

अघिल्लो साँझ मैले मण्डला थिएटरमा 'मन्डे मुभी' शृङ्खलाअन्तर्गत प्रदर्शन गरिएको भुटानी फिल्म द *ट्राभलर्स एन्ड द मजिसियन* हेरेको थिएँ । गेस्ट स्पिकर बनी बकाइदाले फिल्मसम्बन्धी आफ्नो धारणा र विचार अनि अनुभूति मैले उपस्थित दर्शकसित, सिनेगोअर्ससित बाँडेको थिएँ । तर यो मूला बाउन्सर उर्फ हट्-डग मलाई बताइरहेको थियो कि मैले अघिल्लो साँझ म्याक्सिमम वियर पिएको थिएँ र मलाई सकुशल होम हेलिभरी गरिएको थियो ।

यो के फन्डा हो ?

- तपाईंले हिजो ज्यादै रमाइलो गर्नुभयो । - ऊ भन्दै थियो - तपाईं धेरै खुशी हुनुहुथ्यो सर !
- म के कारणले खुशी भएको थिएँ ? - सोधें ।
- भन्दै हुनुहुन्थ्यो कि तपाईं कुनै उपन्यास लेख्दै हुनुहुन्छ ।
- मैले त्यसो पो भनें ? उपन्यासको प्लटबारे पनि मैले केही बोलें कि !
- तपाईंले बारम्बार के कुरामा जोड दिनुभयो भने आफ्नो उपन्यासको प्लटबारे तपाईंलाई कुनै पूर्वजानकारी छैन । त्यसपछि तपाईंले दुइटा चाइनिज गीत गाउनुभयो ।
- मैले चाइनिज गाना गाएँ ? - मैले अचम्म मानें ।
- गाना होइन सर, गीत । तपाईंले चाइनिज गीत गाउनुभयो । त्यो पनि दुइटा । मन्डारिन भाषामा ।
- मन्डारिन भाषामा ? - मेरो आश्चर्यको सीमा थिएन । - भनें - बडो ताज्जुब छ यार !
- हो सर । बडो ताज्जुब थियो । एउटा गीत ग्रेटवाल अफ चाइनाको मूलद्वार समीपको मोनास्ट्री अघिल्तिर चेरीको फूल बेचेर जीविका चलाउने टुहुरी केटीको बारेमा थियो, जुन ज्यादै भावविह्वल थियो, सर ।
- अनि अर्को गीत नि ? - सोधें ।
- अर्कोचाहिं माओको साँस्कृतिक क्रान्तिमा भाग लिएको बूढो छापामार योद्धाबारेको क्रान्तिकारी गीत थियो ।
- मैले क्रान्तिकारी गीत गाएँ ? क्याफेमा म्याक्सिमम वियर पिई मैले चिनियाँ क्रान्तिकारी गीत पो गाएँ !
- हो सर, तपाईंले क्रान्तिकारी गीत गाउनुभयो । दिल खोलेर । त्यसपछि तपाईं रून थाल्नुभयो ।

***

बाउन्सर उर्फ हट्-डग पूर्ण आत्मविश्वासका साथ बडो इमान्दारीपूर्वक मसामु अघिल्लो रातको 'क्रान्तिकारी' घटनाको सारसङ्क्षेप बताइरहेको थियो ।

आफूले चाइनिज, त्यो पनि मन्डारिन भाषामा गीत गाएको कुरालाई मैले कसरी पत्याउने ?

मानिसहरूले अझ भनूँ दारूबाजहरूले, पियक्कडहरूले दारूमहलमा म्याक्सिमम दारू पिएर क्रान्तिकारी कुरा गरेको सुनिएको, भोगिएको हो । उनीहरूको मुखबाट रूसी क्रान्ति, चिनियाँ क्रान्ति एवम् रीतले फ्रेन्च क्रान्तिबारेको बडेबडे क्रान्तिकारी गफ सुनिएकै हो । तर आफू स्वयम्ले दारू पिएर चिनियाँ क्रान्तिकारी गीत, त्यो पनि मन्डारिन भाषामा गाएको कुरा अविश्वसनीय एवम् बडो अपत्यारिलो थियो ।

ब्ल्याक फ्यान्टासीवाला कुमार नगरकोटीले ठूलो छल गरेको थियो । त्यो एक क्रान्तिकारी छलकपट थियो ।

त्यो छलकपट वास्तवमा लामै काल चल्यो ।

मेरो नाम बोकी अरू नै कोही कुमार नगरकोटी मैले बाँच्न नपाएको, मैले भोग्न नपाएको जिन्दगी भोगचलन गर्दै थियो । यस क्रममा अनेक अजीबोगरिब घटनाहरू मेरो जीवनमा घटे । ब्ल्याक फ्यान्टासी मोबाइलमा अनेक रहस्यमयी फोनकलहरू आए । तिनलाई मैले रिसिभ गरें ।

तिनै रहस्यमयी फोनकलहरूले मेरो जीवन तहस-नहस पारिदियो ।

तहस-नहस ?

हो, तहस-नहस !

आयु १ चालीस

आयुको कालचिन्तन गर्ने मेरो उमेर समयको समाधिमा लीन भएको छ।
म असामयिक हुँ या हुँ समसामयिक एवम् शाश्वत ?
या एक कालजयी दुःस्वप्न हुँ ?

- दिवङ्गत बुढाथोकी

रातको निविड अन्धकारमा स्वप्निल भ्याली आफ्नो निशाचर बैंसलाई चिहानमा गाडेर मस्तसित निदाएको थियो ।

आकाशमा एकमुष्ट झुन्डिएको मेघ जलमग्न थियो ।

त्यो जल अर्थात् वर्षात स्वर्गको पाठेघरलाई सिजरिङ गर्दै कुनै पनि बखत धर्तीको यो छेउमा बर्सिन सक्थ्यो । घाइते सिंहझैं मेघ पीडा एवम् क्रोधले गर्जिरहेको थियो ।

बीचबीचमा बिजुली चम्कँदा स्वप्निल भ्याली केही सेकेन्डको इन्टर्भलमा झलमल्ल, झल्याकझुलुक हुन्थ्यो र पुनः गहन अन्धकारमा ध्यानातीत हुन्थ्यो ।

सारा जगत् निद्राको चिहानमा निमग्न निदाइरहेको बेला प्रुफ रिडर दिवङ्गत बुढाथोकी भने जाग्राम थियो ।

केही दिनदेखि प्रुफ रिडरको निद्रा गज्याङमज्याङ भएको थियो । ऊ राम्रोसित निदाउन सकिरहेको थिएन । दिवङ्गत बुढाथोकी ज्यादै खलबलिएको थियो ।

रातको ठीक ०१:०१ बजे उसको टेलिफोनको घण्टी बज्न थाल्थ्यो । फोनमा ऊ एउटी अज्ञात निशाचर लेडीसित लामो कुराकानी गर्थ्यो ।

यो कन्भर्सेसनको क्रम केही रातदेखि जारी थियो ।

टेबलमा टेलिफोन टाइपराइटरको समीप थियो ।

निशाचर लेडीसितको फोन वार्तालाई दिवङ्गत बुढाथोकी त्यही पुरानो टाइपराइटरमा टङ्कण गर्थ्यो । ह्यान्ड्स-फ्रि मोडमा । एक शब्द पनि तलमाथि नपारी ती सम्पूर्ण वार्तालापलाई, गुफ्तगुहरूलाई, बाचचितहरूलाई ऊ ज्यादै कुशलतापूर्वक लिपिबद्ध गर्थ्यो ।

प्रुफ रिडर दिवङ्गत बुढाथोकीको स्मरण शक्ति असाधारणरूपले बेजोड थियो ।

दिनमा पनि उसलाई चैन भने थिएन । रातको निद्राको क्षतिपूर्ति ऊ दिनमा पनि गर्न सक्दैनथ्यो । निद्रा अर्थात् निदाउने पेसाप्रतिको उसको समर्पण भाव विगत केही कालदेखि क्षीण हुँदै थियो ।

दिवङ्गत बुढाथोकी १ चालीसको थियो ।

यस्तो लाग्थ्यो, दिवङ्गत बुढाथोकी धेरै वर्षदेखि १ चालीसमा नै अड्किएको थियो । उमेर सायद १ चालीसमा नै स्थगित भएको थियो । ऊ सेताम्मे थियो । बाक्लो, घना सेताम्मे केश उसको कुम हुँदै ढाडसम्म लत्रिएको थियो ।

दिवङ्गत बुढाथोकीको श्वेतरङ्गी अनुहारमा आयुका असामयिक रेखा, धर्साहरू बाङ्गोटिङ्गो गरी पोतिएका थिए ।

मस्तकमुनि दुई झुप्पा आँखीभौं बाक्लो घाँसझैं खजमजिएर उम्रिएका थिए । आँखीभौं सेता थिए । परेला सेता थिए । नाकभित्रका रौं सेता थिए । कानभित्रको झाडीमा उम्रेका रौं सेता थिए । छातीका रौं सेता थिए । दाह्री सेतो थियो । जुङ्गा सेतो थियो । काखीका रौं सेता थिए । गुप्ताङ्ग वरपरको गुप्तेश्वर झाडी पनि सेतो थियो । समग्रमा के भन्न सकिन्थ्यो भने प्रुफ रिडर दिवङ्गत बुढाथोकी एक श्वेतमानव थियो ।

तर ऊ १ चालीसको मात्र थियो ।

आफू किन यति चाँडै फुलियो भनी दिवङ्गत बुढाथोकीले समयसित कहिल्यै गुनासो गरेन । आयुसित गन्थन गर्दै आत्ममन्थन गर्ने उसलाई कहिल्यै रूची पलाएन । उमेर एवम् कालसित उसले कहिल्यै पनि अनावश्यक किचकिच, गन्थन गरेन ।

कहिलेकाहीं आफ्नो अनअथोराइज्ड एकालापमा दिवङ्गत बुढाथोकी अनायास बर्बराउने गर्थ्यो । ऊ भन्थ्यो, "आयुको कालचिन्तन गर्ने मेरो उमेर समयको समाधिमा लीन भएको छ । म असामयिक हुँ या हुँ समसामयिक एवम् शाश्वत ? या एक कालजयी दुःस्वप्न हुँ ? के हुँ म ?"

त्यो रात सदाझैं प्रुफ रिडर दिवङ्गत बुढाथोकी टाइपराइटरमा ट्याकटुक्, ट्याकटुक्, ट्याकटुक्, ट्याकटुक् गरिरहेको थियो । टाइपराइटर र टेलिफोन अडिएको टेबलमाथिको भित्तेघडीमा समय पनि टिक्टिक्, टिक्टिक्, टिक्टिक्, टिक्टिक् गरिरहेको थियो ।

वास्तवमा यस्तो लाग्थ्यो, टाइपराइटर र भित्तेघडी एकापसमा संवाद गरिरहेका छन् :

टाइपराइटर : ट्याकटुक्, ट्याकटुक्

भित्तेघडी : टिक्टिक्, टिक्टिक्

टाइपराइटर : ट्याकटुक्, ट्याकटुक्, ट्याकटुक्, ट्याकटुक्

भित्तेघडी : टिक्टिक्, टिक्टिक्, टिक्टिक्, टिक्टिक्

भित्तेघडीमा ०१:०१ बज्यो । टेलिफोनको घन्टी बज्न थाल्यो । ट्रिङ-ट्रिङ, ट्रिङ-ट्रिङ । टाइपराइटर र भित्तेघडी अनि टेलिफोन एकापसमा बात मार्न थाले - ट्याकटुक्, ट्याकटुक्, टिक्टिक् टिक्टिक्, ट्रिङ-ट्रिङ, ट्रिङ-ट्रिङ !

दिवङ्गत बुढाथोकीले टेलिफोनको ह्यान्ड्स-फ्री बटन थिच्यो । कुराकानी शुरू भयो ।

***

टेलिफोन र टाइपराइटर

पात्रहरू

टेलिफोन : निशाचर लेडी

टाइपराइटर : दिवङ्गत बुढाथोकी

समय

०१:०१

रात

उपन्यासकारलाई म सिध्याउन चाहन्थें । म उसको सुरूचीपूर्ण हत्या गर्न चाहन्थें किनभने म उसलाई एक्स्ट्रा-अर्डिनरी प्रेम गर्थें । एउटा लौकिक लेखकसित मेरो अलौकिक प्रेम गाँसिएको थियो । त्यो हत्या अलौकिक होस्, म त यही चाहन्थें ।

- निशाचर लेडी

टाइपराइटर

म यहाँ आराम छु । हेलोऽऽऽ ! त्यहाँ तिमीलाई पनि आराम होला भन्ने कामना गरेको छु । हेलोऽऽऽ !

टेलिफोन

तपाईंको कामनाले यहाँ म पनि कुशल-मङ्गल छु । हेलोऽऽऽ ! वास्तवमा तपाईंको कामना हेलोऽऽऽ मेरो निम्ति स्पेसल टनिकजस्तै हो । तपाईंको कामना हिमाली जडीबुटीजस्तै हो । एकदम अर्गानिक, मेरो स्वास्थ्यलाई हेलोऽऽऽ अर्गानिक बनाउँछ ।

टाइपराइटर

त्यसैले तिम्रो आवाज अर्ग्यानिक छ । तिम्रो लवज अर्गानिक छ । तिम्रो स्वर-माधुर्य अर्गानिक छ । तिमीदेखि यसरी वर्षौंको दूरीमा छु । टाढा छु । प्रकाश-वर्षको एक कुनामा तिमी छौ र अर्को कुनामा म छु । तिम्रो नारी देहको गन्धलाई सुँध्न सक्तिनँ म । कामना र कल्पना मात्र गर्न सक्छु कि तिम्रो देहको गन्ध पनि अर्गानिक होला !

टेलिफोन

वास्तवमा अस्तित्त्व अर्गानिक कम्पोनेन्टले बनेको मुलायम धातु हुनुपर्छ ।

टाइपराइटर

अस्तित्त्व अर्गानिक धातु हो । जीवन अर्गानिक पदार्थ हो ।

टेलिफोन

हो-हो, मानिसहरूको जन्म अर्गानिक घटना हो । वास्तवमा बच्चामा हामी अर्गानिक थियौं । हाम्रो हाँसो, रूवाइ, भोक सबै थोक अर्गानिक थिए । हाम्रा स्वभाव, सपना एवम् रीतले हाम्रा सदीच्छाहरू अर्गानिक थिए ।

टाइपराइटर

तिम्रो मुखबाट आज यसरी मध्यरातमा अर्गानिक कुरा सुन्दा मलाई अर्गाज्म होला कि होला कि भा'छ । तिम्रो हस्की भोइस बडो अर्गाज्मिक पो छ त !

टेलिफोन

थ्याङ्क यु ! तर कस्तो दुःखद् कुरा । आजकल अर्गाज्म अर्गानिक हुँदैन । मानिस अर्गानिक सत्ताबाट च्यूत भइसकेका छन् ।

टाइपराइटर

उहिल्यै-उहिल्यै मसित एउटा अर्ग्यानिक मुटु थियो । एक अर्गानिक हृदय । यु सी ! मसित एउटा सुन्दर अर्गानिक दिमाग थियो । एक अर्गानिक मस्तिष्क । यु सी ! तर विभिन्न पेस्टिसाइड्ले मेरो अर्गानिक दिमागको उर्वरतालाई नष्ट गरिदिए ।

टेलिफोन

म पनि नष्ट भएकी थिएँ । वास्तवमा म नोस्टाल्जिकरूपले नष्ट भइसकेकी छु ।

टाइपराइटर

कसरी ? किन नष्ट भएकी हौ ?

टेलिफोन

मेरो मनमा अनेक कुरा खेली बस्छन् । आजकल म धेरै किताबहरू एकसाथ पढिरहेकी छु । मेरो पढ्ने तरिका पनि केही बेग्लै छ । चारौटा उपन्यासलाई, ए होइन-होइन, पाँचैटा उपन्यासलाई पेज पचपन्नमा छाडेकी छु । तिनौटा कविता सङ्ग्रह पेज पन्ध्रमा छन् ।

एउटा जीवनी पेज तीनमा नै थान्को लागिरा'छ । जीवनी पढ्नु मेरो लागि ज्यादै उदेकलाग्दो काम हो । आजकल त कस्ता-कस्ता ऐरेगैरे नत्थुखैरेहरूले समेत जीवनी लेख्न थाले भने, म त हैरान छु ।

जीवनीलाई एउटा ज्यादै निम्नकोटिको बदनाम नाम दिइएको हुन्छ, 'आत्मकथा' ।

जीवनीलाई सर्वप्रथम कुनचाहिं स्वाँठले आत्मकथाको नाम दियो, त्यसको म हत्या गर्न चाहन्थें ।

आत्माको अस्तित्त्वबारे जसलाई छेउटुप्पाको कुनै सामान्यज्ञान नै छैन, त्यसले कसरी आत्मकथा लेख्न सक्छ ?

आत्माले कसरी कथा लेख्दो हो ?

टाइपराइटर

जीवन त्यसैले बडो व्यङ्ग्यात्मक छ । तिमी जीवनीकारको हत्या गर्न चाहँदी रै'छौ । हत्या केले गर्न चाहन्छौ ? तिमीसित हतियार छ ? पिस्तोल, रिभोल्भर छ ?

टेलिफोन

ती सम्पूर्ण तथाकथित आत्मकथा लेख्ने जीवनी लेखकहरूलाई म आफ्नो गाडीले कुल्चेर मार्न चाहन्छु । यसो गर्दा दुर्घटनाको सुविधा मलाई उपलब्ध हुनेछ ।

टाइपराइटर

यो राम्रो अप्सन हो । एक प्रकारले भन्ने हो भने एक अप्सनल विचार हो । वैकल्पिक आइडिया । मलाई तिम्रो आइडिया मन पर्‍यो । तिमी कुन गाडी चलाउँछ्यौ ?

टेलिफोन

भेल्भेट भिन्तुनाको त्रिपल एक्स मोडेल । यसको माइलेज राम्रो छ । जीवनीकारलाई यस्तै कारले ठक्कर दिई परमधाम पुर्‍याउनुपर्छ ।

टाइपराइटर

तिम्रो भेल्मेट भिन्तुनाको रङ मलाई लाग्छ, पिङ्क त पक्कै छैन होला !

टेलिफोन

तपाईंले ठीक कुरा गर्नुभो । म पिङ्क मन पराउने अल्लारे, बतासे टाइपको पिङ्की वुमन होइन । पिङ्क कलरको लिपस्टिक मलाई कहिल्यै मन परेन । मेरो ओठ र गालाको रङ पनि पिङ्की छैन । म पिङ्क मोजा लगाउँदिनँ । पिङ्क ब्रा लगाउँदिनँ । यहाँसम्म कि पिङ्क प्यान्टी पनि कहिल्यै लगाउँदिनँ ।

टाइपराइटर

तिमीसित म तिम्रो मनपसन्द रङबारे कुनै चर्चा गर्नेछैन । तिम्रो फेभरेट कलर कुन हो भनी म सोध्दिनँ । तिमीले अहिले कुन रङको प्यान्टी लगाएकी छौ भनेर पनि सोध्दिनँ ।

टेलिफोन

मैले अहिले प्यान्टी लगाएकी छैन । म कहिलेकाहीं मात्र प्यान्टी लगाउँछु । प्यान्टी, ब्रा, मोजाले मलाई बन्दी बनाएको झैं लाग्छ । कसिलो चिजले मलाई कसेर राखेझैं लाग्छ । ती सबले मलाई थिचेजस्तो, बेरेजस्तो, च्यापेजस्तो लाग्छ । बेरियरहरू मलाई अप्रिय लाग्छ । यो सके साइकोलजिकल समस्या पनि हुन सक्छ । गर्मी याममा म झुलभित्र निदाउनै सक्दिनँ । झुलभित्र सुत्दा कतै झ्यालखानामा पो बन्दी छु कि जस्तो लाग्छ । त्यसैले झुल कहिल्यै लगाउँदिनँ ।

टाइपराइटर

झुल नलगाएर सुत्दा तिमीलाई लामखुट्टेहरूले चुस्दैनन् र ?

टेलिफोन

लोग्नेमान्छेहरूले यति चुसिसकेका छन् कि अब जाबो लामखुट्टेको त के कुरा भो र ? वास्तविक लामखुट्टे त वास्तवमा लोग्नेमान्छे पो हुन् । तेस्रो खुट्टा भएको बडो खतरनाक लामखुट्टे हो, लोग्नेमान्छे ।

टाइपराइटर

लोग्ने कि लोग्ने मान्छे ? तिमीले पतिको कुरा गरेकी हौ कि पुरूषको ? या पूरा पुरूष प्रजातिको कुरा गरेकी ?

टेलिफोन

यसले के अर्थ राख्छ र ? के नै पो फरक पर्छ र ? मैले पतित पुरूषहरूको कुरा गरेकी हुँ । प्रायः पतिहरू नैतिकरूपमा, स्पिरिचुअल्ली पतित हुने गर्छन् ।

टाइपराइटर

पतिहरू पतित हुन्छन् ! बडो रोचक कुरा गऱ्यौ ।

टेलिफोन

म रोचक स्वास्नीमान्छे हुँ नि त !

टाइपराइटर

स्वास्नीमान्छे मात्र हौ कि स्वास्नी पनि हौ ?

टेलिफोन

आइमाई हुँ । लेडी हुँ । वुमन हुँ । फिमेल किन हुँ भने मेलले मलाई फी तिर्नुपर्छ । त्यसैले फिमेल हुँ । फिमेललाई फी तिर्ने मेल जस्तो कि अघि नै भनियो, कमसेकम मेरो अनुभवमा त्यस्तो पति हो, जो पतित हो । होइन भने होइन भन्नुस् क्यारे !

टाइपराइटर

यस्तो मध्यरातमा यस्तो पतित कुरा सुन्दा आफू पनि तथाकथित पुरुष प्रजातिको भएकाले केही ग्लानि भए पनि मलाई मज्जा लाग्यो ।

टेलिफोन

हरेक लोग्नेमान्छे कुनै न कुनै दिन लोग्ने बन्न अभिशप्त छ । जसरी प्रत्येक स्वास्नीमान्छे कुनै न कुनै दिन स्वास्नी बन्न अभिशप्त हुन्छे । कस्तो बेतुकको सामा(जक रीत हो यस्तो ?

टाइपराइटर

रीतिथितिको कुरा छोड । अघि तिमी जीवनीकारहरूलाई भेल्भेट भिन्तुना त्रिपल एक्सद्वारा मार्ने कुरा गर्दै थियौ । त्यसैलाई बरू कन्टिन्यु गर न ।

टेलिफोन

जीवनीकार मात्रै किन ? कार झुन्ड्याउने सम्पूर्ण बेकार लेखकहरूलाई म भेल्भेट भिन्तुना त्रिपल एक्सले कुल्चेर सिध्याउन चाहन्छु । मेरो लिस्टमा उपन्यासकार, कथाकार, निबन्धकार, गीतकारजस्ता तथाकथित कारहरूको लामै लिस्ट छ ।

टाइपराइटर

तिम्रो लिस्टमा कविचाहिं छैन ? कविहरूप्रति चाहिं तिम्रो विशेष अनुराग पो छ कि ?

टेलिफोन

कविलाई माफ गर्नुपर्ला । कविले आफ्नो पछाडि कमसेकम कारचाहिं झुन्ड्याउँदैन । कवि अझैसम्म कविताकार भैहालेको छैन । ऊ अझै प्रदूषित भैसकेको छैन ।

टाइपराइटर

तिमीले आफ्नो योजनाको प्राक्टिकल इम्प्लिकेसन पनि गरेकी छ्यौ कि ?

टेलिफोन

अवश्य पनि गरेकी छु । तपाईंलाई सुनाउने अनुमति चाहन्छु ।

टाइपराइटर

अनुमति छ ।

टेलिफोन

एउटा उपन्यासकारलाई म केही कालदेखि पिछा गरिरहेकी थिएँ । ऊ पहिला कथा, कहानी, किस्सा लेख्ने गर्थ्यो । कथा, कहानी, किस्साको कारखाना बन्द गरी ऊ उपन्यासको मायावी बजारमा हाम फालेको थियो ।

बजारमा मजस्ता थुप्रै पाठक-पाठिका भेट्टिइन्छौं । बुक स्टोरमा, वाचनालयमा, लाइब्रेरीमा ।

म त्यो उपन्यासकारको जबर्जस्त, आई एम सरी जबर्दस्त फ्यान थिएँ । बजाज या भनूँ फिलिप्सको फ्यानभन्दा बलियो फ्यान । भयानक फ्यान । चाइनिज फ्यानजस्तो कमसल खालको होइन । भन्नुपर्दा म बेग्लै धातुले बनेको लिट्रेरी फ्यान थिएँ ।

उसका फुटकर कथा, कहानी, किस्साहरू पढेर नै मैले साहित्यमा बेग्लै खाले स्वादको अभिरूची विकास गरेकी थिएँ तर म उसलाई मार्न चाहन्थें । सिध्याउन चाहन्थें । म चाहन्थें, उसले दोस्रो उपन्यास कदापि नलेखोस् ।

आफूले रूचाएका, प्रेम गरेका थुप्रै उपन्यासकारहरूलाई मैले दोस्रो उपन्यासमा मरेको देखेकी छु । विषय र प्रसङ्गले अन्य अर्थ नलागे म के भन्न सक्छु भने लेखकको त्यस्तो मरणमा अरू विधामा किताब लेख्ने राइटरहरू पनि पर्छन्, जसको पहिलो किताब सुपर-हिट भएको हुन्छ र दोस्रोचाहिं सुपर-फ्लप !

तेस्रो किताबमा आइपुग्दा ती लेखकहरूको आत्मा नै च्यूत भैसकेको हुन्छ । देखेकी छु, पढेकी छु, मैले त्यस्ता लेखकहरूलाई ।

अब भन्नुस्, जुन किताबमा आत्मा नै हुँदैन, त्यस्तो किताबको सडेगलेको शव बोक्नुपर्ने बाध्यता मजस्तो पाठकलाई किन पर्दो हो !

म त्यो उपन्यासकारलाई जोगाउन चाहन्थें । त्यसैले उसलाई मार्न चाहन्थें ।

उपन्यासकारको कल्याण यसैमा थियो कि उसको मृत्यु भइजाओस् ।

उसलाई जोगाउनुको एकमात्र वैकल्पिक उपाय के थियो भने उसको हत्या हुनु नितान्त आवश्यक भैसकेको थियो । उसको डेब्यु उपन्यास अविश्वसनीय किसिमले चर्चित भएको थियो । उपन्यासले सर्वत्र राम्रो क्रिटिसिज्म पाएको थियो । पत्रपत्रिकामा उक्त उपन्यासले राम्रो समीक्षा पाएको थियो । त्यसो त समीक्षामा मलाई कहिल्यै विश्वास लाग्दैन । समीक्षाले मलाई कहिल्यै तानेन ।

किताबको समीक्षा भनेको फगत एक सदीच्छा न हो ! होइन कि ?

अँ त, भन्दै थिएँ । उपन्यासकारलाई म सिध्याउन चाहन्थें । म उसको सुरूचीपूर्ण हत्या गर्न चाहन्थें किनभने म उसलाई एक्स्ट्रा-अर्डिनरी प्रेम गर्थें । एउटा लौकिक लेखकसित मेरो अलौकिक प्रेम गाँसिएको थियो ।

अरू आम लेखकसरह दोस्रो उपन्यासमा ऊ स्खलित भएको म कुनै हालतमा देख्न चाहँदिनथें । म उसलाई जोगाउन चाहन्थें । बचाउन चाहन्थें ।

पुरूषलाई उसको पतन हुनबाट जोगाउने भनेको नारीले नै त हो नि ! होइन भने होइन भन्नुस् क्यारे ! नारी जो सधैं पुरुषको सामु कहिले आमा, कहिले छोरी, कहिले स्वास्नी, कहिले प्रेमिका बनी उभिन्छे । कुनै पनि नरलाई नारकीय यात्राबाट बचाउनु, जोगाउनु नारीको ब्युटिफुल कर्म हो ।

म त केवल नारीको कर्म, ब्युटिफुल धर्मको पालना गर्दै थिइनँ र ?

आफ्नो दोस्रो उपन्यासमा उपन्यासकार किन आत्महत्या गर्छ ? मैले यस्तो खालको सुसाइडल सिन्ड्रोम कहिल्यै बुझ्न सकिनँ । अधिकांश लेखकहरू आफ्नो दोस्रो कृतिमा किन सुसाइड गर्न अभिशप्त हुने गर्छन् ?

यसअघि कि दोस्रो उपन्यास लेखेर ऊ आत्मविनासको बाटो लागोस्, पतन मार्गको नरक यात्रा रोजोस्, म उसको उत्थान गर्न चाहन्थें । म उसलाई स्पिरिचुअल्ली रक्षा गर्न चाहन्थें ।

र उसलाई बचाउनका निम्ति उसलाई मार्नु नितान्त आवश्यक थियो ।

टाइपराइटर

यो त गजबको विरोधाभाषी कुरा भयो । कसैलाई बचाउन कहिलेकाहीं उसैको हत्या गर्नुपर्छ । कस्तो कन्ट्राडक्टरी कुरा, कि कसो ?

टेलिफोन

यस, यु आर अब्सोलुट्ली राइट । त्यसो गर्दा मृत्युको सम्मान हुन्छ । मृत्युको गरिमा कायम रहन्छ ।

टाइपराइटर

मृत्युको सम्मान ? मृत्युको गरिमा ?

टेलिफोन

कतिपय मृत्युहरू बदनाम हुन्छन् । मृतकहरूले कहिलेकाहीं मृत्युलाई अनावश्यकरूपमा बद्नाम गरिदिन्छन् तर विचरा मृतकहरूको पनि यसमा कुनै दोष छैन । कहिलेकाहीं मृतकहरू मृत्युको मेटाफरिकल सौन्दर्यतर्फ आँखा चिम्लिदिने गर्छन् ।

आँखा चिम्लेर देखिएको सौन्दर्य, अनुभव गरिएको सुन्दरता कमसल खालको कस्मेटिक दुःस्वप्न मात्रै हो ।

टाइपराइटर

तिमीलाई थाहा छँदै छ कि म स्वप्निल भ्यालीको बासिन्दा हुँ, जहाँ विभिन्न घटनाहरू घट्छन् । एउटा घटनाले विगत केही कालदेखि उपत्यकावासीहरूलाई अचम्ममा पारिदिएको छ ।

टेलिफोन

कस्तो खालको घटना ? मानिसलाई अचम्ममा पार्ने आश्चर्यजनक घटना घट्नु भनेको स्वयम्मा एक सुखद् घटना हो । नत्र भने आजकलका अधिकांश घटनाहरूमा घटनाको विविध डाइनामिक्स नै हुँदैन ।

टाइपराइटर

घटना स्वयम्मा सुखद् या दुःखद् हुँदैनन् । घटना कुन क्षणमा, अवस्थामा दुर्घटना या परिघटनामा परिणत हुन्छ, तिमीलाई थाहा नै हुँदैन ।

जस्तो कि मानिसको जन्म एउटा घटना हुनुपर्छ । मानिसको जीवन एउटा परिघटना हुनुपर्छ । मानिसको मृत्युचाहिं दुर्घटना हुनुपर्छ । तिमीलाई कस्तो लाग्छ ?

टेलिफोन

घटना र दुर्घटनाबारे म यसै कुनै किटानी जाहेरी त गर्न सक्तिनँ तर परिघटनासम्बन्धी मेरा केही ओपिनियनहरू अवश्य छन् । नितान्त निजी ओपिनियन ।

टाइपराइटर

कस्तो ओपिनियन ? तिम्रो ओपिनियनको ओपनिङ सेरेमोनीबारे केही बताइदेऊ न त ! सुनूँ ।

टेलिफोन

तपाईंले भर्खरै काइदाका कुरा गर्नुभयो । भन्नुभयो कि मानिसको जन्म एक घटना हुनुपर्छ । मानिसको जीवन एक परिघटना हुनुपर्छ र मानिसको मृत्यु एक दुर्घटना

हुनुपर्छ । यसमा मलाई एउटा कुरा थप्न मन लाग्यो । त्यो के भने जीवन केवल परिघटना मात्र होइन । बरू 'परी-घटना' हो ।

जीवन त परीको जादूगरी चटक हुनुपर्छ । जीवन त परीहरूले घटाउने सुन्दर परी-घटना हुनुपर्छ । न कि कुनै परिघटना ।

बाल्यकालमा समयले सुनाउँछ नि, परी-कथा ! हो, त्यस्तै । जस्ट लाइक फेयरी टेल्स् ।

टाइपराइटर

तर जीवन तिमीले भनेझैं परीको कथा होइन । लाइफ इज् नट अ फेयरी टेल । कहिलेकाहीं हो कि-हो कि जस्तो लाग्छ तर समग्रमा जीवन परी-कथा भने होइन । जीवन एक परिघटना हो । केवल एक परिघटना । नथिङ मोर ! नथिङ लेस !

विगत केही कालदेखि यो स्वप्निल भ्यालीको एउटा रूखमा मानिसहरूको ध्यानाकर्षण भएको छ । त्यो एक सामान्य रूख हो, पीपलको ।

तर त्यो साधारण पीपलको रूखमाथि सर्वसाधारण पिपलको असाधारण चासो बढ्दै गइरहेको छ । सर्वसाधारण मानिसलाई अङ्ग्रेजीमा पिपल भनिन्छ, यो साधारण कुरा त ति(मीलाई थाहा छँदै छ ।

पीपल वृक्षको असाधारण कथा, किस्सा तिमी जे भन, के मात्र हो भने त्यो पीपलमा बेलाबेलामा पिपलहरू झुन्डिएर देहत्याग गर्छन् ।

टेलिफोन

पीपलमा पिपलहरू झुन्डिएर देहत्याग गर्छन् ! यो त बडो इन्ट्रेस्टिङ कुरा भैगयो ।

टाइपराइटर

आजसम्म त्यो रूखमा एक्काईस जनाले देहत्याग गरिसके । बिहान उपत्यकावासीहरू ओछ्यानबाट उठ्दा त्यो रूखमा कुनै न कुनै मानिस तुर्लुङ्ग झुन्डिरहेको हुन्छ । चिया, कफी खाइवरी हामी सबै मलामी जानका निम्ति तयार हुनुपर्छ ।

झुन्डिनेमध्ये सबैले आफ्नो गोजीमा चिठीपत्रहरू राखेका हुन्छन् । कसैकसैका सुसाइड नोटहरू त कविताजस्ता हुन्छन् । निबन्धजस्ता हुन्छन् । यात्रा संस्मरणजस्ता हुन्छन् । समालोचनाजस्ता हुन्छन् ।

नदी किनारमा एउटा सम्पादक बस्छ । उसको नाम मृत्युञ्जय गेलाल हो । *शब्दमोचन* नाम गरेको साहित्यिक पत्रिका निकाल्छ ।

मिस्टर गेलालको बिहानीको काम के हो भने उसले रूखमा झुन्डिएको मृतकको खल्ती छामछुम गर्छ र त्यहाँबाट केही न केही कागजपत्र निकाल्छ । ती कागजातहरूलाई कुनै सम्पादन नगरी जस्ताको त्यस्तै *शब्दमोचन*मा छाप्छ । हामी पत्रिकामा मृतकका रचनाहरू बडो चाखपूर्वक पढ्छौं । *शब्दमोचन*को पेज नम्बर सत्र ज्यादै चर्चित छ ।

टेलिफोन

डेथ-पेज पनि त्यति चर्चित ?

टाइपराइटर

त्यो डेथ-पेजमा मृतकसित सम्बन्धित मृत्युको होलिस्टिक चर्चा हुन्छ नि त ! मृतकले देहत्याग गर्नुअघि केकस्तो कुरा सोचेको थियो भन्ने कुरा मृतकको चिठी-पत्र पढेपछि थाहा पाइन्छ नि त ! बाई द वे, जीवन कस्मेटिक अवधारणा हो भने मृत्यु हो एक कस्मिक इन्स्टिच्युसन् । एक होलिस्टिक संस्था ।

टेलिफोन

होलिस्टिक संस्था ? पर्खनुस् है ! होलिस्टिक शब्दले मलाई होलिडेको याद दिलायो । अनुप बराल भन्नुहुन्छ, "जीवन एक लामो होली डे हो । लाइफ इज अ लङ् होली डे ।"

टाइपराइटर

को अनुप बराल ? होली डे फ्रिक हो ?

टेलिफोन

कलाकार हुन् । नाटक निर्देशक हुन् । फिल्म डिरेक्टर हुन् । फिल्म, नाटकमा एक्सपेरिमेन्टको एस्थेटिक भ्यालु खोज्ने फाइन जेन्टलम्यान हुन्, जो होलिडेजमा पि(ल्म बनाउने रूची राख्छन् । हाल *सिल्भिया* नामक फिल्म बनाउँदै छन् । फिल्मको कथा सिल्भिया शाक्य नाम गरेकी रहस्यमय युवती वरपर घुम्छ ।

*सिल्भिया*को मिस्टिरियस क्यारेक्टरको अभिनय म गर्दै छु । यसबारे डिटेलमा म तपाईंलाई कुनै बखत सप्रसङ्ग ब्याख्या गरूँला । हाल कुण्डलिनी कुहिरोका कारण *सिल्भिया* प्रोजेक्ट स्थगित भएको छ ।

अँ बरू तपाईंकै कुरालाई क्रमशः गरौं । जारी राखौं । भन्दै हुनुहुन्थ्यो कि मृत्यु होलिस्टिक संस्था हो । डेथ इज अ कस्मिक इन्स्टिच्युसन् ।

मृत्यु कुनै संस्था हुन सक्छ ?

टाइपराइटर

इनफ्याक्ट डेथ इज अ सुप्रिम इन्स्टिच्युसन् अफ एन्टाएर एक्जिस्टेन्स् ।

मृत्यु अस्तित्त्वको सर्वोच्च संस्था हो ।

टेलिफोन

यस्तो सर्वोच्च संस्थालाई अपमान गर्दै तपाईंको स्वप्निल भ्यालीका पिपलहरू किन पीपलबोटमा झुन्डिएर आत्महत्या गर्छन् ?

टाइपराइटर

यता स्वप्निल भ्यालीमा हामी आत्महत्याजस्तो तुच्छ शब्दावली प्रयोग गर्दैनौं । वी सिम्प्ली कल इट देहत्याग ।

तिम्रै शब्दमा भन्ने हो भने आत्माको कुनै अत्तोपत्तो, ठेगान नलगाएको स्वाँठले कसरी आत्माको हत्या गर्दो हो ? कि कसो ?

आत्महत्या भन्ने शब्दावली विसङ्गत छ । आत्महत्या इज अ विजायर एन्ड अब्सर्ड वर्ड ।

हामी त्यसलाई देहत्याग भन्छौं ।

स्वप्निल भ्यालीका पिपलहरूलाई जब लाग्छ कि इनफ् बाँचियो, पर्याप्त मात्रामा जीवनको भोगचलन गरियो, तब पीपल बोटमा गई झुन्डिएर देहत्याग गर्छन् किनभने तिमीलाई थाहा भएकै कुरा हो कि स्वप्निल भ्यालीमा कसैको पनि प्राकृतिक मृत्यु हुँदैन ।

स्वप्निल भ्यालीमा कसैको पनि कालगतिले मृत्यु हुँदैन । मानिसहरू सयौं वर्ष बाँच्छन् ।

मृत्युको देवदूत स्वप्निल भ्यालीमा घुम्न आउँदैन । तिम्रो अनुप बरालझैं होली डे मनाउन आउँदैन ।

तसर्थ यहाँ पिपलहरू पीपलमा झुन्डिएर ऐच्छिक मृत्यु मर्छन् । आफ्नो देहत्याग गर्छन् । देह विसर्जन गर्छन् ।

मृत्यु कुनै परालौकिक शक्तिको हातमा छैन । हाम्रै हातमा छ । तिम्रो हातमा पनि छ कि त !

टेलिफोन

कसैको मृत्यु कुनै परालौकिक शक्तिको हातमा नभई मेरो हातमा छ, अझ भनूँ मुठ्ठीमा छ भन्ने कल्पनामा डुब्नु स्वयम्मा एक परालौकिक अनुभूति हो ।

यस्तो खालको फ्यान्सीमा ध्यानमग्न हुनु वास्तवमा बडो फ्यान्टास्टिक कुरो हो । एक फेसनेवल फ्यान्टासी हो ।

अझै भनूँ क्यारे ! यसैमा थप केही थपूँ क्यारे !

कसैको मृत्यु कुनै परालौकिक शक्तिमा नभई मेरो लेडिज पर्समा, वालेटमा सुरक्षित छ भन्ने भावबोधमा आत्मलीन हुनु मेरो हकमा भन्ने हो भने बडो होलिस्टिक अनुभव हो । एक कस्मिक ट्रान्ज्याक्सन हो । होइन भने होइन भन्नुस् क्यारे !

टाइपराइटर

कस्मिक ट्रान्ज्याक्सन ?

टेलिफोन

हो हजुर ! अ कस्मिक ट्रान्ज्याक्सन । मेरा प्रिय हजुर दिवङ्गत बुढाथोकीज्यू ! लेट मी पुट यु इन दिस वे ।

मेरो सोच त केवल त्यो उपन्यासकारलाई मार्नु थियो । सिध्याउनु थियो । हत्या गर्नु थियो । उपन्यासकारलाई मारेर म उसको उत्थान गर्न चाहन्थें ।

यसो गर्न किन आवश्यक थियो भने म उसलाई प्रेम गर्थें । उसको प्रेम मेरो नसानसामा फैलिएको थियो किनभने मेरा निम्ति ऊ नशालु प्रेमी थियो ।

यसअघि कि उसले आफ्नो दोस्रो उपन्यासको ड्राफ्ट तयार पारोस्, म उसलाई त्यसअघि नै सिध्याउन चाहन्थें ।

दोस्रो उपन्यासमा उसले त्यसै पनि फोकटमा आत्महत्या गर्दै थियो । अ ट्याक्स-फ्री हाराकिरी ! हाउ डिस्गस्टिङ् ! त्यसअघि नै - उपन्यासकारको लिट्रेरी हाराकिरी पहिल्यै नै - म उसको अस्तित्त्व सफाचट गर्न चाहन्थें ।

उसको मृत्युलाई क्लिन बोल्ड गर्न चाहन्थें । क्रिकेटको भाषामा क्याच आउट ! चेसको भाषामा चेकमेट । फुटबलको भाषामा भनूँ क्यारे, उसले सुसाइड गोल गर्नुअघि म नै पेनाल्टी सुटआउट गर्न चाहन्थें ।

एनि वे ! इट वज इन्डिड् अ गेम अफ डेथ् !

आफूले अतिशय प्रेम गरेको लेखकले आफ्नो किताबमा तुच्छ किसिमले आत्महत्या गरोस्, म यस्तो घृणित अवस्थाको कल्पना नै गर्न सक्दिनथें ।

तपाईंसित यसअघि नै भनिसकेकी छु । रिपिटेसन, पुनरावृत्ति भएको खण्डमा माफ पाऊँ । जस्तो कि भनियो, दोस्रो किताबमा, कृतिमा अधिकांश सुरूचीपूर्ण लेखकहरू किन सुसाइड गर्छन्, मैले कहिल्यै बुझ्न सकिनँ । दोस्रो, तेस्रो, चौथो किताब लेख्दै किन पतन मार्गमा हिंड्न अभिशप्त हुन्छन्, मैले कहिल्यै बुझिनँ ।

यस्तैमा के खबर आइदियो भने त्यो उपन्यासकार दोस्रो उपन्यासको तयारीमा लागेको छ । यो डरलाग्दो आत्मघाती तयारी थियो ।

कमसेकम उसले मजस्ता गम्भीर पाठकहरूका बारेमा केही सोच्नुपर्ने थिएन र ? लेखकले त्यस्तो मेडिटेटिभ, कन्टेम्प्लेटिभ सोचको मनस्थिति तयार पार्नु पर्दैन ?

कहिलेकाहीं लेखकले केही सोच्दैन । त्यसपछि पाठकले सोच्नुपर्ने हुन्छ । मैले सोचेँ । मैले सोच्नु नै पर्ने भयो । मैले विचार गरें कि उसको हत्या हुनु ज्यादै आवश्यक छ ।

त्यसपछि मैले एक दिन भेल्भेट भिन्तुना त्रिपल एक्सको इन्जिन स्टार्ट गरेँ ।

टाइपराइटर

भेल्भेट भिन्तुनामा तिमीले कुनै हतियार पनि राखेकी थियौ कि ? रिभोल्भर-सिभोल्भर थियो ? खुकुरी-सुकुरी थियो कि ? चक्कु-सक्कु बोकेकी थियौ कि ? पर्पल पर्समा पोइजनस् पर्फ्युम बोकेकी पो थियौ कि ?

टेलिफोन

लेखकलाई रिभोल्भर-सिभोल्भरले उडाउनु ब्युटिफुल कुरा होइन ।

कुनै कविलाई खुकुरी-सुकुरीले छप्काउनु या कुनै कथाकारलाई चक्कु-सक्कुले छातीमा घोची-घोची मार्नु एस्थेटिक हिसाबले पनि ज्यादै घिनलाग्दो काम हो । निम्नस्तरको घटिया, निकृष्ट काम हो ।

भनिहालें नि, म उसलाई अतिशय मन पराउँथें ।

टाइपराइटर

कति सय रे ?

टेलिफोन

अतिशय ! आई मिन, मोर द्यान हन्ड्रेड्स अफ सय । मोर द्यान थाउजेन्ट्स अफ सय । मोर द्यान मिलियन्स् अफ सय । अतिशय !

बाई द वे, संसारको सर्वाधिक सुन्दर मस्तिष्क उपन्यासकारहरूसित हुने गर्छ । नोभलिस्ट्स ह्याभ द मोस्ट ब्युटिफुल माइन्ड ।

त्यस्तो सुन्दर खोपडीलाई बन्दुक-सन्दुकले क्षतविक्षत पार्नु त पाठकीय दृष्टिकोणबाट नै पनि ज्यादै तल्लो स्तरको, निम्नकोटि, निम्छरो, कमसल काम हो ।

उपन्यासकारलाई म ब्युटिफुल्ली मार्न चाहन्थें । ग्रेसफुल्ली मार्न चाहन्थें ।

टाइपराइटर

अ ग्रेसफुल डेथ् ?

टेलिफोन

यस अफकोर्स ! यु आर ग्रेसफुल्ली राइट् ! अ ग्रेसफुल डेथ् अफ माई विलभ्ड नोभलिस्ट ।

टाइपराइटर

उपन्यासकारलाई सेक्सुअल्ली पनि त मार्न सकिन्थ्यो नि ! होइन र ? उपन्यासकारलाई तिमीले सेक्सुअल इन्भिटेशन दिनुपर्थ्यो । मैले कतै पढेको थिएँ, उपन्यासकारहरू बडो सेक्सी हुन्छन् ।

टेलिफोन

त्यसो गर्दा त्यो एक सेक्स ओरियन्टेड मर्डर हुन सक्थ्यो । मलाई लाग्छ, त्यो एक थर्ड डिग्री मर्डर हुन जान्थ्यो । त्यसो त मैले यस बारेमा पनि केही सोचेकी थिएँ । एउटा सुन्दर परिकल्पना गरेकी थिएँ, सेक्सुअल मर्डरको ।

टाइपराइटर

सेक्सुअल मर्डर ! क्वाइट् इन्ट्रेस्टिङ् ! त्यो कस्तो परिकल्पना थियो ?

टेलिफोन

परिकल्पना अनुसार एक साँझ उपन्यासकार मेरो घर आयो ।

टाइपराइटर

पर्ख है एक छिन। आई एम सरी टु इन्टरप्ट यु। बट् प्लीज टेल मी। तिमीले भनेको परिकल्पना फगत एक परिकल्पना मात्रै हो कि परी-कल्पना हो ? मलाई लाग्छ, त्यो परी-कल्पना हो। परीको कल्पना। अ फेयरी इम्याजिनेशन। एम आई राइट ?

टेलिफोन

द्याट्स भेरी काइन्ड अफ यु। थ्याङ्क यु फर द कम्प्लिमेन्ट। मेरो परिकल्पना(लाई तपाईं परी-कल्पना भन्न सक्नुहुन्छ। परीको कल्पना ! हाउ नाइस्, हाउ स्वीट ! अ फेयरी इम्याजिनेशन !

फोनमा नभई हामी फेस टु फेस भएको भए म तपाईंलाई एक डोज फ्रेन्च किसको बक्सिस दिने थिएँ।

एनि वे ! लेट मी कन्टिन्यु माई परी-कल्पना, ओके ?

टाइपराइटर

प्लीज, गो अहेड !

टेलिफोन

अँ त, परिकल्पना अनुसार, ए सरीसरी माफ पाऊँ। परी-कल्पना अनुसार एक साँझ उपन्यासकार मेरो घर आयो। त्यो समय मलाई लाग्छ, साँझ नै हुनुपर्थ्यो। बिहान या दिउँसो कुनै पनि हालतमा उपयुक्त हुँदैनथ्यो।

किनभने उपन्यासकारहरू मलाई लाग्छ, साँझपख अलि बढी सक्रिय हुन्छन्। अलि बढी सेक्सी हुन्छन्।

टाइपराइटर

केही उपन्यासकार सेक्सको सवालमा दिउँसो पनि ज्यादै सक्रिय हुने गर्छन्। मैले दिउँसो सक्रिय हुने उपन्यासकारलाई भेटेको छु। देखेको छु।

हाम्रो यो स्वप्निल भ्यालीमा एउटा सुन्दर विशाल पार्क छ। लवलीन पार्क।

लवलीन पार्कको मध्यमागमा, नाभीस्थलमा एउटा पोखरी छ। त्यहाँ हिबिस्कस, ड्याफोडिल र चेरी जातका कलरफुल माछा पालिएका छन्।

टेलिफोन

हिबिस्कस माछा ? ड्याफोडिल माछा ? चेरी माछा ? कस्ताकस्ता फूलका नामझैं फ्लाओरी माछाहरू ! हाउ स्वीट !

टाइपराइटर

एक अपराह्न म त्यो पार्कमा बिना कुनै दुर्घटना पुगेको थिएँ। केही पिपल पार्कको बगैंचामा आराम गरिरहेका थिए। केही पिपल बेन्चमा पत्रिका, किताबहरू पढिरहेका थिए। केही पिपल घाँसे ओछ्यानमा निदाइरहेका थिए।

एउटा जोडी भने पोखरीको डिलमा सेतो मार्बल ओछ्याइएको भुइँमा सम्भोगरत थियो । सर्वाङ्ग नाङ्गै । मैले त्यो जोडीलाई उभिइउभिई हेरें । लवलीन पार्कमा उपस्थित कुनै पनि पिपलको वास्ता नगरी तिनीहरू स्याँस्याँ र फ्याँफ्याँ गर्दै एकापसमा बेरिएर मच्चिरहेका थिए ।

पुरूषचाहिं उपन्यासकार थियो । उसको 'हेजेमोनी अफ डेथ' नामक उपन्यास स्वप्निल भ्यालीमा निकै लोकप्रिय छ ।

उपन्यासकारको शरीर यति कालो थियो कि सूर्यको प्रकाशमा ऊ आँखा नै तिर्मिराउने गरी चम्किरहेको थियो ।

मध्याह्न-सूर्यको तेजिलो किरण उपन्यासकारको कोइलाझैं कालो तिघ्रा र चाकबाट तप्पतप्प भुइँमा चुहिरहेको थियो ।

यस्तो लाग्थ्यो, उपन्यासकार कोइलाखानी हो । सेक्सको अङ्गारले ऊ धपक्क बलेको थियो ।

कोइलाखानीमुनि एउटी पोटिलो काँटकी लेडी थिई, जो कामुकताको कामाग्निमा क्रमशः भष्म हुँदै थिई । उसको ओठबाट होइन, बरू नाकका फुलेका पोरापोराबाट सेक्सको सित्कार भुलभुल गर्दै, भुकभुक गर्दै उम्लिरहेको थियो ।

युवतीचाहिं गोरी थिई ।

टेलिफोन

तपाईंले गौरीको कुरा गर्नु भा'त होइन नि ?

टाइपराइटर

को गौरी ? कस्ती गौरी ?

टेलिफोन

राष्ट्रकविकी गौरी !

टाइपराइटर

कुन राष्ट्रकविको कुरा गरेकी तिमीले ? राष्ट्रकै कवि ?

कस्तो वाहियात ! यो त बडो बेतुकको कुरा भैगयो । कवि पनि राष्ट्र र अराष्ट्र हुन्छ कतै ? राष्ट्रिय र अन्तर्राष्ट्रिय कवि पनि हुन्छ ?

गौरीको कुरा कहाँबाट आयो ?

मैले त यतिमात्र भनेको हुँ कि युवती गोरी थिई । हिउँझैं गोरी थिई ।

युवती मैनको चलमलाउने देव-प्रतिमाझैं गोरी थिई ।

कोइलाझैं कालो पुरूष र हिउँझैं गोरी त्यो युगल जोडीको सम्भोग उच्च उन्मादमा थियो । गहिरो गहनतामा थियो ।

मैले त्यो सम्भोगलाई ठिङ्ग उभिइउभिई केही बेर आँखा नै नझिम्क्याई हेरें । त्यो ब्ल्याक एन्ड ह्वाइट सेक्स !

टेलिफोन

ब्ल्याक एन्ड ह्वाइट सेक्स ? मनुष्य प्रायः कलरफुल सेक्सको फ्यान्टासीमा रमाउने गर्छ तर ब्ल्याक एन्ड ह्वाइट सेक्स ! श्यामश्वेत सेक्स ! आई लभ दिस सेक्सुअल कन्सेप्ट अफ सेक्स ।

टाइपराइटर

यो सेक्सुअल कन्सेप्टको काल्पनिक कुरा होइन । रियालिटीको कुरा हो । ब्ल्याक एन्ड ह्वाइट सेक्सको सत्य घटना हो ।

उपन्यासकारको कालो मस्कुलर आङमा, तिघ्रामा, ढाडमा जमेका पसिनाका ढिक्के दानाहरू कर्कलाको पातमा जमेका शीतका मोतीदानाझैं चिप्लँदै मुनिको मार्बल भुइँमा गुडुँल्किँदै तप्पतप्प झरिरहेका थिए ।

ब्ल्याक पुरुषको ब्ल्याक एन्ड मस्कुलर चाकबाट चम्कँदै झरेको चम्किलो दृश्यको तिमी कल्पना मात्रै गर्न सक्छौ । बडो अद्‌भूत थियो । त्यो सम्भोग !

निख्खर कालो र निख्खर सेतो रङ मिसिएको एक ड्रिमसेक्स । स्वप्न सम्भोग । सेतो सेक्समा कालो कामुकताले रङ्ग्याएको एक सेक्सिलो पेन्टिङजस्तो !

सेतो क्यानभासमा कालो ब्रसको स्ट्रोक्स ! सेतो योनिको ब्ल्याक होलभित्र छिरिरहेको एउटा कालो बिरालो !

टेलिफोन

स्त्री जति नै गोरी भए पनि स्त्री योनि एक ब्ल्याक होल नै त हो नि ! ब्ल्याक होलले ग्यालेक्सी, तारापुञ्जहरूलाई निलेजस्तै पुरुषहरूलाई ब्ल्याक योनिले निल्छ ।

टाइपराइटर

मलाई लाग्छ, योनि ईश्वरको सर्वोकृष्ट रचना हो । योनि परमात्माको पवित्र परी-कल्पना हुनुपर्छ ।

यो दुलोभित्र पुरुष कामुकता, जीवेष्णा एवम् मोक्षको कामना मन्त्र जप्दै भित्र छिर्छ र नौ महिनापछि फर्कन्छ ।

टेलिफोन

त्यो कालो पुरुष पनि कालो दुलोभित्र नौ महिनासम्मै समाधिमा लीन भयो कि ?

टाइपराइटर

त्यो कालो बिरालो स्वप्निल भ्यालीको लोकप्रिय उपन्यासकार थियो । जस्तो कि मैले अघि नै भनें, केही उपन्यासकार दिउँसो पनि सक्रिय हुन्छन् ।

तिम्रो उपन्यासकारको कुरोचाहिं के कस्तो हो ?

टेलिफोन

मेरो उपन्यासकारको सेक्सुअल टाइम एन्ड स्पेसको कुरा मलाई थाहा भएन तर के कुरा सेक्सुअल्ली सत्य हो भने म उसको हत्या साँझपख गर्न चाहन्थें ।

यो परी-योजनामा मैले केही काल काम गरेकी थिएँ । सोच-विचार गरेकी थिएँ ।

त्यो सेक्सिलो परी-योजनाको कन्ट्राक्ट पेपरमा मैले दस्तखत गरिसकेकी थिएँ । अब त्यस्तै भन्नुपर्ला । कि कसो ? होइन भने होइन भन्नुस् क्यारे !

टाइपराइटर

सेक्सिलो परी-योजना सुनाउँछयौ कि त ?

टेलिफोन

उपन्यासकार एक साँझ घर आयो । मेरो घर । मैले उसलाई आफ्नो बेडरूममा नि(म्तो गरें । तपाईंले भनेझैं सेक्सुअल इन्भिटेसन् । उसले अनेक उट्पट्याङ् कुरा गऱ्यो ।

उसका कुराहरूको रिदम, लय अनुसार म क्रमशः निर्वस्त्र हुँदै गएँ । ऊ नाङ्गिँदै गयो ।

उसले मलाई सुँध्यो ।

माथिदेखि मुनिसम्म उसले मलाई सुँध्यो ।

मुनिको योनिगन्धा फ्लेशले उपन्यासकारको दिमागभित्र सुषुप्त रहेको सेक्सको खग्रास ग्रहणले घुम्टो खोल्यो ।

टाइपराइटर

योनिगन्धा ? रजनीगन्धाजस्तै योनिगन्धा ?

टेलिफोन

योनिगन्धा ! योनिको वास्ना या वासना भनियो भने त्यो अलि पेट्टी बुर्जुवा टाइपको हुन्छ । अलि कस्मेटिक हुन्छ । अनावश्यकरूपमा औपचारिक र ढोंगी नैतिकवादी पो भइन्छ त ! तपाईंसित किन त्यसरी कुरा गर्ने ? त्यसैले योनिगन्धा भनेकी हुँ ।

टाइपराइटर

शब्दसित सुन्दरतापूर्वक खेल्ने तिम्रो शैली मलाई सुन्दर लाग्छ । अछुत शब्दहरूलाई पनि तिमी आफ्नो वाक्यमा सुन्दर ढङ्गले इन्ट्री गराउँछ्यौ । आई एम् क्वाइट् इम्प्रेस्ड ।

टेलिफोन

अछुत शब्द ? यो कस्तो जातको शब्द भैगयो ?

टाइपराइटर

उदाहरणस्वरूप भर्खरै तिमीले उच्चारण गरेको शब्द योनिगन्धा । शिष्ट, विनम्र एवम् नैतिक आदर्शद्वारा पल्लवित पुरुष-स्त्रीहरू यस्तो शब्दलाई अश्लील एवम् निकृष्ट ठान्छन् । यस्ता शब्दहरूसित अछुतको व्यवहार गर्छन् ।

टेलिफोन

शब्दब्रह्ममा शब्दको के विभेद ? शब्दब्रह्ममा शब्दको के भेदभाव ? शब्दब्रह्ममा शब्द जातको के उँचनिच ? हो कि होइन ? होइन भने होइन भन्नुस् क्यारे !

टाइपराइटर

एनि वे, योनिको मगमग वास्नालाई तिमीले बडो सुन्दर ढङ्गले नामाकरण गऱ्यौ । सुन्दर शब्दको कोइन् गऱ्यौ । योनिगन्धा ! गुड !

यो योनिगन्धा डाउन टु अर्थ छ । ज्यादै अर्गानिक छ । पौष्टिक छ ।

टेलिफोन

कसैले *टेस्ट अफ् भजाइना* शीर्षकमा किन फिल्म बनाउँदैन ? यस्तो शीर्षकमा कसैले स्पिरिचुअल क्राइमको जान्रामा किन फिल्म बनाउँदैन ?

टाइपराइटर

फिल्मको विधा पनि कस्तो फ्यास्सिनेटिङ् ! स्पिरिचुअल क्राइम ।

टेलिफोन

हो नि त !

साइन्स फिक्सन, सोसियल ड्रामा, एडभन्चर, रोमान्टिक, हरर, डिटेक्टिभ, फ्यान्टासी इत्यादि भनेझैं स्पिरिचुअल क्राइम । आध्यात्मिक अपराध । यु सी ?

बरू फिल्मका टाइटलहरू म नै प्रोभाइड गर्ने थिएँ ।

टाइपराइटर

फर एक्जामपल ?

टेलिफोन

फ्लेश अफ स्मोक

भजाइना इनकार्नेशन

तप्तप्

टाइपराइटर

तप्तप् ! फिल्मको टाइटल नै तप्तप् !

टेलिफोन

यस् अफ्कोर्स, माई डियर प्रुफ रिडर ! तप्तप् ! फिल्मको ओपनिङ दृश्य यस्तो हुनेछ, घरको बलेसीबाट तप्तप् पानी चुहिरहेको हुनेछ ।

घरभित्र साध्वीको जाँघको खोँचबाट रगत तप्तप् भुइँमा चुहिरहेको हुन्छ ।

टाइपराइटर

साध्वी ? यु मिन हिरोइन ?

टेलिफोन

साध्वी । मैले साधु र साध्वीको कुरा गरेकी हुँ । भुइँमा तप्तप् चुहिरहेको रगतलाई बिरालो, कालो बिरालोले चाटिरहेको हुन्छ ।

टाइराइटर

यो दृश्यमा, ओपनिङ सिनमा खै त साधु ? भर्खरै तिमीले साधुको कुरा गरेकी होइनौ त ?

टेलिफोन

अनि बिरालो के त ? सम्भोगपश्चात् स्पिरिचुअल्ली स्खलन भएको साधु कालो बिरालोमा मेटामर्फोसाइज्ड भएको छ र त्यो जीव रगत चाटिरहेछ ।

टाइपराइटर

भैगो ! टपिक चेन्ज गरौं ।

कसैले *टेस्ट अफ भजाइना* शीर्षकमा किन फिल्म बनाउँदैन भन्ने चिन्ताको कुरा गर्दै थियौ तिमी ।

टेलिफोन

त्यही त भन्या ! कसैले *फ्लेश अफ स्मोक* बनाइदिए हुन्थ्यो । कसैले *भजाइना इनकार्नेसन* बनाइदिए हुन्थ्यो । कसैले *तप्तप्* बनाइदिए पनि हुन्थ्यो ।

ग्याब्रियल गार्सिया मार्खेजको एउटा लामो अन्तर्वार्ताको नाम नै कति सुन्दर छ ! *द फ्रेगरेन्स अफ ग्वाभा* । अल पचिनोले अभिनय गरेको सुन्दर फिल्मको नाम छ, *सेन्ट अफ अ वुमन* । अब्बास किरूस्तामीको अद्‌भूत फिल्मको नाम छ, *टेस्ट अफ् अ चेरी* । *पर्फ्युम* नामक फिल्म छ । *द सेन्ट अफ ग्रीन पपाया* नामको फिल्म छ ।

कसैले *टेस्ट अफ् भजाइना* शीर्षकमा कुनै चलचित्र किन बनाउँदैन ?

तर अफसोस्को कुरा !

योनिगन्धाको कोक्याउने गन्धले कुनै पुरूष किन पो मर्थ्यो र बिनसित्ति ! मेरो प्रिय उपन्यासकारको त झन् के कुरा !

तर सम्भोग गर्दागर्दै हृदयाघात भई मर्नु अब बेग्लै कुरा भइगयो ।

तसर्थ सेक्सुअल मर्डरको परी-योजनालाई मैले त्यागिदिएँ । उपन्यासकारले मुफ्तमा नवजीवन पायो भनूँ । मैले सम्भोग-हत्याको विचारलाई पोस्टपोन्ड गरें । क्यान्सिल गरें । सेक्सुअल मर्डरलाई सेक्सुअल्ली खारेज गरिदिएँ ।

टाइपराइटर

उपन्यासकारलाई विष खुवाएर पनि मार्न सकिन्थ्यो नि ! होइन र ? कफीको प्यालामा विष मिसाउन सक्थ्यौ ।

टेलिफोन

यस बारेमा मैले सोचेकी थिएँ तर दुःखद् कुरा के भने म कफी झुर बनाउँछु ।

झुर कफीमा विष मिसाउनु स्वयम्मा एक झुर काम पो हुन्छ त । कि कसो ? होइन भने होइन भन्नुस् क्यारे !

झुर कफी पिएर पनि कुनै लेखक मर्दो हो ? त्यो त कफी र मृत्यु दुवैको अपमान हुने छाँटकाँट देखियो ।

त्यो कफीको प्यालामा अब चाहे हेमलकको विष नै किन नहोस् ।

टाइपराइटर

कफीमा नभए ह्विस्की, भोड्का, स्कच, रम, वियर, ब्रान्डी, जुस, स्याम्पेन या सर्वतको प्यालामा पनि त विष मिसाउन सक्थ्यौ नि ? होइन र ?

स्कचमा एक डोज हेमलकको विष मिसाउन सक्थ्यौ ।

टेलिफोन

हेमलकजस्तो एन्टिक विष त केवल सुकरातलाई मात्र सुहाउँछ । फेरि मलाई अल्कोहलहरूको गन्ध नै मनै पर्दैन । त्यस्तो गन्धको तुलनामा त योनिगन्धा नै स्वर्गीय एवम् अलौकिक छ ! कि कसो ? होइन भने होइन भन्नुस् क्यारे !

टाइपराइटर

हो, हो !

यु आर राइट !

टाइपराइटर

एक बिहान मैले भेल्भेट भिन्तुना त्रिपल एक्समा उसको पिछा गरैं । ऊ दरबारमार्गको फुटपाथमा हिँडिरहेको थियो । आफ्नै सुरतालमा । जाडो मौसमको चिसो दिन थियो ।

यस्तो लाग्थ्यो, मौसमलाई रेफ्रिजिरेटरको डीप फ्रिजबाट निकालेर काठमान्डुका सडक, फुटपाथ, गल्लीहरूमा मिल्काइएको छ ।

नीलो जिन्समाथि उसले पहेंलो जम्पर लगाएको थियो । टोपीले उसको टाउकोलाई गुट्मुट्याएको थियो । म सडकमा उसलाई मार्क गर्दै गाडी चलाइरहेकी थिएँ ।

उपन्यासकार दुवै हातलाई ब्लु जिन्सको अघिल्तिरको खल्तीमा घुसारी, दुवै कुमलाई केही उचाली निमग्न हिंडिरहेको थियो ।

म उसको पछिपछि सडकमा निस्फिक्री गुडिरहेकी थिएँ, बार्बी गुडियाझैं !

मैले भेल्भेट भिन्तुना त्रिपल एक्सको गियर चेन्ज गरी एक्सिलेटर बढाउँदै उसलाई ठक्कर दिई उसको छट्पटाइरहेको शरीरमा कुदाएको खण्डमा ऊ अवश्य पनि केही बेर फत्र्याक्फत्र्याक् गर्ने थियो र लगत्तै परम्धाम पुग्ने थियो ।

उपन्यासकारलाई परम्धाम पुऱ्याउनुपर्ने मेरो परम् कर्तव्य थियो । होइन र ? होइन भने होइन भन्नुस् क्यारे !

टाइपराइटर

तिम्रो लजिक अनुसार तिमी लजिकल्ली सही हौ । सही छौ । प्लीज कन्टिन्यु योर भिन्तुना ड्राइभ !

टेलिफोन

उपन्यासकारलाई पिछा गर्दै म कहाँ-कहाँ पुगिनँ त्यो दिन ?

ऊ एउटा भिडियो पार्लरमा छिऱ्यो ।

भेल्भेट भिन्तुनालाई पार्किङ एरियामा पार्क गरी म पनि पार्लरमा छिरें । पार्लर सुनसान थियो । हजारौं, लाखौं डिभिडी चक्काहरूलाई खण्ड-खण्डको खण्डे काठको अग्लो, बेपत्ता अग्लो-अग्लो ऱ्याकमा सजाएर मिलाईकन राखिएका थिए । बडे-बडे, भीमकाय ऱ्याकहरूको भुलभुलैयामा मानिस हराउन सक्थ्यो ।

ऱ्याकमा अडेसिएको फलामको भरेङ चढी ऊ डिभिडीहरू छानिरहेको थियो । ऱ्याकबाट फिल्महरू छुट्याउँदै ऊ झोलामा हालिरहेको थियो ।

मेरो पालो मैले पनि ट्वेन्टी नाइन थान फिल्महरू किनें ।

टाइपराइटर

ती के-के फिल्महरू थिए ? मलाई बताउन सक्छौ ?

रिफरेन्सका निम्ति । क्यान यु लिस्ट आउट द नेम्स् ?

अलि बिस्तारै भन । मलाई टाइपिङ् गर्न सजिलो हुन्छ ।

टेलिफोन

तपाईंको जस्तो तीखो स्मृति मेरो कहाँ हुनु र ? तैपनि सम्झने प्रयास गर्छु ल !

टाइपराइटर

ल ल ल । ल ल ल । ल ल ल ।

टेलिफोन

क्रिस्तोफ किस्लोवस्कीको Red, Blue, White
इङ्मार वर्गम्यानको Wild Strawberries
फेलिनीको 8½
माइकल एन्जलो आन्तोनियोनिको Beyond the Clouds
गोडार्डको Breathless
अकिरा कुरोसावाको Rashoman
झाङ् यिमाउको Ju Dou
फ्रान्सिस फोर्ड कपोलाको Godfather
फ्राँसुआ त्रुफोको Shoot the Piano Player
उडी अलेनको Midnight in Paris
स्पिलवर्गको Saving Private Ryan
क्लिन्ट इस्टवुडको The Bridges of Madison County
मजिद मजिदीको Song of the Sparrows
थियोडोरोस एङ्गोलोपोसको Eternity and a Day
एलेजान्द्रो गोन्जालेज इनारितुको ट्रिलजी Ameros Peros, Babel, 21 grams
मण्डी- श्याम वेनेगलको
आक्रोश- गोविन्द निहलानीको
जलसा घर- सत्यजित रेको
पार- गौतम घोषको
इजाजत- गुल्जारको
प्यासा- गुरूदत्तको
मिस्टर एन्ड मिसेज ऐय्यर- अपर्णा सेनको
रेनकोट- रितुपर्णो घोषको
The Wind will Carry Us अब्बास किरूस्तामीको
Taxi Driver मार्टिन स्कोरसिजको

मलाई लाग्छ, आफ्नो स्मृतिको एक्ज्याक्ट लोकेसन मैले पत्तो लगाएँ । मेरो स्मृति-आह्वान तपाईंलाई कस्तो लाग्यो ? फिल्म र निर्देशकका नाम टाइप गर्न भ्याउनुभयो ?

टाइपराइटर

भ्याएँ । आङ्ग्लभाषी फिल्मको नाम रोमनमा र बाँकी नाम देवनागरीमा टाइप गरें ।

टेलिफोन

ती ट्वेन्टी नाइन फिल्महरूलाई मैले रेनी डेजमा हेरूँला भनी जतनकासाथ राखेकी थिएँ । तर अफसोस्को कुरा ! रेनी डेजको आगमन नै भएन ।

टाइपराइटर

तिमीले त आफ्नै कुरामात्र पो गर्न थाल्यौ । उपन्यासकार फलामको भरेङ चढी डिभिडी छान्दै थियो होइन ?

टेलिफोन

उपन्यासकारले आफ्नो झोला डिभिडीको डिलक्स बक्सले भरिसकेको थियो । काउन्टरमा गयो ।

काउन्टर गर्लले फिल्महरूलाई तराजुमा जोखी । पुग-नपुग दुई किलो भएछ ।

उपन्यासकारले पर्सबाट डेबिट कार्ड निकाल्यो र काउन्टर गर्लको हातमा ह्यान्डओभर गऱ्यो ।

काउन्टर गर्लले सप्पै फिल्महरूलाई गिफ्ट ऱ्यापले बेरिदिई ।

"कहाँ होम डेलिभरी गरिदिऊँ ?", काउन्टर गर्लले सोधी ।

उपन्यासकारले कागजमा ठेगाना लेखेर दियो । त्यत्तिका फिल्महरू ऊ कसलाई पो उपहार पठाउँदै थियो ? म चकित परें । मलाई जान्न ज्यादै मन थियो । मनमा खुल्दुली थियो । उसलाई प्वाक्क सोध्ने कुरा पनि भएन । हिसाब-किताब मिलाई ऊ गइगयो ।

कुन्नि के सोचेर फेरि फर्क्यो । फिर्ता आयो ।

काउन्टरगर्लसित भन्यो,

"यो गिफ्ट प्याकेटसितै एउटा पहेंलो गुलाफ पनि राखिदिनू ।"

त्यसपछि डिपार्चरद्वारबाट निस्केर ऊ फुत्त गइगयो । मैले काउन्टर गर्लसित त्यो उपहार कस्का निम्ति होम डेलिभरी गरिँदै छ भनी सोध्दा उसले भनी, "यो एकदम कन्फेडेन्सियल हो । बताउन मिल्दैन ।"

म त्यसपछि खिन्न भएँ ।

मेरो खिन्नताको कुनै दवाइ थिएन ।

टाइपराइटर

उपन्यासकारले कस्को निमित्त त्यस्तो उपहार पठाएको होला ? मलाई पनि खुबै खुल्दुली पो भइगयो ।

टेलिफोन

उपहार पाउने मानिस पक्कै पनि भाग्यमानी हो । भाग्यमानीको भूतै कमारो !

टाइपराइटर

कुरा त्यसो होइन । भाग्यमानीको फिल्मै कमारो ! यस्तो पो भन्नुपर्छ त !

टेलिफोन

तपाईंले ठीक भन्नुभयो । उखानलाई कहिलेकाहीं मुड, परिवेश अनुसार चेन्ज गर्नुपर्छ । त्यसो गर्दा उखानको उपयुक्तता काइदाको हुन्छ । काइदाको कुरा फाइदाको हुन्छ । होइन कि ? होइन भने होइन भन्नुस् क्यारे !

टाइपराइटर

हो कि, हो किजस्तो लागिरा'छ ।

टेलिफोन

हो कि मात्रै ? हो नै भन्नुस् न ! हो कि, हो कि भन्ने अनिश्चित कन्डिसनको मनोदशामा, भावदशामा रहनुभन्दा ड्याङ्गै हो भन्नु बडो काइदाको हुन्छ । काइदाको कुरा फाइदाको हुन्छ । हो कि होइन ?

टाइपराइटर

हो । हो । हो ।

टेलिफोन

किन त्रिपलपटक हो, हो, हो भन्नु भा'को । सिङ्गलपटक हो भन्दा भैंगो नि ! हो कि होइन ?

टाइपराइटर

हो नि !

टेलिफोन

होसित नि भन्ने निपात प्रयोग नगरेकै राम्रो । निपातलाई क्यान्सिल गरेर हो मात्रै भन्नुस् न !

टाइपराइटर

हो ।

टेलिफोन

के हो ?

टाइपराइटर

उखानलाई कहिलेकाहीं मुड, परिवेश अनुसार चेन्ज गर्नु काइदाको हो । काइदाको कुरा फाइदाको हो ।

टेलिफोन

डिभिडीको उपहारसित पहेंलो गुलाफ पाउनु बडो फाइदाको कुरा हो ।

टाइपराइटर

त्यही त भन्या ! त्यो पहेंलो गुलाफ पाउने भाग्यमानी पात्र को पो होला ?

टेलिफोन

प्रेमा शाह पो हो कि ? यो मेरो कल्पनाको अप्सनल अनुमान हो ।

टाइपराइटर

कल्पनाको अप्सनल अनुमान ? क्वाइट् इन्ट्रेस्टिङ् । तर को प्रेमा ? लब्ली नाम रै'छ । प्रेमसित सम्बन्धित नाम रै'छ ।

टेलिफोन

लेडी राइटर हो । कहिलेकाहीं कस्तो हुन्छ भने लेखक र लेखिकाबीच आत्मीय सम्बन्ध हुने गर्छ । अफेयर हुने गर्छ । आत्मीय अफेयर । चक्कर चल्छ क्या, चक्कर !

टाइपराइटर

लेखक र लेखिकाबीच चल्ने अफेयरलाई चक्करमात्रै भन्नु उपयुक्त हुँदैन सायद । त्यसलाई घनचक्कर भन्नु मनासिव हुन्छ । ज्याँ पाल सार्त्र र सिमोन द बुवाको घनचक्करबारे त तिमीले पढेकी हुनुपर्छ ।

टेलिफोन

पढेकी छैन । कस्को बुवा रे ?

टाइपराइटर

ज्याँ पाल सार्त्रको बुवा, फ्रेन्च लेखक क्या ! जसले नोबेल प्राइजलाई एक बोरा कुहिएको आलु बराबरको भाउ पनि दिएन । नोबेल प्राइजको तुलनामा सार्त्रले बुवाको प्रेमलाई भने प्राइसलेस् भाउ दियो । प्रेम यस्तै ठूलो घनचक्कर हो ।

तिम्रो प्रेमाको फन्डा चैं के हो नि ?

टेलिफोन

प्रेमा शाहको कथा सङ्ग्रहको नाम हो, *पहेंलो गुलाफ* । मलाई लाग्छ, त्यस दिन उपन्यासकारले डिभिडीसितै उपहार पठाएको पहेंलो गुलाफ प्रेमा शाहका निम्ति हो किनभने उसले रातो गुलाफ या प्याजी गुलाफ या सेतो गुलाफ या नीलो गुलाफ या हरियो गुलाफ या ग्रे गुलाफ नभई पहेंलो गुलाफको छनोट गरेको थियो ।

टाइपराइटर

त्यसपछि ?

टेलिफोन

त्यसपछि मैले स्टार्ट गरें ।

टाइपराइटर

के स्टार्ट गर्‍यौ ?

टेलिफोन

भेल्भेट भिन्तुना त्रिपल एक्स । उसलाई पछ्याउन थालें । पछ्याउँदै गएँ । ओहोर-दोहोर गर्ने गाडीहरूलाई पन्छाउँदै म उपन्यासकारलाई पछ्याउँदै गएँ । स्लो मोसनमा ।

यस्तैमा ऊ आर्ट ग्यालरीमा छिर्‍यो । म पनि छिरें ।

ग्यालरीको भित्तामा तुर्लुङ्ग झुन्डिएकी एरिना ताम्राकारलाई उपन्यासकारले केही बेर मुन्टोलाई स्टील-लाइफ-पोजिसनमा राखेर नियाल्यो । क्यानभासमा एउटी असाध्यै वृद्ध लोग्ने मानिसको पोट्रेट थियो । अनुहार मुजामुजा परेको, धुजाधुजा परेको थियो । ज्यादै खज्मजिएको थियो ।

समय त्यसरी पनि लोग्ने मानिसको अनुहारमा चाउरी पर्दो रहेछ ! यस बारे मैले त्यसअघि त्यसरी कहिल्यै पनि सोचेकी थिइनँ । ताज्जुब लाग्यो ।

एरिना ताम्राकारको चाउरी परेको समयलाई उपन्यासकारले किन्ने भयो ।

भादगाउँले इट्टाको काँचो भित्ताबाट चाउरिएको समयलाई ग्यालरीका दुई युवाले बडो जतनकासाथ निकाले । युवा समयले वृद्ध समयलाई यसैगरी रिप्लेस गर्दो रहेछ ।

म त खिन्न भएँ ।

यसरी समय-असमय खिन्न हुनु मेरो जीवनको अभिन्न भाग हो सायद । खिन्नसित भिन्न हुन खोज्दाखोज्दै फेरि खिन्नसित अभिन्नरूपमा जोडिनु यो कस्तो खिन्नताभाव हो ?

पोट्रेटलाई झिलिमिली कागजमा प्याक गरियो । त्यसमा एउटा सानो स्टिकर टाँसियो । स्टिकरमा उपन्यासकारले आफ्नो दस्तखत गर्‍यो अनि सेल्सगर्ललाई उसले भन्यो :

"यसलाई भोलिमात्र डेलिभरी गर्नू । कमलको फूलसितै । सेतो लोटस्‌सितै ।"

टाइपराइटर

अ ह्वाइट लोटस् ! सेतो कमलको फूल । यो त ब्युटिफुल्ली खास्साको कुरा भैगयो । मलाई लाग्छ, त्यो सेतो कमलको फूल पक्कै पनि कमला नाम गरेको कुनै करूणामयी युवतीको निम्ति हुनुपर्छ ।

टेलिफोन

त्यसपछि फेरि ऊ फुटपाथमा । फेरि म सडकमा । हामीले केही दूरी बनाएर हिंड्यौं ।

जीवनमा दूरीलाई मेन्टेन गर्न एकदम आवश्यक छ ।

लोग्ने र स्वास्नीबीच, सम्भोग र प्रेमबीच, ईश्वर र मानवबीच दूरीको व्यवस्थापन ज्यादै आवश्यक छ ।

टाइपराइटर

जन्म र मृत्युबीचको दूरी ! यही दूरीमा जीवनले फल्नेफुल्ने अवसर पाउँछ । तिमीले भनेको दूरी टाइम एन्ड स्पेसको कुरा हो ।

टेलिफोन

अनि त्यसपछि ऊ एउटा किताबशालाभित्र छिऱ्यो । थ्याङ्क गड ! मधुशालाभित्र चाहिं छिरेन । म पनि लुसुक्क छिरें ।

किताबशाला अक्षरहरूको अस्थिपञ्जरले भरिएको थियो ।

केही अस्थिपञ्जरलाई मैले छोएँ । सुम्सुम्याएँ । ओल्टाइपल्टाई गरें । अस्थिपञ्जरका शीर्षक एवम् लेखकका नामहरूलाई प्रेमपूर्वक छामें । स्पर्श गरें ।

उपन्यासकारले एक अङ्गालो पोयट्रीका अस्थिपञ्जरलाई च्याप्यो । काउन्टरतिर गयो । आफ्नो कार्डमा हिसाबकिताब मिलान गऱ्यो ।

पोयट्रीका अस्थिपञ्जरहरूलाई सेल्सम्यान - जो स्वयम् कङ्काल स्वरूपमा थियो - ले रङ्गीचङ्गी कागजले बेरिदियो । गिफ्ट प्याकेज तयार भयो ।

कङ्कालले ठेगाना टिप्दै ती सम्पूर्ण अस्थिपञ्जरको गिफ्ट प्याकेजलाई कसको नाममा होम डेलिभरी गर्ने हो भनी उपन्यासकारलाई सोध्यो । उपन्यासकारले कुनै नाम भन्यो तर मेरो दुर्भाग्य हेर्नोस्, मैले त्यो नाम सुन्न सकिनँ ।

यो को मानिस हो भनी कङ्कालले उपन्यासकारलाई सोधी पठाउँदा, अनावश्यक केरकार गर्दा उपन्यासकारले भन्योः "बाल्यकालमा कतै छुटेको घटना हो ।"

टाइपराइटर

बाल्यकालमा छुटेको घटना ! कस्तो काव्यात्मक जवाफ ! मलाई आफ्नो बाल्यकालको याद आयो । यो रङ्गीचङ्गी दुनियाँमा म यति चाँडै हुर्कें, बढें कि मलाई आफ्नो बाल्यकाल कहाँ छुट्यो, कहाँ, कुन मोड, गल्लीमा हरायो, पत्तै भएन ।

कहिलेकाहीं कस्तो लाग्छ भने टर्च या लालटिन या फ्लड लाइट नै बोकी एकपटक फेरि जिन्दगीका ती मोड, गल्ली, घुम्तीहरूतिर जाऊँ र आफ्नो बाल्यकाललाई खोजूँ ! ती निर्दोष उमेर, आयु, वर्षहरूलाई आफ्नो कोटको खल्तीभित्र पट्याएर जतनका साथ राखूँ ।

कस्तो लाग्यो मेरो आइडिया ?

टेलिफोन

तपाईंको आइडियासित मलाई हाइड एन्ड सिक खेल्न मन लाग्यो ।

टाइपराइटर

हाइड एन्ड सिक ? यु मिन लुकामारी ?

टेलिफोन

यस् अफकोर्स । लुकामारी ।

त्यो दिन वास्तवमा हामी हाइड एन्ड सिक नै त खेलिरहेका थियौं नि ! म र उपन्यासकार । चोर र सिपाहीको खेल । ऊ चोर म सिपाही ।

ऊ लुक्न जान्थ्यो, भिडियो पार्लरमा, आर्ट ग्यालरीमा अनि किताबशालामा । उसलाई पछ्याउँदै म पनि जान्थें, किताबखानामा, आर्ट ग्यालरीमा अनि भिडियो पार्लरमा । उसलाई समातेर ढ्याप्पा गर्न मैले चाहिं सकिनँ ।

म सिपाही भएर पनि चोरलाई पक्राउ गर्न सकिनँ । मेरो हृदय चोर्ने ऊ एक हिसाबले भन्ने हो भने चोरै त थियो नि ! कि कसो ? होइन भने होइन भन्नुस् क्यारे !

उसलाई किन पक्राउ गर्न सकिनँ ? सायद मसित अरेस्ट वारेन्ट थिएन ।

त्यो दिन ऊ अचम्मको लाग्यो । फिल्महरू, पेन्टिङ अनि पोयट्रीका किताबहरू ऊ त्यसरी पठाइरहेको थियो ।

शहरमा एउटा उपन्यासकार उपहार खोजी हिंडिरहेको थियो र उसको हत्या गर्नका खातिर एउटा पाठिका उसैको पछि हात धोएर लागिरहेकी थिई ।

दृश्य गज्जबको थिएन र ?

एउटा मौका हातबाट चुक्यो । नत्र उसको मृत्युलाई मैले जेब्राक्रसिङमा लोकेट गरेकी थिएँ । ऊ सडक पार गर्दै थियो । मैले एक्सिलेटर बढाइसकेकी थिएँ र स्टेरिङमा मेरा हातहरू तम्तयार अवस्थामा पनि थिए । गाडीले उसलाई हान्नै लाग्दा अकस्मात् कुन्नि कहाँबाट - आउट अफ नो ह्वेयर - एउटा बिरालो, कालो बिरालो जेब्राक्रसिङमा ऊनेर आइपुग्यो ।

गाडीहरूको कर्कश हर्नले गर्दा डराएको बिरालो उसको खुट्टामा गुट्मुटिन थाल्यो । बिरालोलाई उसले हातमा लियो । दुवै हातले समातेर छातीमा च्याप्यो । यहींनेर भेल्भेट भिन्नुना त्रिपल एक्स घच्याक्क रोकियो । त्यो कालो बिरालो झनै तर्स्यो र मलाई हेर्दै म्याउँ गऱ्यो ।

कालो बिरालोले उसलाई जोगायो, नत्र उपन्यासकारको जेब्राक्रसिङमा स्पट-डेथ् हुन्थ्यो ।

कालो बिरालोलाई काखीमा च्यापी उपन्यासकारले जेब्राक्रसिङ पार गऱ्यो । काखीमुन्तिरबाट कालो बिरालोको कालो पुच्छर चल्मलायो ।

अब त साँझ झर्दै थियो, काठमान्डुको आकाशबाट ।

उपन्यासकार सडकपेटीमा भीडहरूसित ठोक्किँदै गुपचुप हिंडिरहेको थियो । म गुडिरहेकी थिएँ । उसलाई पछ्याउँदै म कहाँ पुगें कहाँ, कहाँ ?

एक मनले त सोचें पनि । उसको नजिक जाऊँ । गाडी रोकूँ । झ्याल खोलूँ र उसलाई भनूँ: "आऊ, गाडीमा बस । कहाँ जान यसरी हिंडिरहेका छौ ?"

टाइपराइटर

कस्तो अचम्म ! तिमी त उसलाई मार्न पो हिंडेकी थियौ । उसको हत्या गर्न आफ्नो ग्यारेजबाट निस्केकी थियौ । उसलाई आफ्नो गाडीमा लिफ्ट दिने कुरा पो गर्दै छौ ।

यु वर गोइङ टु किल समबडी । यु वर सपोज्ड टु किल समबडी ।

टेलिफोन

समबडी । आङ्ग्लभाषी यो शब्दको मेटाफर बडो उदेकलाग्दो छ : Somebody. अर्थात् Some Body.

टाइपराइटर

समबडी कि सम बडी ? Somebody कि Some Body ? कि Sum Body ?

टेलिफोन

Somebody. Some र Body लाई डिट्याच गर्नुस् । छुट्याउनुस् । त्यसपछि बन्छ, Some Body. Someone else's body. Body of Someone Else. अरू कसैको बडी ! कसैको शरीर ! कसैको देह !

कुनै व्यक्तिलाई सम्बोधन गर्ने यो Somebody मलाई राम्रो शब्द लाग्छ । मनुष्यलाई Body को रूपमा मात्रै हेर्ने प्रक्रिया !

Body मनुष्यको केवल फिजिकल कम्पोनेन्ट मात्रै हो । आङ्ग्लभाषीहरूले Body लाई महत्त्व दिएका हुन्, न कि आत्मालाई । नत्र भने समबडीलाई Somesoul, Somespirit नै भनिन्थ्यो नि कसो ? होइन भने होइन भन्नुस् क्यारे !

सनातन धर्मशास्त्रचाहिं आत्माको अमरत्वमा बढी चासो राख्छ । Body त केवल क्षणभङ्गुर इकाइमात्र हो । केवल एक सोलिड पदार्थ । शास्त्रले भन्छ, पदार्थको अन्त्य निश्चित एवम् सुस्पष्ट छ, समयबद्ध छ तर चेतना समयातीत छ ।

Body समयसित सम्बन्धित एक ठोस घटना हो, जसलाई भेल्भेट भिन्तुना त्रिपल एक्सको ठक्करले नष्ट गरिदिन सक्छ ।

तसर्थ, यस अर्थमा म त केवल उपन्यासकारको Body लाई नष्ट गर्ने योजनामा थिइनँ र ?

उपन्यासकार त केवल Some Body मात्रै थिएन र ?

त्यसो भन्दाभन्दै पनि मैले उपन्यासकारको Body लाई नष्ट गर्न सकिनँ । उपन्यासकारको हत्या गर्न सकिनँ । हत्या पनि अब के भन्नु र ?

समबडीको Body केवल Body मात्रै हो भने, केवल पदार्थमात्रै हो भने, पदार्थको हत्या नै कसरी गर्न सकिन्छ ? तपाईं वस्तुको हत्या कसरी गर्न सक्नुहुन्छ ?

फर्निचरको पनि हत्या हुन्छ ? पुस्तकको हत्या तपाईं कसरी गर्नुहुन्छ ?

हो कि होइन, होइन भने होइन भन्नुस् क्यारे !

टाइपराइटर

मनुष्य केवल शरीरमात्रै होइन, चेतना पनि हो । शरीर चेतनाको बाहिरी खोल हो । आवरण हो । मनुष्य-देह चैतन्य चोला हो । होइन कि ?

टेलिफोन

एनि वे, जे होस्, होस् । हत्यामै हामी एक छिन कन्सन्ट्रेट होऔं ।

कसैको हत्या गर्नु भनेको वास्तवमा आफ्नै हत्या गर्नु पनि हो । हत्याको थेसिस एन्ड एन्टिथेसिसको रूपसार यही हो । कसैलाई मार्नु भनेको आफूलाई पनि मार्नु हो । जसरी अरू कसैको कल्याण, भलोको कामना गर्नु आफ्नै आत्मकल्याणको कामना गर्नु हो ।

बाइ द वे ! हत्या नारीसुलभ गुण होइन रैंछ ! हत्या स्त्रैण स्वभाव होइन रैंछ !

स्त्रीको सार्वभौम, स्त्रैण गुण त सृष्टिमा पो छ, होइन र ?

सिर्जना, रचनामा स्त्रीत्त्वको दैविक अंश छ, होइन र ?

तर यहाँ ठीक उल्टो भइरहेको थियो । त्यो मूला पुरूषचाहिं उपन्यास नै किन नहोस्, सिर्जना गरिरहेको थियो र म भने उसलाई नष्ट गर्न भेल्भेट भिन्तुना त्रिपल एक्समा गुडिरहेथें ।

पुरूषले स्त्रीको सृष्टि गर्ने, रचना गर्ने, नारीसुलभ गुणमाथि डाँका डालेकाले मेरो दिमागमा त्यस्तो क्रुर योजना आएको त थिएन कतै ?

पुरूषले स्त्रीको नारीसुलभ गुणमाथि कर्के नजर लाउने ?

आफै रचना गर्न तम्सिने ? प्रकृतिले साथ दिएन भन्दै दिमागमा पाठेघर बोकी गर्भ रहने ? दिमागमै रचनाको उद्योग चलाउने ? दिमागमै रचना गर्भको धन्दा चलाउने ?

म सायद पुरूषको यस्तो खालको तान्त्रिक धन्दा रोक्न चाहन्थें । तसर्थ उपन्यासकारको हत्या गर्न चाहन्थें ।

तर अफसोसको कुरा !

अघि नै भनिहालियो कि कसैको हत्या गर्नु त्यो चाहे फगत एक Body मात्रै किन नहोस्, नारीसुलभ गुण होइन रैंछ । हत्या, हिंसा, मारकाट स्त्रैण चरित्र होइन रैंछ । वास्तवमा ती सब पुरूषका रखैल हुँदा हुन् !

हत्या, हिंसा, मारकाट पुरूषका रखौटी हुँदा हुन् ।

कि कसो ? होइन भने होइन भन्नुस् क्यारे !

मेरो सम्पूर्ण ध्येय उपन्यासकारलाई जोगाउनु थियो । बचाउनु नारीको धर्म हो । उसको हत्याको योजनाको पछाडि मेरो यतिमात्रै कामना थियो । सदीच्छा थियो ।

यस्तो कामना कुनै नारीले मात्र गर्न सक्छे ।

टाइपराइटर

मलाई आफू नारी नभएकोमा बडो अफसोस छ । अरू के नै पो भनूँ र खै ?

टेलिफोन

यो नै त पुरूषको महानता हो । जब पुरूष आफ्नो घमण्ड, अहङ्कारको मायाजालबाट अलि माथि उठ्छ, ऊ महान् बन्छ ।

उपन्यासकार एउटा क्याफेभित्र छिऱ्यो । उसले अझै पनि त्यो कालो बिरालोलाई काखीमा उसैगरी च्यापिरहेको थियो । क्याफेको पार्किङ लटमा गाडीभित्र बसी म उसको आगमनको प्रतीक्षा गर्न थालें ।

एउटा मानिसलाई कफी पिउन कति नै समय लाग्छ र ? तर काठमान्डुका कफी अड्डाहरू यस्ता ठाउँ हुन्, जहाँ समय कुनै हतार नगरी टक्क अडिन्छ ।

क्षण, पलको कुनै वास्ता नगरी समय कफीको मगभित्र टक्क अडिन्छ । अनि अम्रिकानो, एसप्रेसो र क्यापुचिनोको वाफ बनी क्याफेको सिलिङमा ठोक्किँदै झ्यालबाट बाहिरिन्छ ।

तर उपन्यासकार बाहिरिएन । उपन्यासकारलाई कफी टेबलमा छाडी उसको छायाँमात्रै भए पनि बाहिरिएको भए क्या जाती हुन्थ्यो ! क्या दामी हुन्थ्यो !

कफी मानवहरू क्याफेद्वारबाट ओहोर-दोहोर गरी नै रहे तर ऊ बाहिरिएन । बाहिर निस्कने कुनै छाँटकाँट देखाएन ।

कत्ति साँझ बिते । कति सिजन बिते । मैले गन्न छाडिदिएँ । कति सिजनल साँझहरू सोत्तर भए, हिसाब-किताब राख्न छाडिदिएँ ।

मेरो प्रतीक्षाको असामयिक निधन भएको पनि अब त समयको विस्मृत कालखण्डको खण्डहर भइसकेको थियो ।

आफ्नो बर्कतले भ्याएसम्म उसलाई पर्खें । पर्खें र पर्खें । मेरो प्रतीक्षाको घडी ननस्टप चलिरह्यो, दिक्-कालमा । प्रतीक्षाले मनुष्यको धैर्यको परीक्षा लिंदो रहेछ । प्रतीक्षाका ती सिनजल साँझहरूमा मैले दीपक खरेलको गीतलाई घरीघरी सम्झें । गुन्गुनाएँ :

ऽऽऽ प्रतीक्षा गर मेरी मायालु
समयले मानिसलाई कहाँ-कहाँ पुऱ्याउँछ
कहिले हसाउँछ, कहिले रुवाउँछ
हाँसो र आँसुको सङ्गम पनि गराउँछ ऽऽऽ

हाँसो र आँसुको सङ्गममा मेरो प्रतीक्षाले छट्पटाएर आत्महत्या गरेको पनि अब त उहिल्यै-उहिल्यै कहिले-कहिलेको किंवदन्ती बनिसकेको थियो ।

तर एक साँझ ऊ बाहिरियो । क्याफेको क्याफेद्वारलाई धकेल्दै ऊ क्याफेबाट निस्कियो । बिस्तारै अघि बढ्यो । भेल्भेट भिन्तुना त्रिपल एक्ससम्म आइपुग्यो ।

उपन्यासकार मेरो गाडीको ढोकाछेवै केही बेर कुनै भेउ नपाएझैं अल्मलिएर उभिइरह्यो ।

ऊ सेतो थियो । अरण्य जग्गामा फुलेको कुनै श्वेत वनफूलझैं ऊ सर्वाङ्ग सेताम्मे भई फुलेको थियो । उसको अनुहारमा चाउरिएका मुजाहरू छ्यापछ्याप्ति थिए ।

उसलाई बेरेर राखेको ब्लु जिन्स र पहेंलो जम्परबाट रङ उडिसकेको थियो । जिन्स र जम्परमा लतपतिएको समयबाट रङको पाप्रा उप्किएको थियो ।

भेल्भेट भिन्तुना त्रिपल एक्सको ढोका खोलिदिएँ । कुनै औपचारिकताको उपसर्ग नजोडी ऊ मसितैको फ्रन्ट सिटमा बस्यो । मलाई एकपटक पनि हेरेन ।

नहेरीकनै उसले मलाई भन्यो :

"बच्चाहरू आकाशमा उडिरहेका थिए ।"

को बच्चाहरू ? कस्का बच्चाहरू आकाशमा उडिरहेका थिए ?

बिना प्रसङ्ग ऊ भन्दै थियो :

"रङ्गीचङ्गी ती बच्चाहरू आकाशमा उडिरहेका थिए ।"

रङ्गीचङ्गी बच्चाहरू ? कस्ता खालका रङ्गीचङ्गी बच्चाहरू ? काठमान्डुको आकाशमा बच्चाहरू उड्ने कुरा भएन । उपन्यासकार कुन लोकको कुरा गरिरहेथ्यो ? उसले बडो विस्मित कुरा सुनायो :

"कालो बिरालो पनि उतै कतै छुट्यो ।"

कता छुट्यो ? कालो बिरालो ? सोधिनँ ।

पार्किङ लटमा अझ भनूँ, क्याफेको ग्यारेजमा मेरो एक युग बितेको कुरा अब त मलाई कुनै डेड ड्रिमझैं लाग्दै थियो । उपन्यासकार चुपचाप मसितै बसेको थियो, भेल्भेट भिन्तुना त्रिपल एक्सको फ्रन्टसिटमा । अन्त्यमा आफ्नै पर्सनल ड्राइभरलाई आदेश दिएझैं गरी उसले यस्तो भन्यो :

"जाऔं अब । मलाई ह्वाइट लोटस मोनास्ट्रीको गोथिक ग्रेभयार्डसम्म पुऱ्याइदेऊ । त्यहाँ केही उमेर निदाउन चाहन्छु । बेडरूमको ओछ्यानमा अब मलाई कुनै निद्रा आउनेछैन । गाडीको डिग्गीमा मेरो आगामी उपन्यासको डेड पाण्डुलिपि छ । त्यसलाई तिमी चिहानमा पुरिदिन सक्छौ, मेरो शवसितै । इज इट अलराइट विथ् यु ? अनि गाडीलाई चाहिं घरैमा लगी ग्यारेजमा थन्काइदेऊ । साँचोको झुप्पा तिमीले आफूसितै लगे पनि हुन्छ ।"

त्यसपछि मैले गाडी स्टार्ट गरें ।

गाडीको सिटमा ऊ अचल बस्यो । केही चलमलाएन । धेरै बेरको दीर्घ मौनतापछि ऊ केही बर्बरायो । केही फुस्फुसायो । उसको काँपेको आवाजमा केही गुम्सिएका शब्दका गेडीहरूलाई मैले सुनें :

"धेरै वर्षअघि, थाहा छैन कुन्नि कुन युगमा केही उपहारहरू किनेको थिएँ । ती सामानहरूलाई मैले उपहारस्वरूप विभिन्न ठाउँमा पठाएको थिएँ । ती सामान मैले कसलाई पो पठाएको थिएँ ? ती उपहार आ-आफ्नो ठेगानामा पुगे होलान् ? म आशा गर्छु, ती उपहार डेस्टिनेशनमा अवश्य पनि पुगे होलान् ! कि कसो ? होइन भने होइन भन क्यारे ?"

म मुस्कुराएँ । मलाई लाग्थ्यो, होइन भने होइन भन्नुस् क्यारे भन्ने थेगो मेरो पर्सनल थेगो हो । होइन रैंछ । त्यो थेगो पब्लिक थेगो रैछ । सके रिपब्लिक थेगो नै हुँदो हो ।

त्यसलगत्तै उपन्यासकार सिटमा निदायो । भेल्भेट भिन्तुना त्रिपल एक्स एकनासले गुडिरह्यो, काठमान्डुको स्लिपिङ सडकमा ।

हाउ इज द डे, हाउडे !

देउताले मलाई मानिसहरूको सहयोग गर्न पठाएका हुन् ।

- हाउडे

प्रुफ रिडर दिवङ्गत बुढाथोकीले पर्दालाई सार्‍यो र अलिकति बाहिर चिहायो ।

बिहानको अलिकति दृश्य देखा पर्‍यो । बगैंचामा । फूलहरूमा । घाँसमा । टाइल बिछ्याइएका स्टाइलदार भुइँमा । स्वप्निल भ्याली रातको गहन निद्राबाट भर्खरै जागेको थियो । यसो भन्दा अलि उपयुक्त होला कि : रात बिस्तारै फेजआउट हुँदै थियो र त्यसको सट्टाभर्ना गर्नका खातिर एउटा स्वच्छ, स्वस्थ बिहान चारैतिर फैलँदै थियो ।

राति निशाचर लेडीसित भएका सम्पूर्ण कुराकानीलाई उसले टाइपराइटरमा लिपिबद्ध गरिसकेको थियो । तिनलाई एकपटक पढ्न बाँकी थियो । पढिहाल्ने मुडचाहिँ कतै बाख्रा चराउन गा'थ्यो ।

प्रुफ रिडर दिवङ्गत बुढाथोकीलाई चियाको तलतल लाग्यो । चिया पिउने हो कि, हो कि झैं लाग्यो । उसको मन एकतमासले चिया पिउने इच्छामा फस्यो । किचनमा गई ग्याँस बाल्यो ।

कित्लीमा पानी भकभक, भुकभुक उम्लन थालेपछि त्यसमा उसले मरिचको पाउडर खन्यायो । थोरै नुनको भनसुन चियामा गर्नु उपयुक्त हुन्थ्यो । नुन एक चिम्टी खन्याई पनि हाल्यो । नुनको अलिकति नुनिलो स्वाद इन्डेक्स फिङ्गरमा टाँसिएको रहेछ । जिब्रोको टुप्पोले औंलाको टुप्पालाई अलिकति चाट्यो । भाँडोमा चिनी मिसायो ।

स्वप्निल भ्यालीका पिपलहरूले दिवङ्गत बुढाथोकीलाई ग्रीन-टी पिउने, खाने सल्लाह दिने गर्थे । तर उसलाई ग्रीन-टी कहिल्यै मन परेन । वास्तवमा ग्रीन चीज, सामग्रीहरूबाट उसको मोह मरिसकेको थियो । उसको जीवनका ग्रीन-डेज अब त समाप्त भइसकेका थिए ।

ग्रीन चीजहरूबाट दिवङ्गत बुढाथोकीले मोह-उन्मुक्ति पाइसकेको चार्मिङ अवस्था थियो । ग्रीन सलाद या ग्रीन भेजिटेबलको उपभोग गर्ने हरित दिनहरूले उसको जीवनबाट अवकाश लिइसकेका थिए । हरियाली दिनहरू अब त उसको स्मृतिका कुनै च्याम्बरभित्र कैद भइसकेका थिए ।

१ चालीस वर्षीय प्रुफ रिडर चियाको मगसितै घरबाहिर निस्कियो ।

बगैंचाको घाँसमा, दुबोमा एक छिन खाली खुट्टाले टर्टलिङ् गर्‍यो । डुल्यो । कुनाको काठको बेन्चमा गई बस्यो । छेवैमा सानु जलकुण्ड थियो । मत्स्य-कुण्ड । त्यहाँ केही रङ्गीचङ्गी माछाहरू जलक्रिडामा मग्न थिए ।

प्रुफ रिडरले आँखा चिम्लियो ।

मस्त्यझैं ऊ पनि मग्न हुन रूचायो । आँखा चिम्लेर उसले भित्र हेऱ्यो । आफूभित्रको अतल गहिराइमा ऊ प्रवेश गऱ्यो । उसको हृदयमा पनि स-सानु जलकुण्ड रहेछ । देख्यो ।

कुण्डमा एउटा ठूलो माछा आफ्नो पुच्छर दायाँबायाँ घुमाउँदै घुमिरहेको थियो । यताउति डुलिरहेको थियो । त्यो कालो मस्त्य हृदयको मस्त्य-कुण्डमा एक्लैएक्लै फगत एक्लै के पो खोजिरहेथ्यो, कुन्नि ! ब्ल्याक फिसका तीखा सुइरिला जुँगाले घोच्न थालेपछि प्रुफ रिडरले आँखा उघाऱ्यो ।

आँखा अगाडि हाउडे उभिएको थियो ।

हाउडेले ऊनीको रेड क्याप लगाएको थियो । छिर्केमिर्के कमिजमाथि इस्टकोट भिरेको थियो । उसको कुनै इष्टदेव थिएन । इष्टमित्रहरू पनि थिएनन् । इष्टकोट एकमात्र उसको इष्ट थियो । सधैं लगाउँथ्यो । काँधमा घरबुना कालो झोला झुन्ड्याइएको थियो, जो कम्मर वरपर लत्रन्थ्यो । हाउडेले गोजी र फस्नर नभएको नीलो प्यान्ट लगाएको थियो ।

हाउडेको यो परम्परागत पहिरन थियो । आफ्नो प्यान्टमा गोजी नराख्नुमा उसको आफ्नो कामचलाउ तर्क थियो । त्यो के भने गोजीमा राखी नै हाल्नुपर्ने अनावश्यक चीजहरू जस्तो कि पर्स, रूमाल, कागजपत्र ऊ कहिल्यै बोक्दैनथ्यो । तिनलाई ऊ तीव्र घृणा गर्थ्यो । गोजीमा संसार लिई हिंड्ने मनुष्यहरूदेखि ऊ तर्कन्थ्यो । त्यस्ता पिपलहरू देखी ऊ हाँस्थ्यो । खिसी गर्थ्यो । भन्थ्यो, "मूला मनुष्यहरू गोजीमा पर्स बोकी संसार किन्न हिंड्छन् । कस्तो वाहियात् !"

तर बदलामा अरू मनुष्यहरू हाउडेलाई वाहियात् ठान्थे । उसलाई हाउडे भनी उडाउँथे ।

गोजीको कुरा त त्यस्तै भयो । अनि फस्नर नि ! ऊ किन सधैं फस्नर नभएको प्यान्ट लगाउँथ्यो ? यसमा ऊ के भन्ने गर्थ्यो भने, पहिले-पहिले ऊ फस्नर लगाउन बिर्सन्थ्यो । उसको जिपर सधैं ओपन हुन्थ्यो र त्यहाँबाट ओपन सेक्रेटले बाहिर चियाउँथ्यो ।

"खुल्ला फस्नरबाट भित्रको गुप्ती अङ्ग देखिन्थ्यो किनभने म अन्डरवेयर लगाउन झन्झट गर्ने मनुष्य कदापि होइन ।", ऊ भन्थ्यो, "त्यसैले फस्नर नै नभएको प्यान्ट लगाएपछि टेन्सन नै खत्तम ।"

तर स्वप्निल भ्यालीका मनुष्यहरू के भन्ने गर्थे भने त्यो त उसको बहाना मात्र हो । खास्साको खास कुरा त के भने हाउडेको गुप्ती अङ्ग नै थिएन । गुप्ती अङ्ग नै नभएको मनुष्यले किन बिनसित्ति जिपर भएको प्यान्ट लगाउने ?

स्वप्निल भ्यालीका निवासीहरूमाझ हाउडे प्रिय थियो ।

मानिसहरू उसलाई रूचाउँथे किनभने ऊ रूचीपूर्ण मानिस थियो । सहयोगी थियो । कहिलेकाहीं जब उसलाई मदिराको मात लाग्न थाल्थ्यो, आफ्नो रेड क्यापलाई फनफनी घुमाउँदै भन्ने गर्थ्यो, "मलाई देउताले मानिसहरूको सहयोग गर्न पठाएका हुन् ।"

कोही-कोही उसलाई जिस्काउने मुडमा भन्थे :

- मानिसहरूलाई सहयोग गर्न तिम्रो देउता आफैचाहिं किन नआएका नि !
- त्यो त मलाई के थाहा ? - ऊ भन्थ्यो - देउताका अरू पनि बिजनेस होलान् नि !
- तिम्रो देउता बिजनेसम्यान पो हो कि ! - कोही प्वाक्क सोध्थ्यो ।

हाउडेसित यस्तो प्रश्नको उत्तर हुँदैनथ्यो । त्यसैले उत्तर दिशातर्फ फर्केर पक्क परी बस्थ्यो ।

जीवनसित उसका अनावश्यक गुनासाहरू पनि केही थिएनन् । आफूसित उसले आजसम्म कुनै प्रश्न पनि सोधेको थिएन । यहाँसम्म कि मानिसहरू उसलाई किन हाउडे भन्छन्, उसलाई किन र कुन दिनदेखि हाउडे भन्ने नामद्वारा सम्बोधन गरियो, त्यसमा उसको कुनै सरोकार थिएन ।

हाउडेको एउटा बानी थियो । कुनै पनि मानिस भेट्दा ऊ भन्ने गर्थ्यो : हाउ इज द डे ? कसैलाई राति नै भेट्दा किन नहोस्, भनिहाल्थ्यो : हाउ इज द डे ?

हाउ इज द डे सर !

हाउ इज द डे म्याम !

हाउ इज द डे माई ब्रदर ?

हाउ इज द डे माई स्वीट हार्ट ?

उसको हाउ इज द डे भन्ने सदाबहार थेगोले कालान्तरमा उसैलाई प्रहार गऱ्यो । मानिसहरूले उसको नाम नै राखिदिए, हाउ इज द डे । मानिसहरू भन्न थाले : मिस्टर हाउ इज द डे आज किन उदास छ ? मिस्टर हाउ इज द डेले आफ्नो बर्थ-डे किन मनाउँदैन ? किनभने मिस्टर हाउ इज द डेको बर्थ-डे फेब्रुअरी ट्वेन्टी नाइनमा हो । मिस्टर हाउ इज द डेले आफ्नो बर्थ-डे लीप इयरमा मनाउँछ । चार वर्षमा एकपटक मात्र ।

तर कालान्तरमा मानिसहरूले बीचका दुई शब्द इज र द लाई मिल्काइदिए । इज र द माथि कैची, छुरा जेसुकै भन्नुस् चलाइयो । ऊ फगत हाउडेमा सीमित हुन पुग्यो ।

- हाउ इज द डे, हाउडे ? - स्वप्निल भ्यालीका स्वास्नीमान्छेहरू उसलाई भन्न थाले ।

***

पीपलमा पिपलहरू झुन्डिएर देहत्याग गर्थे ।

प्रिय पाठक !

पीपल-ट्री, पिपल र देहत्यागसम्बन्धी प्रसङ्ग तपाईंले यसअघि टाइपराइटर र टेलिफोनको संवादमा सुनिसक्नुभयो । यसलाई पुनः सविस्तारमा चर्चा नगरूँ कि भन्ने मनसाय छ । है त ?

हाउडे पीपल-ट्रीसित आबद्ध थियो । पीपल-ट्रीसित सम्बन्धित मानिस थियो । बिहानै, घाम उदाउनुअघि ऊ घरदेखि बाटो लाग्थ्यो । पीपल-ट्रीमा कोही झुन्डिएको, नझुन्डिएको हेर्थ्यो । त्यसपछि ऊ स्वप्निल भ्यालीको घर-घर चहार्थ्यो । सबैलाई खबर पुर्‍याउँथ्यो । समाचार सुनाउँथ्यो ।

हाउडेको झोला कार्डहरूले भरिएको हुन्थ्यो । निमन्त्रणा-पत्र ।

कोही मरेको छ भने ऊ चैतारोमा थचक्क बस्थ्यो । झोलाबाट कार्डहरू निकाल्थ्यो । कार्डमा खाली ठाउँ जहाँ राखिएको हुन्थ्यो, त्यहाँ उसले मृतकको नाम लेख्थ्यो । लेख्ने काम सकिएपछि ऊ मलामीको निम्तो दिन घर-घर चहार्थ्यो ।

त्यस दिन आफ्नो सामु हाउडेलाई देखी प्रुफ रिडर दिवङ्गत बुढाथोकीले सोध्यो, "मिस्टर हाउडे ! आज कस्को मलामीको निम्तो लिएर आयौ ? कसको देहान्त भयो ? को मर्‍यो ?"

- कारपेन्टर । - प्रुफ रिडरको हातमा कार्ड थमाउँदै मृतकको नाम बतायो ।
- कार पेन्टर कि कारपेन्टर ?
- कारपेन्टर ।
- कारपेन्टरको देहान्त भएको खबर कार पेन्टरलाई दियौ त ?
- छैन ।

कारपेन्टर कार पेन्टरको पिता थियो ।

***

कारपेन्टर र कार पेन्टर

हरेक वर्षको आफ्नो जन्मदिनमा म कारपेन्टरसित एस्ट्रे किन्छु ।
ती एस्ट्रे मेरो घरका शोभा हुन् ।

- प्राचीन बुढा

धेरै वर्षअघि नदी किनारमा एउटा कारपेन्टर बस्थ्यो ।

कथा, उपन्यास या किंवदन्तीका प्रचलित आमधारणा अनुसार नदी किनारमा त फिसरम्यानहरूको बसोबास हुनुपर्थ्यो तर यो नदी किनार एउटा उल्लेखनीय अपवाद थियो । स्वप्निल भ्यालीको यो नदी किनारमा एउटा कारपेन्टर बस्थ्यो ।

त्यो कारपेन्टर कहाँबाट आएको थियो ? उसको जन्म कहाँ, कहिले, किन, कसरी भएको थियो, कसैलाई थाहा थिएन । कारपेन्टर कुन अज्ञात प्रदेशबाट आई त्यो नदीको निर्जन किनारमा बसेको थियो, कसैलाई थाहा थिएन ।

कारपेन्टर कम्तीमा पनि दुई, ढाई सय वर्ष पुरानो हुनुपर्छ ।

स्वप्निल भ्यालीका प्राचीन बुढाहरू भन्ने गर्छन् कि कारपेन्टर कुनै दिन नदीमा बग्दै-बग्दै आएको थियो । ऊ एउटा डुङ्गामा आएको थियो । उसको डुङ्गा मालसमानले भरिएको थियो । ती माल र सामानहरूलाई उसले नदी किनारमा झार्‍यो ।

नदी किनारको ओडारमा बस्ने उसले अठोट गर्‍यो । त्यो ओडार मिति गुज्रिएको, परापूर्वकालको भग्न संरचना थियो ।

त्यो ओडार परापूर्वकालमा साधुसन्त, सिद्धपुरुष एवम् तान्त्रिक बाबाहरूको तपस्या गर्ने अड्डा थियो । त्यो ओडारमा कैंयन् योग-पुरूष एवम् युगपुरूषहरूले आफ्नो योग एवम् युगसाधना गरेका थिए । कैंयन् योगपुरूष युगपुरूष बन्नुअघि नै ओडारमा भष्म हुने गर्थे । यो मैले भनेको नभई स्वप्निल भ्यालीका स्थानीय प्राचीन बुढाहरूको कथन हो ।

ती तान्त्रिक पुरूषहरू कहाँबाट आई त्यो ओडारमा ध्यानस्त हुन्थे भन्ने कुरा कसैलाई थाहा थिएन । ओडारमा ध्यानस्त भई समाधिमा समाधिस्त हुने ती युगीन जोगीहरूको खप्पर, नली, हाड इत्यादि मानव हड्डीका अवशेषहरूलाई कारपेन्टरले नदीमा बगाइदियो र त्यसलाई सफासुग्घर बनाएर आफ्नो बासस्थान बनायो ।

अनि डुङ्गा नि ?

प्राचीन बुढाहरू भन्छन् कि कारपेन्टरले आफ्नो डुङ्गालाई भत्कायो र त्यसबाट फर्निचरका सामान बनायो । डुङ्गाको काठद्वारा बनाइएका फर्निचरका सामान यस प्रकार थिए :

१)	पलङ	१ थान
२)	कुर्सी	३ थान
३)	कफी टेबल	१ थान
४)	डेस्क	१ थान
५)	दराज	१ थान
६)	सोफा	१ सेट
७)	डाइनिङ टेबल	१ सेट
८)	कमण्डलु	१ थान
९)	खराउ	१ जोर
१०)	वकिङ् स्टिक	५ थान
११)	एस्ट्रे	७ गोटा
१२)	ठेकी	१ थान
१३)	सन्दुक	३ थान

कारपेन्टरको कारपेन्ट्री, कारीगरी कला अद्‌भूत थियो । कारपेन्टर स्वयम् पनि अद्‌भूत थियो । अद्‌भूत किन भनिएको हो भने ऊ भूतप्रेतसित उठ्‌बस् गर्थ्यो भन्ने जनश्रुति थियो । प्राचीन बुढाहरू यस्तै भन्ने गर्छन् ।

प्राचीन बुढाहरू त केसमेत भन्ने गर्छन् भने कारपेन्टरले फर्निचरका ती सम्पूर्ण सामानहरू ऊ आफैले नभई बरू भूतप्रेतहरूले बनाएका थिए ।

अब जोसुकैले बनाएका किन नहुन्, ती सामान अद्‌भूत कलाका अद्‌भूत नमूना थिए । ती नमुनाहरूलाई कारपेन्टरले एक-एक गरी राम्रो मूल्यमा बेचिदियो । यसबाट उसले पर्याप्त नगद जम्मा गर्‍यो ।

कारपेन्टर त्यसबखत जवान थियो । ओडारमा बसोबास गर्न आउँदा ऊ लगभग तीस-पैंतीस-चालीसको थियो । ठ्याक्कै कतिको थियो, यकिनसाथ यसै भन्न सकिँदैन । त्यसपछि उसका वर्षहरूलाई, आयुहरूलाई नदीले बगाउँदै लग्यो ।

प्रचलित आयुको सीमारेखा पार गरेपछि सालाखाला एक सय पन्चानब्बेको उमेरमा उसले एउटा छोरा पायो ।

छोराको नाम कारपेन्टरले 'कार पेन्टर' राख्यो ।

यो छोरा उसले कसरी पायो ? प्राचीन बुढाहरू यसबारे उतिसारो खुलस्त भई खुलेर कुरा गर्दैनन् तर एक अर्कासित कानेखुसी या खासखुस मात्र गर्छन् ।

केही सेलेक्टेड खासखुसलाई मुनि उद्धरण गरिन्छ : जस्ताको तस्तै । यी खासखुस प्राचीन बुढाहरूका हुन् ।

॥ खासखुस ॥

१

कारपेन्टरको ओडारमा एक आइमाई थिई ।

आइमाई ओडारबाट कहिल्यै पनि बाहिर निस्कन्नथी ।

वास्तवमा कारपेन्टरले आइमाईलाई पनि डुङ्गामा आफूसितै लिई आएको थियो ।

एक दिन कारपेन्टर नभएको मौका छोपी म त्यो ओडारमा छिरेको थिएँ ।

त्यो ओडारमा जम्मा पाँचवटा ठूला-ठूला कोठा थिए । एउटा कोठामा मैले त्यो आइमाईलाई देखेको थिएँ ।

आइमाई भुइँको ओछ्यानमा निदाएकी थिई । उत्तानो परी । नाङ्गै ।

उसका चिल्ला स्तनहरू आर्श्चयजनकरूपले चम्किएका थिए । ती ज्यादै लोभलाग्दा थिए । सुम्सुम्याऊँ-सुम्सुम्याऊँ लाग्ने । आजकल सम्झँदा पनि मन एकतमासले तिनै स्तनका काल्पनिकताले मलाई आच्छुआच्छु पारिदिन्छ ।

स्तनमा प्रिन्टेड खिरिला बैजनी मुन्टाहरूले मेरो ध्यान खिच्यो । आइमाईको पेटमा नाइटोचाहिं थिएन । पेट भने भुक्क उठेको थियो ।

त्यो पेटभित्र के थियो ? पेट भुकभुक चलमलाउन थाल्यो । पेटभित्र केही सलबलाउन थाल्यो । सगबगाउन थाल्यो ।

आइमाईले आफ्ना दुवै जाँघलाई फट्याएकी थिई ।

जाँघमुनिका झारपात उखेल्दै एउटा सानो जीव योनिद्वारबाट आङ बटार्दै, चिप्लिँदै फुत्त झऱ्यो ।

सालनालमा बेरिएको त्यो नवागन्तुक जीवले ओल्टे, कोल्टे, पोल्टे पल्टिई आफूलाई टक्टक्यायो र हेर्दाहेर्दै मैले आँखा झिमिक्क नपार्दै वामे सर्दै ओडारको अर्को कोठातिर गई बिलाइगयो ।

आइमाईको अघिसम्म भुलभुल उम्लिरहेको पेट अहिले त सामसुम भइसकेको थियो । पेट समतल थियो ।

आइमाईले आँखा उघार्दा मलाई देख्न पुगी । ठूला-ठूला नेत्रलाई अझ उघार्दै, विस्फारित गर्दै मलाई भनी :

"भर्खरै के देख्यौ ?"

म वाल्ल परें । पक्क परें । अक्क न बक्क भएँ ।

आइमाईले इशारा गरी मलाई आफूतिर बोलाई । म गएँ । ऊसितै छेउमा पल्टिएँ । उसले मेरो हात समाती र हातलाई मुनितिर पुऱ्याई । नाइटो नभएको उसको समतल पेटमा मेरो हात सलबलायो ।

मेरो नाभिस्थल वरपर कामज्वरो छुट्न थाल्यो । भित्र कतै लाभा उम्लन थाल्यो । प्यान्टलाई घुँडामुनिसम्म सारेर म आइमाईमाथि चढें ।

आफूलाई छिराउनु पऱ्यो भनी आइमाईको जाँघमुनि प्रवेशद्वार खोजें । ओसिलो एवम् रसिलो कुवा खोजें तर मेरो सातोपुत्लो उड्यो । जाँघमुनि प्रवेशद्वार नै थिएन । कुवा नै थिएन ।

आइमाईसित योनि थिएन ।

डरले म खङ्ग्रङ्ग भइसकेको थिएँ । लल्याकलुलुक परिसकेको थिएँ । निधारमा चिटचिट पसिना आयो । त्रासले थुरथुर काम्जें । आइमाईले कानैमा आफ्नो मुख जोत्दै कानेखुसीमा खुसुक्क भनी :

"यो कुरा कसैलाई पनि नभन्नू !"

॥ खासखुस ॥

२

ओडारमा आइमाई भएको प्रसङ्ग एवम् योनिद्वार नै नभएको आइमाईको कुरा मलाई लाग्छ एक अविश्वसनीय घटना हो । मैले पनि सुनेको हुँ, त्यो कुरा ।

मूल कुरा कारपेन्टरको छोरा कहाँबाट आयो भन्ने हो । त्यो छोरालाई कुनै आइमाईले पाएकी थिई या कारपेन्टरले पाएको थियो भन्ने कुरा मलाई लाग्छ गौण हो ।

मैले सुने अनुसार त्यो बच्चोलाई कारपेन्टरले जङ्गलमा पाएको थियो । भेट्टाएको थियो ।

कारपेन्टर जङ्गल जान्थ्यो, रूख काट्न । ती रूखहरूबाट उसले फर्निचरका असाध्यै राम्रा सामानहरू बनाउँथ्यो ।

उसले बनाएका जिनिसहरू दामी पो हुन्थे । यो स्वप्निल उपत्यकामा सायदै त्यस्तो घर भेटिएला, जहाँ कारपेन्टरले बनाएका मेच, कुर्सी, आलमारी इत्यादि नभेटियून् ।

मसित पनि कारपेन्टरले बनाएका काष्ठका एस्ट्रेहरू छन् । दुई सय पचासवटा जति । म धुम्रपान गर्दिनँ तर एस्ट्रे सङ्ग्रह गर्न मन पराउँछु । हरेक वर्षको आफ्नो जन्मदिनमा म कारपेन्टरसित एस्ट्रे किन्छु । ती एस्ट्रे मेरो घरका शोभा हुन् ।

धुम्रपान छाडेको धेरै भइसक्यो । आफ्नो तीन सय पन्ध्रौं बर्थ-डेको साँझ मैले चुरोट पिउन त्यागिदिएको थिएँ । त्यतिका वर्षसम्म मैले एस्ट्रेमा लाखौं चुरोटका ठुटा निभाएँ हुँला !

एस्ट्रेको कुरा यस्तै हो । कारपेन्टरको कुरा कहन्छु, है त ?

कारपेन्टर एक दिन जङ्गलबीच एउटा अजङ्गको रूख काट्दै थियो । रूख काट्ने क्रममा कसोकसो उसका आँखा रूखको टुप्पामा पुगे । झ्याम्म परी झ्याम्मिएको बडेमानको झ्यापुल्ले रूखको टुप्पामा एउटा चराको याँमानको गुँड थियो ।

त्यत्रो विशाल चराको गुँडको कारपेन्टरले कहिल्यै कल्पनासमेत गरेको थिएन । त्यत्रो ठूलो गुँड बनाउने कस्तो खालको चरा थियो, कुन्नि ! कारपेन्टरलाई जिज्ञासाले डोऱ्यायो ।

जिज्ञासाले उसलाई रूखमाथि चढायो ।

रूखको टुप्पामा जब कारपेन्टरले गुँड देख्यो, ऊ त चकित पऱ्यो । गुँडमा चराको अण्डा, बचेरा केही थिएन । गुँडमा त एउटा खाइलाग्दो शिशु पो थियो ! आफ्ना औंला चुसिरहेको, सानु खुट्टा चलमलाइरहेको बच्चा चराको गुँडमा आरामपूर्वक ढलिरहको थियो । शिशुका आँखा चम्किला थिए ।

कारपेन्टरलाई देखी बच्चो मुस्कुरायो । कस्तो घतलाग्दो मुस्कान !

चराको गुँडमा मानव बच्चो काँबाट, कसरी आयो ? कारपेन्टरलाई त्यसको रहस्यबारे कुनै जानकारी भएन । उसलाई त त्यो हँसिलो बच्चाप्रति एकाएक मोह पलायो । बच्चालाई उसले गुँडबाट टिप्यो, उठायो र रूखबाट ओर्लियो ।

॥ खासखुस ॥

३

अब रूखमा पनि कहीं बच्चो फल्दो हो ?

यो सोह्रै आना नपत्याइने कुरा हो । यो असम्भव, अकल्पनीय कथामात्रै हुनुपर्छ । यो कुनै पटमूर्ख ग्वाँचले चलाएको बतासे हल्ला हो सायद ।

चराको गुँडबाट कसोगरी एकाएक मान्छेको बच्चो उत्पत्ति भयो ? ताइ न तुइको कुरा ! सार्वजनिक हितको निम्ति जारी गरिएको हावादारी कुरा सिवाय अरू होइन यो ।

मैले सुने अनुसार कारपेन्टरको छोरालाई नदीमा फेला पारिएको हो ।

त्यो बच्चाको कथा एउटा माझीको सपनाबाट शुरू हुन्छ । त्यो माझी पहाडमुन्तिर ओडारदेखि केही पर बस्ने गर्थ्यो । भनिन्छ, त्यो माझी र कारपेन्टरबीच राम्रो मित्रता कायम थियो ।

माझीले एक दिन अनौठो खालको सपना देख्यो । त्यो सपना बिहानीपख देखिएको थियो । बिहानीपख निद्राबाट ब्युँझनुअघि देखिएको सपना साकार हुन्छन् भनी हाम्रा पुर्खाहरू भन्ने गर्थे ।

माझीले कस्तो खालको सपना देखेको थियो त ?

सपना यसप्रकार छ :

माझी नदीमा माछा मार्न गएको थियो, सदाझैं डुङ्गा लिई । नदी कति विशाल छ भन्ने कुरा तपाईंलाई थाहा छँदै छ । डुङ्गा खियाउँदै ऊ टाढा पुगिसकेको थियो ।

माझीको जालमा कुनै माछा परेन । घन्टौं प्रयास गर्दा पनि हात लाग्यो शून्य । तैपनि हरेस खाएन । ऊ हरेस खाने जीवात् पनि त थिएन नि ! कहिलेकाहीं ऊ चरेसचाहिं अवश्य पनि खाँदो हो ! हरेसचाहिं खाँदैनथ्यो ।

उसको जमर्को जारी थियो । माछा नै नलिई ऊ कुनै पनि दिन रित्तो हात, खाली हात घर फर्केको थिएन । उसको जीवनको इतिहासमा त्यस्तो दिन कहिल्यै आएको थिएन ।

किन्तु, परन्तु त्यो दिन उसको जीवनको ऐतिहासिक दिन हुँदै थियो । त्यो चाहे फगत एक सपनामात्र नै किन नहोस् ।

सपना पनि कहिलेकाहीं ऐतिहासिक हुन्छन् । मान्छेले केवल त्यस्तो सपना देख्न जान्नु मात्र पर्छ ।

उसले झ्याम्म जाल फ्याँक्यो । जालको डोरी तान्दा नै उसलाई महसुस भइसकेको थियो कि आज उसलाई गतिलो माछा हातलागी हुनेवाला छ ।

तर यो के, कस्तो उदेकलाग्दो ? जाल एकै ठाममा गुजमुज्ज गुजुल्टिको थियो र जालभित्र चलमलाइरहेको एउटा बच्चो थियो ।

बच्चालाई माझीले जालबाट निकाल्यो । बच्चाको निधार ठूलो थियो । ठूलो निधार भएको बच्चा भाग्यमानी हुन्छ भन्छन् । उसका कानहरू पनि लाम्चालाम्चा थिए । कस्तो लामकाने बच्चो !

बच्चालाई माझीले दुवै हातले उचाल्यो । बच्चाको निधारबीच एउटा कालो कोठी थियो । टीकाझैं । बच्चाको शरीरभरि अचम्मलाग्दो गरी माछाका कत्ला-कत्लाजस्ता छिर्केबिर्के छाप थिए । ती कत्लाहरू शिशुको मुलायम आङभरि प्रष्टरूपमा छापिएका थिए । कुँदिएका थिए ।

त्यो कुनै मत्स्य-पुत्र पो थियो कि ?

मत्स्य शिशुलाई छातीमा लपक्कै टाँसी छाप्रो फर्कँदै गर्दा, छाप्रोको आँगनमा खुट्टा टेक्दै गर्दा माझीको मत्स्य-स्वप्न एकाएक भङ्ग भयो ।

मस्त्य-निद्रामा भ्वाङ पऱ्यो ।

माझी भुइँको ओछ्यानबाट उठ्यो । छाप्रोको कुनामा रहेको माटोको गाग्रीबाट एक लोटा पानी साऱ्यो । घटघट पियो । सपनाका सम्पूर्ण दृश्यहरू आँखा अगाडि पुनः एक फेरा पूर्वदिप्तीमा चलमलाउन थालेपछि उसलाई ऐंठन होला कि जस्तो भयो ।

ऊ छाप्रोबाट बाहिरियो । भर्खरै झिसमिसे बिहान भएको थियो । आङ मन्याकमुरूक गर्दा जब उसको आँखा आँगनको कुनामा थुप्रिएको बोराको थुप्रोमा पुग्यो, तब ऊ नराम्रोसित झस्क्यो । बोरा छेवै गयो । बोरा खोल्यो ।

बोराभित्र बच्चो पो थियो !

बच्चा चलमलाउन थाल्यो । बच्चालाई उसले दुवै हातले उचाल्यो । बच्चाको निधार ठूलो थियो । बच्चासित एक जोडा लाम्काने कान थियो । बच्चाको आङभरि माछाका कत्लैकत्ला थिए । बच्चाको निधारमा कोठी थियो ।

ठीक त्यही बेला कारपेन्टर छाप्रोअघि ठिङ्ग उभिन आइपुग्यो ।

उसको हातमा कमण्डलु थियो, जसलाई ऊ आफूसितै हग्ने बेला लैजान्थ्यो, नदी बगरतिर । कमण्डलुमा जल हुने गर्थ्यो । जसलाई हगिसकेपछि चाकमा जल-अभिषेक गर्न ऊ प्रयोग गर्थ्यो ।

कारपेन्टर हगेर आफ्नो ओडारतर्फ फर्कँदै थियो । माझीको हातमा बच्चो देखी ऊ अलमलियो । माझीसित सोध्यो :

"यसकी आमा खै ?"

माझीले भन्यो, "के था ?"

कारपेन्टरले सोध्यो, "यसको बाबु खै ?"

माझीले जवाफ दियो, "के था ?"

कारपेन्टरले फेरि सोधी पठायो, "यसलाई काँबाट ल्यायौ ?"

माझीले भन्यो, "सपनाबाट ल्याएँ ।"

कारपेन्टरले भन्यो, "तिमीलाई यसको के काम ? मलाई देऊ । दिन्छौ ?"

माझीले हुन्छ, भन्यो । बच्चोलाई पाल्ने उसको आर्थिक हैसियत पनि थिएन । कारपेन्टरसित माझीले आफ्नो सपनाको बारे कुरा गर्‍यो । सपनामा उसले कसरी बच्चोलाई आफ्नो जालमा पारेको थियो र ब्युझँदा उसले कसरी बच्चोलाई आँगनको बोरामा फेला पार्‍यो भन्ने सम्पूर्ण इतिवृत्ति सुनाइसकेपछि कारपेन्टरसामु उसले दृढतापूर्वक भन्यो, "यो बच्चोलाई तिमी लैजाऊ । तिमी नै यसको लालनपालन गर । हुर्काऊ, बढाऊ । मेरो त कुनै भरठेगान छैन । तिमी नै उसको पिता, तिमी नै माता । यसलाई राम्रो पाठशालामा पढाऊ । यो भविष्यमा ठूलो उपन्यासकार बन्नेछ । तिमी कारपेन्टर हौ । बच्चाको नामचाहिँ आजैका मितिदेखि कार-पेन्टर भयो ।"

"कार पेन्टर ?", कारपेन्टरले सोध्यो ।

"हो, कार पेन्टर । कारपेन्टरको छोरा कार पेन्टर ।", माझीले भन्यो ।

माझीले यसो पनि भन्यो, "तर एउटा कुराको मलाई वाचा गर ।"

"कस्तो वाचा ?", कारपेन्टर जिज्ञासु भयो ।

"वाचा गर, कि मेरो सपना र बच्चा बोरामा भेटिएको कुराबारे तिमीले कसैलाई केही भन्ने छैनौ । वाचा गर ।"

"वाचा गरें ।", कारपेन्टरले भन्यो ।

त्यो मत्स्य-शिशुलाई कारपेन्टरले आफ्नो ओडारमा लिई गयो । शिशुलाई उसैले पाल्यो । हुर्कायो, बढायो । उमेर पुगेपछि उसलाई काठमान्डु पढ्न पठाइदियो ।

कार पेन्टर पुलिस स्कुलमा पढ्न थाल्यो । बेलाबेलामा छुट्टी मनाउन स्वप्निल भ्याली आउन थाल्यो ।

कारपेन्टर र कार पेन्टरको कथा यस्तै थियो ।

माझीको कथा ? ए अँ त ! उसलाई त मैले भुसुक्कै बिर्सिदिएको !

माझीलाई त्यस दिनपछि कसैले देखेन । कोइ-कोइ भन्ने गर्छन्, त्यही दिन ऊ ढुङ्गा लिई नदीमा गयो र नदीबाट कहिल्यै फर्केर आएन । नदीको मूलधारसित उसले सम्झौता गऱ्यो ।

कारपेन्टरले पनि आफ्नो वाचा पूरा गऱ्यो ।

आफ्नो जीवनकालभरि कारपेन्टरले त्यो बच्चोको उत्पत्ति-कथाबारे चुइँक्क पनि बोलेन । जीवनभरका निम्ति उसले मौनव्रत धारण गऱ्यो ।

***

पोस्ट बक्स नम्बर 999

I'm sorry for sending you to jail for so long.

- African king

पाटनको नन-फिक्सन गल्लीमा फिक्सनल माइन्ड लिई हिंडिरहेछु ।

एक झोका काँचो वायुले बाटो छेक्छ ।

काँचो वायुलाई ग्रे-ओभरकोटको खल्तीभित्र कोचिदिन्छु र आलो गल्लीको अलकत्रे भुइँमा हिंड्छु । ठूला-ठूला भित्ताभरि, होर्डिङ बोर्डभरि एन्डी वारहोलको पप-पेन्टिङमा मिनियचर सेलिब्रेटिज् एडल्फ हिट्लर, माओ त्से तुङ, गान्धी, मर्लिन मुन्रोको काँचो वायुमा उडिरहेको फ्रक, जङ्गबहादुर राणाहरू रेप्लिकेटेड एन्ड सुपर इम्पोज्ड गरी पोतेका पप-इमेजेज् हेर्दै गुमसुम कुन्नि कता गइरहेको छु ।

ओसिलो सेमी-डार्क गल्लीको काँचो भुइँभरि टाढा कतै सुदूर दिशाबाट लियोनार्दो दा भिन्ची प्लस माइकल एन्जेलोले फ्याँकेको क्युरोसक्युरो एवम् स्फुमोतोको काँचो प्रकाशको त्यान्द्रो चुहिएको छ ।

ग्रे-डेजमा ह्याङ्-आउट गर्न चाहने तिम्रो पकेट-साइज्ड-समयलाई आफ्नो ग्रे-ओभरकोटको गुप्ती पकेटमा जतनका साथ राखी म एकतमासले, गुमसुम हिंडिदिन्छु, तिम्रै सपनाको भुत्यौली अन्धकार गोथिक गल्लीमा, जहाँ तिमी देख्न सक्छ्यौ, परित्यक्त ल्याम्प-पोस्ट, जसको काँच कुनै विधवाको भवितव्यझैं चरक्क चर्किएको छ, जहाँ तिमी देख्न सक्छ्यौ, सुनसान बुक स्टोर, जसको ढोकैमा फर सेल भन्ने काठको सानो खैरो प्लेट झुन्ड्याइएको छ, जहाँ तिमी देख्न सक्नेछौ, एउटा निर्जन क्याफे, जसको पटाङ्गिनीमा, ट्राइपडमा क्यानभास अड्याएर चिन्तामग्न अवस्थामा उभिएको छ, विचित्र चित्रकार, जसलाई यस्तो लाग्छ, बोरडमको अन्तहीन शृङ्खलाले विक्षिप्त पारेको छ, जसको कफी मगमा अब कुनै बैंसको रोमाञ्चकता बाँकी नै छैन, जसको कपल-अफ-ओंठमा कुनै आदिवासी पोयट्रीको मृदुल सङ्गीत छैन, जसको मस्तिष्कमा ओरियन्टल स्पिरिचुआलिटीको कुनै मेटाफिजिकल या एब्सर्ड मेनिफेस्टो छैन, जहाँ अस्तित्त्वको लार्जर-द्यान-लाइफ-इमेजबारे कुनै मिस्टिकल, सर्रियल एवम् सुपर न्याचुरल चर्चा, परिचर्चा एवम् आदिचर्चा होस्, जहाँ झुसिलकीराको पुतलीमा कायाकल्प होस्, ट्याडपोलको भ्यागुतामा मेटामर्फोसिस होस्,

ट्याडपोल
भ्यागुता
झुसिलकीरा
पुतली

ट्याडपोल पुतली बनोस,
झुसिलकीरा भ्यागुता बनोस्,

एउटा ट्याडपोल कसरी पुतली बन्छ, म हेर्न सकूँ,
एउटा झुसिलकीरा कसरी भ्यागुता बन्छ, म हेर्न सकूँ,

ग्रे-डेजमा यस्तो विक्षिप्त कल्पना किन आउँछ भनी म सोचमग्न हुँदै हिँडिरहेको छु, एकतमासले गुमसुम-गुमसुम तिम्रै सपनाको भुत्यौली अन्धकार गोथिक गल्लीमा, जहाँ तिमी देख्न सक्छ्यौ, परित्यक्त ल्याम्प-पोस्ट, जसको काँच कुनै विधुरको भवित(व्यझैं चरक्क चर्किएको छ, जुन ल्याम्प-पोस्ट वरपर लाम्चालाम्चा पखेंटा फिजाउँदै स्वाउँस्वाउँति चमेराहरू उडिरहेका छन्, जुन ल्याम्प-पोस्टमुनि ट्राइपडमा क्यानभास अड्याएर शोकमग्न अवस्थामा उभिएको छ, विचित्र चित्रकार, जसलाई टुलुटुलु हेर्दै साथ दिइरहेको छ, एउटा कालो बिरालोले, जो गजधम्म परी बसेको छ, क्याफेको पटाङ्गिनीमा,

फग फग फग !
फग एभ्रिह्वेर !

यसरी फग फग फग/फग एभ्रिह्वेर भन्दा तिमीलाई बाल्यकालमा पढेको कविता वाटर वाटर वाटर/वाटर एभ्रिह्वेर नामक कविताको स्मरण हुँदो हो !

फगलाई फकसित तिमी कन्फ्युज्ड हुँदिनौ भन्ने मेरो दृढविश्वासलाई तिमीले फक यु कदापि भन्ने छैनौ, फगलाई फक यु भन्दै कुनै नर्सरी राइम गाउनेछैनौ सायद,

फक फक फक !
फक एभ्रिह्वेर !

नत्र वित्यास पर्छ, नत्र अर्थको अनर्थ हुन्छ, नत्र फकिङ बुलशिट भइ त हाल्छ, नत्र ओशोले फकमाथि दिएको फकिङ ब्युटिफुल प्रवचन तिमीलाई पुनः अर्कोपल्ट सुन्न मन लाग्नेछ, नत्र गुगल सर्च गर्न मन लाग्नेछ, मनै त हो नि, मन-सर्च गर्न मन लागि त हाल्छ,

सर्च सर्च सर्च !
सर्च एभिह्वेर !

उद्विग्न चित्रकार जो छ, उसको टाउकोमा एउटा फेल्ट-ह्याट छ, जसको बोर्डरमा सुनौलो माउसुलीको जम्बो चित्र छ, जुन माउसुली यस्तो लाग्छ, अघिसम्म चित्रकारको मुजामुजा परेको मुज्यौली अनुहारबाट घस्रँदै फेल्ट-ह्याटसम्म पुगेको थियो, जसलाई चमेराहरू झम्टने प्रयास गर्दछन्, जसलाई हेरेर कालो बिरालो छिनछिनमा म्याउँम्याउँ गर्छ, जुन आवाजले चित्रकारलाई छिनछिनमा चिढ्याइरहेको छ र चित्रकार म्याक्सिमम् उद्विग्नतामा रित्तो कफी-कप उठाउँछ, जसको पीँधमा अलिकति स्कचको बुँद छ र त्यो कफी कपमा एक मग कुहिरो सार्छ, भर्छ र हातको सन्तुलन मिलाउँदै त्यो एक मग काँचो कुहिरोलाई क्यानभासमा छ्यापिदिन्छ, पोतिदिन्छ र कुहिरोको छाल क्यानभासको बोर्डरबाट भुइँमा तप्तप् चुहिन्छ,

क्यानभास

कलर्सः ब्लड रेड, डार्क येल्लो, डीप ग्रीन, लाइट ब्लु, सेडी ब्राउन

प्यालेट

बुरूस

स्ट्रोक्स, स्ट्रोक्स, स्ट्रोक्स

एक मग काँचो कुहिरो, दुई मग काँचो कुहिरो, तीन मग काँचो कुहिरो,

क्यानभासमा काँचो कुहिरोको लतपत हेर्दै, तप्तप् हेर्दै हिंड्दा ब्ल्याक फ्यान्टासीको रिङ्टोन गुन्जिन्छ, जसले सोधी पठाउँछः

- गुड आफ्टरनुन् कुमार, हाउ इज द डे ?
- गुड आफ्टरनुन्, हुँ द हेल आर यू ?
- म तिम्रो चेतना हुँ ।
- तिमी मेरो चेतना हौ भने म को हुँ ? म के हुँ ?
- तिमी पदार्थ हौ ।
- म केवल पदार्थ हुँ ।
- तिमी मेरो शरीर हौ । म तिम्रो आत्मा हुँ ।
- यो सब डिस्गस्टिङ कुरा हो । मलाई तिम्रो अस्तित्त्व स्वीकार्न बडो कष्टपूर्ण लागिरा'छ ।
- द्याट इज नन् अफ योर बिजनेस ।
- तिमी म हौ र म तिमी हुँ । अर्थात् म कुमार र तिमी नगरकोटी हौ, होइन त ?
- होइन
- होइन ?
- म कुमार नगरकोटी हुँ ।
- कुमार नगरकोटी त म हुँ ।

- तिमी केवल कुमार नगरकोटीको शरीर हौ । मात्र शरीर । फगत एक शरीर नथिङ मोर, नथिङ लेस ।
- शरीर भए पनि कुमार नगरकोटीकै हुँ क्यारे ! होइन भने होइन भन ।
- होइन ।
- होइन ? के हो त उसो भए ?
- पञ्चतत्त्व, तिम्रो शरीर कुमार नगरकोटीको नभई पञ्चतत्त्वको हो । तँ त आकाश होस् ।
- आकाश ? ह्वाट्, नन्सेन्स !
- तँ त अग्नि होस् ।
- अग्नि ? ह्वाट् नन्सेन्स !
- तँ त वायु होस् ।
- वायु ? ह्वाट् नन्सेन्स !
- तँ त जल पो होस् ।
- जल ? ह्वाट् द हेल यु आर टकिङ् अबाउट ?
- तँ त पृथ्वी होस् ।
- बाफरे ! पृथ्वी ? यु मिन अर्थ ?
- यस् माई फ्रेन्ड । यु आर अर्थ । यु आर वाटर । यु आर एयर । यु आर फायर । यु आर इथर ।
- इथर ?
- यस इथर ।
- तेरो कुरा सुन्दा त मलाई आफू मानवइतर कुनै वस्तुझैं पो लाग्न थाल्यो, यार !
- तँ वस्तु होस् ।
- वस्तुमात्र हुँ या वास्तु पनि हुँ ?
- धेरै लोभ नगर् । तँ त केवल वस्तु मात्र होस् ।
- आई एम ग्ल्याड टु नो दिस्, मिस्टर ग्ल्याड !
- थ्याङ्क यु !
- एउटा कुरा ! अर्थ, वाटर, एयर, फायर, इथर जम्मै पञ्च शब्दमा आर रैंछ । आर अर्थात् नेपालीको 'र' !
- एक्जिस्टेन्स इज् सिम्प्ली अ र-मेटेरियल, माई फ्रेन्ड । अस्तित्त्व एक खनिज पदार्थ हो । नथिङ मोर, नथिङ लेस । तँ खनिज पदार्थ होस् । जाबो एक खनिज पदार्थलाई कुमार नगरकोटीको शरीर भन्ने ? पञ्चतत्त्वको शरीरलाई कुमार नगरकोटीको शरीर भनी अहङ्कार गर्ने ?
- आई एम सरी ब्रो !

- तिमी अहिले पोस्ट अफिस जान लाग्या होइन ?
- हो, कसरी थाहा पायौ ?
- यो तिम्रो सरोकारको विषय होइन । बरू सुन ।
- के सुनूँ ?
- तिम्रो पोस्ट बक्स त्रिपल नाइनमा मैले एउटा पार्सल पठाइदिएको छु । खोलेर हेर्नू । पढ्नू । ब्लु बोयज्का चर्तिकला खोतल्नू ।
- ब्लु बोयज् !
- यस, ब्लु बोयज् । मेरो एडोलेस्सेन्टको पिरियड-कहानी । पिरियड स्टोरी अफ् माई ब्याइहुड । अफ योर ब्याइहुड । साँचो खोई ?
- कस्तो साँचो ?
- पोस्ट बक्सको साँचो । खोई ?
- ओ माई गड ! साँचो त भुसुक्कै बिर्सेछु ।
- गडलाई बीचमा नल्याऊ । गडले तिमीलाई साँचो दिने होइन क्यारे ।
- अब के गरूँ ?
- केही नगर । अब्स्ट्राक्ट एक्सप्रेसनिष्ट चित्रकार ज्याक्सन पोलकसित मागी हेर ।
- के मागी हेरूँ ? ज्याक्सनसित के मागी हेरूँ ?
- साँचो । अरू के हुन्थ्यो ?
- पोलकसित मेरो पोस्ट बक्सको साँचो के हुन्थ्यो र ?
- मागी त हेर । कुनै पनि मुनुष्यलाई अन्डर एस्टिमेट नगर । ये बहोत बुरी आदत है । आदतको बदल डालो और मनुष्यको नयी ढंगसे देखो । नयी मुनष्यको देखनेकी तुम्हारी दृष्टी भी नयी होनी चाहिए । यही कुरा साँचो हो । पोलकसित साँचो माग ।

गल्लीको डेड एन्डमा फोन डेड भयो । क्याफेको पटाङ्गिनीमा एक्सन पेन्टर ज्याक्सन पोलकलाई देख्छु । कालो बिरोलो देख्छु । ल्याम्प-पोस्ट देख्छु । ल्याम्प-पोस्ट वरपर झुत्ती खेलिरहेका चमेराहरू देख्छु ।

एक्सप्रेसनिस्ट चित्रकारलाई हेर्छु । चित्रकारले पनि हेर्छ, मलाई । म फिस्स, ऊ पनि फिस्स गर्दै फिसिन्छ । दायाँ आँखा झिम्क्याउँछु । उसले चाहिं बायाँ आँखा झिम्क्याउँदै प्रतिक्रिया दिन्छ, आँखाको भाखालाई आँखैले । बायाँ आँखा मिचमाच गर्छु । चित्रकारचाहिं दायाँ आँखा मिचमाच गर्न थाल्छ ।

म हात बढाउँछु । उसले पनि हात बढाउँछ ।

हात मिलाउँदैको अवस्थामा ज्याक्सनलाई सोध्छु, "मिस्टर पोलक ! साँचो छ ? मेरो साँचो छ ?", हात मिलाउँदैको अवस्थामा चित्रकारले मलाई भन्छ, "साँचो छ । तिम्रो साँचो छ ।"

- देऊ न त । - भन्छु ।
- लेऊ न त । - भन्छ ।
- कहाँ छ ? - भन्छु ।
- यहाँ छ । - भन्छ ।

प्यालेटमा कलरफुल रङका ट्युबहरूबीचबाट ज्याक्सन पोलकले मेरो पोस्ट बक्सको साँचो निकाल्छ । मलाई दिन्छ । थाङ्क यु भन्छु । हिंड्छु । हिंडिदिन्छु । पाटनको नन-फिक्सन गल्लीमा फिक्सनल माइन्ड लिई । हिंड्छु । ग्रे-ओभरकोटको खल्तीभित्र एक प्याकेट काँचो वायु कोचिदिन्छु । हिंडिरहन्छु ।

***

पाटनढोकातर्फ लाग्छु, जहाँ जिल्ला हुलाक कार्यालय छ ।

पन्ध्र-पन्ध्र दिनमा म आफ्ना चिठीपत्रहरू लिन हुलाक जाने गर्थें । हुलाक जानु र पोस्ट बक्स नम्बर 999 को सानो बाकसबाट चिठीपत्रहरू निकाल्नु मेरो फोर्टनाइट्ली काम थियो ।

मोबाइल, इन्टरनेट, फेसबुक, ट्विटर, भाइबर, स्काइपको सुपर अग्रगामी, प्रगतिशील जमानामा म भने हुलाकघर धाउँथें । हुलाकबाटै म मेरा मित्र, शत्रुहरूसित पत्राचार गर्न रूचाउँथें । मलाई चिन्ने अधिकांश चिन्नेजान्ने चिनारूहरूमाझ म हुलाक युगको प्राचीनतम् मनुष्य थिएँ ।

मलाई यसमा किञ्चित् कुनै पनि अफसोस लाग्दैनथ्यो ।

फेसबुक, ट्वीटरजस्ता फास्ट-ट्र्याक सञ्चार सञ्जालको ग्राफिक या डिजिटल सदस्य म भइसकेको थिइनँ । हुलाकमार्फत् मलाई चिठी पठाउने मेरा केही एनालग टाइपका मित्रहरू थिए । पत्रहरूमार्फत् मसित सम्पर्कमा रहन रूचाउने मेरा दुर्लभ साथीहरू थिए ।

ती साथीहरूलाई म पोस्ट बक्स नम्बर नाइन नाइन नाइनको बाकसमा भेट्ने गर्थें । हरेक पन्ध्र दिनमा ।

हुलाक कुण्डलिनी कुहिरोभित्र छेलिएको थियो ।

पाटनढोकाको सार्वजनिक शौचालय छेवैमा पैंतालीसवटा सिटी बस आफ्नो इन्जिन बन्द गरी ढुक्कसँग विश्राम मुडमा एकापससित लगभग टाँस्सिँदै, अङ्कमाल गर्दै निद्रामग्न थिए । कुहिरोको कारण सम्पूर्ण आवागमन अवरूद्ध थियो ।

ट्याक्सीलाई पार्कमा अनाथ छाडी चालकहरू बस ड्राइभरसितै मिली एकेकवटा बसभित्र जम्लेहातसितै म्यारिज खेलिरहेका थिए । पैंतालीसवटै बसभित्र पाँचपाँच जनाको कोटा बनाई बसभित्रको धमिलो छ्याके बत्तीमुनि ती म्यारिजगामी गुरूजीहरू गुरू-गम्भीर मुद्रामा तास फिटिरहेका थिए ।

सडक छेउ उभिइउभिई हुलाकघरको रङ खुइलिएको बोर्ड पढें :

नेपाल सरकार
सूचना तथा सञ्चार मन्त्रालय
हुलाक विभाग

जिल्ला हुलाक कार्यालय ललितपुर
फोन न : ०१-५५२२१३४
सं. नं. ४४७००

हुलाकघरभित्र सरकारी कर्मचारीको नाउँमा, ठाउँमा केही खाली कुर्सीहरू थिए। भित्ताको घडीमा समय डेड थियो। अचल एवम् स्थिर समय घडीको सुई-काँटामा निश्चल थियो। हुलाकघर स्वयम् पनि त एक डेड अब्जेक्ट थिई।

उहिल्यै-उहिल्यै शहर-बजार मात्र नभई सुदूर वस्ती, गाउँबेंसी, प्रदेशहरूमा हुलाकले आफ्नो जवानीको जादू चलाएकी थिई।

चिठीपत्रहरूलाई हल्काराको झोलामा बोकी हुलाक अज्ञात प्रदेशहरूतिर मानिसका ठेगाना, परिचय खोजी हिंड्थी। मानिसका शुभकामना, सन्चो-बिसन्चो झोलामा बोकी हुलाक गाउँवस्ती डुलिहिंड्थी। परदेशीका विरहपत्र, प्रीतिपत्र, सूचना, खबर, जानकारी एवम् ज्ञान बोकी हुलाक देश देशावर घुमिहिंड्थी।

तर अब त त्यो उन्मुक्त एवम् उन्मादको जोश, जाँगरले भरिपूर्ण हुलाक नाम गरेकी अनिन्ध सुन्दरीको बैंसमा समयले धमिराको गुँड लगाएको थियो।

उसको जवानीमा आँच आएको थियो।

भित्तामा संयुक्त राष्ट्रसंघद्वारा जारी गरिएको नागरिक बडापत्रलाई हेर्छु। बडा(पत्रमा लेखिएका बुदाँगत हुलाकी अवधारणा पत्रलाई बडो खिन्न मनोभावले पढ्छु। त्यसमा लेखिएका अधिकांश बुँदा, अनुच्छेदहरू लोपोन्मुख प्रजातिको कुनै अभागी जीवझैं सार्वजनिक महत्त्वको विषय हुदाँहुँदै पनि आउट अफ फ्रेम, आउट अफ टाइम भइसकेका थिए।

जवानी कहिले फेज आउट हुन्छ, कहिले डेट एक्सपायर्ड हुन्छ, नो बडी नोज्। अस्तित्त्वको बडापत्रमा ज्यादै महत्त्वका साथ घोषणा गरिएको छ भन्दैमा मात्र कहाँ विश्वस्त हुन सकिन्छ र ?

पोस्ट बक्स च्याम्बर सदाझैं कुनै गोदाम या खण्डहरझैं अस्तव्यस्त, विरूप एवम् सुनसान थियो। रङ उप्किएका फलामका स्केलेटल बाकसहरूमा पत्रपत्र धुलो जमेको थियो। बाकसभित्र कैद भएका अज्ञात चिठीपत्रहरूमा पनि धुलो जमेको हुँदो हो ! कतिपय बाकसका ताला तोडिएका थिए। ती बाकस जम्मै दाँत फुक्लेका जर्जर बूढाझैं देखिन्थे।

केही बाकसमा लापरवाही तालले डेट एक्सपायर्डको चिर्कटो टाँसिएको थियो । सम्भवतः ती बाकसमा चिठी आउन छाडे । या ती बाकस प्रयोग गर्ने अज्ञात मान्छे मरिसकेका थिए ।

खल्तीबाट साँचो निकालें ।

पोस्ट बक्स नम्बर 999 खोलें । बाकसभित्रबाट एउटा कालो बिरालो फुत्त निस्क्यो । झसङ्ग भएँ । डराएँ । सातोपुत्लो उड्यो ।

झ्यालको खापामा एडजस्ट हुँदै बिरालो टुक्रुक्क बस्यो । मलाई टुलुटुलु हेऱ्यो । मुख बटार्दै, विकृत पार्दै तीनपटक चिच्चायो,

म्याउँ !

म्याउँ !

म्याउँ !

पोस्ट बक्समा केही चिठीपत्रहरू चाङमा थिए । लिएँ ।

गनें । चिठीपत्रहरू । पाँच थान रहेछन् । एउटा ब्राउन पार्सल पनि रहेछ । ए-फो साइजको ।

ती सब चिठीपत्रलाई पढ्न मसित फुर्सद थियो । हुलाकघर नजिकको पाटनगेट छेवै ढल्केर सुतेको *ढोकैमा क्याफे*भित्र छिरें । एक गिलास दूध पिउँदै म चिठीपत्र खोल्न थालें । खोतल्न थालें ।

सर्वप्रथम बुकपोस्ट मार्फत् मलाई पठाइएको खामलाई खोलें, जसमा नेपाल परिवार नियोजन संघको स्वर्णजयन्ती अङ्कित रू. १ को टिकट टाँसिएको थियो ।

खामभित्र एउटा सेतो कागज तीन ठाउँमा दोब्रिएको थियो । त्यो कुनै FVS नामक गैरसरकारी संस्थाले मलाई प्रेषित गरेको कागज थियो । FVS को फुलफर्म यस्तो थियो :

THE FAMILY VOLUNTEER SERVICE OF NEPAL

यस्तो नाम गरेको संस्थाबारे मलाई कुनै पूर्वजानकारी थिएन । त्यो कुनै सेवामूलक, कल्याणकारी संस्था हुनुपर्ने मैले ठम्याएँ । कागजको एकापट्टि पाँचवटा तस्वीरलाई मिलाएर पोस्ट गरिएको थियो । ती सब चित्रहरूमा विभिन्न बच्चाहरू विभिन्न मुद्रामा हाँसखेल गरिरहेका देखिन्थे ।

मलाई यो पत्र किन पठाइएको होला भनी ट्वाँ परें । अलमलिएँ किनभने यो FVS नामक संस्थाको म सदस्य थिइनँ । वास्तवमा म कुनै पनि संघसस्थाको सदस्य कहिल्यै थिइनँ । त्यो चाहे धार्मिक होस्, राजनीतिक होस् या आध्यात्मिक । मैले कुनै पनि ऐरेगैरे नत्थुखैरे संघसंस्थाको सदस्यता कहिल्यै ग्रहण गरेको थिइनँ ।

त्यो FVS को पत्र भूलचुक अफेयर हुनुपर्छ ।

त्यो पत्र भूलचुक लेनादेनाजस्तो हुनुपर्छ सायद, जुन पोस्ट बक्स नम्बर 999 मा खसेको थियो ।

बालबच्चाका चित्रहरूमुनिको पोस्टल ठेगाना पढेँ :

Tel: 01-2237378

Email : fvs@info.com.np

GPO : 13870, Kathmandu, Nepal

कागजमा This is Good लेखिएको थियो ।

This is Good

The story is told of an African king and his close friend, who had grown up together. The king's friend had a habit of loking at every situation positively and remarking, "This is good !"

One day the king went on a hunting expedition and he gave his friend the job of loading his guns and handed them to him. Apparently the friend did something wrong at some point, because one gun misfired and blew off the king's thumb off.

"This is good !", The king's friend remarked as usual.

"No, this is not good !", The king replied and he sent his friend to jail .

About a year later, the king was hunting in an area that he shouldn't have ventured into. Cannibals captured him and took him to their village.

They tied his hands, bound him to a stake in the ground, and stacked firewood round his feet .

However, just as they were about to set fire to the wood, they noticed that the king was missing a thumb,

Right or left ?

Of course right thumb.

The cannibals had a superstition that forbade them from eating anyone who was less than whole, so they untied the king and sent him on his way.

As the king traveled home, he was reminded of the event that had taken his thumb, and he regretted the way he had treated his friend. He went straight to the jail and released his friend.

"You were right," The king said, "It was good that my mind was blown off, sorry, sorry ! Listen to the sentence again thoroughly. It was good that my thumb was blown off." And he preceded to tell his friend about his close encounter with death.

"I'm sorry for sending you to jail for so long," The king said, "That was very bad of me !"

"No," his friend replied, "This is Good !"

"What do you mean 'This is Good ?' How could it be good that I sent my friend to jail for a year ?"

"If I had not been in jail," The king's friend replied, "I would have been with you ."

***

अफ्रिकन राजा र उसको साथीको कथा सुन्दर लाग्यो ।

दिस इज गुड !

इजन्ट इट ?

त्यो कथाले मलाई जोर्बा द ग्रीकको असीम याद दिलायो । ग्रीक लेखक निकोस कजानजाकिसको उक्त उपन्यास मैले पढिसिध्याएको धेरै भएको थिएन ।

युरोपियन साहित्यको उक्त चर्चित पात्र जोर्बालाई मैले काठमान्डुका आर्ट ग्लालरीका काउच, दारूमहलका चिसा चेयर, सिटी बसका सिक सिटमा पढेको थिएँ । त्यो हरफन मौला, विन्दास चरित्रले मभित्र गहिरो प्रभाव छोडेको थियो ।

ओशोले त उहिल्यै जोर्बा र बुद्धलाई डिजल्भ गरी नवसन्यास, नवमानवको कन्सेप्ट, परिकल्पना बनाएका थिएः जोर्बा द बुद्ध ।

त्यो दिन *ढोकैमा क्याफे*को वृक्षमुनि दूध पिउँदै अफ्रिकन राजाको कथा पढिरहँदा मलाई हठात् जोर्बाको मर्डरस यादले गिरफ्तार गरेको थियो ।

कुण्डलिनी कुहिरोको घना बादलले क्याफेको बगैंचालाई छोपेको थियो ।

बगैंचाको वृक्षमुनि म ध्यानस्त थिएँ । कुन्नि कताबाट दुइटा काला बिराला फुत्त टेबलमा हाम फाले, विपरीत दिशातर्फबाट । पालैपालो बडो संयमताका साथ दूधलाई सुरूपसुरूप पार्न थाले । गिलासबाट खान उनीहरूलाई केही सकस पर्न थाल्यो । दूधलाई सेतो प्लेटमा खन्याइदिएँ । दुवै मसिनो भाखामा मसित गुनासो गर्न थाले :

म्याउँ, म्याउँ !

मियाउँ, मियाउँ !

छेवैमा उभिएको थियो, एक ब्ल्याक ह्यान्डसम बेयरा । उसलाई दुई गिलास दूध ल्याउन भने । उसले दुई गिलास दूध तत्काल ल्याइदियो र सेतो प्लेटमा खन्याइदियो । उसले दूध खन्याउँदै गर्दा मेरो नजर भने उसको दायाँ हातमा गयो ।

दायाँ हातमा थम्ब थिएन । बूढी औंला थिएन ।

अभिवादन गर्ने शैलीमा दायाँ हातलाई छातीमा राखी झुक्दै मेरो कानैमा उसले साउती मार्‍यो, "म अफ्रिकन सम्राट हुँ ।"

सम्राटलाई मैले ट्वाल्ल परी हेरें ।

जवाफमा मैले भनें, "दिस इज गुड !"

सम्राटले मलाई एसप्रेसो ल्याइदियो । कडा खालको डार्क-ब्राउन कफीलाई स्वाट्ट निलें । जस्ट लाइक अ टकिला सट् ।

- कफी तपाईंलाई कस्तो लाग्यो ? - सम्राटले सोध्यो ।

- दिस इज गुड । - भनें ।

सम्राट ठिङ्ग उभिएकै थियो । कुर्सीमा बसीबसी म उसको मुहार हेरिरहेथें । उसको मुहारलाई बाइपास गरी मेरो नजर टुप्पातिर सर्‍यो, सोझियो । वृक्षको टुप्पामा, हाङ्गा-हाङ्गामा चमेराहरू तुर्लुङ्ग उत्तानो परी झुण्डिरहेका थिए ।

कस्तो सुखद्, चाखलाग्दो दृश्य !

वृक्षमा ब्याट्स !
टेबलमा क्याट्स !

दिस इज गुड !
इजन्ट इट ?

- यी क्याट्स को हुन् ? थाहा छ तपाईंलाई ? - सम्राटले मलाई सोध्यो ।
- थाहा छैन । को पो हुन् ? - मैले सम्राटलाई सोधें ।
- एउटा जोर्बा हो । - उसले बतायो ।
- अर्को बुद्ध हो ? - सोधें ।
- अर्को बुद्ध हो । - उसले ढुक्कका साथ, दृढतापूर्वक बतायो ।

ओशोका नवसन्यासीहरू मेरो प्लेटबाट दूध खाइरहेका थिए ।

***

मैले A4 साइजको ब्राउन पार्सल खोलें ।
त्यहाँ ब्लु बोयज्को पाण्डुलिपि थियो । पढ्न थालें ।

ब्लु बोयज्

म्याडम फेब्रुअरी

म त बच्चा नै रहन चाहन्छु । पातर्नीले भन्दैमा ब्लु बोयज् हुन्छु र !

- वैदिक विश्वकर्मा

त्यो दिन कार पेन्टरको मुड खराब थियो ।

एकाबिहानै ऊ अलि बढी नै वाइल्ड भएको थियो । मचाहिँ तुलनात्मकरूपमा केही माइल्ड नै थिएँ ।

कार पेन्टर केही चिन्तित एवम् आतङ्कित देखिन्थ्यो । डर्मिटरीको सुनसान करिडरमा उसले मलाई घप्लक्क अङ्गालो मारेको थियो र भनेको थियोः

- नगरकोटी, म खत्तम भएँ यार !

स्कुलमा साथीहरूमाझ हामी पछिल्लो नामको सम्बोधन गर्थ्यौं । पुलिस स्कुलको यस्तै फुलिस प्रचलन थियो । हाम्रो स्कुलमा विभिन्न देश, प्रदेशका विद्यार्थीहरू पढ्ने गर्थे । विमोक्ष विष्टलाई विष्ट भनी बोलाउनुपर्थ्यो । तिलिचो तिमिल्सिनालाई कसैले नाम बिगारी तिमलसिन्हा भन्यो भने ऊ सजायको भागिदार भइहाल्थ्यो । हामीहरूको प्रथम नाम उच्चारण गर्ने कार्यकारी अधिकार त केवल शिक्षक, शिक्षिकासित मात्रै हुन्थ्यो ।

विद्यालयमा कुनै नवनिरीक्षक आएर नाम सोधेको खण्डमा मैले अदबकासाथ भन्नु पर्थ्यो :

- आई एम नगरकोटी ! कुमार नगरकोटी !

एकपटक तल्लो कक्षामा भर्ना भएको (सायद आठ कक्षामा) नयाँ केटो - जसको नाम पन्छी पुडासैनी थियो - ले मलाई मेरो फस्ट नेम काटेर यसो भन्यो :

- कुमार ब्रो ! तिम्रो नाम त कस्तो रद्दी छ यार !

आफ्नो नाम कसलाई प्यारो लाग्दैन ! क्लास टिचरलाई मैले पन्छीको पोल लगाइदिएँ ।

पुडासैनी गोपी क्याँच भयो ।

उसको रामधुलाइ मात्र होइन, श्रीराम धुलाइ भयो ।

खैर, अहिले कार पेन्टरकै कुरा गरूँ ।

कार पेन्टर !

यो एक अनौठो नाम थियो । कसैको नाम कार पेन्टर कसरी हुन सक्थ्यो ? हामी विद्यार्थीहरू मात्र नभई अधिकांश शिक्षकहरूसमेत उसको नामलाई लिएर बडो दुविधामा पर्ने गर्थे ।

ऊ कारपेन्टर थियो कि कार पेन्टर ?

CARPENTER !

or

CAR PAINTER !

He was in fact CAR PAINTER.

उसको नाम उच्चारण गर्नुपर्दा कार र पेन्टरबीच पज लिनुपर्थ्यो । सासको विश्राम लिनु पर्थ्यो । यस्तो खालको अद्भूत नाम कुनचाहिं तोर्पे पिताले आफ्नो छोराको निम्ति छनोट गर्न सक्थ्यो ?

त्यसो त विद्यालयमा त्यस्ता अनेक अद्भूत नाम भएका विद्यार्थी थिए ।

१) इन्स्ट्रुमेन्टल

२) क्यानभास

३) क्लोजअप

इन्स्ट्रुमेन्टलका पिता म्युजिकल इन्स्ट्रुमेन्टको होलसेल व्यापारी थिए । इन्स्ट्रुमेन्टलले मलाई बताएको थियो । ऊ पूर्व इटहरीको थियो ।

क्यानभासका पिता आर्ट ग्यालरीको क्युरेटर थिए । क्यानभासले मलाई बताएको थियो । ऊ पोखराको थियो ।

क्लोजअपका पिता सिनेमाटोग्राफर थिए । क्लोजअपले मलाई बताएको थियो । ऊ चितवनको थियो ।

मेरा पिता भूतपूर्व प्रहरी अधिकृत थिए । इन्स्ट्रुमेन्टल, क्यानभास, क्लोजअप, कार पेन्टरलाई मैले बताएको थिएँ । म नेपालगन्जको थिएँ ।

कार पेन्टरका पिता कारपेन्टर थिए । उसले हामी सबलाई बताएको थियो । ऊ स्वप्निल भ्यालीको थियो ।

स्वप्निल भ्याली ?

यो कहाँ थियो, हामी कसैलाई थाहा थिएन ।

त्यो शनिबारको दिन थियो र कार पेन्टर मलाई आफू खत्तम भएको कुरा सुनाउँदै थियो:

- यार नगरकोटी, म खत्तम भएँ ।

बिदाको दिनमा एकाबिहानै खत्तम हुनु भनेको अलि खत्तमै कुरो हुनुपर्छ । मैले भनें :

- के भो कार पेन्टर ? कुरा के हो ? किन खत्तम भएको कुरा गर्छस् ?

उसले यताउता चारैतिर चोर आँखा दौडायो । भनिहालियो, डर्मिटरीको करिडर सुनसान थियो । पुछारको टोइलेट जोनमा आया दिदी भुइँ पुछिरहेकी थिइन् । कार पेन्टर केही चनाखो भयो । उसलाई सायद कुनै गुप्त रहस्यको कुरा सुनाउनु थियो । अरू कसैले सुनी पो हाल्ला कि भनेजस्तो गरी उसले मेरो कानैमा साउती मार्‍यो :

- यार नगरकोटी, मेरो मिन्स भयो ।

लौ !

आच्या !

आम्मै !!!

खत्तमै पो भयो । केटाको मिन्स भयो ? केटो नछुने भयो ? केटाको महिनावारी भयो ?

मैले उपाय सुझाएँ । यस्तो आपत्‌विपत्‌मा कार पेन्टरलाई डाक्टर कलब्रेक गोदारले मात्रै उद्धार गर्न सक्थ्यो । डाक्टर गोदारको नाम पप्लु, किट्टी, फलाँस्, चलफलाँस्, म्यारिज, जुटपत्ती, दहलमारा, ट्वान्टीनाइन या सत्र नभई किन कलब्रेक थियो भन्ने कुरा हामी कसैलाई थाहा थिएन ।

डाक्टर गोदार क्रुर टाइपको फन्नी म्यान थियो । स्कुलमा उसका बारे अनेक रमाइला, उट्पट्याङ कथाहरू प्रचलनमा थिए । उसको क्लिनिकमा (हामी मेडिसिन वार्ड भन्थ्यौं) जाने सबै बिमारीहरूलाई ऊ आयोडेक्स मलमले उपचार गर्थ्यो । कसैको पेट दुख्यो, आयोडेक्स ! कसैलाई ज्वरो आयो या टाउको दुख्यो आयोडेक्स ! यहाँसम्म कि कसैलाई पिनास भयो, आयोडेक्स !

डाक्टर गोदारको आयोडेक्स प्रेस्क्रिप्सन चर्चित थियो ।

उपचारपद्धतिमा डाक्टर गोदारको आयोडेक्स फर्मुला एक मौलिक आविष्कार थियो । कसैको मुत्रनलीमा समस्या देखा पर्‍यो, फटाक्से आयोडेक्स हाजिर ! आयोडेक्स जिन्दावाद ! डाक्टर गोदार जिन्दावाद !

डाक्टर गोदारको वार्डभरि आयोडेक्सको आलो गन्ध गन्हाउँथ्यो । कोहीकोही उसलाई डाक्टर आयोडेक्स पनि भन्ने गर्दथे । उसको एउटा भनाइ स्कुलमा ज्यादै लोकप्रिय थियो ।

डाक्टर गोदारको लोकप्रिय भनाइ यस्तो थियो :

खानु छ सागपात
फाल्नु छ घिउ
अनि भुत्रो बन्छ त
तेरो थाङ्ने जिउ !

कार पेन्टरलाई डाक्टर गोदारको वार्डमा लगेर गएँ । कोठामा ऊ एक्लै थियो । थर्काइहाल्यो :

- ओइ थाङ्ने नगरकोटी ! किन देखा परिस् ? के भो ?
- मलाई होइन सर । (कार पेन्टरलाई देखाएँ ।) यसलाई भयो सर ।

डाक्टर गोदार : यो गँड्यौलोको बच्चोलाई के भयो ?

म : यो खत्तम भयो सर ।

डाक्टर गोदार : खत्तमै पो भो ! गज्जब भो ! ओइ पाजी ! किन केही बोल्दैनस् ?

कार पेन्टर : सर, मेरो मिन्स भो !

डाक्टर गोदार : आच्या ! के भो रे ?

कार पेन्टर : मिन्स भो सर !

कार पेन्टरको कुरा सुनी डाक्टर कलब्रेक गोदार अक्क न बक्क पऱ्यो । चकित भयो । चेत खायो । एउटा पन्ध्र वर्षे जोवनधारी केटो उसको अगाडि मेचमा बसी बकाइदाका साथ भन्दै छ कि उसलाई मिन्स भयो । पर सऱ्यो । नछुने भयो । मासिक ऋतु-चक्रको फन्दामा फस्यो । त्यो पनि कहिले भन्दा, शनिबार । बिदाको दिन । एकाबिहानै । उफ् ऽऽऽ

बिचरो केटो !

गँड्यौलोको बच्चो !

उफ् ऽऽऽ

यो कस्तो झ्याउलो आइलाग्यो ?

उफ् ऽऽऽ

बर्बाद भो !

अब काँ आयोडेक्स दल्ने ?

उफ् ऽऽऽ

परेन फसाद !

बर्बादै भो !

डाक्टर गोदारले यत्रो लामो मेडिकल करिअरमा यस्तो अजीव टाइपको केस सुनेको थिएन । उसले बाहुला सुर्कायो । घाँटीनेरको टाँक फुकाल्यो । चश्मा फुलाकी टेबलमा राख्यो । केही होलो भएपछि यसो भन्यो :

- तँ मूलालाई खासमा भा'को के हो, खसोखस भन् त ?
- मलाई मिन्स भाको हो । - कार पेन्टरले बडो गम्भीर पारामा उही कुरा दोहोऱ्यायो ।
- कसरी भो ? त्यो पनि बताउँछस् कि ? डिटेलमा !

कार पेन्टरले यसो भन्यो, "सर, राति सेक्सी सपना देखें । सपनामा मिसलाई देखें । मिस नाङ्गै हुनुहुन्थ्यो बेडमा !"

- कस्को बेडमा ? - डाक्टर गोदारले जान्न चाह्यो ।
- त्यो त थाहा भएन सर । सपनामा कस्को बेड हो भन्ने क्लियर थिएन । - कार पेन्टरले प्रस्ट्यायो ।

डाक्टर गोदार : पख्, पख् । बिस्तारै भन् । नआत्तीकन । कुन चैं मिसलाई नाङ्गै देखिस् ?

कार पेन्टर : सिम्फोनी मिसलाई ।

डाक्टर गोदार : जुनियर क्लासमा पढाउने म्याथ टिचर होइन ? एम आई राइट ?

कार पेन्टर : यस् सर, यु आर राइट ।

डाक्टर गोदार : अँ अरू के भो ? भन् । डिटेलमा ।

कार पेन्टर भन्दै गयो, "मिसले मलाई बेडमा बोलाउनुभयो । गएँ । मलाई उचालेर बेडमा राख्नुभयो । कपाल मुसार्नु भयो । माया गर्नुभयो । जिब्रोले मेरो जिब्रो खेलाउनुभयो । मेरो गन्जी च्यातिदिनुभयो । मेरो हात उहाँले आफ्नो छातीमा राखिदिनुभयो । मिसको बुब्स त क्या मज्जाको रैंछ । कमलो । गुब्बाराजस्तो गुद्‌गुद् गर्ने । त्यसपछि मेरो अन्डरवेयरभित्र हात घुसार्नुभयो । खेलाउन थाल्नुभयो ।"

कार पेन्टर चुप लाग्यो ।

डाक्टर गोदार : अनि के भो ? डिटेलमा भन् ।

कार पेन्टर : ब्युँझें सर ।

डाक्टर गोदार : थुइक्क पाजी ! कस्तो कुटाइममा ब्युँझिछस् । अनि के भो भन् ।

कार पेन्टर : अन्डरवेयर भिजेको रैंछ सर ।

डाक्टर गोदार : कतै कट्टुमै पो मुतिस् कि !

कार पेन्टर : होइन सर ! म कट्टुमा मुत्ने केटो होइन ।

डाक्टर गोदार : अनि काँ मुत्ने केटा होस् त ?

कार पेन्टर : टोइलेटमा सर ।

डाक्टर गोदार : बोयज् कि गर्ल्स ? कस्को टोइलेट ? डिटेलमा भन् ।

कार पेन्टर : केटा हुँ सर, बोयज् टोइलेटमा ।

डाक्टर गोदार : आर यु स्योर ?

कार पेन्टर : स्योर सर ! नो डाउट ।

डाक्टर गोदार : बुझें । कुरा बुझें । अरू कुरा भन् । डिटेलमा ।

कार पेन्टर : अरू के कुरा भनूँ सर ?

डाक्टर गोदार : तेरो कसरी मिन्स भयो, त्यो भन् भनेको पाजी !

कार पेन्टर : अन्डरवेयर भिजेको थियो सर । गिलो थियो । चिप्लोचिप्लो थियो । हातले छाम्दा च्यापच्याप गर्ने ! कस्तो गन्हाउने । म्याडम फेब्रुअरीले भन्नु भा'को, त्यसरी अन्डरवेयर भिजेपछि मिन्स हुन्छ । मेरो मिन्स भयो सर । म खत्तम भएँ ।

कार पेन्टरको कुरा सुनी डाक्टर गोदार हाँस्न थाल्यो । छिल्लिँदो पारामा मरीमरी हाँस्यो । कस्तो भने उसको धारावाहिक हाँसोमा कुनै स्पीड-ब्रेकर थिएन । कोठामा ससानो म्याग्निच्युडको भुइँचालो नै गएसरी भयो ।

विचरो कार पेन्टर ! ऊ पक्क परी अक्क न बक्क भई टोलाउन थाल्यो । नन्स्टप लाफ्टर च्यानलको स्वीच अफ गर्दै डाक्टर गोदारले भन्यो :

- सुन स्वाँठ् ! सिग्मन्ड फ्रायडको नाम सुन्या छस् ?
- छैन सर । कुनचाहिँ फ्रड पो हो ?
- फ्रड होइन । फ्रायड । सिग्मन्ड फ्रायड ।
- को हो सर त्यो ?
- भूत हो । तँलाई त्यसैको भूत लाग्या हो । बुझिस् ?
- बुझें सर ।
- के बुझिस् ? भन् । डिटेलमा ।
- मलाई फ्रायडको भूत लाग्या हो । तर सर, यो कस्तो खालको भूत हो ?
- सेक्सी भूत हो । बुझिस् ?
- बुझें सर ।
- के बुझिस् ?
- फ्रायड सेक्सी भूत हो ।

डाक्टर गोदारले ससानो प्रवचन नै दियो । घरी कार पेन्टर, घरी मलाई हेर्दै उसले आफ्नो प्रवचन सुनायो ।

डाक्टर कलब्रेक गोदारको प्रवचन

सिग्मन्ड फ्रायडको सेक्सी भूतले तिमीहरूजस्ता किशोरलाई धेरै सताउने गर्छ ।
यो भूत जवानीमा अझ बढी सक्रिय हुने गर्छ ।
त्यसैले यस्तो सेक्सी भूतलाई बेलाबेलामा मन्साउनुपर्छ । राम्रोसित बुझ् स्वाँठ् ।
तेरो भूत मन्सिएको हो ।
तेरो कट्टुमा लागेको चिप्लोचिप्लो चिज अरू केही नभई प्रसाद हो, भूतलाई चढाइएको । बुझिस् ?
पछि कुरो आफै बुझ्छस् । भन्लास्, त्यो चिप्लोचाहिँ किन हुन्छ ? किनभने फ्रायडको भूतलाई चिप्लो चिज मन पर्छ ।
अनि हेर लाटा ! तेरो मिन्स भा'को होइन । कस्तो गोज्याङ्ग्रे हरिलट्ठक रै'छस् ! मिन्स त केटीको पो हुन्छ । तेरो त प्रसाद पो झरेको हो !
खोई कुरा बुझेको ?
त्यो प्रसाद झर्ने कामलाई चाहिँ के भन्छन् थाहा छ ?

- छैन सर । - कार पेन्टरले भन्यो ।
- खल्लास भन्छन् । बुझिराख । के भन्छन् रे ?

- खल्लास, सर ।
- तेरो मिन्स भएको होइन, तँ खल्लास भएको होस् । बुझिस् ?
- बुझें सर ।
- के बुझिस् ?
- म खल्लास भएको हुँ ।
- गुड । भेरी गुड । सुन् पाजी । यस्तो कुरा अरू कसैलाई नबताएस् । लाजमर्दो भइन्छ । अनि तँलाई मिन्स हुने कुरा कसले भनेको रे ?
- म्याडम फेब्रुअरीले ।

***

म्याडम फेब्रुअरी मेरो फेभरेट टिचर । लिट्रेचर टिचर । फिक्सन पढाउने ।

म्याडम फेब्रुअरीको क्लास देहान्त कायस्थको जस्तो भद्रगोल हुँदैनथ्यो । मिस्टर कायस्थको पिरियडमा हामी धेरै होहल्ला गर्थ्यौं । बिचरो सोझो गलगाँडे बुढोको सरलता, विनम्रताको हामी खिल्ली उडाउँथ्यौं ।

देहान्त कायस्थको घाँटीमा याँमानको गलगाँड थियो । स्कुलमा सम्पूर्ण शिक्षकहरूले घाँटीमा टाई लगाउनु अनिवार्य थियो तर देहान्त कायस्थ एकमात्र अपवाद थिए । उनको गलगाँडे घाँटीमा टाई झुन्ड्याउनु असम्भव थियो । स्कुल प्रशासनले उनको खातिर 'शिक्ष(कशिक्षिकाले पालना गर्नुपर्ने नियम' को टाईबुँदा, दफामा सम्झौता गरेको हुनुपर्छ ।

देहान्त कायस्थ टाइ-फ्री टिचर थिए ।

देहान्त कायस्थ हामीलाई प्राचीन इतिहास पढाउने गर्थे । क्लोजअपले मलाई एकदिन सोधेको थियो :

- ओई नगरकोटी ! विश्वको सबैभन्दा प्राचीन चिज के हो ? थाहा छ तँलाई ?
- थाहा छैन । के हो ? - भनेको थिएँ ।
- मिस्टर कायस्थको गलगाँड । - यसो भनी उसले अट्टहास छाड्यो ।

म केही गम्भीर भएँ । हो न हो, मिस्टर कायस्थको गलगाँड विश्वकै प्राचीन चिज हो भन्ने भ्रममा म रहें, केही काल ।

देहान्त कायस्थको तुलनामा म्याडम फेब्रुअरीको पिरियडमा हामी सभ्य बन्थ्यौं । हामी यस्तो शालीन व्यवहार गर्थ्यौं उनको क्लासमा, यस्तो लाग्न सक्थ्यो, मानौं हामी मोर्डन सिभिलाइजेशनको कारखानाबाट उत्पादन गरिएका फ्रेस प्रोडक्ट हौं ।

म्याडम फेब्रुअरीको क्लास हामीलाई प्रिय लाग्थ्यो । उनको व्यक्तित्व बडो म्याि(जकल लाग्थ्यो । उनी हामीलाई विश्व साहित्यका अद्भूत कथाहरू सुनाउँथिन् ।

हाम्रो क्लास मनिटर वैदिक विश्वकर्मा भने म्याडम फेब्रुअरीलाई उति साह्रो मन पराउँदैनथ्यो । म्याडम फेब्रुअरीबारे मसित अन्टसन्ट कुरा गर्थ्यो । ऊ भन्थ्यो :

- थाहा छ, नगरकोटी ! म्याडम फेब्रुअरी निम्फोमेनिक आइमाई हो । होस्टल वार्डन वुडपेकर र किकबक्सिङ गुरू अम्रिसो अधिकारीले म्याडम फेब्रुअरीलाई पालैपालो भ्याउँछन् । म्याडमलाई भ्याइनभ्याई छ ।

मलाई कुनै मतलब थिएन । छु मतलब भन्थें । नन् अफ आवर बिजनेस भन्थें । वैदिक विश्वकर्मा मलाई सम्झाउन खोज्थ्यो कि म्याडम फेब्रुअरी व्यभिचारणी एवम् चरित्रहीन स्वास्नीमान्छे हो । तब के ? मलाई त म्याडम फेब्रुअरी जाती लाग्थ्यो । मन पर्थ्यो ।

अब मन परेपछि वैदिक विश्वकर्माको बाउको पनि के लाग्थ्यो र ?

केही दिनअघि म्याडम फेब्रुअरीले रोचक कुराको उद्घाटन गरेकी थिइन् । त्यसअघि हामी विद्यार्थीहरूलाई कसैले त्यस्तो भर्जिन कुरा सुनाएको थिएन ।

म्याडम फेब्रुअरीको भर्जिन कुरा

मलाई लाग्छ, अब तिमीहरूमाझ यस्तो कुरा गर्नुपर्नेछ ।

भर्जिन कुरा ।

तिमीहरू अब बालक र युवाबीचको जेब्राक्रसमा उभिएका छौ । यो क्रिटिकल उमेर हो ।

म्यानी अफ् यु विल नाउ विटनेस सम फिजिकल चेन्जेज इन्साइड योर बडिज् । एट दिस एज बोयज् विल स्टार्ट डुइङ मास्टर्वेशन एन्ड गर्ल्स विल ह्याभ् मेन्स्ट्रुयसन अर लेट्स से मिन्स इन शर्ट ।

वान्स अगेन लाइक अ चाइल्ड यु विल वेट योर अन्डरवेयर ।

बट् रिमेम्बर वान थिङ । यु आर नो मोर चाइल्ड नाउ । तिमीहरू अब बच्चा रहेनौ ।

यु आर ब्लु बोयज् नाउ ।

ब्लु बोयज् । हामीलाई अफर गरिएको कस्तो स्वीट नेम ! हामी ब्लु बोयज् भएकोमा हर्षले फुलेल भएका थियौं तर वैदिक विश्वकर्मा हर्षित भएजस्तो देखिएन । ब्लु बोयज् भन्ने शब्दावलीले ऊ केही डिस्टर्ब्ड भएझैं लाग्थ्यो । टोइलेट ब्रेकमा वैदिक विश्वकर्माले मसित भन्यो :

- देखिस् नगरकोटी ! मैले पहिल्यै भन्या होइन ? म्याडम फेब्रुअरी निम्फो हो भनेर मैले भनेकै हुँ । हामी बच्चाहरूको अगाडि कस्तो छिल्लिएर कुरा गरेकी ! कुनै पातर्नीले मात्र त्यस्तो भल्गार कुरा गर्न सक्छे, बच्चाहरू सामु ।
- हामी बच्चा रहेनौं विश्वकर्मा, हेर् त । - मैले भनें । - हामी त ब्लु बोयज् हौं ।
- म त बच्चा नै रहन चाहन्छु । पातर्नीले भन्दैमा म ब्लु बोयज् हुन्छु र ?

कुमार नगरकोटी : देन अल द बेस्ट फर योर चाइल्ड हुड, माई फ्रेन्ड विश्वकर्मा ।

वैदिक विश्वकर्मा : थ्याङ्क यु ! अल द बेस्ट फर योर बोयहुड माई फ्रेन्ड नगरकोटी ।

***

म्याडम फेब्रुअरीले अन्डरवेयर भिज्ने कुरा गरेकी थिइन् ।

त्यही अन्डरवेयर भिज्ने म्याडम फेब्रुअरीको भर्जिन कुरालाई कार पेन्टरले मिन्स भएको ठानिदियो ।

त्यसैले त त्यो शनिबारको एकाबिहान डाक्टर गोदारको मेडिसिन वार्डमा त्यत्रो बबाल भयो । कसो कलब्रेक गोदारले कार पेन्टरलाई यसो भनेन :

- ला स्वाँठ ! अब तुरीमा आयोडेक्स दल् ।

कार पेन्टरको मिन्स प्रकरणपछि केही दिनभित्रै मीनपचासको दुई महिने लामो विदा आइहाल्यो । हामी विद्यार्थीहरूमाझ यो शिशिर डेज्को बेसब्री-से-इन्तजार रहन्थ्यो । सायद, त्यो वर्षको लामो छुट्टीको मलाई अरूलाई भन्दा बढी नै प्रतीक्षा थियो । कि(नभने आगामि कालका तामसिक घटनाहरूले मेरो जीवन नै अर्को दिशातिर मोडिदिने सामर्थ्य राख्थ्यो ।

वास्तवमा म जेब्राक्रसमा उभिएको अधकल्चो किशोर थिएँ । मलाई जेब्राक्रस पार गर्नु थियो ।

त्यो जाडोको लाम्चो विदामा मैले उमेरको एउटा सीमारेखा पार गर्नु थियो, जसलाई ज्ञानीहरू पुरुष बन्ने मार्गको प्रथमद्वार भनी भन्ने गर्छन् ।

एउटा यस्तो कायाकल्प, एउटा यस्तो मेटामर्फोसिसको चरण, जसपछि झुसिलकीरा फगत झुसिलकीरा मात्रै रहिरहन अभिशप्त हुँदैन । त्यो झुसिलकीरा पुतली बन्छ ।

जेब्राक्रसमा उभिएको म फगत एक कीरा थिएँ । झुसिलकीरा । त्यो जाडोको लाम्चो विदामा मलाई पुतली बन्नु थियो । सग्लो पुरूष बन्नु थियो ।

पि फर पुतली !

पि फर पुरूष !

पि फर पतन पनि त हुन्थ्यो नि !

मेरो पुतली बन्ने मार्ग कठिन थियो । सामाजिकरूपमा भन्नुपर्दा अनैतिक थियो । धार्मिकरूपमा भन्नुपर्दा पतित थियो । तर मलाई सामाजिक एवम् आध्यात्मिक ट्याबुको बाल थिएन ।

छु मतलब ?

हु केयर्स ?

मलाई नैतिक झुसिलकीरा बनिइरहनुभन्दा अनैतिक पुतली बन्न मञ्जुर थियो ।

मेरो कुरा सुनी ल्याउँदा कसैकसैलाई म ठिस लाग्नेछु । मेरो कन्फेसन सुनी पठाउँदा उनीहरूलाई एकतमासको हाँसो उठ्नेछ । वाहियात् लाग्नेछ । वकवास लाग्नेछ ।

अनैतिक पुतली ? यो कस्तो कुरा भयो र ? उनीहरूलाई लाग्नेछ, प्रकृति पनि कतै अनैतिक हुँदो हो ? पुतली र प्रकृति कसरी अनैतिक हुन्छन् ? अनैतिक त पुरूष पो हुन्छ । हो, कुरा दुरूस्त त्यस्तै हो । मेरो समस्या के मात्र थियो भने म पनि तथाकथित पुरूष थिएँ या यसो भनूँ पुरूष हुने चाँजोपाँजोमा थिएँ । त्यो जाडोको लाम्चो विदामा ।

जाडोको लम्बेतान विदामा पुरूष बन्न पाउनु भनेको सायद सुखद् संयोग हो । शिशिर होलिडेजमा पुतली बनी उड्न पाइन्छ भने झुसिलकीरा नै रही घिस्रिरहने घिसापिटा लठारो कुनचाहिँ नाथेले गरिरहोस् ।

म्याडम फेब्रुअरीले अन्तिम क्लासमा भन्नुभएकै त हो नि ?

- ओके ब्लु बोयज् ! क्रस द जेब्राक्रस । गो अक्रस द जेब्राक्रस ।

जेब्रा-क्रस

लौ त, ब्लु बोयज् !

यसपालि म तिमीहरूलाई कुनै लेख्ने, पढ्ने होमवर्क दिन्नँ । आ-आफ्नो घर जाओ । छुट्टी मनाओ ।

आफ्नो शरीरभित्र घट्ने, चलमलाउने युनिक घटनाहरूको अनुभव गर । जिज्ञासा अनि उत्सुकताहरूको समाधान खोज ।

समाधानमै त समाधि छ ।

स्कुल फर्कँदा झुसिलकीराको कुरूप खोल उतै कतै शिशिर होलिडेजको डस्टबिनमा मिल्काएर फर्क ।

आउँदा बरू सुन्दर पुतली बनी फर्क ।

तिमीहरूको होमवर्क यही भयो ।

लौ त, ब्लु बोयज् !

क्रस द जेब्राक्रस ! गो अक्रस जेब्रा-क्रस !

म्याडम होस् त यस्तो ! म्याडम फेब्रुअरीजस्तो !

शिशिर होलिडेजको भर्टिकल्ली लाम्चो विदा मनाउन सब साथीभाइहरू आ-आफ्ना घर गए । इन्स्ट्रुमेन्टल इटहरी लाग्यो । क्यानभास पोखरा रवाना भयो । क्लोजअप चितवन गयो । कार पेन्टर स्वप्निल भ्याली गयो ।

मलाई जेब्राक्रस पार गर्नु थियो । उमेरको जेब्रा-क्रस । मलाई पुतली बन्नु थियो । पुतली बन्न म त लागेँ, नेपालगन्ज !

ट्याडपोल

जीवन आदतहरूको सङ्ग्रहालय हो ।

- ट्याडपोल

निरामिष !

निरापद !

दुवै लामिछाने । दाजुभाइ ।

निरामिष र निरापदलाई मैले पहिलोपटक भेटेको नेपालगन्जमा नै हो । स्कुल बाहिरका मेरा साथी भनेका तिनै लामिछाने बन्धु थिए ।

दाजु निरामिष उमेरले मभन्दा माथ्लो भेगको थियो । ऊ प्रायः कम बोल्न रूचाउँथ्यो । भाइ निरापद र मेरो उमेर लगभग एउटै थियो । उसलाई केही न केही उट्पट्याङ गरिरहनु पर्थ्यो ।

उनीहरूका बाबुआमालाई म अङ्कल, आन्टी भन्थें ।

नेपालगन्जको राँझा एयरपोर्टनेर हाम्रो सरिता होटल एन्ड लज थियो ।

सरिता, मेरी आमाको नाम । सरिता गुरूङ । आमाकै नाममा बुबाले होटलको नाम जुराउनुभएको थियो । होटलमा प्रायः जुम्ला, हुम्ला, डोल्पातिर जाने यात्रीहरू बस्थे ।

बुबा भन्नुहुन्थ्यो कि हाम्रो लजमा संगीतज्ञ, दार्शनिक, फकीर, कविहरू बास बस्ने गर्थे । मलाई बुबाले सम्झाउनुहुन्थ्यो :

- हेर नाथे ! यस्ता मनुष्यहरूको सङ्गत गर्नुपर्छ ।

आमा कहिलेकाहीं जुम्ला, हुम्ला, डोल्पातिर हवाइजहाज चढी जानुहुन्थ्यो । पैसा झार्न । दार्शनिक एवम् फकीरहरूले लामो समयसम्म लजिङ एवम् फुडिङको उधारो पैसा पठाउँदैनथे ! आमा पैसा उठाउन जानुहुन्थ्यो । यस्तो कामलाई पैसा झार्ने भनिन्थ्यो ।

मैले पनि एकपटक त्यही जाडोको विदामा यस्तो हवाइयात्रा गरें । बुबासित । उधारो खाई पैसा तिर्ने लठारो नगर्ने त्यो कुनचाहिं फकीर हो भनी मैले बुबालाई सोध्दा उहाँले भन्नुभयो :

- चाणक्य । त्यसको नाम चाणक्य हो ।

चाणक्य परियार हुम्लाको सिमीकोटमा बस्थ्यो । सिमीकोटमा हामी एक हप्ता बस्यौं । तल्लो बजार र माथ्लो बजारमा चाणक्यलाई हामी बाउछोरा मिली खोज्यौं । एयरपोर्ट वरपर राडीपाखी बेचिहिंड्ने सौदागरले हामीलाई भन्यो :

- त्यो मान्ठ (मान्छे) त मडिगयो ।

चाणक्य मरिसकेको रैछ । पैसा कोसित झार्ने ?

भएको पैसा पनि बुबाले दारूपानीमा सिध्याइहाल्नुभयो । बाउछोरा खाली हात फर्क्यौँ । ट्वीनअटरको सिटमा झ्यालपारि उडिरहेका बादललाई हेरी बुबाले भन्नुभयो :

- हेर् नाथे ! बादल खाली छ, हामीजस्तै । हामी पनि यी बादलझैं हौं । खाली हात आउँछौं र खाली हात फर्कन्छौं ।

तर म खाली हात फर्केको थिइनँ ।

हुम्लाबाट नेपालगन्जसम्मको हवाइ ट्रिप लगभग पचास-पचपन्न मिनेटको हुँदो हो । म निदाएँ । सपनामा म्याडम फेब्रुअरीलाई देखें । मेरो नाङ्गो शरीरलाई जिब्राले खेलाइरहेको ।

मेरो पनि मिन्स भयो, आकाशमा ।

***

निरापदले एक साँझ भन्यो :

- कुमार जाऔं, कमाल गरौं ।

म निरापदको पछि लागें ।

निरामिष मेरो पछि लाग्यो ।

र निरामिषको पछि लागेर आयो, तामसिक । तामसिक शर्मा । निरामिष र निरापद लामिछानेका मामा, जसलाई राँझाचोकमा माइकालाल भनिन्थ्यो, तामसिक शर्मा । मामा भए पनि हाम्रै छिमलका ।

तामसिक शर्मालाई आलुपराठा खूब मन पर्थ्यो ।

राँझाचोकमा ऊ मलाई आलुपराठा खुवाउन लैजाने गर्थ्यो । स्याउली बजारमा पान खुवाउन लैजान्थ्यो । आफ्नो मामाबारे निरापद भन्ने गर्थ्यो, "तामसिक मामा चालु छ । केटीहरूलाई चलाइरहनुपर्ने ।"

त्यो साँझ हामी चार जनाको *ग्याङ अफ फोर* स्याउली बजार पछाडिको जङ्गलतर्फ लाग्यौं । त्यो जङ्गललाई शाही सेनाको जङ्गी अड्डाले ओगटेको थियो । तारबार नाघेर हामी जङ्गलभित्र छिर्‍यौं । निरापदले भन्यो :

- लौ अब कमाल गरौं ।

हामी सब एउटा-एउटा झाडीभित्र छिर्‍यौं ।

मेरो मिन्स आकाशमा भएको थियो । अब जमिनमा पहिलोपल्ट म कमाल गर्दै थिएँ ।

लिबिडो झाडीभित्र एक्लै थिएँ । आँखा चिम्लें । म्याडम फेब्रुअरी दिमागभरि घुम्न थाल्नुभयो । नाङ्गै । मलाई जेब्राक्रस पार गर्नुछ । लाम्चो-लाम्चो सास फेर्छु । कक्रक्क पर्छु । बाउँठिन्छु । अग्लिन्छु । पुड्किन्छु । थेचारिन्छु । कम्मर वरपर भोल्क्यानो छुट्छ । तहसनहस हुन्छु । क्रेटरबाट तरलतरल लेसिइलो लाभा लतपत गर्दै झर्छ । डाक्टर गोदारले भन्ने गरेको सिग्मन्ड फ्रायडको प्रसादलाई लल्याकलुलुक परी चुपचाप हेर्छु । शिथिल हुन्छु । लिबिडो झाडीबाट फुत्त बाहिरिन्छु ।

निरापद : कुमार ! मज्जा आयो ? फस्ट टाइम, कति गोल गऱ्यौ ? पेनाल्टी सुटआउट तगडै भयो होला । होइन ? बलिङ राम्रैसित गऱ्यौ होला, होइन ?

कुमार : टट्यायो । पिरोपिरो भयो यार । छाला खुइलिएजस्तो भइरहेछ ।

निरापद : पहिलोपटक यस्तै हुन्छ । चिन्ता नगर । पछि आदत पर्छ ।

तामसिक : जे होस्, कुमारले आज कमाल गऱ्यो । चियर्स फर हिम् । चियर्स !

सैनिक ब्यारेकको लिबिडो झाडीमा म कहिलेकाहीं एक्लै पनि जान थालेँ । कमाल गर्न । झाडी मेरो फुर्सदको आश्रय स्थलझैं भइगयो ।

सक्रिय भोलक्यानोबाट निस्कने लाभाले मलाई लाभान्वित नै गऱ्यो । शिशु आदत अब क्रमशः वयस्क हुँदै गयो ।

वास्तवमा कमालकै थियो, मेरो लिबिडो झाडी । एक दिन यो झाडीमा कमालको घटना घट्यो ।

जङ्गल साविकको झैं निर्जन, सुनसान थियो । साविकको ठाउँमा म साविकको समयमा पुगिसकेको थिएँ । साँझको पाँच बजेतिर । स्याउली बजार छेउछाउको त्यो समशितोष्ण प्रदेश मलाई अझ साँझपख, सिन्दूरे सन्ध्यामा अद्भूत लाग्थ्यो । सूर्यको एक डल्लो ओसिलो, सुन्तले पिण्ड पश्चिमी क्षितिजको कर्नर-आकाशमा झुन्डिएको थियो ।

म आफ्नो झाडीमा कमालरत थिएँ ।

लिबिडो अभ्यास शनैःशनैः क्लाइमेक्सोन्मुख थियो । तर यो के ? नजिकैको झाडीबाट अचम्म लाग्दो, उदेक लाग्दो आवाज विस्फोट भइरहेको थियो । कोही पीडाले चिच्याइरहेथ्यो :

SSS मरें आमा, मरें आमा, मरें SSS

को मर्दै थियो लिबिडो झाडीमा ? यस्तो सिन्दूरे साँझमा ? को अस्त हुँदै थियो यस्तो अस्ताचलमा ? अकस्मात् म खजमजिएँ ।

स्प्रिङ्क टु डेथ् ।

झाडीबाट आइरहेको मरें आमा भन्ने पुरूषको आवाज चर्किंदै थियो । यस्तो सुनसान, नीरव वनमा कुन अभागी आफ्नो माताश्रीलाई स्मरण गर्दै आर्तनाद गरिरहेछ ? कस्को अरण्य रोदन फुल भोल्युममा गुन्जिरहेछ ?

अज्ञात भयको चक्कुले मनलाई चसक्क घोच्छ । मरें, मरें भन्दै छेवैको झाडीमा कुन अभागी पुरूष सैनिकको गोली खाई ढलेको छ, सैनिक ब्यारेकको रहस्यमय झाडीमा ?

फस्नर लगाउँदै चाल मारेर छेवैको झाडीमा जान्छु । स्याउलाहरूलाई पन्छाउँछु ।

आँखा अगाडिको दृश्यले म पुलकित भएँ । चकित परें । कम्ब्याट ड्रेसमा एउटा सैनिक अलमस्त धूनमा कमाल गर्दै थियो ।

मरें मरें भन्दै इन्स्टलमेन्टमा मर्दै पनि थियो । मैले पछाडिबाट उसको ढाड र चलमलाइरहेको भोल्क्यानिक देहलाई हेरी बसें । केही बेर । उसको स्टेनगन घाँसमा ढलेको थियो ।

भोल्क्यानोबाट लाभा स्खलन भएपछि ऊ खर्ल्यापखुर्लुप भयो । यसै क्रममा उसले मलाई देख्यो । पहिले त मलाई देखेर पर्याप्त अचम्मित भयो । त्यसपछि लगत्तै - सैनिक इन्स्टिङ्ट हुनुपर्छ - हत्त न पत्त घाँसबाट बन्दुक उठायो र मतर्फ त्यो फलामको जिनिस सोझ्याउँदै उसले आफ्नो जङ्गी पोजिसन लियो । एक टुक्रा डायलग कम्पोज गरी डेलिभरी गर्न पनि भ्याइहाल्यो :

- हल्ट ! अगाडि नबढ्लास् । डोन्ट मुभ ।

यो बडो कमिकपूर्ण एवम् डिस्गास्टिङ क्षण थियो । उसको स्वर आश्चर्यजनकरूपले एकाएक परिवर्तन भएको थियो । अघिसम्म मरें आमा मरें भनेर उच्चारण गरिरहेको घाँटीबाट अहिले स्त्रैण स्वर गुन्जिएको थियो । उसको रूद्रघन्टी घाँटीभित्रै कतै धसिएको थियो ।

नारीको कोकिल कण्ठका साथ बडो अदबसित ऊ मलाई डोन्ट मुभ भन्दै थियो ।

हल्ट !

अगाडि नबढ्लास् !

डोन्ट मुभ !

सैनिक जवानको मुखबाट लेडी आवाज ?

भय तथा त्रासको इमोसन्स्भन्दा बढी ममा आश्चर्यको भाव सञ्चार भयो । त्यो लेडी आवाजलाई मैले कता सुनेको थिएँ ? पक्कै पनि त्यसअघि मैले त्यो लेडी स्वरलाई कतै श्रवण गरेको थिएँ । सैनिकलाई मैले अनुरोध गर्नुपऱ्यो । भनें :

- अघि उच्चारण गरेको डायलग फेरि उच्चारण गरिदिनु हुन्थ्यो कि, प्लीज !

उसले भन्यो :

- सट् अप ! बढी बकबक नगर्लास् । मर्लास् नि ! डोन्ट मुभ् ।

हो रै'छ ! उसको रूद्रघण्टी छैन रै'छ । अनि यो आवाज ! कता पो सुनेको हुँ ?

सट् अप !
बढी बक्बक् नगर् !
मर्लास् नि !
डोन्ट मुभ् !

बल्ल ठम्याउन सकें । त्यो आवाज भारतीय अभिनेत्री रेखाको थियो ।

सैनिक जवान उस्तै गरी ठिङ्ग उभिएको थियो । उसको एक थान बन्दुक मतर्फ सोझिएको थियो अनि अर्को थान मिनी बन्दुकचाहिं लत्र्याकलुत्रुक उसका दुई मस्कुलर तिघ्राबीच कुहिएको केराझैं तुर्लुङ्ग झुन्डिएको थियो ।

अलिकति बन्दुकको डर लाग्दालाग्दै पनि उसको दयनीय अवस्था देखेर मलाई हाँसो उठ्यो । हाँसोका कारण खितखित गरी खितखिताउँदै जुरूक्कजुरूक्क उचालिएँ । उसले थप केही टुक्रा डायलग रेखाको भेल्भेट भ्वाइसमा डेलिभरी गऱ्यो :

- किन हाँसी पठाउँछस्, एई चाइन्जो मुर्कट्टा ? मर्न मन लाग्या छ ? गोलीले चाइन्जो उडाइदिऊँ ? अनि देखी पठाउलास्, चाइन्जो बाजेको बिहे ।
- बाजे त छैनन् नि । - मैले भनी पठाएँ ।
- चाइन्जो कहाँ गयो ?
- मऱ्यो ।
- कहिले मरेको ? चाइन्जो रिपोर्ट गर् ।
- थाहा भएन ।
- चाइन्जो बाउ त होला नि ? कि त्यो पनि चाइन्जो मरिसक्यो ?
- एक थान छ ।

एक थान बुबा ! हाँस्ने पालो अब उसमा ट्रान्सफर भयो । मेरो एक थान बुबाको कुरा सुनी ऊ एक थान हाँस्यो । उसको लेडी आवाजमा रेखाको स्वर सुनी म पनि अघि हाँसेको थिएँ । अहिले ऊ हाँस्यो । पालोको पैंचो तिर्नु यसैलाई भनिंदो हो ! हाँस्ने जिम्मा अब उसको । सट्टापट्टा जस्तो भयो । हाँसोको एक्सचेन्ज अफरजस्तो भयो । हाँस्दै उसले मलाई दिव्यज्ञान दियो :

- एई मुर्कट्टा, बाउ भनेको चाइन्जो कहाँ दुई थान हुन्छ ? एक थान नै हुने हो । लौ भन् तँ याँ अकस्मात् काँबाट मुन्टिन आइपुगिस् ? झाडीमा चाइन्जो के गर्दै थिइस् ?

- म कमाल गर्दै थिएँ ।
- कमाल ? यो कमाल भन्या चैं चाइन्जो क्या हो ?

कमालबारे मैले उसलाई कमालको अप्रसङ्ग व्याख्या गरिदिएँ । मेरो कुरा सुनी ऊ रमायो । गद्गद् भयो । यतिन्जेलमा उसले तिघ्राबीच तुर्लुङ्ग झुन्डिएको आफ्नो मरन्च्यासे केरालाई अन्डरवेयरभित्र कोचकाच गरिसकेको थियो । पोको पारिसकेको थियो ।

बन्दुकको फितालाई काँधमा झुन्ड्याउँदै अब त ऊ मसित सहज कुराकानी गर्ने कम्फर्टेवल मुडमा ओर्लिसकेको थियो । भन्यो :

- तैंले मलाई चाइन्जो डिस्टर्व गरिस् । बुझिस् ।
- बुझें ।
- के बुझिस् ?
- मैले तपाईंलाई डिस्टर्व गरें ।
- रामैसँग बुझिछस् । समझदार केटा रै'छस् ।
- तर मैले एउटा कुरा बुझ्न सकिनँ ।
- के कुरा बुझ्न सकिनस् ?
- तपाईंको स्वर किन आइमाईको जस्तो भएको ? तपाईंको आवाज रेखाको जस्तो छ ।
- को रेखा ? मलाई देखा ।
- कसरी देखाउनु अब । इन्डियन हिरोइन हो ।
- यो सब चाइन्जो रूद्रघण्टीको कमाल हो । म इमोसनमा आउँदा, उत्तेजनामा आउँदा रूद्रघण्टी सक्रिय हुन्छ र मेरो स्वर लोग्नेमान्छेको जस्तो हुन्छ । सामान्य कुराकानी गर्दा रूद्रघण्टी निष्क्रिय हुन्छ र म चाइन्जो स्वास्नीमान्छेको स्वरमा बोल्न थाल्छु । यो चाइन्जो सामान्य कुरा हो ।
- ए ! बुझें बुझें ।
- बुझिस् हैन त ? चाइन्जो कुरा सामान्य छ । यस्तो सामान्य कुरा चाइन्जो मान्छेहरू बुझ्दैनन् । तैंले बुझिछस् । गुड् । भेरी गुड् । द्याट्स लाइक अ गुड् बोय । यो सब रूद्रघन्टीको लीला हो ।
- तर एउटा कुरा बुझिनँ ।
- के बुझिनस् ? तु रिपोर्ट गर ।
- यो घरिघरि चाइन्जो, चाइन्जो के भनि'रा ?
- के गरूँ त चाइन्जो यो मेरो थेगो हो ।
- आई हेट थेगो । - भनें ।

- ओके ! ओके ! आइन्दा चाइन्जो भन्दिनँ । - भन्यो ।
- द्याट्स लाइक अ गुड सोल्जर । - भनें । - ऊ गद्‌गद् भयो ।

लिबिडो झाडीमा हामी बात मार्न थाल्यौं । खल्तीबाट उसले एउटा चुइङ्गम निकाल्यो । त्यसलाई दुई फ्याक पाऱ्यो । आधी फक्लेटो मलाई दियो । खल्तीबाट एउटा घाइते सिग्रेट निकाल्यो । भाँच्चिएको । भाँच्चिएको भागलाई जतनका साथ फिल्टरमा रोल गरेर जोड्यो । खल्तीमै लाइटर पनि त रैं'छ नि !

सल्कायो, आफूलाई । अनि लामो कस तान्यो ।

सैनिकले त्यसपछि बेपत्ता धुआँ ओकल्यो । नाक र मुखबाट ।

उसको कानमा एक टकले निर्निमेष हेरी बसें । ट्वाल्ल ! लाटोले चुरोट हेऱ्याझैं ! अथवा केरा हेऱ्याझैं ! किन्तु, परन्तु कानको प्वालबाट चैं धुआँ पुत्पुत्याएन । सोची बसें । गम खाएँ । शरीरमा भएका जम्मै प्वालबाट धुआँ निस्कने हो भने सिग्रेटबाजहरू के पो गर्लान् ?

- ला ! तँ पनि एक डोज तान् । - उसले सिग्रेट दिंदै मसित बिन्तीभाउ बिसायो ।

मनमनै यत्रैसिति भनी मैले उसको हातबाट सिग्रेट थुतें । जे त पर्ला । दुई ओठबीच च्यापी स्वाट्ट तानें तर घाँटी बटारिएर आयो । कोक्याउन थाल्यो । म बाउँठिएँ । कक्रक्क परें । आँखाबाट दुई पित्को सिंगान सरीसरी माफ पाऊँ आँसु झरे ।

लहरे खोकी ननस्टप आयो । पहिलोपटक रैं'छ, तेरो होइन ? सोध्यो । हो भनें । यस्तै हुन्छ । पछि बानी पर्दै जान्छ, बुझिस् ? भन्यो । बुझें भनें । तर यस्तो अम्मलको बानी नपार्नु नै वेश हुन्छ बुझिस् ? भन्यो । बुझें भनें ।

बानी भनेको खतरनाक हुन्छ, बुझिस् ?

बुझें ।

तर जीवन बाँच्नु भनेको पनि बानी हो, बुझिस् ?

बुझें ।

आदत हो, बुझिस् ?

बुझें ।

वास्तवमा जीवन आदतहरूको विशाल सङ्ग्रहालय हो बुझिस् ?

बुझें ।

के बुझिस् ?

वास्तवमा जीवन आदतहरूको विशाल सङ्ग्रहालय हो ।

गुड ! गुड, गुड ! भेरी गुड !

सैनिक घाँसबाट उठ्यो । बन्दुकको फितालाई काँधमा राम्रोसित मिलायो । जान्छु भन्यो । साँझको रोलकल भ्याउनु पर्छ । हुन्छ भनें । ब्यारेकतर्फ जानुअघि मलाई एकपटक मायालु किसिमले पुर्लुक्क हेऱ्यो । भारतीय अभिनेत्री रेखाको भेल्भेट भ्वाइसमा सैनिकले भन्यो :

- म को हुँ थाहा छ तँलाई ?
- थाहा छैन ।
- सोध्दैनस्, म को हुँ ?
- सोध्छु, किन नसोध्ने ?
- सोधी हेर् न त, म को हुँ ?
- को हौ ?
- म ट्याडपोल हुँ ।

ट्याडपोल फटाफट हिंड्यो । कमालको लिबिडो झाडीमा म एक्लै भएँ ।

***

भूमिगत गृह र अतृप्त आत्माहरू

धत्तेरिका ! कति किचकिच गरिरा ? चुप लाग् ।
म कम्युनिस्ट नै त हुँ । ब्लु फिल्म हेरिराछु त !

- कमरेड लालदेव

...त्यो भूमिगत गृहभित्र अतृप्त आत्माहरू आऊजाऊ गर्थे । प्यासोनेट आत्माहरू...

भूमिगत गृहबारे निरामिष लामिछाने मसित कुरा गर्न रूचाउँथ्यो । त्यो भू-लोकमा लोकल प्रहरीको जत्थाले बेला कुबेला छापा मार्थ्यो । अतृप्त आत्माहरूलाई पक्राउ गर्थ्यो । त्यो भूगृहमा जानु सानोतिनो एडभन्चर नै हुन्थ्यो । थ्रिल र सस्पेन्स ! यस्तै वर्णन गर्थ्यो निरामिष ।

त्यो भूमिगत गृह स्याउली बजार गल्लीको डेड एन्डमा थियो । पुछारमा ।

त्यहाँ निरामिष गइरहन्थ्यो । भूमिगत फिल्म हेर्न । भूमिगत गृहमा ब्लु फिल्म चल्थ्यो । प्रायः गुमसुम रहने निरामिष लामिछाने मलाई कहिलकाहीं रहस्यमयी लाग्थ्यो । भू-गृहका बारे ऊ मलाई अनेक प्रकारका किस्सा सुनाउने गर्थ्यो । त्यहाँ जाने भड्किएका अतृप्त आत्माहरूबारे चर्चा गर्थ्यो ।

ट्याडपोलसँगको भेटपश्चात् म लिबिडो झाडीतिर जान छाडेको थिएँ । एक साँझ निरामिषले भन्यो :

- कुमार ! अण्डरग्राउन्ड जाने हो ?

मैले नजानु पर्ने कुनै कारण थिएन । मैले उक्त कुरा निरापदलाई भनें । निरापद उत्सुक भयो । निरापदले तामसिकलाई सुनाएछ । तामसिक शर्मा यस्तो मामिलामा किन पो पछि पर्थ्यो र !

साँझपख हाम्रो *ग्याङ अफ फोर* भूमिगत गृहभित्र छिऱ्यो ।

फिल्म चल्यो- *बहार आने तक* । हिन्दी भिडियो फिल्म । छोटो फिल्म चाँडै तुरियो । मानिसहरू बाहिरिए ।

प्रतीक्षारत फिल्म अब शुरू हुँदै थियो । निरामिष एक कुनामा गई बस्यो । अर्को पल्लो कुनामा निरापद । अनि अर्को छेउमा तामसिक । उनीहरू सबै छुट्टाछुट्टै फिंजिएर बसे । उनीहरूलाई सँगसँगै बसी ब्लु फिल्म हेर्न लाज, शरम हुन्थ्यो सायद । दाइभाइ, मामा । लज्जास्पद नै हुन्थ्यो क्यारे ।

हलभित्र ओइरिन शुरू भयो, अतृप्त आत्माहरूको जुलुस । ती आत्माहरू दिनको उज्यालोमा बडो धार्मिक एवम् नैतिक हुन्छन् । ती भद्रभलाद्मीका अनुहारलाई म भूमिगत

गृहको सिलिङमा झुन्डिएको गुलुपमुनि स्पष्ट चिन्थें । शिक्षक, पुजारी, नेता, कर्मचारी, रिक्सा, टाङ्गा चालक, व्यापारी इत्यादि । ती सब मैले चिनेका अङ्कलहरू थिए ।

आफूभन्दा बडेबडे पतनमार्गीहरू देखेर म दङ्ग परें ।

यस्तैमा गज्जब भयो । एउटा मानिस छेवैमा टाँस्सिएर ढसमसिंदै बस्यो । ऊ मखलेल मुद्रामा थियो । यहींनेर मैले सब गडबड गरिदिएँ । मैले त्यो मानिसलाई कोट्याएर दुवै हात जोडी नमस्कार अङ्कल भनें । मलाई देख्नासाथ ती अङ्कल सातो उडेको बच्चाझैं लाजले खङ्ग्रङ्ग भए । मैले जिज्ञासा राख्दै भनें :

- अङ्कल पनि ब्लु फिल्म हेर्नु आउनुभा'को ?

अङ्कल केही बोलेनन् । जुरूक्क उठिहाले र हलभरि यताउता नजर दौडाए । कुनाकाप्चामा एक्लाएक्लै बसेका आफ्ना पुत्रद्वय निरामिष र निरापदलाई देखे । आफ्नो साला तामसिकलाई देखे । यस्ता भुराहरूसित बसी के ब्लु फिल्म हर्नु ! लाजमर्दो ! यस्तै केही सोचे हुनन् । त्यसपछि अङ्कल भूमिगत गृहबाट रन्थनिंदै निस्के ।

लौ त ! फिल्म शुरू भयो । मन र आँखालाई चिलिम पार्ने ब्लु फिलिम शुरू भयो । टाउकोमाथिको गुलुप झ्याप्प निभ्यो । स्क्रीनमा नाङ्गा शरीरहरू चलमलाउँदा भए । तिरीमिरी झ्याइँ भयो । नग्न देवीदेवताहरू चर्मघर्षणको मायावी अभ्यासमा निमग्न भए । रासलिला हेर्नमा जीउज्यान छाडेर लागेको छेवैको भलाद्मीलाई सोधें :

- यस्तो फिल्मलाई ब्लु किन भनिएको हो ?
- किनकि ब्लु मेरो फेभरेट कलर हो । तेरो फेभरेट कलर चाहिं के हो ? - त्यसले कानैमा भन्यो ।
- रेड । - भनें । - यसलाई ब्लु नभनेर रेड फिल्म भन्न मिल्दैन ?
- मिल्दैन, मिल्दैन । - उसले डबल स्ट्रेस दिंदै भन्यो ।
- किन मिल्दैन ? - सोधें ।
- किनकि रेड कम्युनिस्टहरूको फेभरेट कलर हो । कम्युनिस्टहरूलाई आपत्ति हुन्छ ।
- कम्युनिस्टहरू ब्लु फिल्म हेर्दैनन् र ? - पुनः सोधें ।
- धत्तेरिका ! कति किचकिच गरि'रा ? चुप लाग् । म कम्युनिस्ट नै त हुँ । ब्लु फिल्म हेरिरा'छु त ! कमरेड लालदेवलाई ब्लु फिल्म मन पर्छ ।
- को कमरेड लालदेव ?
- चुप लाग् । बिस्तारै बोल् । अरूले सुन्लान् । मै हुँ, कमरेड लालदेव ।

कमरेड लालदेवसित अरू कुरा गर्न उचित ठानिनँ ।

***

गणिका हन्टर्स

भर्खरै जुन दृश्य देख्यौ, त्यो तिम्रो कल्पना हो । यस्तो दृश्य तिमीले भविष्यमा लेख्ने उपन्यासमा काम लाग्छ र तिम्रो उपन्यास मेरो गर्भमा छ ।

\- किचकन्या

रेड लाइट डिस्ट्रिक्टको कलरफुल बजार भव्यरूपले स्पिरिचुअल छ ।

साँझको अलबेला बेला छ । नियोन बत्तीहरूले यो मायावी परिवेशलाई अलौकिक तुल्याएको छ, चारैतर्फ झकिझकाउ छ, झलमल्ल छ ।

आकाशको टिलपिल तारापुञ्जमुनि सयौं जुनकिरीहरू चलमलाइरहेछन् ।

जुनकिरीहरूले आ-आफ्नो आङमा जिरो वाटको गुलुप जडान गरेको हुनुपर्छ । गणिका हन्टरहरूको कल्याङ्मल्याङ् भीडमा म ठिङ्ग उभिएको छु, ल्याम्प-पोस्टमुनि ।

धम्बोजी चोकमा रिक्सा चढ्नुभयो भने रिक्सावालले तपाईंलाई यहाँ पाँच-सात मिनेटमै ल्याएर मिल्काइदिनेछ । जसरी हामीलाई यहाँ टक्टक्याएर मिल्काइदिएको थियो, एउटा भलाद्मी, भुसतिघ्रे रिक्सावालाले ।

तामसिक शर्मा गणिका हन्टिङको निम्ति दैलोदैलो चहार्दै हिंडेको छ । गणिकाहरूसित उचित पैसाको मोलतोल गर्ने सुसेधन्दामा लागेको छ । सके गणिकासित, दलालसित विद्यार्थी सहुलियतको कुरा पनि गर्दो हो ! निरामिष र निरापद पनि तामसिककै पछि लागेका छन् ।

र म ल्याम्प-पोस्टमुनि उभिएको छु ।

- यो कुन ठाम हो मनुवा ? - हठात् एक अपरिचित मनुवाले सोधेको छ ।
- यो सेक्स मार्केट हो ।
- अच्छा ! त्यसो भए म ठीक ठाममा आइपुगेछु । अनि यस्तो एडल्ट इलाकामा तिमी फुच्चे किन आ'को एक्लै ? अभिभावकसित आउनु पर्दैन ? तिमी को हौ ?
- म कुमार नगरकोटी हुँ । तपाईं चैं को ?
- महाभारतको नाम सुन्या छौ कि नाइँ ?
- नेपाल टेलिभिजनमा हेरेको हुँ । धारावाहिक टेलिफिल्म होइन ?
- फिलिम-सिलिम था'छैन । फिलिम हेर्ने मान्छे चिलिम हुन्छ ।
- हुक्का-चिलिमको कुरा गऱ्या हो ?
- कहाँ त्यस्तो हुनु ? ग्रन्थको कुरा गऱ्या हुँ । महाभारत लेख्ने मानव मै हुँ ।
- को ? देवदास ?

- देवदास होइन, वेदव्यास। मेरो नाम वेदव्यास हो।
- अनि वेदव्यासलाई यो सेक्स मार्केट किन आउनु पऱ्या हो नि ? चुपचाप श्रीमद्भागवत् गीता लेख्न छाडी किन यता ? के खोज्न आ'को ?
- धृतराष्ट्रलाई खोज्न आ'को। राजपाठ त्यागी यतै आ'को छ रे ! सुन्छु पाण्डवहरू पनि बाह्र वर्षको गुप्तवास बस्न यतै आ'का छन् रे ? लौन मनुवा, हेल्प गर।
- म आफैं हेल्पलेस छु। तपाईंलाई कसो गरी हेल्प गरूँ ?

बिचरो वेदव्यास !

गणिका हन्टरहरूको एडल्ट इलाकामा विचरो वेदव्यास हेल्पलेस थियो। एउटा खुट्टा खोच्याउँदै नजिकैको खोपीभित्र छिऱ्यो।

***

यस्तो एडल्ट इलाकामा आउने योजनाको ग्राण्ड डिजाइनरचाहिँ निरापद लामिछाने थियो। उसैले भनेको थियो :

- कुमार, आफ्नो कुमारत्व भङ्ग गर्ने मन छ ?
- जरूर छ। - मैले भनेको थिएँ।

त्यसपछि उसैले अन योर मार्क। गेटसेट। गो। भनेको थियो। निरामिष र तामसिक पनि साथ लागे। हामी दुइटा रिक्सा चढी आइपुगेका थियौं। यहाँ त देख्दै छु, सुन्दै छु, वेदव्यास, धृतराष्ट्र अनि पाण्डवहरू पनि आएका छन्।

सेक्स मार्केटमा भीष्मपितामह पनि अवश्यै आएको होला। लाग्दै छ, म हस्तिनापुर आएको छु। गणिकापुर त केवल भ्रम पो हो कि !

या, यो गणिकापुर सेक्स बजार नभई फगत कुरूक्षेत्र हो ?

कन्फ्युज्ड-स्टेट-अफ-माइन्डमा छु।

या राम, लक्ष्मण, भरतहरू पनि आइटोपल्ने यो गणिकागन्ज कतै वाल्मिकीको रामराज्य हो ? गणिकागन्जमा मेरो आलोकाँचो गणित कसैगरी पनि मिलिरा'छैन।

हत्तेरिका !

गणिका हन्टरहरूको भीडमा म हतास छु। उत्साहित पनि। हन्टरहरूले उडाएको चुरोट, बिंडीको बाक्लो कुहिरोमा म अलमलिएको छु। आँखा तिर्मिराएको छ।

ब्लु बोयहरू अझै आउँदैनन् त !

बरू एउटा जुनकिरी मेरो छेवै आई। जुनकिरीले रातो रङको छिर्केबिर्के फ्रक लगाएकी थिई। दुई चुल्ठो केश छातीमाथि बटारिएका थिए। ओठमा पिङ्क लिपस्टिक लतपतिएको थियो। मट्यौली मुहुडामा टाँस्सिएका नाक एवम् आँखा सिकारू चित्रकारले बनाएको मूर्तिको रेप्लिकाझैं थियो।

जुनकिरीले भनी :

- कुमार ! हिंड भित्र जाऔं । ऊ त्यो परको खोपी मेरो हो । तिमी मसित मज्जासित खोपी खेल ।

कस्तो अचम्म ! जुनकिरीले मेरो नाम कसरी थाहा पाई ? उसको अनुहारमा हेरें । मेरो हात समातेर यसो भनी :

- मलाई अपरिचितले झैं किन हेरेको ?
- तिमीले मेरो नाम कसरी जान्यौ ?
- तिम्रा कविताहरू मैले पढेको छु नि त !
- म फुच्चेले काँबाट कविता लेख्नु ? म कवि होइन क्यारे ! कस्तो कुन कविताको कुरा गरेको ?
- तिमीले भविष्यमा लेख्ने कविता ।
- भविष्यमा मैले लेख्ने कविता तिमीले अहिल्यै पढिसकेकी ?
- हो त !
- हाउ स्वीट ! तिमीचाहिं को हौ ?
- झ्यालिन्चा । म झ्यालिन्चा हुँ ।
- तिम्रो नाम नै झ्यालिन्चा !
- हो त, मेरो नाम नै झ्यालिन्चा ।
- हाउ स्वीट ।
- कविता सुन्छौ ? तिमीले भविष्यमा लेख्ने कविता सुन्छौ ?
- सुन्छु ।

झ्यालिन्चा कविता गुनगुनाउन थाल्छे । त्यो कविता जसलाई मैले भविष्यमा लेख्नेछु । अब यस्तै भन्छे झ्यालिन्चा !

शून्यताको हब्सी-ओठ चुमेर

यो रातले
प्रशस्त प्रेम र घृणाको भुँडी बोकेकी छे

म यता छु
चुपचाप विवरण
पीडाको विस्तार उपत्यकामा
शून्यताको हब्सी-ओठ चुमेर

तृष्णाको आतुर आँखा
प्लस मोहग्रस्त हृदय लिएर

एक आधुनिक सोम्नाम्बुलिस्टको
जीवन मैले बिताएछु

तिम्रो च्यातिएको पेटीकोटजस्तो
लथालिङ्ग

दिनहुँ
सम्भावित स्वास्नीसित
भेट हुन्छ
कफी हाउसमा, वियर बारमा
पार्क, फुटपाथमा
गल्ली र चोकहरूमा

यो पीडाको साम्राज्यमा
तिमीहरू प्रेमग्रस्त एक डल्लो
अब्स्ट्राक्ट मुटु
प्लस घृणाको लिपस्टिकले लतपतिएको
एक फोसिल ओठ लिएर
हिंडेका छौ
भविष्यको सुदूर चिहानमा
आफैलाई गाड्न

मलाई अपसोस लाग्ने गर्छ
तिमीलाई प्रेम गरेर
आफ्नो जवानीका दिनहरू बर्बाद् गरेकोमा
मलाई अफसोस लाग्ने गर्छ

विरोधाभाससितै म कहिलेकाहीं
तिमीलाई सम्झँदो रहेछु

प्राचीन चिहानमा
गाडिएको ममीजस्तो
ती धुमिल आकृति
मेरो सिग्रेटको धुआँमा कोरिन्छन्

निग्रो केटीको भद्दा ओठजस्तो
यो रात

न्युड निद्रा लम्पसार ढलेको छ

भल्गर सपनाले गाँजेको
यो पोर्नोग्राफी रात

पीडाको भुँडी बोकेकी
यो बेस्से रात
छिः !

***

कविताको अन्तिम अक्षर छिः लाई लेघ्रो तानेर उच्चारण गरेपछि झ्यालिन्चा गणिका हन्टरहरूको भीडमा डिजल्भ भई ।

***

शिशिर साँझ केही चिसो छ । यस्तो बखत पनि एउटा अधबैंसे मनुवा फ्यान्टा खाइरहेछ । फ्यान्टा खाने मुनवा फ्यान्टास्टिक लाग्यो । मलाई एक्लै देखी मसामु आयो । ङिच्चङिच्च गरी ङिच्चियो । भन्यो :

- बाबुराजा एक्लै ?

बाबुराजा ! ह्वाट् ननसेन्स ? ट्वाँ परें । फ्यान्टास्टिक मनुवासित फ्यान्सी ठट्टा गर्न मन लाग्यो । भनें :

- मलाई बाबुराजा भनेकोमा धन्यवाद । थ्याङ्क यु । तपाईंको मुखमा दूधभात परोस् ।
- म दूध खाँदिनँ क्यारे । मलाई तिमी भने हुन्छ । बाबुराजाले तपाईं भनेको सुहाउँदैन ।
- दूध खादिनँ भन्छौ । के खान्छौ त ?
- फ्यान्टा । इः खाइरा'छु ।
- भात पनि खान्छौ होला नि ?
- चपाति खान्छु ।
- तिम्रो मुखमा चपाति र फ्यान्टा परोस् ।
- बाबुराजाको जय होस् ! एक्लै देख्छु त । साथीहरू छैनन् ?
- साथीहरू टिकट काट्न गा'छन् ।
- बाबुराजा पनि (स्वाङ पार्दै) ठट्टा गरेको ? मसित ठट्टा गरेको ? सिनेमा हो र टिकट काट्नु पर्ने ! खोपीभित्र छिर्न केको टिकट ?
- थाहा छ ।

- ए बुझें । मैले बुझें । (डब्बल स्वाङ पार्दै) मसित झूठो बोल्नु भा'को । मजस्तो फ्यान्सी मनुवासित झूठो बोल्ने ? छ्या बाबुराजा पनि ।

बाबुराजा : फ्यान्सी मनुवा मसित किन कुरा गरि'राको, के चाहियो ?

फ्यान्सी मनुवा : बाबुराजालाई म झकासको माल मिलाइदिन्छु । आउनुस् । मसित हिंड्नुस् ।

बाबुराजा : माल मिलाउने बडो मालदार मान्छे हौ ?

फ्यान्सी मनुवा : काँ हुनु ! मालदार भए माल मिलाउँदै हिंड्नु पर्थ्यो र ? तपाईंजस्तो ग्राहक खोज्दै हिंड्नु पर्थ्यो र ?

ग्राहक : अघिसम्म मलाई बाबुराजा भन्दै थियो । अहिले ग्राहक भन्दै छौ, के हो चाला ?

फ्यान्सी मनुवा : चालामालाको कुरा छाड्नुस् । बरू मालको कुरा गर्नुस् । बडिया माल छ मसित, बहुत बडिया ।

ग्राहक : तिमीले बडीको कुरा गरेको हो ? बी ओ डी वाई : बडी । बडीको कुरा गऱ्या हो ?

फ्यान्सी मनुवा : हो बडिया बडीको कुरा गरेको । चिकनी कमरवाली । छौडीको बडी छुरा छ छुरा । बाबुराजालाई ज्यादै मन पर्ने ।

ग्राहक : छुराले काट्यो भने के गर्ने ?

फ्यान्सी मनुवा : बाबुराजा पनि । लौन्डी बुलेट छे बुलेट ।

बाबुराजा : पड्कियो भने ?

फ्यान्सी मनुवा : छोकरी बम छे बम ।

बाबुराजा : कस्तो बम ? हाइड्रोजन बम ?

फ्यान्सी मनुवा : बाबुराजा पनि । हाइड्रोजन होइन । छौडी एटम बम छे ।

बाबुराजा : विस्फोट भयो भने ?

फ्यान्सी मनुवा : आगो छे आगो ।

बाबुराजा : पोल्यो भने ?

फ्यान्सी मनुवा : बाबुराजालाई त्यसो भए कस्तो जिनिस चाहिया हो ? किचकन्नी चल्छ ?

बाबुराजा : किचकन्नी ? यु मिन् किचकन्या ?

फ्यान्सी मनुवा : हो । किचकन्या । चल्छ ?

म : चल्छ ।

***

म त्यसपछि फ्यान्सी मनुवाको पछि लागें । फ्यान्टाको रित्तो बोतलसितै ऊ मेरो अघि लाग्यो । गल्लीमा हामी केही बेर चुपचाप हिंड्यौं ।

गल्लीको डेड एन्डमा किचकन्या बस्दी रै'छ ।

त्यो एकतले माटोको घरसामु उभियौं । मलाई एक छिन है भनी फ्यान्सी मनुवा घरभित्र छिऱ्यो । केही बेर एक्लै परें । लगत्तै फ्यान्सी मनुवा पुनः देखा पऱ्यो । मलाई भित्र जान सङ्केत गऱ्यो । मैले उसलाई पाँच रूपैयाँको नोट दिएँ, बक्सिस । त्यसपछि ऊ फटाफट भीडतिर लाग्यो ।

म भित्र छिरें ।

किचकन्या बेतको रकिङ् चेयरमा बसेकी थिई । सर्वाङ्ग नग्न । स्फटिकझैं चम्किलो स्निग्ध देहमा मेरो दृष्टि चिप्लियो । कपल अफ मिस्टिक स्तनमा मेरा आँखाहरू अल्झिए । झर्नाजस्तो केशराशि स्तनका खोंच हुँदै तल बेंसीमा झरेको ।

ओ गडेस् अफ माई प्यासन एन्ड डिजायर ! कामुकताकी देवी ! ओ किचकन्या ! आफ्नो पाप पखाल्न तिम्रो शरणमा आएको छु । मेरो पाप मोचन गरिदेऊ । ओ क्रस लेग्ड न्युड बडी अफ अ प्यासोनेट वुमन ! आफ्नो बडीभित्र मेरो बडीलाई डिजल्भ हुन देऊ । आफ्नो बडीभित्र मेरो बडीलाई ग्रहण गरिदेऊ ।

किचकन्याले आँखा उघारी ।

मलाई लोभ्याउँदै विस्तारामा गई । पल्टिई । मेरो पालो रकिङ् चेयरमा गई बसें । उसले दुवै टाङ फट्याउँदै घुँडालाई उचाली । क्षणभरमै किचकन्याको योनिद्वारबाट चलमलाउँदै कालो बिरालो फुत्त झऱ्यो । पहेंलो आँखाले मलाई हेर्दै तीनपटक म्याउँ गऱ्यो ।

म्याउँ, म्याउँ, म्याउँ !

किचकन्याले मेरो ध्यान भङ्ग गर्दै भनी :

- भर्खरै जुन दृश्य देख्यौ, त्यो तिम्रो कल्पना हो । यस्तो दृश्य तिमीले भविष्यमा लेख्ने उपन्यासमा काम लाग्छ र तिम्रो उपन्यास मेरो गर्भमा छ । हाललाई आऊ, मलाई सम्भोग गर र क्षणभर समाधिमा लिन होऊ ।

वस्त्रलाई मैले ढोकाछेवैको डस्टबिनमा मिल्काइदिएँ । बिस्तारै अघि बढें । किचकन्याले आफ्ना कलमी गरेका जाँघ उघारी । स्तनको नागबेली खोंच हुँदै मेरो नजर मुनिको कुण्डमा चिप्लिँदै झऱ्यो ।

बिस्तारै त्यो रहस्यमय अन्धकार कुण्डमा मैले हाम फालें ।

छप्लाङ्

छप्लाङ्

छप्लाङ्

लाभा भकभक उम्लने त्यो भोल्क्यानिक कुण्डमा म भष्म भएँ । स्वाहा भएँ ।

ओम् स्वाहा !

ओम् स्वाहा !!

ओम् स्वाहा !!!

***

मीनपचासको विदा चाँडै नै सकियो ।

म स्कुल फर्कें । कार पेन्टर फर्केर आएन । स्कुल छाड्यो । डाक्टर कलब्रेक गोदारले कार पेन्टरको बारेमा धेरै पछिसम्म पनि मसित कुरा गरिरह्यो । वैदिक विश्वकर्माले देहान्त कायस्थको गृहकार्य नगरेकोमा क्लास मनिटरबाट हात धुनु पर्‍यो ।

म्याडम फेब्रुअरीले क्लासमा भन्नुभयो :

- लौ त ब्लु बोयज्, तिमीहरूमध्ये को-को पुतली बन्यौ ? को-को झुसिलकीरा नै रह्यौ ? दोज हु ह्याभ् विकम् अ वटरफ्लाई, प्लीज स्ट्यान्ड अप ।

म उठें ।

क्लास-रूमका बाँकी झुसिलकीराहरू आ-आफ्नो डेस्क र चेयरमा घस्रिरहे ।

***

टेलिफोन र टाइपराइटर

पात्रहरू

टाइपराइटर : दिवङ्गत बुढाथोकी

टेलिफोन : निशाचर लेडी

समय

०१:०१

रात

त्यो गन्ध केको थियो ? झोलामा त्यस्तो खालको सुगन्धित वास्ना बोकी त्यो ट्राभलिङ मङ्क आखिर कुन सुदूर यात्रामा निस्केको थियो ? मङ्कको झोलाभित्र त्यस्तो के थियो ?

- निशाचर लेडी

टाइपराइटर

त्यो एक साधारण दिन थियो । सदाझैं । साधारणतया साधारण दिनमा साधारण घटना घट्नु पर्थ्यो । त्यो साधारण दिनमा एउटा असाधारण घटना घट्यो ।

रङ्गीचङ्गी बच्चाहरू आकाशमा उडिरहेका थिए ।

पछिल्लोपटक तिमीले उपन्यासकारबारे मलाई धेरै कुरा बताएकी थियौ । तिमीले क्याफेको ग्यारेजमा उपन्यासकारलाई त्यो दिन युगौंसम्म प्रतीक्षा गरेको कुरा गरेकी थियौ ।

क्याफेको द्वारबाट निस्कँदा उपन्यासकार सेताम्मे फुलेको कुरा गर्दै थियो ।

टेलिफोन

अवश्य हो । मैले सत्य कुरा गरेकी थिएँ । उपन्यासकारले पनि यही भनेको थियो : रङ्गीचङ्गी बच्चाहरू आकाशमा उडिरहेका थिए ।

टाइपराइटर

तिम्रो उपन्यासकारले वास्तवमा सत्य बोलेको थियो । तिमी क्याफेको ग्यारेजमा उसलाई प्रतीक्षा गर्दै गर्दा ऊ स्वप्निल भ्यालीमा थियो ।

क्याफेमा त ऊ छिरेको मात्र थियो तर ऊ त्यहाँ थिएन । क्याफेभित्र त सम्पूर्ण टाइम एन्ड स्पेस डिजल्भ भएको थियो । कोल्याप्स् भएको थियो ।

जुन दिनको बारे म आज तिमीसित कुरा गर्न जाँदै छु, त्यो दिन ऊ पार्कमा थियो । स्वप्निल भ्यालीको लवलीन पार्कमा ।

उसले पहेंलो जम्पर लगाएको थियो र उसको काखीमा एउटा बिरालो च्यापिएको थियो ।

टेलिफोन

कस्तो आश्चर्य हगि ! होइन भने होइन भन्नुस् क्यारे !

टाइपराइटर

आश्चर्यको कथा अर्कै छ ।

स्वप्निल भ्यालीको लवलीन पार्कमा त्यो दिन उदेकलाग्दो घटना घट्यो । एउटा कुरा सोध्न मन लाग्यो ।

टेलिफोन

एउटा मात्रै किन दुई-चारवटा कुरा सोधे पनि हुन्छ । अझ पाँचवटा सोधे त झनै राम्रो ।

टाइपराइटर

घटनाहरू प्रायः किन घट्छन् ? किन घट्ने मात्र गर्छन् ? घटनाहरू किन घटी टोपल्छन् ? घटना बढ्यो भन्न छाडी घटना घट्यो किन भनिन्छ ? झन्झन् बढ्नुको सट्टा घटना झन्झन् किन घट्छ ?

घटनाहरू घट्दाघट्दा आजसम्म त सिद्धिसक्नु पर्ने होइन र ? रित्तिसक्नु पर्ने होइन र ?

टेलिफोन

तपाईंले छल गर्नुभयो । एउटा प्रश्न सोध्ने अनुमति लिएर तपाईंले डल्लै सातवटा प्रश्न सोध्नुभयो । छल भयो बैगुनी ! यो त सरासर छल भयो ।

टाइपराइटर

छल होइन, छलफल गरौं ।

छलको फल मीठो हुन्छ मैयाँ । छलको फल छलफल हो, मैयाँ । होइन कि त ?

जे होस्, कहिलेकाहीं यसो सोचिबस्छु । टाइम एन्ड स्पेसमा घटनाहरूको भण्डार कति होला ?

मानव अस्तित्त्वमा, मानव सभ्यतामा घटनाहरूको समग्र भण्डारण क्षमता कति पो होला ? घटेर कहिल्यै समाप्त नहुने घटनाको इन्द्रजाल, मायाजाल, सञ्जाल देखेर म कहिलकाहीं आजित हुन्छु ।

त्यो दिन म लवलीन पार्कमा थिएँ ।

यो कुरा उहिल्यैको हो । काल गणनामा म ज्यादै कमजोर छु । करिब पाँच-दश-पन्ध्र वर्ष अधिको हो कि ? या करिब एक वर्ष अधिको हो ? म त्यत्ति स्पष्ट छैन ।

स्पष्ट नभएर त्यसैले वर्षको अगाडि मैले करिब भनेको हुँ । त्यसो त स्वप्निल भ्यालीमा समयको गणना पनि हुने गर्दैन ।

धेरै कुराहरूलाई हामी करिब-करिब, लगभग या झण्डैजस्ता शब्दहरू प्रयोग गरी काम चलाउने गर्छौं । बोलचालमा अनुमानको यो राम्रो सुविधा हो । कसो ?

अर्को शब्द पनि छ । सायद । यो शब्दको म प्रशंसक हुँ ।

टेलिफोन

शब्दको पनि प्रशंसक ? सायद भन्ने अनिश्चित शब्द प्रशंसा गरी नै हाल्नुपर्ने शब्द हो र ?

टाइपराइटर

निश्चित भन्ने कुरा संसारमा केही छैन । मनुष्यको जीवन अनिश्चित घटनाहरूको योगफलमात्र हो ।

टेलिफोन

तपाईंले थ्योरी अफ अन्सर्टेनिटीको कुरा गर्नुभा'हो ?

अनिश्चितताको सिद्धान्त !

टाइपराइटर

होइन । हुँदै होइन ।

टेलिफोन

होइन ? हुँदै होइन ?

टाइपराइटर

किन लेघ्रो तानेकी ? मैले थ्योरीको कुरा गरेकै होइन । आई हेट थ्योरिज । मनुष्यनिर्मित अधिकांश थ्योरी जीवनमा लागू हुँदैन ।

मैले त शब्दको कुरा गरेको । सायदको कुरा गरेको ।

एकप्रकारले भन्ने हो भने म शब्दहरूको भलो चिताउने मानिस हुँ । मलाई कहिलेकाहीं कस्तो लाग्छ भने शब्दहरू पनि मनुष्यझैं जीवित हुने गर्छन् । वर्डस् आर लिभिङ थिङ्स अल टुगेदर । शब्दहरू सास फेर्ने प्राणीझैं जीवित हुन्छन् ।

यदि तिमी शब्दहरूको भलो चिताउँछौ भने शब्दहरूले पनि तिम्रो भलो गर्छन् । कल्याण गर्छन् ।

यस्तो मध्यरातमा हामी शब्दकै सौजन्यमा नै त बातचित गरिरा'छौं । कसो ? कति गुणी छन्, शब्दहरू !

टेलिफोन

म त शब्दहरूलाई निर्जीव देख्छु । म त जहाँकहीं मृत शब्दहरूमात्र देख्छु । शब्दहरूका लासमात्रै देख्छु । साहित्यका सम्पूर्ण ग्रन्थहरू शब्दहरूको शवले भरिभराउ छन् ।

आई सी डेड वर्डस् एभ्रिह्वेर । होइन भने होइन भन्नुस् क्यारे !

तपाईं हाम्रो बातचितलाई टाइपराइटरमार्फत् रेकर्ड गर्दै हुनुहुन्छ । हाम्रा सम्पूर्ण कुराहरू प्रिन्टेड छन्, तपाईंको कागजमा । तपाईंलाई लाग्दैन कि ती मृत छन् ?

शब्दको शवबाट सडेगलेको दुर्गन्ध आउँदैन ? उफ्, सब शब्दको शवबाट निस्कने शाब्दिक कुइगन्ध !

टाइपराइटर

द्याट्स योर प्रोब्लम । शब्दहरूलाई हेर्ने तिम्रो दृष्टिकोणमा नै केही तात्त्विक गडबडी छ ।

मलाई लाग्छ, शब्दहरू ज्यादै जैविक हुन्छन् ।

टेलिफोन

नो माई फ्रेन्ड । वर्डस् आर डेड । हामीसित केवल डेड शब्दहरू छन् । शब्दका डेड बडीहरू तपाईंले देख्नुभा'छैन ? ती सब शव हुन् ।

टाइपराइटर

ती सब शव हुन् ! क्वाइट अ नाइस सेन्टेन्स । फर एक्जाम्पल ?

टेलिफोन

मार्क्सवाद । ऐतिहासिक द्वन्द्वात्मक भौतिकवाद । समाजवाद, अस्तित्त्ववाद, उत्तरआधुनिकतावाद । दे आर अल डेड वर्डस् । यस्ता उदाहरण धेरै दिन सकिन्छ ।

टाइपराइटर

मार्क्सवादलाई नूतन दृष्टिकोणले हेर्न नसक्नुको परिणाम हो तिम्रो सोचाइ । मार्क्सवाद ज्यादै जीवन्त, जैविक शब्द हो । मार्क्सवाद भौतिक देहझैं सोलिड छ । त्यसमा केवल स्पिरिचुअलिटीको अभाव छ । मेडिटेसनको क्राइसिस छ ।

टेलिफोन

त्यसैले त डेड छ ।

टाइपराइटर

डेड इटसेल्फ इज अ ब्युटिफुल वर्ड ।

टेलिफोन

अँ साँच्ची ! तपाईं कुनै घटनाबारे मलाई केही बताउन चाहनुहुन्थ्यो । बेकारमा शब्दहरूको वर्थलेस गन्थनमा हामी फस्यौं । त्यो कस्तो घटना हो ?

टाइपराइटर

तिमी र म विगत केही कालदेखि यस्तो टेलिफोन वार्ता गरिरहेका छौं । मध्यरातमा म यी सब वार्तालापलाई टाइपिङ्मा उतारिरहेको छु । के यो कुनै घटना होइन र ? तिमी र म स्वयम्मा एक घटना होइनौं र ?

टेलिफोन

हामी घटना हौं भने हामी घटिरहेका छौं ? होइन ? होइन भने होइन भन्नुस् क्यारे !

टाइपराइटर

अफकोर्स, यस माई लेडी । हामी घटिरहेका छौं । पर्सेन्टमा, डिग्रीमा अथवा कुनै पनि गणनामा हामी पलपल, छिनछिन घटिरहेका छौं ।

काल, आयु या समय । जे भन । कालको कालिक-कार्यक्रममा हामी केवल घटना हौं, जो निरन्तर घटिरहन्छ । घटनाको सनातन धर्म घट्नुमा छ ।

त्यो दिन म घटनाहरूको क्षेत्रफलमा थिएँ ।

विशाल पार्कमा ठिङ्ग उभिएका देवदारका भलादमी रूखहरूमा ब्राइट मौसम आफ्नो सम्पूर्ण बैंसको आदिम नग्नतालाई सर्वाङ्ग खुल्ला छाडी स्वप्नवत् निदाएको थियो । जब मौसम निदाउँछ र सपना देख्न थाल्छ, पृथ्वी रहस्यपूर्ण हुन्छ ।

जब मौसम तिम्रा कपल-अफ-आइजमा निदाउँछ, तिमी अस्तित्त्वका मायावी सपनाहरू देख्न थाल्छ्यौ ।

मौसम कहिलेकाहीं तिम्रो कफीको चिसो मगमा निदाउँछ । मौसम कहिलेकाहीं तिम्रो ओछ्यानमा निदाउँछ । निदाउँदा तिम्रो ओछ्यानलाई खजमज्याउँछ, तन्नालाई लथालिङ्ग पार्छ । गीतमा भनिएकै छ नि :

- *विस्तरके सिलबटो से ये महसुस हो रहा है*
  तोडा हे दम किसी ने करवट बदल, बदलके !

गीत भन्छ, कसैले तिम्रो ओछ्यानमा ओल्टे, कोल्टे, पोल्टे पर्दै, छट्पटाउँदै बडो सकसका साथ अन्तिम सास फेर्छ ।

त्यसरी तिम्रो ओछ्यानमा, डेथ-बेडमा अन्तिम सास फेर्ने को हो ?

टेलिफोन

को हो ? मृत्यु हो ? ईश्वर हो ?

टाइपराइटर

त्यो दिन मौसम देवदारका वृक्षहरूमा निदाएको थियो । देवदारका वृक्षहरूमा देवताको बास हुन्छ भनिन्छ । कुरा के हो देवताहरू नै जानून् ।

पार्कमा तिमी अरू प्रकारका वृक्षहरू कदापि देख्न सक्दिनौ । वृक्षका नाममा केवल देवदारहरू मात्र छन् ।

देवदारको कथा सुन्न चाहन्छौ ? सुन्छौ ?

टेलिफोन

अवश्य पनि सुन्न चाहन्छु । सुन्छु ।

टाइपराइटर

हामीकहाँ ती देवदारका अनेक रोचक किस्साहरू प्रचलनमा छन् । देवदारका दन्त्यकथा भनूँ क्यारे !

ती देवदारका रूखहरू पार्क वरपर कसरी सीमाबद्ध भए, ती कसरी उत्पत्ति भए भन्ने बारे म तिमीलाई बताउँछु ।

जनश्रुतिले यसो भन्छ :

टेलिफोन

कसो भन्छ ? जनश्रुतिले कसो भन्छ ?

टाइपराइटर

उहिले-उहिले कुन्नि कहिले एक जना ट्राभलिङ मङ्क घुम्दै-फिर्दै, बाटो बिर्सेर हुनुपर्छ, यो स्वप्निल भ्यालीमा आएछ ।

अहिले जहाँ लवलीन पार्क छ, यो त्यस बेला विशाल घाँसे मैदानमात्र थियो । फराकिलो र समथर ।

मङ्कले त्यहाँ रात बिताउनुपर्‍यो ।

मङ्कले भोजनको बस्दोबस्त गर्नुपर्थ्यो । उसको झोलाबाट विशेष प्रकारको सुगन्धित वास्ना आइरहेको थियो । त्यो वास्नामा हिमाली जडिबुटीको राप र ताप थियो । त्यो गन्ध निकै कडा र निख्खर थियो ।

टेलिफोन

त्यो गन्ध केको थियो ? झोलामा त्यस्तो खालको सुगन्धित वास्ना बोकी त्यो ट्राभलिङ मङ्क आखिर कुन सुदूर यात्रामा निस्केको थियो ? मङ्कको झोलाभित्र त्यस्तो के थियो ?

टाइपराइटर

झोलाभित्र चामल थियो । ब्राउन चामल । ती चामल आकारमा गोला थिए । गुच्चाझैं । मङ्कले ढुङ्गाको चुल्हो तयार पार्‍यो । आगो बाल्यो । ठूलो ताउलोमा पानी तताओ । उम्लिरहेको पानीमा एक दाना चामल राख्यो ।

त्यो चामलले पाक्दैपाक्दै ठूलोठूलो आकार ग्रहण गर्‍यो । त्यो चामलको दाना भातको भकुण्डोमा परिणत भयो । बास्केटबल साइजको ।

टेलिफोन

त्यो ट्राभलिङ मङ्क बास्केटबल प्लेयर पो थियो कि ?

टाइपराइटर

जोक्स अपार्ट । त्यो भातको भकुण्डो उसको दैनिक भोजन थियो ।

टेलिफोन

भातको भकुण्डोसित देवदारको के कनेक्सन छ ?

टाइपराइटर

कनेक्सन छ । यस जगत्मा अनकनेक्टेड चीज, वस्तु, घटना केही छैनन् । एक अर्कोसित सम्पूर्णरूपले कनेक्टेड छ । सिल्भियासित तिमी कनेक्ट भएझैं । तिमी मिस्टर अनुप बरालसित कनेक्ट भएझैं । बराल दिया मास्केसित कनेक्ट भएझैं । मिसेज मास्केको थर क्यालिग्राफर कृष्णमोचन मास्केसित कनेक्ट भएझैं । क्यालिग्राफर सेल्सम्यानसित कनेक्ट भएझैं । सेल्सम्यान राष्ट्रपतिसँग कनेक्ट भएझैं ।

एभ्रिथिङ् इज कनेक्टेड टु इच अदर । कनेक्टेड विथ इच अदर, माई डियर ।

मङ्क मङ्किजसित कनेक्टेड भएझैं ।

टेलिफोन

मङ्क र मङ्किज ? हाउ स्वीट ?

टाइपराइटर

मङ्कले भातको भकुण्डोलाई ताउलोबाट निकाल्यो । प्लेटमा पस्कियो । भकुण्डोबाट तात्तातो वाफ उडिरहेको थियो । बाक्लो वाफ । त्यो वाफ बतासमा फैलियो ।

रात पूर्णिमाको थियो । उज्यालो । बतासले गन्धलाई चारै दिशातिर बगायो ।

त्यो गन्धको फेद समाती त्यसपछि चारैतिरबाट मङ्कीहरू मङ्कतिर आउन थाले । अनगिन्ती मङ्कीहरू मङ्कसामु ङिच्चङिच्च दाँत देखाउँदै उभिए ।

मङ्क भने पद्मासनमा आँखा चिम्ली बसेको थियो ।

टेलिफोन

मङ्क एन्ड मङ्किज ! द्याट्स वन्डरफुल । अ गुड कम्बिनेशन ! मङ्क एन्ड मङ्किज । गो अन ।

टाइपराइटर

आमरूपमा मङ्किज चुलबुले हुन्छन् । तर ती शान्त प्रकृतिका सौम्य मङ्किज थिए ।

टेलिफोन

ती मङ्किज स्वयम्मा मङ्क्स पो थिए कि !

टाइपराइटर

मङ्क नेत्र विसर्जनका साथ मेडिटेटिभ मुद्रामा थियो । अरू मङ्किज जम्मा हुँदै गए । मङ्क र मङ्किजबीच त्यही भातको भकुण्डो थियो ।

भात सेलाउँदै थियो । वाफ निखिँदै थियो ।

मङ्कले आँखा उघार्‍यो । आफूसामु मङ्किज देखेर फिस्स मुस्कुरायो । उसले प्लेटबाट भातको भकुण्डोलाई उचाल्यो । दुवै हातले । हातमा पालैपालो सार्दै भातको वजन जाँचेजस्तो गर्‍यो ।

भकुण्डोलाई ग्लोब समातेझैं गरी दायाँ हातको हत्केलामा बिसाएर आफ्नो कुमतिर पुर्‍यायो । केही बेर छेलो खेलको पूर्वाभ्यास गरेजस्तो गर्‍यो ।

मङ्किजले मङ्कको क्रियाकलापलाई चुपचाप नियालेर हेरी बसे ।

त्यसपछि सबैभन्दा नजिक बसेको-मङ्किजको नाइकेझैं लाग्ने-मङ्कीले मङ्कसामु आफ्ना दुवै हात फैलायो । मङ्कले भातको भकुण्डो नाइके मङ्कीको हातमा थमाइदियो ।

नाइके मङ्की ङिच्च हाँस्यो । चोर र बूढी औंलीको सहयोगमा मङ्कीले भात कोट्यायो । भातको भागलाई हत्केलामा राख्यो । हत्केलालाई नाकमा पुर्‍याई सुँघ्यो ।

भात खानुअघि पुनः एकपटक मङ्कलाई हेर्दै ङिच्च हाँस्यो । मङ्क पनि ङिच्च हाँस्यो ।

मङ्कले दायाँ हातले अरू मङ्किजतर्फ इशारा गर्‍यो । नाइकेले आफू छेवैको मङ्कीलाई भातको भकुण्डो पास गर्‍यो । त्यो मङ्कीले पनि पहिलो मङ्कीले झैं गर्‍यो । आफ्नो भागको भात खाइसकेर अर्को मङ्कीलाई पास गर्‍यो ।

यसरी एकपछि अर्को गर्दै भातको भकुण्डो सबै मङ्किजका भागमा पर्‍यो ।

टेलिफोन

अच्छा ! अनि के भयो ?

टाइपराइटर

सकियो ।

टेलिफोन

के सकियो ? कथा सकियो ?

टाइपराइटर

होइन । भातको भकुण्डो सकियो । सबै मङ्किजले भात चाखे । त्यसपछि उनीहरूलाई लाग्यो ।

टेलिफोन

के लाग्यो ?

टाइपराइटर

चोखे लाग्यो ।

टेलिफोन

चोखे लाग्यो ? हाउ इन्ट्रेस्टिङ् !

टाइपराइटर

सबै मङ्किजलाई भातको चोखे लाग्यो अर्थात् मात लाग्यो । वास्तवमा भातको मात अर्थात् नशा बडो एपिसोडिक हुनेगर्छ ।

टेलिफोन

एपिसोडिक ?

टाइपराइटर

हो नि त ! भातको नशा धारावाहिक शृङ्खलाजस्तो हुन्छ । कहिल्यै नटुङ्गिने । बडो एपिसोडिक ! पास्नीको भात खुवाइदेखि आरम्भ हुने भाते नशाको शृङ्खला मानिस नमरून्जेल अटुटरूपमा चलिरहन्छ । बिहान भात । साँझ भात । भातै भात । रक्सी, दारू ठर्राको नशा पनि के नशा ? भातको नशा पो नशा !

मङ्किजलाई भातको नशा लाग्यो ।

टेलिफोन

त्यसपछि के भयो ?

टाइपराइटर

जे हुनुपर्ने थियो, त्यसपछि नै भयो ।

मङ्किज जथाभावी उफ्रन थाले । भागाभाग गर्न थाले । अन्धाधुन्ध पल्टनबाजी गर्न थाले । दौडन थाले । अनि क्षणभरमै झोक्रिन थाले ।

त्यसपछि भुक्लुक्क-भुक्लुक्क ठाउँका ठाउँमै ढल्न थाले ।

त्यो रात मङ्क भोकभोकै सुत्यो ।

भोलिपल्ट जब मङ्कको आँखा खुल्यो, तब आश्चर्य भयो । मङ्क वरपरको दृश्य कम्प्लिट्ली चेन्ज भएको थियो ।

राति भात खाएर ढलेका मङ्किज यताउता, वरपर, टाढाटाढा कतै पनि देखिएनन् ।

बरू जहाँ मङ्किज ढलेका थिए, त्यहाँ देवदारका रूखहरू थिए । सयौं रूख ।

टेलिफोन

यस्तो पो रैंछ, देवदारको एक्सक्लुसिभ कथा ? भेरी इन्ट्रेस्टिङ् ।

देवदार र बाँदर । क्वाइट अ नाइस कम्बिनेसन ! आई लाइक्ड इट् । प्लीज क्यारी अन ।

टाइपराइटर

तिनै देवदारका रूखहरूले पार्कलाई चारैतिरबाट घेरेका छन् । भनिन्छ, पहिला ती रूखहरू यसरी मिलेर बसेका थिएनन् । छरपस्ट छरिएका थिए ।

पछि कालान्तरमा ती देवदारहरू सऱ्याकसुरुक सर्दै गए र अहिलेको ठाउँमा ठिङ्ग उभिए । लवलीन पार्कलाई चारैतर्फ घेरेर !

***

होटल कम्युनिस्ट डिलाइट्स

हामी कसैसित समय थिएन । कसैसित घडी थिएन ।
समय कोल्याप्स भयो । मैले यस्तै केही भनेको थिएँ !

- अनुप बराल

म्याउँ !

दिमागभरि कालो बिरालोको छायाँ-चित्रले किन यसरी सताइरहेको छ ? एक जोर पहेंलो, चम्किलो आँखाले टुलुटुलु, ट्वाल्लट्वाल्ल हेरिरहेझैं लाग्छ, आजकल । जहाँकहीं । निद्रामा समेत सपनाको आँखीझ्यालबाट मलाई चिहाउँछ बिरालो ।

म्याउँ !

कानभित्र एकमुष्ट आवाज-म्याउँ-बलजफ्ती छिर्छ । कानको जाली नै फुटाउने आवाजमा-म्याउँ-चिच्याउँछ । बहिरो नै बनाउने गरी-म्याउँ-गर्जिन्छ । कानभित्र यसरी तीखो सुइरिलो आवाज-म्याउँ-ले डस्छ । मलाई ।

म्याउँ !

यस्तो बखत अनुप बराललाई सोच्दछु । यस्तो अनुहार जो पोस्टमोर्डन पेन्टिङको फ्रेमभित्र फ्रेमिल हुन्छ । दिमागमा पराधुनिक चेतना जडान गरेको एक स्वप्निल कलाकार । कलाको कलात्मक आकारमा, निराकारमा डिजल्भ भएको एक क्लासिक कलाकार !

अ मोर्डन क्लासिक म्यान । म्याउँ !

मिस्टर बरालको दिमागभित्र जुन दिन मैले सुसाइड गरें, त्यसपछि यतिका दिन बितिसक्दा पनि मैले किन पुनः जन्म लिने प्रयत्नलाई मुल्तबीमा राखें ?

मिस्टर बरालको दिमागभित्र वास्तवमा यतिखेर म के सोचिरहेको हुँला ?

हलुसिनेसन् ? या,

कथार्सिस् ? या,

एम्नोसिया ? या,

सिजोफ्रेनिया ? या,

टेलिप्याथी ? या,

इन्सोम्निया ?

या ?

या, अरू केही विकीर्ण चिन्तनको साइकोपाथ ? पाथ या पथ ? जे. कृष्णमूर्तिले सन् १९२९ मा यस्तो स्टेटमेन्टमा आफ्नो ज्ञानको निचोडलाई अभिव्यक्त गरेका थिए : ट्रुथ इज अ पाथलेस ल्यान्ड ।

त्यही पाथलेस ल्यान्डतिरको यायावरीय भ्रमणका साथ म मिस्टर बरालको दिमागभित्र प्रवेश गर्छु । भन्छु :

- मे आई कम इन्टु योर माइन्ड ?
- प्लीज कम इन् । - मिस्टर बरालले भने - कम स्लोली । म कृष्णमूर्तिको हिस्टोरिकल टेक्स्ट रिसाइटेसन गर्दै छु । तपाईं पनि यसलाई सुन्नुस् । मन परेको लाइनलाई अन्डरलाइन गर्दै सुन्नुस् है त !

TRUTH IS A PATHLESS LAND

Truth is a pathless land. Man cannot come to it through any organization, through any creed, through any dogma, priest or ritual, nor through any Philosophical knowedge or Psychological technique.

Man has built in himself images as fence of security- religious, political, personal. These manifes as symbols, ideas, beliefs. The burden of these images dominates man's thinking, his relationships, and his daily life. These images are the causes of our problems for they divide man from man. His perception of life is shaped by the concepts already established in his mind. The content of his consciousness is his entire existence.

The individuality is the name, the form and superficial culture he acquires from tradition and environment. The uniqueness of man doesnot lie in the superficial but in complete freedom from the content of his consciousness, which is common to all humanity. So he is an individual.

Freedom is not reaction; freedom is not choice. It is man's pretence that because he has choice he is free. Freedom is pure observation without direction, without fear of punishment and reward. Freedom is without motive; freedom is not at the end of the evolution of man but lies in the first step of his existence. In observation one begins to discover the lack of freedom. Freedom is found in the choiceless awareness of our daily existence and activity.

Thought is time. Thought is born of experience and knowledge, which are inseparable from time and the past.

Time is the psychological enemy of man. Our action is based on knowledge and therefore time, so man is always a slave to the past. Thought is ever limited and so we live in constant conflict and struggle.

There is no psychological evolution. When man becomes aware of the movement of his own thoughts, he will see the divison between the thinker and thought, the observer and the observed, the experiencer and the experience, he will discover that this divison is an illusion. Then only is there pure observation which is insight without any shadow of the past or of time.

This timeless insight brings about a deep, radical mutation in the mind.

Total negation is the essence of the positive. When there is negation of all those things that thought has brought about psychologically, only then is there love, which is compassion and intelligence.

***

So, Mr. Nagarkoti ! How are you? Is everything fine? Is everything happening according to compassion and intelligence?

नगरकोटी : एभ्रिथिङ इज गड-ड्याम-फाइन् । एभ्रिथिङ इज अफकोर्स ह्यापनिङ अकर्डिङ टु कम्प्यासन एन्ड इन्टलिजेन्स । सो एन्ड सो मिस्टर बराल !

मिस्टर बराल : दिस इज गुड !

नगरकोटी : यु साउन्ड लाइक अ फ्रेन्ड अफ् एन अफ्रिकन किङ ह्वेन यु सेड् दिस इज गुड ।

मिस्टर बराल : को फ्रेन्ड ? को अफ्रिकन किङ ?

नगरकोटी : अफ्रिकन राजाको एउटा साथी थियो, जो जस्तोसुकै अप्ठ्यारो परिस्थितिमा पनि दिस इज गुड भन्दै अस्तित्व, प्रकृतिको समग्रतालाई कम्प्यासन र इन्टेलिजेन्सले स्वीकार गर्थ्यो ।

मिस्टर बराल : दिस इज गुड मिस्टर नगरकोटी । अब हामी कामको कुरा गरौं, हुन्छ ?

नगरकोटी : हुन्छ ।

मिस्टर बराल : *सिल्भिया*को स्क्रिप्ट तयार पार्न तपाईंलाई कति दिन लाग्छ ?

नगरकोटी : त्यो मेरो खप्परमा अलरेडी तयार छ ।

मिस्टर बराल : *सिल्भिया* प्रोजेक्टका लागि मलाई लाग्छ, तपाईंको त्यो खुफिया खप्परको सर्भिसिङ गर्नुपर्छ । ह्वाट् डु यु थिङ्क ?

नगरकोटी : परह्याप्स यु आर राइट । यो खप्परको सर्भिसिङ गर्ने ट्रमा सेन्टर काँ छ ?

मिस्टर बराल : त्यसको चिन्ता नगर्नुस् । खोजौँला ।

नगरकोटी : *सिल्भिया*को क्यारेक्टरमा अभिनय गर्ने कलाकार खोज्नुभयो त ?

मिस्टर बराल : खोजिसकेँ । खोजेँ भन्ने शब्द उपयुक्त छैन सायद । फेला पारेँ भन्नुपर्ला ।

नगरकोटी : काँ फेला पार्नु भो ?

मिस्टर बराल : थिएटर भिलेजमा । *कोर्टमार्सल* नाटकको अन्तिम शोमा । नाटक सकिएपछि हामी क्यान्टिनमा कफी पिउँदै थियौँ । त्यो दिन नाटकको प्रमुख कलाकार राजेश हमालको आँखामा केही समस्या देखा परेकाले उनी कफी ग्यादरिङ्मा बसेनन् । शो सकिनासाथ गइहाले । कस्ट्युम नै चेन्ज नगरी मेजरको आर्मी ड्रेस लगाएर ।

दयाहाङ राई र दिया मास्के मिलेर मेरो छ्यासमिसे दाह्री र जुङ्गामाथि कुनै भल्गार जोक गर्दै थिए । *कोर्टमार्सल* मञ्चनको एक महिने अवधिभर मैले दाह्री जुङ्गा मुण्डन गर्न भ्याएको थिइनँ ।

र म अर्को दिन नै अनुहारभरि जथाभावी उम्रिएका ती घाँसपातको बुचरिङ् गर्ने बारे सोचिरहेथेँ । यस्तैमा एक ग्रीन लेडी हामीसामु देखा परी ।

सामान्यतया मैले सङ्गत गरेका स्वास्नीमान्छे पिङ्क कलरका हुने गर्थे । पिङ्कीपिङ्की वुमन । तर ऊ गैर पिङ्की वुमन थिई । उसले आफूलाई ग्रीन कपडाले डेकोरेट गरेकी थिई । अ ग्रीन लेडी । विदेशी फिल्म *हाउ ग्रीन वज माई भ्याली*को टाइटल सम्झाइदिने खालको ।

नगरकोटी : हाउ ग्रीन वज द लेडी, हु केम आउट अफ ब्लु ! आउट अफ नो ह्वेर !

ऊ ग्रीन र ब्लुको क्रस-ब्रिडिङ थिई । ब्लु जिन्स । ग्रीन टि-शर्ट । ग्रीन कोट । साँझ चिसोचिसो थियो नि त ! ग्रीन पश्मिना सल । घाँटीमा ग्रीन स्टोनको माला । नाडीमा ग्रीन बाला ।

माला, बाला र हातमा ग्रीन-टीको प्याला ! उफ् ऽऽऽ क्या अद्‌भूत चालामाला !

त्यो मैले खोजेकै अनुहार थियो । त्यो पर्टिकुलर मुहार बडो सिङ्गुलर एवम् पेकुलर थियो । त्यो अनफेमिलियर अनुहारको सेतोपनामा अलिकति डार्क ब्राउनको टेक्स्चर थियो । मुहारको मङ्गोलियन फ्रेममा केही द्रविडियन स्ट्रक्चर इम्पोज्ड थियो । मैले उसलाई डाइरेक्टर्स भ्युफाइन्डरको ग्राफिक आँखाले डिफ्रेन्ट सट्स एन्ड सेड्समा अवलोकन गरें । मिड-सट वज ओके ! लङ-सट् वज अल्सो गड ड्याम ओके ।

क्लोज-अप-सटमा चाहिं ठ्याक्कै सिल्भियाको फ्रेमिल अनुहार एडजस्ट हुने । मैले खोजेको सिल्भियाको ड्रिम-फेस त्यही थियो । एक स्वप्निल मुहार ! हातमा ग्रीन-टीको प्याला लिई ऊ हामीमाझ आइपुगेकी थिई ।

- तपाईंहरूमध्ये मिस्टर अनुप बराल को हुनुहुन्छ ? - अलमलिंदै उसले सोधेकी थिई ।

म नै थिइनँ र मिस्टर अनुप बराल ?

उसलाई बस्नुस् भनें । तर ऊ बसिन । थ्याङ्क यु भनी उभिई नै रही ।

- तपाईंले अनुप बराललाई किन खोज्नुभएको ? - यो सोध्ने विक्रम परियार थियो, जसले *कोर्टमार्सल*मा शानदार अभिनय गरेको थियो ।
- बिकज आई लभ मिस्टर अनुप बराल । - उसले भनी ।

  दिया मास्केको अनुहारलाई केही डार्क एन्ड ग्रे-सेड्सले छोप्यो । दिया सलाई जलाएर उसको सेडी अनुहारलाई केही उज्यालो पार्नुपर्नेझैं लाग्यो । मतर्फ इन्डेक्स फिङ्गर सोझ्याउँदै दियाले ग्रीन लेडीसमक्ष भनी :
- ऊ उहाँ नै हुनुहुन्छ, तपाईंले खोजेको मान्छे । अनि कहिलेदेखि मिस्टर बराललाई लभ गर्न थालेको ?
- एक घन्टा भयो । - उसले जवाफ दिई ।
- मात्र एक घण्टा ? - दियाको आँखीभौं खुम्चियो ।
- हो ? एक घण्टा । वान् आवर इज् क्वाइट इनफ टु फल इन् लभ विथ समवान् ।

त्यो एक विभत्स आन्सर थियो । यो आन्सरलाई लिएर *कोर्टमार्सल* टीममा छिनभरको छलफल पनि चल्यो :

दिया मास्के : यो आन्सर ज्यादै घतलाग्दो सुनियो । वान् आवर इज् क्वाइट इनफ टु फल इन् लभ विथ समवान् । आई एम क्वाइट इम्प्रेस्ड !

सुवास थापा : *ओथेल्लो*मा डेस्डिमोनाले यस्तै डाइलग बोलेकी भए शेक्सपियरको नाटकले छुट्टै हिस्टोरिकल मोड लिने थियो ।

बि. एस. राना : वान् आवर इज क्वाइट इनफ ! यो राम्रो टाइटल हुन सक्छ । यो शीर्षकमा एउटा सर्रियल नाटक लेखिन सकिँदो हो ! यो वान् आवर नामक समयलाई कम्प्लिट्ली स्पेनिस सर्रियल चित्रकार साल्भोडोर डालीको पर्स्पेक्टिभबाट प्रेजेन्ट गर्ने ! यसो गर्दा कसो हुन्थ्यो होला ?

कर्मा : गजबै हुन्थ्यो । डालीलाई काठमान्डुको थिएटरमा उतार्न पाए त गजबै हुन्थ्यो ।

दयाहाङ राई : उक्त नाटकमा डालीलाई बगैंचाको माली बनाउन उपयुक्त हुन्छ । हिबिस्कसको फूलमा पानी हाल्दै गर्दा दिया मास्केले डालीसामु यस्तो भनेंस् - वान् आवर इज् क्वाइट इनफ् टु फल इन लभ विथ समवान् । त्यसपछि हिबिस्कसको फूल पग्लिएर मर्करी बनोस् ।

हिबिस्कसको फूल पग्लिएर मर्करी बनोस् ! ह्वाट् एन आइडिया !

- कफी पिउनु हुन्छ कि ! - लेडीलाई कुर्सी तेर्स्याउँदै सुदाम सि. के. ले सोध्यो ।
- नो थ्याङ्क यु । आई एम ओके विथ ग्रीन-टी । - ग्रीन लेडीले भनी र मेरो अगाडिको खाली कुर्सीमा बसी । फेस टु फेस । उसका आँखा मैले चाहेका जस्तै थिएनन् र ? ठूलाठूला स्ट्रिक्टली ब्ल्याक आँखाहरू । आँखाको कोषमा लिपिएको गाजलको चम्किलो ओस !
- लौ भन । मलाई किन लभ गर्छौ ? - सोधें मैले ।
- द्याट इज नन् अफ योर बिजनेस् । - उसले भनी - द्याट इज नट योर प्रोब्लम ।
- त्यसो भए कस्को प्रोब्लम हो त ? - सोध्ने दिया मास्के थिई ।
- लभ इज अ प्रोब्लमेटिक अफेयर । - यो राज थापा (काउचा) को स्टेटमेन्ट थियो ।

अनि ठीक यही बेला मिस्टर नगरकोटी, तपाईंको फोन आयो ।

मिस्टर नगरकोटी : फोनमा मैले के भनें ?

बराल : कति बज्यो ?

मिस्टर नगरकोटी : तपाईंले के भन्नुभयो ?

बराल : मैले घडी लगाएको थिइनँ । मैले दिया मास्केलाई सोधेँ ।

मिस्टर नगरकोटी : के सोध्नुभयो ?

बराल : कति बज्यो ?

मिस्टर नगरकोटी : दिया मास्केले के भन्नुभयो ?

बराल : दिया मास्केसित घडी थिएन । उसले बि. एस. राणालाई सोधी ।

मिस्टर नगरकोटी : के सोधी ?

बराल : कति बज्यो ?

मिस्टर नगरकोटी : वास्तवमा कति बजेको रै'छ ?

बराल : हामी कसैसित समय थिएन । कसैसित घडी थिएन । मैले तपाईंसित त्यस दिन घडी र समयको बारे बताएको थिएँ । मैले भनेको थिएँ ।

मिस्टर नगरकोटी : के भन्नुभएको थियो ? मैले बिर्सें ।

बराल : समय कोल्याप्स भयो । समय डिजल्भ भयो । मैले यस्तै केही भनेको थिएँ ।

मिस्टर नगरकोटी : त्यसपछि मैले के भनें ?

बराल : नौ बजे तपाईं जमलको होटल कम्युनिस्ट डिलाइट्स पुग्नुस् । त्यहाँ गएर चुआङ त्जुको लबीमा बस्नुस् । दुई जनाका लागि डिनर रेडी छ ।

मिस्टर नगरकोटी : पुग्नुभो त नौ बजे ? होटल कम्युनिस्ट डिलाइट्समा ? चुआङ त्जुको लबीमा ?

बराल : पुगें ।

मिस्टर नगरकोटी : कोसित पुग्नुभो ?

बराल : लेडीसित । ग्रीन लेडीसित ।

हामी त्यहाँ पुग्दा कम्युनिस्ट डिलाइट्सको चुआङ त्जु लबी ग्राहकहरूले भरिभराउ थियो । लबीको सबभन्दा बीचको टेबल हाम्रो निम्ति रिजर्भ्ड गरिएको रै'छ ! हाम्रो खानपानको व्यवस्था अलरेडी भैसकेको रै'छ ! त्यसका निम्ति तपाईंलाई मनमनै थ्याङ्क्स भनें ।

त्यो थ्याङ्क्स अवश्य पनि टेलिप्याथीमार्फत् तपाईंसमक्ष पुगेको हुनुपर्छ ।

ग्रीन लेडीसित कुराकानी भयो । मैले ऊसित सेलेक्टेड बातचित गरेको थिएँ । मैले उसलाई सोधेको थिएँ :

- नगरकोटीको *सिल्भिया* कथा पढेकी छ्यौ ?
- छु । - उसले भनी ।
- त्यसमाथि म फिल्म बनाउँदै छु ।
- थाहा छ । - उसले भनी ।
- म सिल्भियाको भूमिकामा फिट हुने एक एकुरेट लेडीको खोजीमा थिएँ ।
- थाहा छ । - उसले भनी ।
- नगरकोटी *सिल्भिया*को पटकथा तयार पार्दै छन् ।
- थाहा छ । - उसले भनी - *सिल्भिया*को भूमिकामा मबाहेक अरू कोही फिट हुँदैन । यो पनि थाहा छ ।
- यु आर राइट् । - मैले भनें ।

वास्तवमा उसलाई सम्पूर्ण कुरा थाहा थियो । उसलाई थाहा थियो भन्ने कुराचाहिँ मलाई थाहा थिएन । आश्चर्यजनक कुरा त के थियो भने मलाई थाहा थिएन भन्ने कुरा पनि उसलाई थाहा थियो ।

मैले उसलाई आफ्नो परिचय दिन भनें ।

- छोटकरीमा ब्रिफिङ्मात्रै गरूँ कि डिटेलमा दिऊँ ? - उसले सोधी ।
- डिटेलमा देऊ । - मैले भनें ।
- डिटेलमा भन्दा कुनै वक्तव्य दिएजस्तो होला । तैपनि सुन्नुहुन्छ ?
- सुन्छु । - भनें ।

ग्रीन लेडीको वक्तव्य

जर्मनीको सामाजिक प्रजातान्त्रिक पार्टीका अध्यक्ष एवम् सरकार प्रमुख फ्रेडरिक अल्वर्टको जङ्गी आदेशमा सैनिकहरूको एक समूहले रोजा लक्जेम्बर्ग र कार्ल मार्क्स-माफ गर्नुस्-कार्ल लिब्नेख्तलाई सन् उन्नाईस सय उन्नाईसमा गिरफ्तार गऱ्यो ।

रोजा लक्जेम्बर्गको जन्म सन् अठार सय एकहत्तरको जनवरी चैंबीसमा भएको थियो, पोल्यान्डमा । शारीरिकरूपमा कमजोर रोजाको जन्म मध्यम वर्गीय यहुदी परिवारमा पाँच बच्चाहरूमध्ये कान्छी छोरीको रूपमा भएको थियो ।

तेईस वर्षको उमेरमा रोजाले सन् अठार सय बयानब्बेमा समाजवादी दर्शनसँग आस्था राख्ने जोगिचसँग मिलेर पोल्याण्डको सामाजिक प्रजातान्त्रिक पार्टी स्थापना गरिन् ।

जोगिच ! कस्तो जोगी-नाम ! होइन ?

पार्टीको मुखपत्र-*वर्कर*-को सम्पादकसमेत भइन् । पछि जर्मन नागरिक गुस्ताभ लुकेवसित विवाह गरेपछि रोजा जर्मन नागरिक बनिन् ।

रोजा प्रखर वक्ता, महान् योद्धा एवम् अतुलनीय साम्यवादी चिन्तक बनिन् ।

कार्ल मार्क्स-सरीसरी माफ गर्नुस्-कार्ल लिब्नेख्तचाहिँ सन् उन्नाईस सय सातमा जर्मनीमा स्थापित सोसलिष्ट युथ इन्टरनेशनलका संस्थापक नेता थिए । यिनी वामपन्थी सामाजिक जनवादीका साथै जर्मन संसद राइखस्ट्यागका सदस्य थिए । पछि यी वाम-मानव स्पार्टाकस लिगको नेतासमेत बने ।

सन् उन्नाईस सय चैंधमा राइखस्ट्यागमा प्रथम विश्वयुद्धको विरोध गर्ने कार्ल मार्क्स-सरी माफ पाऊँ-कार्ल लिब्नेख्त नै पहिलो र एकमात्र सांसद थिए ।

सन् उन्नाईस सय उन्नाईस जनवरी पन्ध्रका दिन यी दुई जर्मन कम्युनिस्ट पार्टीका नेताहरूलाई सत्ताले गिरफ्तार गऱ्यो र यी दुबै कम्युनिस्ट क्रियचर्सलाई इन्टरोगेसनको लागि बर्लिनको एडलोन होटलमा राखियो ।

त्यस लगत्तै उनीहरूलाई बेहोश पारी सेनाहरूले जीपमा राखी अन्यत्र कतै सार्ने बहानामा नदीको किनारमा लगेर गोली ठोकेर हत्या गरे ।

यो त भयो इतिहासको एक लिखित डकुमेन्ट । अब म तपाईंलाई इतिहासमा कुनै डकुमेन्टेड नभएको, दर्ज नभएको प्रसङ्ग सुनाउँछु ।

यी हिस्टोरिकल विवरणहरूले तपाईंलाई दिक्क तुल्याएजस्तो छ । दिक्क नमान्नुस् । यी विवरणहरूलाई मैले तपाईंसमक्ष अकारण, अनायास अथवा अप्रासङ्गिकरूपमा पेश गरिरहेकी छैन । यी हिस्टोरिकल फ्याक्ट्समा त मेरो जीवन ओभरल्याप भएको छ ।

ओभरल्यापिङको कथा सुन्नुस् ।

वास्तवमा त्यस फेटफुल दिन - अर्थात् सन् उन्नाईस सय उन्नाईसको जनवरी पन्ध्र - मा रोजा र कार्ल मार्क्स-सरी माफ गर्नुस्-कार्ल लिब्नेख्तको मात्र हत्या गरिएको थिएन ।

एक रसियन मिस्टिकको पनि त्यस दिन हत्या गरिएको थियो, जसको नाम मिखायल दानोविच थियो ।

मिखायल दानोविचलाई बायाँ कोखामा र छातीको ठीक सेन्टरमा गोली दागिएको थियो ।

- को मिखायल दानोविच ? - मैले सोधें ।
- एक रसियन मङ्क, जो त्यस दिन नदी किनारमा पुगेको थियो । ध्यान गर्न । - उसले भनी ।
- यी सब प्रसङ्गसित तिम्रो परिचयको के सम्बन्ध छ ? केकस्तो लेनदेन छ ? - सोधें ।
- मिखायल दानोविच म थिएँ । पूर्वजन्ममा म एक रसियन मिस्टिक थिएँ । मेरो नाम मिखायल दानोविच थियो । रोजा लक्जेम्बर्ग र कार्ल लिब्नेख्तको निरङ्कुश हत्याको मात्रै ऐतिहासिक चर्चा भयो । उनीहरूसितै मेरो पनि मर्डर भएको थियो भन्ने कुराको कतै चर्चा भएन । मेरो निम्ति इतिहास एक निरङ्कुश ठट्टा हो । एक क्रुर मजाक हो । मेरो पूर्वजन्मको घटना मार्क्सवादीहरूले भन्ने गरेको ऐतिहासिक द्वन्द्वात्मक भौतिकवादको सीमारेखाभित्र कहिल्यै परेन । अनि ठीक यही बेला मिस्टर नगरकोटी, तपाईंको फोन आयो ।

मिस्टर नगरकोटी : फोनमा मैले के भनें ?

बराल : कति बज्यो ?

मिस्टर नगरकोटी : तपाईंले के भन्नुभयो ?

बराल : मैले घडी लगाएको थिइनँ त ! भर्खरै कफी ल्याइदिएको वेटरलाई मैले सोधें ।

मिस्टर नगरकोटी : के सोध्नुभयो ?

बराल : कति बज्यो ?

मिस्टर नगरकोटी : वेटरले के भन्यो ?

बराल : वेटरसित पनि घडी थिएन । वेटरले वेट्रेससित सोध्यो ।

मिस्टर नगरकोटी : के सोध्यो ?

बराल : कति बज्यो ?

मिस्टर नगरकोटी : वास्तवमा कति बजेको रैछ ?

बराल : हामी कसैसित समय थिएन । होटल कम्युनिस्ट डिलाइट्सको चुआङ त्जु लबीमा उपस्थित कुनै पनि मानिससित समय थिएन । अर्थात् घडी थिएन । मैले तपाईंसित त्यो बेला घडी र समयको बारे बताएको थिइनँ र ? मैले भनेको थिएँ ....

मिस्टर नगरकोटी : के भन्नुभएको थियो रे साँच्चि ? मैले बिर्सें ।

बराल : समय कोल्याप्स भयो । समय डिजल्भ भयो ।

मिस्टर नगरकोटी : त्यसपछि मैले के भनें ?

बराल : ठीक एघार बजे महाङ्काल मन्दिर छेवैको प्राङ्गणमा पुग्नुस् । पुङ्के रूखमुनि बसी चिया खानुस् । एउटी बूढी नियतिले चिया सर्भ गर्नेछे ।

त्यसपछि तपाईंको फोन डेड भयो ।

ग्रीन लेडीसित मैले यसो भनें :

- तिमी हिस्टोरिकल पर्सन रै'छौ !

यसको जवाफमा ग्रीन लेडी मुस्कुराउँदै इतिहासको डाइनामिक्समाथि केही बोली । मलाई उसका कुरा सुन्दा बडो ताज्जुब लाग्यो ।

इतिहासको डाइनामिक्स

> हामी सब ऐतिहासिक मनुष्य हौं । वैश्विक इतिहासको टाइम एन्ड स्पेसमा मनुष्यले आफूलाई कुनै न कुनै रूप, सार, अवस्थामा एडजस्ट गरिरहेकै हुन्छ ।
>
> इतिहासको डाइनामिक्स तपाईं जिग-स पजलमा भेट्न सक्नुहुनेछ, पजलको पजलिङ फेनामेननमा पाउन सक्नुहुनेछ । इतिहासको ब्ल्याक बुकमा आफू कहाँनेर फिट या एडजस्ट हुन सकिन्छ भन्ने कुरा तपाईंले खोज्नुहुन्छ ।
>
> कुरा यति मात्रै हो कि तपाईंले इतिहासमा आफ्नो एक्ज्याक्ट लोकेसन पहिल्याउन सक्नुपर्छ ।

मलाई ग्रीन लेडीको कुरामा बडो चाख लाग्दै थियो । यहींनेर मैले हाम्रो बातचितको यस्तो अनौठो भेटघाटको सबैभन्दा महत्त्वपूर्ण प्रश्न ऊसित सोधें :

- तिमी वास्तवमा को हौ ?
- म मिस्टिका हुँ । - उसले भनी । - म मिस्टिका मास्के हुँ ।

***

मिखाइल दानोविच । रसियन मिस्टिक । मिस्टिका मास्के ।

ती मिस्टिक मुमेन्ट्स थिए ।

मिस्टिका मास्केसितको मेरो भेट एक मिस्टिक संयोग थियो । सम्पूर्ण रहस्यात्मकताको पर्फ्युम मिस्टिकाको देहबाट उडी वातावरणमा मगमग फैलिरहेको प्रतीत हुन्थ्यो ।

के म उसको पुनर्जन्मको कथालाई विश्वास गरिरहेको थिएँ ? क्षणभरमा म जमलको कम्युनिस्ट डिलाइट्सको चुआङ त्जु क्याफेबाट टाइम मसिन चढी जर्मनी पुगेको थिएँ ।

बर्लिनको त्यो नदी किनार, जहाँ रोजा लक्जेम्बर्ग र कार्ल लिब्नेख्तसित एक रसियन मिस्टिक मिखायल दानोविचको गोली हानी निर्मतापूर्वक हत्या गरिएको थियो ।

मलाई रसियन मिस्टिकसित कुनै चाख थिएन । मेरो चासो मिस्टिका मास्केसित मात्र थियो । मिस्टिका मास्के, जसलाई मैले *सिल्भिया* फिल्मको टाइटल रोलमा कास्ट गर्ने फैसला गरेको थिएँ ।

तर यसो भन्दै गर्दा उसको अघिल्लो जीवनलाई मैले पूर्णरूपमा उपेक्षा गर्नु पनि असम्भव थियो । मेरो आगामी फिल्मकी नायिका मिस्टिका मास्के रसियन मिस्टिक मिखायल दानोविचको जन्म-विस्तार थिई । तर मैले यस्तो सुपर न्याचुरल सम्बन्धको विश्वास पो कसरी गर्ने हो ?

म हैरान थिएँ ।

मेरो विश्वासको निम्ति मैले कुनै विश्वसनीय आधार फेला पार्न सकिरहेको थिइनँ ।

इन्फ्याक्ट फ्याक्ट, म्यान ! फ्याक्ट ! ह्वेर वज अ गड-ड्याम-फ्याक्ट ?

इतिहासलाई फिक्सनबाट छुट्याउने एउटै आधार भनेको फ्याक्ट हो । तथ्य । बट् द फ्याक्ट वज मिसिङ । म तथ्यको कुनै क्लु, मन्त्र भेट्न सकिरहेको थिइनँ ।

म यसरी आफनो विचारमा मशगुल भइरहँदा ठीक यसै बखत मिस्टिकाले आफ्नो ग्रीन कोट खोली । आफ्नो ग्रीन टी-शर्ट खोली ।

उसको यस्तो आकस्मिक क्रियाकलाप देखेर म अवाक् भएँ । चुआङ त्जु लबीभित्र छरिएर बसेका सम्पूर्ण ग्राहकहरूको ध्यान मिस्टिकाले आकर्षित गरिदिई । हामीलाई भर्खरै ग्रीन-टी सर्भ गरेर फिर्ता गएको वेटर फेरि फिर्ता आयो र मिस्टिकाको आँखामा क्वारक्वार्ती हेर्न थाल्यो ।

मिस्टिका मास्केले ग्रीन ब्रा लगाएकी थिई । टाइट ।

ब्रालाई पनि जतनका साथ फुकाली र टेबलमा जतनका साथ राखी । यस्तो खालको कल्पनातीत दृश्यलाई आफ्नो आँखैसामु देखेर वरपरका मानिसहरू हिप्नोटिक भए ।

मेरो कपल-अफ-आइज मिस्टिकाको कपल-अफ-स्तनमा टक्क पज भयो । टक्क रोकियो । ग्राफिक आँखाको डाइरेक्टर्स भ्युफाइन्डरमार्फत् मैले ती दुई कोनिकल स्तनलाई थर्ड डाइमेन्सनको फोकल लेङ्थमा एडजस्ट गर्दै क्लोज-अप शट्समा जुम-इन गरें ।

उफ् ऽऽऽ

ती दुई कोनिकल स्तन ! स्तनका ती एन्टिक पिसहरू !

चुआङ त्जु लबीका सम्पूर्ण आँखाहरूलाई ती दुई मिस्टिक पिसहरूले लोभ्याए । चोखे लाग्लाजस्तो भयो । छेवैमा उभिएको, सातोपुत्लो उडेको वेटर बडो उत्साहका साथ मिस्टिकाको छातीलाई ध्यानपूर्वक नियालिरहेको थियो । उसका चलमलाइरहेका चञ्चल एवम् कातँर आँखामा म अथाह तृष्णा छट्पटाइरहेको देखिरहेको थिएँ । उसको क्याफेमा सायद त्यसअघि त्यस्ती युवती कहिल्यै आएकी थिइनँ, जसले आफ्नो स्तनलाई सार्वजनिक प्रदर्शनका निम्ति त्यसरी खुल्ला गरेकी होस् ।

म स्पष्ट देखिरहेको थिएँ । स्तनहरूबीच एउटा गोलो आकारको धब्बा थियो । त्यो दागको आकार एक रूपैयाँको ढ्याकजत्रो थियो । जस्तो थियो । मिस्टिकाले भनी :

- देख्नु भो त ?
- के ?
- तपाईंले खोज्नुभएको क्लु । मिखायल दानोविचको छातीमा प्रहार गरिएको गोलीको दाग । छुन चाहनुहुन्छ ?
- चाहन्छु । - भनें ।

मिस्टिका आफ्नो कुर्सीबाट उठी । कफी टेबललाई फन्को मारेर मसामु उभिन आई । केही झुकेर, लत्रेर आफ्नो स्तनलाई मेरो गालासम्म पुऱ्याई । दायाँ हातलाई मैले स्तनबीचको खोल्सामा पुऱ्याएँ ।

खोल्सा केही वाफिलो थियो ।

अनि त्यो गोलीको धब्बालाई मैले आफ्ना औंलाहरूमा, हत्केलामा महसुस गरें । कोनिकल स्तनबीच त्यो दाग केही धस्सिएको थियो । मासुको गिर्खाजस्तो लाग्ने गोलीको त्यो धब्बालाई केही बेर चलाएँ ।

ठीक यसै बखत रिसेप्सनमा अघिसम्म उँघिरहेको म्यानेजर हड्बडाउँदै हाम्रो टेबलको भेगसम्म दौडिंदै आयो । उसले विनम्रतापूर्वक मिस्टिकासित बिन्तिभाउ बिसायोः

- म्याडम, क्याफेमा यसरी कपडा खोल्न पाइँदैन ।
- के खोल्न पाइन्छ त ? - मिस्टिकाले सोधी ।
- पर्स । पर्समात्र खोल्न पाइन्छ, म्याडम ! कपडा खोल्न पाइँदैन ।
- कपडा खोल्न पाइँदैन भन्ने सूचना बोर्ड कतै झुन्ड्याउनु भा'छ ?
- त्यो त छैन म्याडम । - म्यानेजर केही दच्कियो ।
- देन प्लीज शट्अप योर सटर । - मिस्टिकाले इन्डेक्स फिङ्गर ओठैमा पुऱ्याएर भनी ।
- सटर ? - म्यानेजर अलमलियो । - सटर ?
- माउथ भनेको ! - मिस्टिकाले भनी - शट् योर माउथ !

म्यानेजरले सटर अर्थात् माउथ शट् गऱ्यो । के पो जवाफ दिने होलाझैं गरी उसले आफ्नो निधार कन्याउन थाल्यो ।

मेरो हात स्तनको खोल्सामै अड्किएको थियो । म्यानेजर अब मतर्फ फर्कियो । उस्तै विनम्रतापूर्वक दुवै हात मल्दै मसित भन्यो :

- सर, कृपया यसरी लेडीको स्तन स्पर्श गरिदिनु भएन ।
- के स्पर्श गरूँ त ? - मैले सोधें ।

म्यानेजर फेरि आफ्नो निधार कन्याउन थाल्यो ।

मिस्टिकाले आफ्नो दायाँ कुहिनो उचालेर आफ्नै कुममाथि पुऱ्याई । यसो गर्दा कम्युनिस्टहरूमाझ उत्पात लोकप्रिय अभिवादन लालसलामको दृश्य झल्कियो ।

होटल कम्युनिस्ट डिलाइट्समा कम्युनिस्ट अभिवादन, लालसलाम ! म्यानेजर मुस्कुरायो ।

बायाँ हातको इन्डेक्स फिङ्गरले दायाँ भेगको कोखातिर हाम्रो ध्यानाकर्षण गर्दै मिस्टिकाले भनी :

- हेर्नुस्, यो दागलाई ।

त्यहाँ पनि एउटा धब्बा थियो । त्यो कालो गोलीको दाग एक क्लु थियो, जसले एक ऐतिहासिक प्रमाण मसामु पेश गरेको थियो ।

- यो केको दाग हो ? - म्यानेजरले सोध्यो ।
- गोलीको । - मैले भनें ।
- घाउ धेरै पुरानो जस्तो देख्छु म । - भन्यो ।
- धेरै पुरानो । - बताएँ मैले ।

म्यानेजर : मलाई लाग्छ, तपाईंहरू यहाँ फिल्मको शुटिङ गरिरहनु भा'छ । एम आई राइट ?

म : यु आर राइट ।

म्यानेजर : फिल्मको नामचाहिं के हो ?

म : *सिल्भिया* ।

म्यानेजर : कुमार नगरकोटीको एउटा कथा *सिल्भिया* मैले पढेको छु । के यो त्यही कथाको फिल्म हो ?

म : हो ।

म्यानेजर : त्यो कथामा एउटा क्वासिमोडो भन्ने पात्र छ । त्यो रोल मलाई दिए हुन्थ्यो नि !

म : त्यो रोल प्याक भैसक्या छ । त्यो भूमिकामा दयाहाङ राईलाई कास्ट गर्दै छु ।

म्यानेजर : अनि अलमुस्तफा ? अलमुस्तफाको रोल कस्ले गर्दै छ ?

म : त्यो रोल म आफै गर्दै छु ।

म्यानेजर : तपाईंचाहिं को नि ?

म : *सिल्भिया* फिल्मको निर्देशक ।

म्यानेजर : निर्देशक भईकन पनि फिल्मको सेन्ट्रल रोल आफैले लिने ?

म : यस माई फ्रेन्ड । यु आर राइट ।

म्यानेजर : म्याडम, तपाईंचाहिं को नि ?

म्याडम : म सिल्भिया ।

म्यानेजर : आई एम भेरी ग्लाड टु मीट यु म्याडम । म *सिल्भिया*को डाइहार्ड फ्यान हुँ । मलाई सधैं लाग्थ्यो, *सिल्भिया*माथि कसैले फिल्म बनाइदिए कति जाती हुन्थ्यो ! त्यो एक सपना थियो

मेरो । आज ड्रिम कम्स् ट्रु भयो म्याडम ! तपाईंले कथामा अलमुस्तफासामु पेश गरेको हृदयविदारक मोनोलग, सलिलकी मृदुल पीडाहरूले भरिएको थियो । त्यो सलिलकी आज पनि मेरो हृदयमा गुन्जिन्छ । म्याडम, कृपा गरी त्यो सलिलकीलाई पुनः एकपटक आफ्नो फ्यानका खातिर सुनाइदिनुस् न ! प्लीज !

म्याडम : हुन्छ । लौ सुन्नुस्, सिल्भियाको सलिलकी ।

सिल्भियाको सलिलकी

प्रिय अलमुस्तफा !

कुनै जमानामा म कुमारी, एक जीवित देवी थिएँ । प्रजादेखि राजासम्मले मेरो पूजा-अर्चना गर्थे । म पूजनीय, वन्दनीय थिएँ । आजकल पोस्टर हरूमा, पोस्टकार्डहरूमा अथवा कहीं कतै पूजाकोठामा झुन्डिएका मेरा ती तस्वीरहरू हेर्दा बेस्सरी झस्कन्छु । तर्सन्छु ।

परम्परागत वेशभूषामा सजिएकी ती अलौकिक देवीलाई जब देख्छु, आफ्नै इतिहासको धमिलो ऐनामा, तब अस्तित्त्वगत पीडाहरूले मेरो मन-मस्तिष्कलाई आघात पुऱ्याउँछन् ।

प्रिय अलमुस्तफा !

विधवाले भनेझैं मान्छे सायद एउटा विसङ्गत रचना हो । नहुन पनि सक्छ । म स्वयम्मा पनि एक विसङ्गत काव्य हुँ, जीवनमृत्युले संयुक्त लेखेको । नहुन पनि सक्छु । तपाईंलाई कविता सुनाउन आएँ । भो, सुन्दिनँ भन्नुभयो । चराझैं उड्न चाहन्छु तर मेरो अस्तित्त्व संस्कार, परम्परा, धर्महरूको जरामा कतै अड्किएको छ ।

जीवन कहिलेकाहीं अर्थपूर्ण लागिदिन्छ । कहिले व्यर्थपूर्ण ।

प्रिय अलमुस्तफा !

मलाई पनि किन तपाईं आफ्नो कथाको पात्र बनाउनु हुन्न ? म पनि अजीव छु । मसित पनि अजीव इच्छाहरू छन् । मलाई लोग्नेमान्छेहरू प्रिय लाग्छन् । अन्यथा नलिनू । त्यो पुरूष ओशो रजनीशझैं रहस्यमय एवम् आकर्षक छ । जे. कृष्णमूर्तिझैं नम्र, भलाद्मी छ । अनि युजी कृष्णमूर्तिझैं भव्य छ । अफसोस, यी आकर्षक Oriental पुरूषहरू दिवङ्गत भइसकेका छन् ।

प्रिय अलमुस्तफा !

Infact, I love dead people. They do not recite dead Poems. They themselves become the poetry.

प्रिय अलमुस्तफा !

नित्सेको बुट-polish गर्ने इच्छा हुन्छ । आइन्स्टाइनको ब्रसमा हरेक बिहान tooth पेस्ट लगाइसकेपछि उसको भायोलिनको तार मिलाइदिने इच्छा हुन्छ । विकलाङ्ग स्टेफन हकिन्सको रात्रिकालीन अस्तव्यस्त ओछ्यान मिलाइदिने अजीव इच्छा हुन्छ, जहाँ सुतेर उसले अब Brief History of Universe को सपना देखोस् ।

सत्यजित रेसँग बसी De' Sica को Bicycle Thieves हेर्न मन लाग्छ । Chewing-गम चपाउँदै ।

फ्रायड, एडलर, सिजी युङ्ग अथवा पिकासोसित पिकनिक जान मन लाग्छ ।

स्पिनोजासित हाँस्न मन लाग्छ, किर्केगार्दसित रून मन लाग्छ ।

बुद्ध, जिजस, महावीर, मोहम्मदसित उत्तरआधुनिक या उत्तर आध्यात्मिक गुम्बा, गिर्जाघर, मन्दिर, मस्जिदजस्ता धार्मिक इलाकाहरूमा शैक्षिक भ्रमण गर्न मन लाग्छ ।

मोजार्ट, मार्क्सलाई प्रेमपत्र लेख्न मन लाग्छ ।

सुकरात, प्लेटो, अरस्तु र सम्राट Alexander, The Great सित बर्ट्रेन्ड रसेलको बालकोनीमा candle लाइट डिनर गर्ने इच्छा हुन्छ, Guy De मोपासाको चाँदनी रातमुनि ।

म्यारी म्याग्दलिन र द्रौपदीसित कुनै शान्त क्याफेमा आफ्नो पीडा बाँड्न चाहन्छु ।

प्रिय अलमुस्तफा !

वास्तवमा मजस्तो भूतपूर्व कुमारी-Living Goddess–हरूको जीवन अवसादग्रस्त हुने गर्छ । मलाई आजकल पनि कहिलेकाहीं मानव नभई देवी हुँ भन्ने सांस्कृतिक र मनोवैज्ञानिक भ्रम भइरहन्छ ।

जीवित देवीको अवतारबाट पदच्यूत भई सामान्य मानिससरह जीवन बिताउन कष्टकर हुँदो रैछ ।

तपाईं जीवनभर जीवित देवीको ह्याङ्ओभरमा बाँच्नु हुन्छ । मेरो पहिरन देखेर तपाईंलाई अचम्म लागिरहेको हुनसक्छ । हो, वास्तवमा म ती सम्पूर्ण कुराहरू गर्न स्वतन्त्र छु, जो एक्काइसौं शताब्दीकी कुनै पनि सचेत युवती गर्न सक्षम छे ।

आधुनिक दर्शनशास्त्रको अध्ययन गर्छु । डिस्को जान्छु । net मा कुनै स्पेनिश amigo सित virtual सेक्सका कुराहरू गर्छु । blue फिल्म हेर्छु । मन्दिर, मस्जिद र चर्चमा आध्यात्मिक सुख खोजी हिंड्छु । dating मा जान्छु । सिग्रेट पिउँछु ।

प्रिय अलमुस्तफा !

मलाई पनि तपाईं आफ्नो कथाको पात्र किन बनाउनुहुन्न ?

म पनि जिन्दगीझैं, प्रकृतिझैं, मृत्युझैं अजीव छु । प्रेम, अनुभूति, संवेदनाझैं सजीव छु ।

मसित विवाह गर्नु हुन्न ? मलाई आफ्नी प्राइभेट स्वास्नी बनाउने इच्छा किन गर्नुहुन्न ?

प्रिय अलमुस्तफा !

जान्छु, अब त, कुन्नि कता ?

तपाईंलाई कविता सुनाउन आ'की थिएँ । आफ्नो आदिवासी इच्छा, चाहना, कथा इत्यादि तपाईंलाई short-hand शैलीमा सुनाएँ ।

अब जान्छु यहाँबाट । साइकिडेलिक स्मृति, संस्मरण, व्यथा लिई, कुन्नि कता...

पर्सि, शनिबार, मेरो घर आउनुस् । मसित विवाह गर्ने भए आउनुस् । मसित विवाह नगर्ने भए पनि आउनुस् । तर कृपया, आउनुस् । तपाईंलाई हार्दिक निमन्त्रणा भइगो । शनिबारको दिवा-भोजमा ।

I am a stranger

In this world, and

There is no one in the universe

Who understands

The language I speak

***

अब त मैले ऐतिहासिक क्लु पाइसकेको थिएँ । क्लु आउट अफ ब्लु ।

*सिल्भिया*को भूमिकामा फिट हुने पर्फेक्ट लेडी मिस्टिका मास्के । *सिल्भिया*मा ओभरल्याप हुने एक साइकिडेलिक क्यारेक्टर मिस्टिका मास्के ।

मलाई मिस्टिका रहस्यले भरिएको प्याकेज लाग्यो । उसले भनी :

- तपाईंको सुटिङ सेड्युल के कस्तो छ कुन्नि !
- कमिङ फेब्रुअरीबाट थाल्ने हो कि भन्ने छ । - मैले भनें । - तिमीसँग समय होला नि !
- छैन । मसित समय छैन । - उसले भनी । - समय त कोल्याप्स भएको छ ।
- तर तिमीले समय म्यानेज गर्नुपर्छ । - भनें ।
- समयलाई म्यानेज गर्ने म को हुँला र ? - भनी ।
- आफ्नै समय पनि तिमी म्यानेज गर्न सक्दिनौ ?
- आफ्नो समय भन्ने त्यस्तो कुनै चिज हुँदैन । तीन महिनापछि त म प्रेग्नन्ट भैहाल्छु ।
- प्रेग्नन्ट ?
- हो, प्रेग्नन्ट !
- तिमीलाई तीन महिनापछि कसले प्रेग्नन्ट बनाउँदै छ ? मलाई लाग्छ, तिम्रो कुनै प्राइभेट लोग्ने त छैन ।
- प्रेग्नन्ट हुन लोग्ने नै चाहिन्छ भन्ने के छ र ?
- त्यो त हो, आई अग्री ।
- मलाई कसले प्रेग्नन्ट बनाउँछ, त्यो महत्त्वपूर्ण कुरा होइन । त्यो त तपाईंले पनि सक्नुहुन्छ । त्यस्तो सो कल्ड पुरूषत्व त तपाईंसित पनि होला । मलाई प्रेग्नन्ट बनाउने क्यापासिटी त तपाईंसित पनि होला नि ! होइन र ? होइन भने होइन भन्नुस् क्यारे !
- हो, हो, हो । त्यस्तो क्यापासिटी मसित छ ।
- त्यही त भन्या । मलाई कसले प्रेग्नन्ट बनाउँछ, त्यो महत्त्वपूर्ण हुँदै होइन । त्यो मलाई थाहा पनि छैन । म किन प्रेग्नन्ट हुँदै छु ? त्यो पनि थाहा छैन । प्रेग्नन्ट भैसकेपछि मैले बच्चा जन्माउँछु, जन्माउँदिनँ, त्यो पनि थाहा छैन । बच्चा नै जन्माउँछु कि अरू कुनै चिज नै जन्माउँछु, त्यो त झन् थाहै छैन ।
- त्यसो भए के थाहा छ ? - सोधें ।
- तीन महिनापछि प्रेग्नन्ट हुँदै छु । त्योचाहिं थाहा छ ।

उसले दृढतापूर्वक बडो आत्मविश्वासका साथ भनी । उसको आत्मविश्वास विश्वसनीय थियो । "त्यसैले" - उसले भनी, "तीन महिनाभित्रै शुटिङ प्याक-अप गर्नुपर्छ ।"

***

जमलको होटल कम्युनिस्ट डिलाइट्सबाट बाहिरियौं ।

डिसेम्बर-रात डिसेम्बरझैं थियो। चिसो। सडकमा मुश्किलले कुनै गाडी ओहोरदोहोर गरिरहेथ्यो । ट्याक्सी भेटिएन, जुन स्वाभाविक थियो । फुटपाथमा मिस्टिकासित केही बेर कुरा गर्न रूचाएँ ।

म	:	केही बेर कुरा गर्दै हिंडौं न ! अलि परसम्म । हुँदैन ?
मिस्टिका	:	तपाईं मेरो प्रेममा पर्नुहोला नि कतै !
म	:	एक घण्टामै कहाँ प्रेममा पर्न सकिन्छ र ?
मिस्टिका	:	वान् आवर इज क्वाइट इनफ् टु फल इन लभ विथ समवान् ।
म	:	द्याट्स कुल ।
मिस्टिका	:	कति परसम्म कुरा गर्दै हिंड्ने ? परको मोडमा त आखिर छुट्टिनु छँदै छ ।
म	:	मोडमा छुट्टिनुको मज्जा बेग्लै हुन्छ ।
मिस्टिका	:	तर मोडमा छुट्टिनेहरूको भेट संसारमा विरलै भएको छ ।
म	:	त्यो त मानिसको नियतिमा भर पर्ने कुरा हो ।
मिस्टिका	:	नियति सधैं मानिसको पहुँच बाहिर हुन्छ । मोड र घुम्तीहरू जिन्दगीका यस्ता ठाउँ हुन्, जहाँ नियतिले मानिसलाई सधैं छल गरिरहन्छ । नियति ज्यादै छली हुन्छ । कपटी हुन्छ ।

कपटी ? या कप टी ? या अ कप अफ टी !

जिन्दगीको मोडमा नियति कप अफ टी बेचेर बसेकी थिई। मैले दुई कप टी मागें। नियतिले एक कप टी मेरो हातमा थमाइदिई। अर्को कप टी मिस्टिकाको हातमा ।

महाङ्काल मन्दिर छेवैको प्राङ्गणमा पुड्के रूख थियो। त्यही पुड्के रूखमुनि बूढी नियति चिया उमाली बसेकी थिई। उसले हामीलाई दुई कप टी सर्भ गरेकी थिई।

पुड्के रूखको हाँगामा कालो बिरालो राजसी शानमा विराजमान थियो। पहेंला चम्किला आँखाले मलाई टुलुटुलु हेऱ्यो ।

बिरालोले एउटा आँखा झिम्क्यायो । मैले पनि एउटा आँखा झिम्क्याएँ । बिरालोले अर्को आँखा झिम्क्यायो । मैले पनि अर्को आँखा झिम्क्याएँ ।

बिरालोले दुइटै आँखा एकसाथ झिम्क्यायो। मैले पनि दुइटै आँखा एकसाथ झिम्क्याएँ।

बिरालो मुसुक्क हाँस्यो । म पनि मुसुक्क हाँसें ।

- यो बिरालो मेरो लोग्ने हो । - नियतिले भनी ।
- हो र ! - मैले भनें । - हाउ स्वीट !

- आई लभ माई लोग्ने । - नियतिले भनी ।
- हो र ! - मैले भनें । - हाउ स्वीट !
- अरू चिया थप्नुहुन्छ ?
- थप्छु ।
- त्यही कपमा थपिदिऊँ कि अर्को कप टी दिऊँ ?
- अर्को कप टी दिनुस् ।

हातमा टाँस्सिएको रित्तो कप टीलाई भुइँको डस्टविनमा राखिदिएँ । अर्को कप टी लिएँ । चिया पिउँदै नियतिको कथा सुनें :

नियतिको कथा

तीन महिनाअघि मेरो लोग्नेको मृत्यु भयो । ऊ लगनखेल रूटको माइक्रो चलाउँथ्यो । बा. एक ज. नौ सय उनान्सय ।

यही महाङ्काल मन्दिरअघि सडकको बीच रूखमा माइक्रो ठोक्कियो । ठूलो दुर्घटना भयो । माइक्रो त कच्याक्कुचुक् भा'थ्यो । मेरो लोग्ने पनि कच्याक्कुचुक् भयो ।

त्यसरी कच्याक्कुचुक् भई मर्दा पनि उसको शरीरबाट एक थोपा रगत झरेन । उसलाई आर्यघाटमा जलाइयो ।

देहको दाहसंस्कार गरियो ।

अब तपाईंलाई थाहा भएकै कुरा हो कि देहको दाहसंस्कार त हुन्छ । मनको दाहसंस्कार कहाँ हुन्छ ?

देहको अन्त्येष्टि त हुन्छ । लौ भन्नुस्, आत्माको अन्त्येष्टि कहाँ हुन्छ ? आत्माको अन्तिम संस्कार हुन्छ ?

लोग्नेलाई जलाएको एक दिनपश्चात् यो पुड्के रूखमा यो कालो बिरालो देखियो । मेरो लोग्नेले बिरालोको रूप धारण गऱ्यो ।

पुड्के रूखको कङ्काल हाँगामा बसी बूढी नियतिको कथा सुनेर कालो बिरालो हाँस्यो । म पनि हाँसें । एउटा आँखा झिम्क्यायो । मैले पनि एउटा आँखा झिम्क्याएँ । बिरालोले अर्को आँखा झिम्क्यायो । मैले पनि अर्को आँखा झिम्क्याएँ ।

बिरालोले दुइटै आँखा झिम्क्याएपछि मैले पनि दुइटै आँखा झिम्क्याएँ ।

म मसुक्क हाँसेपछि बिरालो पनि मुसुक्क हाँस्यो ।

घण्टाघरले बाह्रपटक ट्वाङ्, ट्वाङ्, ट्वाङ् गर्दा म झस्किएँ । झल्याँस्स भएँ ।

- मिस्टिका खोई ? - मेरो मुखबाट अनायास आवाज आयो ।
- को मिस्टिका ? - नियतिले सोधी ।
- मसित अर्को कप टी पिइरहेकी लेडी । खोई ? देख्दिनँ त ! - आत्तिँदै भनें ।
- ऊ त घर गइसकी । - नियतिले भनी ।
- कहाँ ? - सोधें ।
- त्यो त थाहा छैन - उसले भनी । - यति थाहा छ कि ऊ कृष्णमोचन मास्केकी बहिनी हो ।
- को कृष्णमोचन मास्के ?
- क्यालिग्राफर ।
- क्यालिग्राफर ?
- हो । क्यालिग्राफर । तपाईंकी मिस्टिका क्यालिग्राफर कृण्णमोचन मास्केसित बस्छे । दाजु कृष्णमोचन मास्के, बहिनी मिस्टिका मास्के ।
- कस्ती अनौठो युवती रै'छ ! बाई पनि नभनी गई ।
- ऊ अलि अनौठी नै छे । उसलाई फोन गर्नु थियो सायद । त्यसैले गई ।
- फोन कसलाई गर्नु थियो ?
- ऊ मध्यरातमा फोन गर्छे ।
- कसलाई ?
- त्यो त थाहा छैन । तर जब रातको एक बजेर एक मिनेट हुन्छ, ऊ कसैलाई फोन गर्छे । उनीहरू फोनमा घन्टौं कुरा गर्छन् ।

  वास्तवमा मिस्टर नगरकोटी ! टु स्पिक अनेस्टली । वी आर द प्रिजनर्स अफ आवर ओन् ड्रिम्स ।

मिस्टर नगरकोटी : यु आर रङ् मिस्टर बराल । हामी आफ्ना सपनाहरूका कैदी होइनौं । यु आर सिम्प्ली रङ् ।

मिस्टर बराल : ह्वाट इज राइट, देन् ?

मिस्टर नगरकोटी : वी आर अल द प्रिजनर्स अफ आवर ओन कन्साइन्स । अब म तपाईंको दिमागबाट फेज आउट हुन चाहन्छु । आई वन्ट टु गेट आउट अफ योर माइन्ड ।

मिस्टर बराल : गो स्लोली ।

मिस्टर नगरकोटी : तपाईंको दिमागमा एन्ट्री गरें । तपाईंका इन्ट्रेस्टिङ कुराहरू सुनें । अब म जान्छु । बाइ द वे, बाई मिस्टर बराल !

मिस्टर बराल : बाई !

मिस्टर नगरकोटी : किप योर माइन्ड ओपन। म कुनै दिन तपाईंको दिमागभित्र फेरि आउनेछु ।

मिस्टर बराल : स्योर, स्योर, यु आर अल्वेज वेलकम इन्टु माई क्रियटिभ माइन्ड ।

मिस्टर नगरकोटी : आई लभ क्रियटिभ माइन्ड ।

मिस्टर बराल : चियर्स फर द्याट् ।

अनि ?

त्यसपछि अनुप बरालको दिमागबाट म बाहिरिएँ ।

जे. कृष्णमूर्तिको टेक्स्ट भन्छ : *ट्रुथ इज अ पाथलेस ल्यान्ड* ।

पाथ । पथ । पथिक ।

कुण्डलिनी कुहिरोको अनन्त अन्धकारमा म भासिएँ ।

पाथलेस पथमा हिंडिरहेको म एक पथिक !

म्याउँ !

***

स्याफ्रन ड्रिम्स

स्याफ्रन क्यान्डल, ग्यालरी र क्यालिग्राफिक फ्रेम्स

तपाईंको आयु जम्मा पाँच फिट पाँच इन्च रैंछ !

- मैन-मानव

चाङ आफ्टर चाङ । तह आफ्टर तह । थाक आफ्टर थाक । लेयर आफ्टर लेयर । कुण्डलिनी कुहिरोले ओसिलो गल्लीलाई घर्लप्प छोपेको थियो ।

महाङ्काल अगाडि ट्रमा-सेन्टरको बगलवाला गल्लीबाट म भित्र छिरेको थिएँ ।

भर्खरै केही समय अघिमात्र भीमसेन थापाको धरहरा ढलेको थियो । दुई फ्याकमा ।

एउटा असामयिक चट्याङले विनाशको सम्पूर्ण काम तमाम गरेको थियो । धरहराको गजुरमा चट्याङ बज्रेपछि त्यो भीमसेन स्तम्भ दुई फ्याकमा विभाजित भई डङ्रङ्ग ढलेको थियो । यस्तो लाग्थ्यो, त्यो चट्याङ विशाल खड्ग या खुँडा हुनुपर्छ, जसले त्यो श्वेत संरचनालाई टाउकोदेखि फेदसम्म चिरिदिएको थियो ।

धरहराका दुई फग्लेटा उत्तर र दक्षिणतिर ढलेर स्वाहा भएका थिए ।

धरहराको बेसमेन्टबाट हजारौं बिरालाहरू स्याँउस्याँउती निस्केका थिए, म्याउँ म्याउँ गरी । ती सम्पूर्ण काला क्रियचरहरू विभिन्न दिशातिर तितरवितर भएका थिए । खिचापोखरी, लगनटोल, त्रिपुरेश्वर, भद्रकालीतर्फ छरिएर मार्च पास गर्दै बढिरहेका थिए ।

मेरो अघिअघि यँमानको बिरालो लुरूलुरू हिंडिरहेको थियो । त्यसको पछि-पछि त्यसैलाई पछ्याउँदै म खुरूखुरू हिंडिरहेको थिएँ ।

त्यसले मलाई कतै लैजाँदै थियो । म कतै जाँदै थिएँ । तर कता ? मलाई केही थाहा थिएन । बीचबीचमा बिरालो कुहिरोमा बिलाउँथ्यो । पुनः देखा पर्थ्यो ।

ब्ल्याक फ्यान्टासीको सेलफोनमा मलाई यतिमात्र भनिएको थियो :

- तिमी अब कतै गइहाल्नु पर्छ ! जाऊ ।
- कहाँ जाऊँ ? - सोधेको थिएँ ।
- त्यो मसित नसोध । तेरो काम केवल कतै जानु मात्र हो । तिमी कतै गइहाल ।
- कता ?
- त्यता जता गुभाजुले लैजान्छ । गुभाजुलाई पछ्याउनुस् । गुभाजु तिम्रो पथप्रदर्शक हो र तँ केवल पथिक होस् ।
- को गुभाजु ?
- अरू को हुन्थ्यो ? कालो बिरालो, जसलाई तैंले महाङ्काल छेवैको पुड्के रूखमा फेला पार्नेछस् । त्यो कालो बिरालो भेडासिङको गुभाजु हो ।

त्यसपछि सेल फोन डेड भएको थियो ।

त्यसो भए मेरो अघिअघि मलाई बाटो देखाउँदै हिंडिरहेको बिरालो भेडासिङको गुभाजु थियो ?

गुभाजुले मलाई ओसिला गल्लीहरू घुमाउँदै असन-चोकमा ल्याइपुऱ्यायो । चोकमा चाहिं कुहिरोको घनत्व अझ बढी थियो । चोक चिहानझैं चुपचाप थियो । गुठीका धूप पसल, चाकु पसल, चुँडी पसल, बीउबिजन पसल, तेल पसलहरूमा बिरालाहरू टक्र्याक् टुक्रुक्क विराजमान थिए ।

अन्नपूर्णा देवीको मन्दिर पछिल्तिर मैनबत्ती बेचबिखन गर्ने क्यान्डल हाउससामु ठिङ्ग उभिएँ ।

- के चाहियो ? - मैन-मानवले सोध्यो ।
- क्यान्डल चाहियो । - जवाफ दिएँ ।
- कत्रो क्यान्डल किन्ने हो ? - मैन-मानवले सोध्यो ।
- म जत्रो ! - आफ्नो ज्यानको आकार देखाउँदै जवाफ दिएँ ।
- खै, यता पधार्नुस् । - भन्यो ।

म मैन-मानवको क्यान्डल हाउसभित्र पधारें ।

मैन-मानवले मलाई माथिदेखि मुनिसम्म दुईसरो हेर्न भ्यायो । मलाई लाग्यो, मैन-मानवले मलाई कुनै अलोकप्रिय रेस्टुराँको मेनुलाई झैं अरूचिपूर्ण तरिकाले हेऱ्यो । त्यसलगत्तै मैन-मानवले टेबलको ड्रयरबाट नाप्ने फित्ता निकाल्यो । मलाई मुनि पाइतालादेखि माथि तालुसम्म मैन-मानवले नाप्यो ।

मेरो उचाइको कूल योगफल पाँच फिट पाँच इन्च रै'छ । मैन-मानवले फित्तालाई घाँटीमा झुन्ड्याउँदै यसो भन्यो :

- तपाईंको आयु जम्मा पाँच फिट पाँच इन्च रहेछ !
- आयु ? जम्मा पाँच फिट पाँच इन्चको मेरो आयु ? - आफ्नो आयुको नाप सुनेर म तर्सिएँ ।
- माफ गर्नुस् । भन्न खोजेको उचाइ थियो । आयु भन्न पुगेछु । माफ गर्नुस् ।
- माफ गरें । - भनें ।
- तपाईंलाई पाँच फिट पाँच इन्चको क्यान्डल चाहिने रै'छ !
- दिनुस् । - भनें ।
- लानुस् । - भन्यो ।
- लैजान्छु । - भनें ।
- लगिहाल्नुस् । - भन्यो ।

क्यान्डल हाउसमा अनेक आकार प्रकारका क्यान्डल-स्टिक थिए । विभिन्न रङका । मैन-मानवले पाँच फिट पाँच इन्च लामो स्याफ्रन कलरको मैनबत्ती मलाई दिंदै भन्यो :

- यो स्याफ्रन क्यान्डल लानुस् । तपाईंको व्यक्तित्त्वलाई यो कलर सुहाउँछ ।
- कति पैसा दिऊँ ? - सोधें ।
- पैसा पर्दैन । लानुस् । - भन्यो ।
- पैसा किन पर्दैन ? - सोधें ।
- म प्रायश्चित गर्न चाहन्छु ।
- कस्तो खालको प्रायश्चित ?
- मैले अघि तपाईंको आयु जम्मा पाँच फिट पाँच इन्च रहेछ भनेको थिएँ । हो कि होइन ?
- हो ।
- वास्तवमा तपाईंको आयु नभई उचाइ पो पाँच फिट पाँच इन्च हो । हो कि होइन ?
- हो ।
- मैले त्यसरी आयुसित ठट्टा गर्नु हुँदैनथ्यो । हो कि होइन ?
- हो ।
- आयुलाई मनुष्यले सम्मान गर्न जान्नुपर्छ । हो कि होइन ?
- हो ।
- त्यसैले म आयुसित प्रायश्चित गर्न चाहन्छु । स्याफ्रन क्यान्डल लानुस् । पैसा नदिनुस् । यसो गर्दा म धन्य हुनेछु ।
- आयुसित प्रायश्चित गरेको उपलक्ष्यमा के म तपाईंलाई धन्यवाद दिन सक्छु ?
- दिनुस् ।
- धन्यवाद !
- म धन्य भएँ ।

पाँच फिट पाँच इन्च अग्लो मैनबत्ती तगडा थियो । बलियो । ज्यादै दह्रो । त्यसलाई वकिङ-स्टिक बनाएँ । मैनबत्तीको ढाडलाई दाहिने हातको पञ्जाले बेस्सरी अठ्याएँ ।

खल्तीबाट लाइटर निकालें । मैनबत्तीको टुप्पो सल्काएँ । गाढा हरियो रङगको बत्ती पिलपिल, धिपधिप गर्दै जल्यो ।

चोकको मध्यभागमा अलमलिएर ठिङ्ग उभिएँ । चोक विभिन्न दिशातर्फ मुख बाँएर बसेको थियो । चोक विभिन्न गल्लीहरूतर्फ जान्थ्यो । कता पो जाने होला ?

अनेक गल्लीतर्फ सोझिएको दिशासूचक काठको प्लेटमा आँखा अडियो । काष्ठ-प्लेटमा ठाउँ या लोकेसनको सट्टा मानिसहरूको नाम पो कुँदिएको थियो । ती नामलाई मैले जतनका साथ पढें । ती नामसित गल्ली नम्बर पनि लेखिएको थियो । गल्लीहरू नौ दिशातर्फ सोझिएका थिए । नौ-गल्लीतिर सोझिएको काष्ठ-प्लेटमा नाम र गल्ली नम्बर यस प्रकार कुँदिएको थियो :

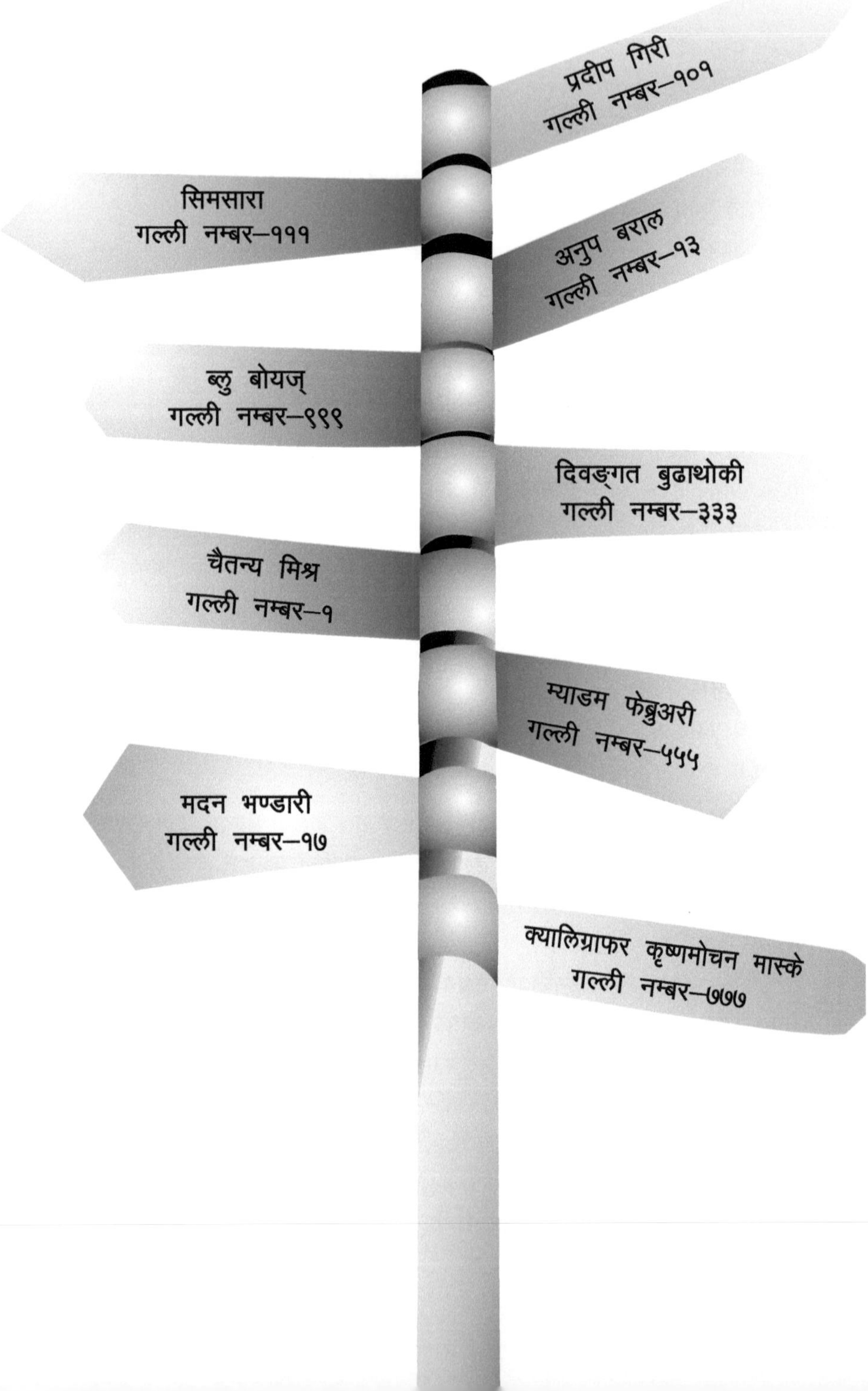
प्रदीप गिरी
गल्ली नम्बर–१०१
सिमसारा
गल्ली नम्बर–१११
अनुप बराल
गल्ली नम्बर–१३
ब्लु बोयज्
गल्ली नम्बर–९९९
दिवङ्गत बुढाथोकी
गल्ली नम्बर–३३३
चैतन्य मिश्र
गल्ली नम्बर–१
म्याडम फेब्रुअरी
गल्ली नम्बर–५५५
मदन भण्डारी
गल्ली नम्बर–१७
क्यालिग्राफर कृष्णमोचन मास्के
गल्ली नम्बर–७७७

गल्ली नम्बर १७ तिर मेरा पाइलाहरू सोझिन लागे । त्यो गल्ली मदन भण्डारीतर्फ जान्थ्यो । मदन भण्डारीसित मेरा केही जिज्ञासाहरू थिए । मेरो केही प्रश्नहरू थिए । म सोध्न चाहन्थें :

- कमरेड ! तपाईंको हत्या गर्ने हत्यारा को पो हो ? अनि कमरेड जबज भनेको जनताको बहुदलीय जनवादको केवल फुलफर्ममात्रै हो या यसको कुनै फुल प्लान पनि थियो ? फुल भिजन र फुल इन्साइट पनि थियो ? जबजको एन्साइड स्टोरी के थियो ?

तर जबजको इन्साइड स्टोरी जान्न चाहने आफ्नो आकांक्षालाई मैले त्यागिदिएँ । बरू यस्तो बखत त प्रदीप गिरीसित कुण्डलिनी कुहिरोको चर्चा-परिचर्चा गर्नु उपयुक्त हुन्थ्यो क्यारे ! बुढासित बसी चिन्तनमनन गर्नु र आत्मशुद्धिका मार्गहरूबारे छलफल गर्नु पो उचित हुन्थ्यो कि !

गल्ली नम्बर एक सय एकतर्फ सोझिनै लाग्दा गुभाजुको आवाज कानभित्र छिऱ्यो -

म्याउँ !

म्याउँ !

गुभाजु गल्ली नम्बर ७७७ तर्फ बढिसकेको थियो । मैले उसैलाई पछ्याउनुपर्ने भयो ।

स्याफ्रन क्यान्डललाई दह्रोसाथ पक्रेर, ढुङ्गाहरू बिच्छाइएको पाषाण-मार्गमा ट्वाक्क, ट्वाक्क बजार्दै म गुभाजुलाई पिछा गरी अघि बढ्न थालें ।

एउटा विशाल ढुङ्गे घरको विशाल काष्ठ-गेटलाई घचेटेर अगाडि बढें । सुरूङजस्तो साँघुरो, छिपछिपे अध्याँरो गल्ली पार गरेपछि हामी एउटा स-सानो चोकमा पुग्यौं, जसलाई काठैकाठका तीनतले घरहरूले चारैतिरबाट घेरेको थियो ।

एउटा घरको छिंडीमा म टुक्रुक्क बसें । माटोको ढुसिलो गन्ध नासापुटभित्र छिऱ्यो । आलो गन्धलाई घुटुक्क निलें । थुकसितै । ढोका खोलेर अँध्यारो सुरूङबाट कोही आयो । स्याफ्रन क्यान्डल-स्टिकको टुप्पोमा धिपधिप गरी जलिरहेको मरन्च्यासे गाढा हरियो उज्यालोमा मैले आगन्तुकको अनुहारलाई राम्रोसित देख्न, ठम्याउन सकिनँ ।

स्याफ्रन क्यान्डलको छडीलाई उसैले समात्यो ।

आगन्तुकलाई पछ्याउँदै म अघि बढें । त्यो अँध्यारो सुरूङको कुनै अन्त्य नै छैनझैं गरी मेरो अघिअघि हिंडिरहेको त्यो रहस्यमय मानिसको पछि-पछि म कति दिन, रात, महिना, वर्ष हिंडें ? त्यसको थाहापत्तो मलाई हुन सकेन । त्यसको लेखाजोखा गर्ने, समयको हिसाबकिताब गर्ने, काल-गणना गर्ने फुर्सद त केवल तपाईंसित मात्र हुनसक्छ ।

मसित त कुनै समय नै थिएन र समय मसित हुने कुरा पनि भएन । कालदर्शी त केवल तपाईं, मात्र तपाईं हुनुहुन्थ्यो ।

म त केवल एक स्रष्टा न थिएँ, जोसित केवल एक तुच्छ काम चलाउ साहित्यिक सृष्टि हुने गर्छ । तर त्यो सृष्टिको साङ्गोपाङ्गो अध्ययन गर्ने, त्यो सृष्टिको काल चिन्तन गर्ने अकालदर्शी या भनूँ त्रिकालदर्शी द्रष्टा त तपाईं हुनुहुन्थ्यो । तपाईं जसलाई बोलीचालीको सामान्य भाषामा, साहित्यिक परम्पराको इतिहासमा पाठक भनी सम्बोधन गरिन्छ ।

***

सुरूङको उपल्लो किनारामा विशाल हल देखापऱ्यो । मलाई त्यहाँ डोऱ्याउँदै लगियो ।
त्यति ठूलो हल मैले आफ्नो जीवनमा त्यसअघि कहिल्यै कहीं पनि देखेको थिइनँ ।
त्यो विशाल हल कृष्णमोचन मास्केको ग्यालरी थियो ।

***

कृष्णमोचन मास्के एक सिद्धहस्त क्यालिग्राफर थियो ।

ग्यालरीको भित्तामा लस्करै काठका कलात्मक फ्रेमहरू झुन्डिएका थिए र फ्रेमभित्र क्यालिग्राफिक अक्षर, शब्द, वाक्यहरू कुँदिएका थिए ।

ती सम्पूर्ण अक्षर, शब्द, वाक्यहरूको सुरूचीपूर्ण संयोगबाट कोटेसन अर्थात् वा(णीहरू बनेका थिए । ती विभिन्न कोटेसन अर्थात् वाणीहरू दिव्य एवम् युग-वचन थिए ।

ती विभिन्न कोटेसनहरूलाई क्यालिग्राफर कृष्णमोचन मास्के विभिन्न राजनीतिक प्राणीहरूलाई उपहारस्वरूप पठाउन चाहन्थ्यो । त्यसका निम्ति उसलाई एउटा सेल्स्म्यान चाहिएको थियो ।

भित्तामा झुन्डिएका ती सम्पूर्ण क्यालिग्राफिक फ्रेमहरूलाई मैले क्रमैसँग पालैपालो हेरें । कोटेसन-फ्रेमको मध्यभागमा 'कोटेसन' कुँदिएको थियो । कोटेसनमाथिको शीर्ष भागमा कोटेसन कसलाई उपहार पठाइने हो, त्यसको नाम र कोटेसनमुनिको भुइँमा उक्त कोटेसन कसले लेखेको हो भन्ने कुरा बडो कलात्मक शैलीमा उल्लेख गरिएको थियो ।

फ्रेमभित्र फ्रेमिल ती क्यालिग्राफिक अक्षरहरूको अक्षरपान तपाईंले पनि गर्नुस् भन्ने मेरो जिकिर छ ।

***

श्री

सुवासचन्द्र नेम्वाङ

सभामुख

व्यवस्थापिका संसद्

A rose is a rose is a rose.

- Gertrude Stein

श्री

गगन थापा
केन्द्रीय सदस्य
नेपाली कङ्ग्रेस

I disapprove of what you say, but I will defend to death your right to say it

- Voltaire

श्री

ज्ञानेन्द्र शाह

पूर्वराजा

दुःखीको घरमा मात्र तेरो बास
हुने भए,
हे ईश्वर । दया राखी मलाई अझै
दुःख दे ।

- बालकृष्ण सम

श्री

घनश्याम भुसाल

उप–महासचिव

नेपाल कम्युनिस्ट पार्टी (एमाले)

Revolution is not a dinner party, nor an essay, nor a painting, nor a piece of embroidery, it cannot be advanced softly, gradually, carefully, considerately, respectfully, politely and modestly.

- Mao Tse Tung

श्री

नेत्रविक्रम चन्द

अध्यक्ष

नेपाल कम्युनिस्ट पार्टी

माओवादी

लो चला गया बंजारा,
छोड़के घर ये सारा ।
महल यहाँ पर, गाडी यहाँ पर,
बेटे यहाँ पर, नारी यहाँ पर ।।

- सन्त वचन

श्री

कमल थापा

अध्यक्ष

राष्ट्रिय प्रजातन्त्र पार्टी,

नेपाल

God will forgive me;
that is His business.

– Heinrich Heine

श्री

मोहन वैद्य

अध्यक्ष

नेपाल कम्युनिस्ट

पार्टी–माओवादी

The average man, who does not know what to do with his life, wants another one which shall last forever.

- Anatole France

श्री

चित्रबहादुर केसी

अध्यक्ष

राष्ट्रिय जनमोर्चा नेपाल

True patriots we; for be it understood. We left our country for our country's good.

– George Barrington

(Celebrated pickpocket, transported to Botany Bay)

श्री

शेरबहादुर देउवा

वरिष्ठ नेता

नेपाली कङ्ग्रेस

आमा त्यो आउँछ र ?
हो बा, त्यो आउँछ ।
त्यो बिहानको सूर्यझैं उज्यालो छर्दै आउँछ ।
त्यसको कम्मरमा झुन्डिएको, शीतजस्तै टल्कने
तिमी एक हतियार देख्नेछौ,
त्यसैले ऊ अधर्मसित लड्नेछ ।
त्यो आउँदा तिमी पहिले ता सपना हो कि भनेर
छामछुम गर्नेछौ, तर त्यो हिउँ र आगोभन्दा पनि
बढ्ता छोइने भएर आउँछ ।
हो र आमा ?

- गोपालप्रसाद रिमाल

श्री

सुशील कोइराला

सभापति

नेपाली कङ्ग्रेस

Better to reign in Hell, than to serve in Heaven.

- John Milton

श्री

पुष्पकमल दाहाल 'प्रचण्ड'

अध्यक्ष

एकीकृत नेपाल कम्युनिस्ट पार्टी (माओवादी)

Midway upon the journey of our life,
I found myself within a forest dark,
For the straight forward pathway has been lost
Ah me ! had hard a thing it is to say
What was the forest savage, rough and stern
Which in the very thought renews the fear.

- Dante's *Inferno*

(Canto I)

श्री

विजयकुमार गच्छदार

अध्यक्ष

मधेसी जनअधिकार फोरम,

लोकतान्त्रिक

नाव पानी मे रहे तो हर्ज नहीं,
पर नाव के अन्दर पानी न रहे,
वरना नाव डुब जायगी । साधक
संसारमे रहे तो कोही हर्ज नहीं ।
पर साधक भीतर संसार मे न रहे ।

- श्री रामकृष्ण परमहंस

श्री

माधवकुमार नेपाल

वरिष्ठ नेता

नेपाल कम्युनिस्ट पार्टी

(एमाले)

Every revolution evaporates and leaves behind only the slime of a new bureaucracy.

- Franz Kafka

श्री

डा. बाबुराम भट्टराई

वरिष्ठ नेता

एकीकृत नेपाल कम्युनिस्ट पार्टी (माओवादी)

There is somebody wiser than any of us, and that is everybody.

- Napoleon Bonaparte

श्री

केपी ओली

अध्यक्ष

नेपाल कम्युनिस्ट पार्टी (एमाले)

Oh canon jurist, we work better than you,
With all this drunkenness, we are more sober:
You drink men's blood, we the wine's
Be honest, which of us is the more blood thirsty ?

– The Rubait of Omar Khayyam

श्री

डा. रामवरण यादव

राष्ट्रपति

गणतान्त्रिक नेपाल

म खाऊँ, मै लाऊँ, सुखसयल वा
मोज म गरूँ,
म हाँसूँ, मै नाचूँ, अरू सब मरून्
दुर्बलहरू,
भनी दाह्रा धस्ने अबुझ् *सठदेखि*
छक्क परी,
चिता खित्का छाडी अभयसित हाँस्यो
मरीमरी ।

- लेखनाथ पौड्याल

श्री

सरिता गिरी

सह–अध्यक्ष

नेपाल सद्भावना पार्टी

You may say I'm a dreamer.

- John Lennon

श्री

रामचन्द्र पौडेल

उप–सभापति

नेपाली कङ्ग्रेस

All animals are equal, but some animals are more equal than others.

- George Orwell

ननस्टप बाडुली

हरेक स्त्रीले
-यदि प्रेग्नन्ट हुनु अभिशप्त नै छे भने-
आफ्नो बर्थ-डेमा प्रेग्नन्ट हुनु श्रेयस्कर छ ।

- मिस्टिका

तपाईंको स्मरण शक्तिमा यदि मलाई विश्वास छ भने-यद्यपि म दाबीका साथ भन्न सक्तिनँ, मैले तपाईंलाई पहिल्यै भनिदिनुपर्छ-जुन मेरो कर्तव्य पनि हो कि क्यालिग्राफर कृष्णमोचन मास्केसित तपाईंको प्रथम भेट सिद्धार्थ आर्ट ग्यालरी, बबरमहलको तारेमाम कोर्टयार्डमा भएको थियो ।

सम्भवतः त्यो दिन तपाईं भवितव्यको कुनै पूर्व आग्रहमा या नियतिको स्पेसल रिक्वेस्टमा तारेमाम कोर्टयार्ड पुग्नुभएको थियो ।

या संयोगको गुप्त अनुरोधले तपाईंलाई त्यहाँ पुऱ्याएको थियो ?

जस्तो कि तपाईंलाई थाहा छँदै छ : त्यस दिन तपाईंलाई बाडुली लागेको थियो ।

ननस्टप बाडुली !

बाडुली लागेको बखत हामीलाई कुनै अज्ञात, अदृश्य घटनाले स्मरण गर्छ भन्ने जनश्रुति प्रचलित छ । तपाईंलाई बारम्बार कुन घटनाले स्मरण गरिरहेथ्यो त्यो दिन ? ननस्टप बाडुलीमार्फत् ?

हामीतिर त कस्तो अन्धविश्वास पनि चर्चित छ भने बाडुली लागेको दिन काठमान्डुको केन्द्रीय आकाशमा एउटा विशाल कालो भेडो देखिन्छ, जसलाई बाडुली लाग्ने मान्छेले मात्र देख्न सक्छ ।

के तपाईंले त्यस दिन काठमान्डुको सेन्ट्रल आकाशमा कुनै कालो भेडो देख्नुभएको थियो ?

बाडुलीसित तपाईंलाई भन्ने नै हो भने भयानक रिस उठेको थियो । तपाईंको मुड बिग्रेको थियो । यसरी मुडमा कैफियत भएको दिन तपाईंले आकाशमा कालो भेडो देख्नुभयो या भएन, यसबारे म यकिनका साथ केही कुरा भन्न असमर्थ छु ।

खैर ! तपाईं बाडुलीको एक्सप्रेस दबाबमा हुनुहुन्थ्यो ।

यस्तो खालको ननस्टप बाडुली त शत्रुलाई पनि कहिल्यै नलागोस् भन्ने मनोकामना तपाईंले त्यस दिन कम्तिमा पनि तेईसपटक दोहोऱ्याउनुभयो ।

तर के गर्नु ?

मनोकामना त्यस्तो कुनै पाल्तु कुकुर त होइन, जसले तपाईंको फाल्तु आज्ञा एवम् आदेशलाई ठुटे पुच्छर हल्लाउँदै शिरोपर गरिदेओस् !

***

सिद्धार्थ आर्ट ग्यालरीको तारेमाम कोर्टयार्डमा तपाईं जुत्ताको तुना बाँधिरहनुभएको थियो, निहुरेर । भुइँमा टुसुक्क । टुक्रुक्क ।

तपाईंको बगलमै अर्को एक जना मानिस पनि उस्तै गरी आफ्नो जुत्ताको तुना बाँधिरहेको थियो । निहुरेर । भुइँमा टुसुक्क । टुक्रुक्क ।

त्यो मानिसको नाम कृष्णमोचन मास्के थियो । ऊ नामुद क्यालिग्राफर थियो ।

आफ्नै जुत्ताको तुना बाँध्न व्यस्त भएकाले आफ्नो छेवैको मानिस क्यालिग्राफर कृष्णमोचन मास्केलाई तपाईंले देख्नुभएन । तपाईं त बाङ्गुलीको एक्सप्रेस हिक्कहिक्कमा आफ्नै दशालाई विभिन्न तामसिक गाली गर्दै, सराप्दै ज्यादै मुश्किलले तर तन्मयका साथ जुत्ताका तुना बाँध्न असफल प्रयास गरिरहनुभएको थियो ।

तपाईंलाई त यस कुराको पनि कुनै हेक्का थिएन कि त्यो तारेमाम कोर्टयार्डमा केवल तपाईंमात्र नभई अरू सयौं मानिसहरू पनि आ-आफ्नो भागको जुत्ताको तुना बाँधिरहेका थिए । भुइँमा टुसुक्क । टुक्रुक्क ।

जुत्ताको तुना बाँधेर जसै तपाईं उठ्नुभयो, त्यसै बखत बगलको मानिस पनि उठ्यो । अरू सयौं मानिसहरू त अझै भुइँमा नै थिए । टुसुक्क । टुक्रुक्क ।

ती भुइँमान्छेहरू अझै पनि तुनामा नै अल्झिरहेका थिए ।

जब तपाईंले ती एकनासले तुना बाँधिरहेका भुइँमान्छेलाई हठात् अवलोकन गर्नुभयो, तब तपाईंको मुखबाट अनायास यस्तो उच्चारण भयो :

- हरे प्रभु ! यतिका मानिसहरू तुना बाँधिरहेका !

बगलमै उभिएको क्यालिग्राफरले तपाईंको आश्चर्यबोधलाई केही सरलीकरण गर्ने मनसुवा खातिर यसो भन्यो :

- यो इन्स्टलेसन आर्ट हो, माई फ्रेन्ड ।
- के म पनि यो आर्टको हिस्सा हुँ ? - तपाईंले भन्नुभयो ।
- यस् माई फ्रेन्ड ! हामी सब सर्रियल आर्टको हिस्सा हौं । हामी सब कलाका कलात्मक किस्सा हौं । अन टप अफ इट, नेचर इज अ डिभाइन आर्ट । प्रकृति एक महान् कला हो । ईश्वरचाहिँ कलाकार हो । परमात्मा ठूलो पेन्टर हो ।
- तिमीचाहिं को हौ ?
- म क्यालिग्राफर हुँ । म उपहार बेच्छु । - कृष्णमोचन मास्केले भन्यो ।
- उपहार पनि बेचिइन्छ र ?
- अफकोर्स बेचिन्छ । उपहारको पनि मूल्य हुन्छ । मेरो कोटेसनको मूल्य छ ।
- कोटेसन ?
- हो, कोटेसन । म कोटेसन बेच्छु ।
- कस्तो खालको कोटेसन बेच्छौ ?
- टु बी अर नट टु बी, द्याट इज द क्वेस्शन । बाई शेक्सपियर । धर्म

धतुरो हो । बाई कार्ल मार्क्स । नेपाल दुई ढुङ्गाबीच रहन्या तरूल हो, बुझी लिन्या । बाई पृथ्वीनारायण शाह । यस्तै-यस्तै । इटिसी-इटिसी । यस्तै खालका कोटेसन बेच्छु ।

- कस्तो अचम्म ? मलाई तिम्रो कुरा रोचक लाग्यो । - तपाईंले भन्नुभयो ।
- म रोचक मान्छे हुँ नि त ! - कृष्णमोचन मास्केले भन्यो ।
- रोचक मान्छे वास्तवमा रोचक नै हुने गर्छन् । - भन्नुभयो ।
- रोचक मान्छेलाई एउटा सेल्सम्यान चाहिएको छ । - भन्यो ।
- म छँदै छु नि त ! - भन्नुभयो ।

तपाईंले दायाँबायाँ, तलमाथि केही नसोची रोचक मानिससित काम गर्ने इच्छा प्रकट गर्नुभयो । सोचीसोची, तौलीतौली बोल्ने मानिस पनि तपाईं हुनुहुन्थेन । जोखीजोखी, तौलीतौली बोल्ने नापतौल विभागको मान्छे त झन् तपाईं कदापि हुनुहुन्थेन ।

तत्कालका निम्ति तपाईंलाई भित्री मनमा के विश्वास लागेको हुनुपर्छ भने रोचक मान्छेसित काम गर्दा केही रोचक घटना जरूर घट्नेछन् ।

त्यो आफैमा एक रोचक विश्वास थियो ।

त्यो विश्वास किन पनि रोचक थियो भने जुन क्षण तपाईंले रोचक मान्छेको सेल्सम्यान बन्ने निर्णय गर्दै म छँदै छु नि त भनी प्वाक्क भन्नुभयो, त्यही क्षणमा तपाईंको धारावाहिक बाडुली अकस्मात् रोकियो ।

बाडुलीः फुलस्टप भयो । फुल एन्ड फाइनल ।

***

तपाईंले क्यालिग्राफरसितको कोल्याबरेसनमा अन्ततः निकै अच्छा काम गर्नुभयो ।

मेरा गुणी पाठकहरूले तपाईंको कामको अच्छा मूल्याङ्कन अवश्य पनि गर्नेछन् ।

तपाईंका ती दिनहरू बडा रोचक थिए । ती दिनहरू सम्झी ल्याउँदा म आज पनि आश्चर्यचकित हुँदै ब्ल्याक कफी पिउने गर्छु । तपाईंबारे अझै लेखूँ, झन् धेरै लेखूँझैं लाग्छ । तपाईंको रोचक कथालाई, किस्सालाई अझ रोचक पारामा लेखूँझैं लाग्छ ।

तपाईंलाई विश्वास नलाग्ला ! मलाई त केसम्म लागेको थियो भने तपाईंको कथालाई म क्यालिग्राफिक अक्षरमा लेख्नेछु । तर मेरो दुर्भाग्य हेर्नुस् न ! म कुनै क्यालिग्राफर थिइनँ । क्यालिग्राफर त अरू नै कोही थियो । कृष्णमोचन मास्के ।

कृष्णमोचन मास्केको ग्यालरीमा तपाईंलाई स्वागत गरियो ।

भित्तामा झुन्डिएका काष्ठ-फ्रेमसित अट्याच्ड कोटेसनले तपाईंलाई औधी लोभ्यायो । फ्रेम र कोटेसनको अट्याचमेन्ट तपाईंलाई अद्भूत लाग्यो । तपाईंको मुखबाट अनायास, अकस्मात् तीनवटा अङ्ग्रेजी अक्षरहरू झरे :

- WOW

क्यालिग्राफर कृष्णमोचन मास्केको ध्यानलाई आफूतिर खिच्दै ती तीन अङ्ग्रेजी अक्षरको फुलफर्म फ्रेम र कोटेसनको अट्याचमेन्टलाई समर्पित गर्दै भन्नुभयो :

- Wonderful O Wonderful !

तपाईंको वन्डरफुल ओ वन्डरफुल भन्ने उद्गार सुनी कृष्णमोचन मास्के दङ्ग पर्‍यो ।

तपाईंको काम ती फ्रेमिल कोटेसनहरूलाई तिनको गन्तव्यसम्म पुर्‍याउनुपर्ने थियो । तपाईंलाई सैनिक रङको रोयल इन्फिल्ड उपलब्ध गराइयो । ती फ्रेमिल कोटेसनलाई बाइकको पछिल्लो सिटमा बाँधी तपाईंले काठमान्डुका चप्पाचप्पा, गल्ली, टोल र सडकतिर गुड्नुपर्ने भयो ।

एक महिनाको अवधिमा तपाईंले देशका जल्दाबल्दा राजनीतिक प्राणीहरूलाई भेट्नुभयो । नेतागणका द्वार-द्वार जानुभयो । कोटेसनको होम डेलिभरी गर्नुभयो ।

त्यसो त गाह्रोसाह्रो पर्दा तपाईंको मद्दत गर्नका खातिर कृष्णमोचन मास्के सदा तपाईंको सामु उपलब्ध थियो । तपाईंको खानपानदेखि लिएर बडेबडे नेताहरूसितको भेटघाटको व्यवस्था क्यालिग्राफर आफै गर्ने गर्थ्यो । कुनै पनि राजनीतिक दलका नेताहरूसित अपोइन्टमेन्टको सेटिङ मिलाउने विलक्षण खुबी क्यालिग्राफर कृष्णमोचन मास्केसित थियो ।

तपाईंलाई त्यो दिन कृष्णमोचन मास्केले यस्तो भनेको थियो, "तिम्रो काम भोलिबाट शुरू हुन्छ ।"

- भोलिबाट ? - तपाईंले सोध्नुभयो ।
- हो । भोलिबाट । - क्यालिग्राफरले भोलिमा जोड गर्‍यो ।
- किन भोलि ? आजैबाट शुरू गर्दा हुँदैन ? - तपाईंले आजमा जोड दिनुभयो ।
- आज बर्थ-डे हो । सेलिब्रेसन गर्नुपर्छ । - क्यालिग्राफरले भन्यो । - त्यसैले आज मिल्दैन ।
- ह्याप्पी बर्थ-डे टु यु । तपाईंलाई बर्थ-डेको शुभकामना छ ।
- मेरो बर्थ-डे होइन ।
- कस्को हो त ?
- बहिनीको ।
- को बहिनी ?
- मिस्टिका । मिस्टिका मास्के । आज मिस्टिकाको बर्थ-डे हो ।

त्यसै बखत, ठीक यहींनेर तपाईंहरूको कन्भर्सेसनमा केही अवरोध उत्पन्न भयो । केही डिस्टर्बेन्स भयो । यो डिस्टर्बेन्स ल्याउने युवती क्यालिग्राफर कृष्णमोचन मास्केको पर्सनल असिस्टेन्ट थिई । असिस्टेन्ट सिमसाराले क्यालिग्राफर सामु भनी :

- सर यो चिठी समाल्नुस् । मेरो हातबाट चिठी खस्नै लाग्यो ।
- काँबाट आयो यस्तो चिठी ? - क्यालिग्राफरले सोध्यो ।

- मिस्टिका दिज्यूले तपाईंलाई हस्ते गर्नु भन्नु भा'थ्यो । - असिस्टेन्ट सिमसाराले भनी ।
- हस्ते गर न उसो भए । के टुलुटुलु हेरि'रा !

पर्सनल असिस्टेन्टले सेतो खाम क्यालिग्राफरलाई हस्ते गरी ।

क्यालिग्राफरले खाम खोल्यो । खामभित्र एकसरो लामो सेतो कागज, दोब्रिएर निदाएको थियो । उसले कागजलाई अनफोल्ड गऱ्यो । कागज असिस्टेन्ट सिमसारालाई फिर्ता गर्दै क्यालिग्राफरले भन्यो :

- चिठी तिमी पढ ।
- कसो गरी पढूँ ? - असिस्टेन्ट सिमसाराले भनी ।
- चश्मा लगाएर पढ । - क्यालिग्राफरले सुझायो ।
- मसित चश्मा छैन ।
- काँ गयो ?
- म चश्मा नै लगाउँदिनँ ।
- कस्ले लगाउँछ त ?

तपाईंले भन्नुभयो, "म लगाउँछु । खै, चिठी मलाई दिनुस् । म पढेर सुनाउँछु । हुन्छ ?", क्यालिग्राफरले हुन्छ भन्यो । त्यसपछि तपाईंले खल्तीबाट चश्मा निकाल्नुभयो र मिस्टिका मास्केको चिठी जोडजोडले पढ्न थाल्नुभयो :

प्रिय क्यालिग्राफर दाजु !

जन्मदिनको मुरीमुरी बधाई तथा शुभकामना छ मलाई ।

अघिल्लो जन्ममा जब म मिस्टिक मिखायल दानोविच थिएँ, मैले आफ्नो जन्मदिन कहिल्यै मनाइनँ । यो जन्ममा हामी दाजुबहिनी मिली हरेक वर्ष मेरो जन्मदिन सेलिब्रेट गऱ्यौं तर दाजु, यो वर्षको जन्मदिन केही अपवाद हुनेछ ।

आज म प्रेग्नन्ट हुन जाँदै छु । बर्थ-डेमा प्रेग्नन्ट ? तपाईं भन्नुहोला, "मिस्टिका यो कस्तो काइदा हो ?"

तर क्यालिग्राफर दाजु, म तपाईंलाई भन्छु, "वास्तवमा हुनुपर्ने कायदा यही हो । हरेक स्त्रीले यदि प्रेग्नन्ट हुनु अभिशप्त नै छे भने आफ्नो बर्थ-डेमा प्रेग्नन्ट हुनु श्रेयस्कर छ ।"

दाजु !

जन्मदिनमा गर्भ रहनु भनेको गर्वको विषय हो ।

त्यसैले आजको आफ्नो जन्मदिनमा म गर्भवती हुन जाँदै छु । मलाई कसले, किन र कुन प्रयोजनका निम्ति गर्भवती बनाउँदै छ । मलाई थाहा छैन ।

तर आज म प्रेग्नन्ट हुने कुरा हन्ड्रेड पर्सेन्ट पक्का हो ।

सो, विश मि अल द वेस्ट ।

तपाईंकी बहिनी
मिस्टिका मास्के ।

मिस्टिका मास्केको चिठी पढिसकेपछि तपाईंको प्राइभेट मन केही रेस्टलेस भयो । त्यो मनको सुनसान सरोवरमा एउटी अज्ञात युवती नाङ्गै पौडी खेल्न थाली ।

असिस्टेन्ट सिमसाराले बडो उत्साहका साथ भनी, "बर्थ-डेमा प्रेग्नन्ट हुने मिस्टिका दिज्यूको आइडिया मलाई खास्साको लाग्यो । कस्तो गुड आइडिया !"

क्यालिग्राफर कृष्णमोचन मास्केले भूतपूर्व भैसकेको प्रसङ्गलाई पुनः कोट्याउँदै, तपाईंको कामकाजसित त्यसलाई जोड्दै यसो भन्यो :

- भोलि तिमी राष्ट्रपति भवन जाऊ । बिहानको ठीक सात तीसमा । राष्ट्रपतिसित मैले तिम्रो भेटघाटको चाँजोपाँचो मिलाइसकेको छु । राष्ट्रपतिसमक्ष कोटेसन पेश गर ।

त्यसपछि ?

अँ, राष्ट्रपतिसमक्ष भोलि बिहान ठीक सात तीसमा पेश गर्नुपर्ने उपहार लेखनाथ पौड्यालको कवितालाई तपाईंले भित्ताबाट जतनकासाथ निकाल्नुभयो र कोटेसनको उक्त काष्ठ-फ्रेमलाई काखीमा च्यापी ग्यालरीबाट बाहिरिनुभयो ।

तपाईं गइसकेपछि असिस्टेन्ट सिमसाराले क्यालिग्राफर मास्केसित सोधी :

- त्यो मानिस वास्तवमा को हो ?
- वीर्यदाता । - क्यालिग्राफरले भन्यो ।
- वीर्यदाता ? - असिस्टेन्ट सिमसारा केही कन्फ्युज्ड भई ।
- हो, वीर्यदाता । मिस्टिकालाई वीर्यदान गर्ने वीर्यदाता । एक वीर्य पुरूष ।
- यु मिन वीरपुरूष ?
- आई मिन वीर्यपुरूष !

***

कुकिज, मैथुन र गुरु–दक्षिणा

राष्ट्रका सम्पूर्ण नागरिकले कुकिज खान पाउनुपर्छ ।
प्रत्येक नागरिकको मौलिक अधिकार के हो भने
ती सबले कुकिज खान पाउनुपर्छ ।

- राष्ट्रपति

भोलि । बिहानको ठीक सात तीस ।

राष्ट्रपतिको डिलक्स बैठक कोठामा तपाईंलाई स्वागत गरियो । तपाईं अदबका साथ गोडा खुम्च्याएर सोफामा बस्नुभयो ।

तपाईंको खातिरदारीका खातिर राष्ट्रपति स्वयम्ले तपाईंलाई कफी एवम् कुकिजको डेलिसियस अफर गर्नुभयो ।

तपाईंले विनम्रतापूर्वक राष्ट्रपतिसमक्ष आफ्नो उट्पट्याङ उत्सुकता धक मान्दै जाहेर गर्नुभयो :

- महामहिम राष्ट्रपतिज्यू ! के म तपाईंलाई गुड मर्निङ भन्न सक्छु ?
- भन्नुस् । - राष्ट्रपतिको कस्तो विनम्रता !
- गुड मर्निङ । - तपाईंले प्रभातकालीन अभिवादन गर्नुभयो ।
- सेम टु यु । - राष्ट्रपतिको दोस्रो विनम्रता ।

तपाईंलाई सहर्ष अफर गरिएको प्लेटबाट राष्ट्रपतिले कुकिज खानुभयो । राष्ट्रपतिको यस्तो खालको समभावले तपाईं पुलकित हुनुभयो । तपाईंको प्लेटबाट राष्ट्रपतिले अर्को टुक्रा कुकिज खानुभयो । तपाईं डबल पुलकित हुनुभयो ।

एक्स्ट्रा लार्ज पुलकित त तपाईं त्यसबेला हुनुभयो, जुन बेला महामहिमले तपाईंको जम्मै कुकिज खाइदिनुभयो ।

तर महामहिमसित खिन्न भइहाल्नुपर्ने कुनै कारण थिएन । त्यसो त देशको राष्ट्रपतिसँग जाबो कुकिजका निम्ति खिन्न हुने अधिकार कुनै पनि नागरिकसित कदापि हुँदैन ।

"राष्ट्रपतिज्यू !", तपाईंले सक्दो भद्रताका साथ भन्नुभयो, "देशमा संविधान बनेको छैन, तपाईंलाई देशको संविधानबारे कत्तिको चिन्ता छ ?"

राष्ट्रपतिले फ्याट्ट जवाफ दिनुभयो, "तपाईंले ज्यादै उचित प्रश्न सोध्नुभयो । उचित प्रश्न उचित समयमा सोध्नु भनेको उचित काम हो । मलाई यस शुभ घडीमा के लागिरहेको छ भने तपाईं एक उचित प्रश्नकर्ता हुनुहुन्छ । उचित प्रश्नकारहरू पाउनै मुश्किल छ आजकल । अँ साँच्ची, तपाईंको प्रश्न के पो हो रे ?"

तपाईं : तपाईंलाई देशको संविधानबारे कत्तिको चिन्ता छ ?

राष्ट्रपति : सत्य कुरा के हो भने अहिले त मलाई कुकिजको चिन्ता छ ।

तपाईं : कुकिज ?

राष्ट्रपति : हो, कुकिज । राष्ट्रका सम्पूर्ण नागरिकले कुकिज खान पाउनुपर्छ । प्रत्येक नागरिकको मौलिक अधिकार के हो भने ती सबले कुकिज खान पाउनुपर्छ । बच्चादेखि बूढापाकासम्मको नैसर्गिक अधिकार के हो भने ती सबले कुकिज खान पाउनुपर्छ । फेरि कुकिज भनेको कुकिजमात्र कहाँ हो र ? के हो भनी सोध्नुहुन्न ?

तपाईं : के हो महामहिमज्यू ? कुकिज भनेको के हो ?

राष्ट्रपति : कुकिज भनेको भोजन हो ।

प्लेटमा राष्ट्रपतिले कुकिज छाम्नुभयो । परन्तु पाउनु भएन । तपाईंलाई सोध्नुभयो, "तपाईंलाई पनि कुकिज त साह्रै मन पर्दो रहेछ । सप्पै कुकिज खाइदिनुभएछ ।"

- क्षमा पाऊँ महामहिमज्यू ! - तपाईंले भन्नुभयो - मैले कुकिज खाएको छैन ।
- यसमा क्षमा नै मागिहाल्नुपर्ने कुरो के छ र ! तपाईं स्पष्टवक्ता हुनुहुँदो रै'छ । मैले कुकिज खाएको छैन भनी तपाईंले सत्य बोल्नुभएको छ । कुकिज नखाएर नै सत्य बोल्न सक्नु तपाईंको महानता हो ।
- साँच्चि हो महामहिमज्यू । मैले कुकिज खाएको छैन । - तपाईंले दोहोऱ्याउनुभयो ।
- तपाईंले दोस्रोपटक पनि सत्य नै बोल्नुभयो । तर तपाईंको कुकिज तपाईंले नखाएर कसले खायो त ?
- महामहिमज्यू ! मेरो कुकिज तपाईंले खाइदिनुभयो ।
- अनि मैले तपाईंको कुकिज खाँदा तपाईंचाहिं के हेरेर बस्नुभयो ?
- तपाईंले मेरो कुकिज खाएको टुलुटुलु हेरी बसें ।
- यो त सरासर घोर अन्याय भयो ।
- हो, महामहिमज्यू । घोर अन्याय भयो ।
- घोर अन्याय भएको थाहा पाउँदापाउँदै तपाईं किन चुप लागी बस्नुभयो ? अन्याय सहनुको पनि सीमा हुन्छ नि ! अन्याय सहेर बस्ने ? राष्ट्रपतिको सामु तपाईंले अन्याय सहेर बस्ने आँट गर्ने ? तपाईं बस्दै गर्नुस् । म अरू कुकिज लिएर आउँछु ।

यति भनी राष्ट्रपति कुकिज लिन किचनतर्फ जानुभयो ।

राष्ट्रपतिले कुकिजको कुरामार्फत् के भन्न खोज्नुभएको थियो, तपाईंले केही भेउ पाउनुभएन । राष्ट्रपतिको कुकिज गन्थनको सार, छेउटुप्पा तपाईंले केही भेट्नुभएन ।

भनिन्छ, हरेक मानिसभित्र अरू पाँच-सात जना मानिसहरू हुन्छन् । राष्ट्रपतिभित्र अरू नै कोही मानिस पो थियो कि ! तपाईं सोचमग्न हुनुभयो ।

किचनबाट राष्ट्रपति फर्केर आउनुभएन । उहाँ सायद किचन क्याबिनेटको बैठकमा भुल्नुभयो । आफूसित ल्याएको कोटेसनको फ्रेमलाई तपाईंले ओल्टाइपल्टाई गरी जाँच पड्ताल गर्नुभयो ।

ढोकामा तैनाथ द्वारपालेलाई तपाईंले भन्नुभयो, "मलाई एउटा दह्रो किला र ह्यामर ल्याइदिन सक्नुहुन्छ कि ?"

- सक्छु । - उसले भन्यो ।
- ल्याइदिनुस् । - अह्राउनुभयो ।
- ल्याउँछु । - भन्यो ।
- चाँडो गर्नुस् । - भन्नुभयो ।
- गर्छु । - भन्यो ।

परन्तु द्वारपाले आफ्नो ठाउँबाट हलचल गरेन । दुवै हात बाँधेर ढोकामै निश्चल उभिई नै रह्यो ।

तपाईंले ऊसित पुनः प्रश्निल संवाद गर्नुभयो ।

- किला र ह्यामर ल्याइदिन सक्नुहुन्छ कि भन्दा सक्छु भनेको होइन ?
- हो । - उसले भन्यो ।
- चाँडो ल्याउनुस् भनेको होइन । - सोध्नुभयो ।
- हो । - भन्यो ।
- खोइ त ल्याएको ?
- ल्याउँछु ।
- चाँडो गर्नुस् ।
- गर्छु ।

तपाईं र द्वारपालेबीच संवाद हुँदाहुँदै राष्ट्रपति किचनबाट फर्कनुभयो ।

राष्ट्रपतिको हातमा किला र ह्यामर थियो । तपाईंको हातमा कोटेसनको फ्रेम थियो । खै हेरूँ त, के लेखिएको रै'छ भन्दै राष्ट्रपतिले तपाईंको हातबाट फ्रेमलाई लगभग थुतेर लिनुभयो । उहाँले लोक्ता कागजमा कलात्मक ढाँचामा कुँदिएको कवि शिरोमणिको कवितालाई पढ्नुभयो, तपाईंले सुन्ने गरी :

म खाऊँ, मै लाऊँ सुखसयल वा मोज म गरूँ,
म हासूँ, मै नाचूँ अरू सब मरून् दुर्बलहरू,
भनी दाह्रा धस्ने अबुझ सठदेखि छक्क परी,
चिता खित्का छाडी अभयसित हाँस्यो मरीमरी ।

राष्ट्रपति : बडो सुन्दर ! कसो ? होइन त ?
तपाईं : हो, बडो सुन्दर ।
राष्ट्रपति : बडो, अद्भूत ! कसो ?

तपाईं : हो, बडो अद्भूत ।

राष्ट्रपति : कसरी लेख्न सक्या होला है ?

तपाईं : त्यही त !

राष्ट्रपति : यस्तो चीज लेख्न त तपस्यै गर्नुपर्छ ।

तपाईं : हो, नि त !

राष्ट्रपति : चानचुने ऐरैगैरे नत्थु खैरेले काँ यस्तो लेख्न सक्छ ?

तपाईं : बिल्कुल सही ।

राष्ट्रपति : कति अभ्यास गर्नुपर्दो हो ! होइन ?

तपाईं : हो ।

राष्ट्रपति : अभ्यास मात्रैले कहाँ हुन्छ र ? प्रतिभा पनि त हुनुपर्‍यो । कि कसो ?

तपाईं : सत्रै आना सही भन्नुभयो, महामहिमज्यू !

राष्ट्रपति : सत्र आना ? आना त सोह्र हुन्छ हैन र ? भन्नुपर्ने त सोह्रै आना सही होइन र ?

तपाईं : हुन त हो । तर सोह्र-सत्रमा अल्झेर समय बर्बाद नगरौं, महामहि(मज्यू । नत्र...

राष्ट्रपति : नत्र ? नत्र के हुन्छ ?

तपाईं : समयको बर्बादी हुन्छ ।

राष्ट्रपति : कुरा सही हो । बरू फ्रेमकै कुरा गरौं । कविताको कुरा गरौं । हुन्न ?

तपाईं : जरूर हुन्छ ।

राष्ट्रपति : एउटा एउटा अक्षर कम्तीमा पनि लाखका छन् ।

तपाईं : छन् ।

राष्ट्रपति : यस्तो कविता लेख्ने कृष्णमोचन मास्केलाई सलाम गर्नैपर्छ । यस्तो सुन्दर कलात्मक अक्षर त वान् एन्ड द अन्ली कृष्णमोचन मास्केले मात्रै लेख्न सक्छ । क्यालिग्राफर कृष्णमोचन मास्के काठमान्डुको प्राइड हो । गर्व हो ।

तपाईं : हो ।

तपाईंले होमा हो मिलाउँदै सहमतिमा टाउको हल्लाउनुभयो । त्यसपछि तपाईं र राष्ट्रपतिबीच कृष्णमोचन मास्केका थप कुराहरू भए । तपाईंलाई क्यालिग्राफर कृष्णमोचन मास्केबारे थाहा नभएको गुप्ती कुरा राष्ट्रपतिले तपाईंसामु गर्नुभयो । जस्तो कि कृष्णमोचन मास्के हस्तमैथुनप्रेमी थियो र मैथुन अभ्यासको ओभरडोजले ऊ नपुंसक भएको थियो । यस्तो रोचक कुरा तपाईंलाई थाहै थिएन ।

राष्ट्रपतिले तपाईंसामु यस्तो जानकारी दिनुभयो, "क्यालिग्राफीको कला कृष्णमोचन मास्केले एक जना तिब्बती तान्त्रिकबाट सिकेको थियो, जो आफै हस्तमैथुनको उस्ताद थिए । ती तिब्बती तान्त्रिकले मैथुनमा सिद्धि प्राप्त गरेका थिए । ती तान्त्रिकले कृष्णमोचन मास्केलाई क्यालिग्राफी कलाको एउटा गुरूमन्त्र दिएका थिए । गुरूमन्त्र सुन्नहुन्छ ?"

तपाईंले सुन्छु भन्नुभयो ।

तिब्बती तान्त्रिकको गुरू मन्त्र

> हस्तमैथुनमा जुन दिन तिमी पारङ्गत हुन्छौ, त्यही दिन तिमी क्यालिग्राफी कलाको सिद्धहस्त कलाकार हुनेछौ ।
>
> मैथुन शिल्प-जुन आफैमा एक डिभाइन कला हो-मा तिमी औंलाहरूको सूक्ष्म अध्ययन गर्न सक्छौ ।
>
> तिम्रो लिङ्ग बुरूस हो । बुरूसलाई तिमीले विभिन्न तरिकाले समात्न जान्न सिक्नुपर्छ । यो नै कलाकारिताको प्रथम पाइला हो ।
>
> हस्तमैथुनको आरम्भदेखि अन्त्यसम्ममा जसरी तिम्रा औंलाहरूको घात, स्ट्रोक्स एवम् दबाब लिङ्गमा पर्छ, जसरी तिम्रा औंलाहरू लिङ्गमा सलबलाउँछन्, चलमलाउँछन् र सगबगाउँछन्, तिनै औंला एवम् लिङ्गको वेग, आवेग र संवेगमा क्यालिग्राफीको सम्पूर्ण रहस्य समाधिस्त छ ।
>
> जुन दिन तिमी मैथुनको त्यो गहन, मिहीन एवम् सूक्ष्म समाधिमा पुग्छौ, त्यही दिन तिमी एक पारङ्गत क्यालिग्राफर बन्नेछौ ।

हस्तमैथुन, क्यालिग्राफी र समाधिको यस्तो खालको कलात्मक रहस्य त्यसअघि तपाईंलाई कसैले पनि बताइदिएको थिएन ।

मैथुन-समाधि !

कस्तो कल्पनातीत कन्सेप्ट !

हस्तमैथुन र क्यालिग्राफीबीचको कस्तो अद्‌भूत, विलक्षण सम्बन्ध ! लिङ्गमाथि औंलाहरूको सन्तुलित नियन्त्रण गर्न जान्नु पनि ठूलै कला पो रै'छ ! तपाईंले सके यस्तै खालका कैफियत सोचहरू दिमागमा खेलाउनुभयो ।

राष्ट्रपतिले भन्नुभयो, "सिद्धहस्तसित हस्त जोडिएको छ । हस्तसित मैथुन जोडिएको छ । सिद्धहस्त क्यालिग्राफर बन्नका निम्ति कृष्णमोचन मास्केले ठूलो मूल्य चुकाउनुपऱ्यो ।"

- कस्तो मूल्य ? - तपाईंले सोध्नुभयो ।

- कृष्णमोचन मास्केले ठूलो त्याग गर्‍यो । औंला चलाउने अभ्यास गर्दा ऊ मल्टिपल मैथुनको ननस्टप चरणहरूबाट गुज्रनुपर्‍यो । मैथुनको एक्स्ट्रिम ओभरडोजले गर्दा कृष्णमोचन मास्के नपुंसक नै भयो । नपुंसकता नै कृष्णमोचन मास्केले तिब्बती तान्त्रिकलाई चढाएको गुरूदक्षिणा थियो ।

त्यस्तो अजीव खालको गुरूदक्षिणाबारे त्यसअघि तपाईंले कहिल्यै, कतै पढ्नु, सुन्नुभएको थिएन । तर त्यो बिहानको ठीक नौ बजेर पन्ध्र मिनेट जाँदा राष्ट्रपति निवासको डिलक्स बैठक कोठामा तपाईंले जुन खालको अनौठो गुरूदक्षिणाबारे राष्ट्रपतिको मुखबाट सुन्नुभएको थियो, त्यो आफैमा एक ऐतिहासिक घटना थियो ।

कुनै आध्यात्मिक गुरूको प्रवचनलाई ध्यानपूर्वक श्रवण गरिरहेको ध्यानी, ज्ञानी श्रावकझैं द्वारपाले द्वारमा ट्वाल्ल परी ठिङ्ग उभिएको थियो, राष्ट्रपतिको मैथुन संवाद सुनी ।

किला, ह्यामर र फ्रेम द्वारपालेलाई हस्ते गर्दै राष्ट्रपतिले ऊसित भन्नुभयो :

- यसलाई भित्तामा कतै ठोक्छौ कि !
- ठोक्छु । - द्वारपालेले भन्यो ।
- राम्रोसित झुन्ड्याउँछौ कि !
- झुन्ड्याउँछु ।
- यो काम चाँडै गर्छौ कि !
- गर्छु ।
- चाँडो गर्दा काम बिग्रन सक्छ । बडो पेसेन्सका साथ गर्छौ कि !
- गर्छु ।

द्वारपालेले बडो पेसेन्सका साथ राष्ट्रपतिको कुरा सुन्यो । अनि बडो पेसेन्सका साथ एक हातमा किला-ह्यामर र अर्को हातमा फ्रेम बोकी - जस्तो कि यही वाक्यमा अघि नै भनियो - बडो पेसेन्सका साथ ठिङ्ग उभिइरह्यो । अचल । अडिग ।

द्वारपालेको यस्तो अचल, अडिग चाला देखेर राष्ट्रपतिले भन्नुभयो :

- ठोक्छु भनेको होइन ?
- हो ।
- झुन्ड्याउँछु भनेको होइन ?
- हो ।
- मेरो कुरा राम्रोसित सुनेको त हो नि ?
- हो ।
- त्यसो भए ठोक्न तयार छौ त ?
- छु ।
- ठोक न त उसो भए ।
- ठोक्छु ।

टेलिफोन र टाइपराइटर

पात्रहरू

दिवङ्गत बुढाथोकी

निशाचर लेडी

समय

०१:०१

रात

नारीलाई प्रेम र करूणाले मुक्त बनाउने हो । नारीको समर्पण एवम् त्यागले नै पुरूषको सो-कल्ड सभ्यता माथि उठेको छ ।

- दिवङ्गत बुढाथोकी

टाइपराइटर

स्वप्निल भ्यालीका पिपलहरूका अनुसार म यहाँ सञ्चै छु ।

आराम छु । खुशी छु । त्यहाँ तिमीलाई कस्तो छ ?

आशा गर्छु, सञ्चै छौ । आराम छौ । खुशी छौ ।

टेलिफोन

सञ्चै छु । आराम छु । खुशी छु ।

टाइपराइटर

दिस् इज गुड । वास्तवमा सञ्चै हुनु गुड हो । आराम हुनु बेटर हो । खुशी हुनु बेष्ट हो । द गुड, द बेटर एन्ड द बेष्ट ।

तिम्रो फिल्मको शुटिङ शुरू भयो ?

टेलिफोन

कुन फिल्म ?

टाइपराइटर

सिल्भिया । फिल्ममा सिल्भियाको चरित्र निभाउँदै छु भनेकी थियौ । होइन र ?

टेलिफोन

हो । सबै कुरा फाइनलाइज्ड भइसकेको थियो । स्क्रिप्ट, कास्टिङ, लोकेसन सम्पूर्ण कुराहरू निर्धारण भइसकेको थियो तर बीचमा अनर्थ भयो । अनर्थले साह्रै डिस्टर्ब गर्‍यो ।

टाइपराइटर

कस्तो अनर्थ भयो ? डिस्टर्ब नै गर्ने अनर्थ त साह्रै डिस्टर्बिङ पो हुन्छ त !

टेलिफोन

कुण्डलिनी कुहिरोले अनर्थ गर्‍यो । शुटिङ अनिश्चित कालका निम्ति स्थगित भयो । आजकल त यस्तो लाग्न थालेको छ, शुटिङ स्थगित नभएर काठमान्डुमा काल पो स्थगित भएको छ ।

अनि तपाईंलाई सुनाउनका निम्ति मसित अर्को न्युज पनि छ ।

टाइपराइटर

गुड न्युज कि ब्याड न्युज ?

टेलिफोन

गुड वुमनबाट तपाईंले ब्याड न्युज कसरी एक्स्पेक्ट गर्न सक्नुहुन्छ ? म तपाईंलाई गुड न्युज नै सुनाउँछु नि !

म प्रेग्नन्ट भा'छु ।

टाइपराइटर

ओ माई गड ! ओ माई गड !! ओहो माई गड !!!

टेलिफोन

तपाईं त्यसरी किन ओ माई गड ! ओ माई गड ! भनी विचलित हुनुभएको ? जिल्लिनु भएको ? मलाई तपाईंको गडले प्रेग्नन्ट गराएको होइन क्या ! नाथे नपुंसक ईश्वरले मलाई केको प्रेग्नन्ट बनाउन सक्थ्यो र ?

टाइपराइटर

कति भयो गर्भवती बनेको ?

टेलिफोन

गर्भवती होइन, गर्ववती भन्नुस् ।

मेरो मासिक पिरियड रोकिएपछि म पिरियडिकल्ली गर्ववती भएँ ।

दिनप्रतिदिन म गह्रुङ्गो हुँदै छु । मेरो गुरूत्वाकर्षणको भेलोसिटी आश्चर्यजनकरूपले बढेको छ । मेरो सपनामा आजकल बच्चाहरू उड्छन् ।

टाइपराइटर

त्यो दिन म पार्कमा थिएँ ।

पार्क कुनै पुष्प प्रदर्शनीको अड्डाजस्तै सुन्दर ढङ्गले पूर्ण साजसज्जाको रङ्गीन वातावरणमा ढकमक्क फुलेको थियो ।

पार्क वास्तवमा फूलहरूसितै फुलेको थियो ।

त्यो कुनै चाडपर्वको दिन हुनुपर्छ । सम्पूर्ण स्वप्निल भ्याली निवासीहरूको त्यहाँ मेला लागेको थियो ।

चिया, कफी, आइसक्रिमका स्टलहरू व्यस्त थिए । भरिभराउ थिए ।

घाँसमा मानिसहरू सुस्ताइरहेका थिए । कस्तो घमाइलो दिन थियो !

टेलिफोन

घमाइलो दिन रमाइलो हुन्छ । त्यो पनि शिशिर यामको । आकाशबाट जब घाम धुमधामसित धर्तीमा घुमघामका निम्ति झर्छ, तब शिशिरको ओसपूर्ण मौसम जोशपूर्ण भइदिन्छ । हो कि होइन ?

होइन भने होइन भन्नुस् क्यारे !

टाइपराइटर

धुमधाम-घुमघाम ! ओसपूर्ण-जोशपूर्ण !

वास्तवमा शब्दसित लुकामारी खेल्ने तिम्रो स्वभाव बडो अमेजिङ लाग्छ मलाई ।

तिम्रो यस्तै खालको अमेजिङ स्वभावलाई टाइपराइटरमा टङ्कण गर्दा शब्दको शील र स्वभाव नै कति सुन्दर बन्छ !

तिम्रो अमेजिङ शब्दशील स्वभावको अमेजमेन्टले म प्रायः पुलकित हुन्छु ।

मलाई सदा लागिरहन्छ, यो अमेजमेन्ट अमेजन नदीझैं निरन्तर तिम्रो वाणीमा नित्य बगिरहोस् ।

तिम्रो वाणीमा वीणाको नाद सदा झङ्कृत भैरहोस् ।

टेलिफोन

कस्तो उत्पात प्रशंसा गर्नुभा'को ?

खैर ! यस्तो प्रशंसा प्रशंसनीय हुनेगर्छ । होइन भने होइन भन्नुस् क्यारे !

टाइपराइटर

बेन्चमा मानिसहरू पत्रिका, किताबहरू पढिरहेका थिए । पोखरीमा हिबिस्कस र ड्याफोडिल माछाहरूसितै राजहंस पौडिरहेको थियो ।

नेत्रनाश भएको एउटा ब्लाइन्ड म्यान दुबोमा बसी पलेटी कसेर उपन्यास पढिरहेको थियो ।

टेलिफोन

हाउ फन्नी ! ब्लाइन्ड म्यान उपन्यास पढिरहेको थियो । नेत्र नष्ट भएको मानिसले कसरी उपन्यास पढ्छ ?

टाइपराइटर

उपन्यास ब्रेल लिपिमा थियो । उपन्यासको कभरमा एउटा कालो बिरालोको मिस्टिक तस्वीर थियो ।

ब्लाइन्ड म्यान अक्षरहरूलाई ओठबाट फुस्सफुस्स उच्चारण गर्दै उपन्यास पढिरहेको थियो ।

ती शब्दहरू मेरा कानभित्र फुत्तफुत्त छिरिरहेका थिए । मैले बुझेसम्म उसले उपन्यासको कुनै कुहिरो प्रसङ्ग, अंश पढिरहेको थियो । उसले पढेका ती एकएक शब्दहरू मेरो खोपडीमा अझै सुरक्षित छन् ।

टेलिफोन

के ती एक-एक शब्दहरू मलाई पनि सुनाउन मिल्छ ?

टेलिफोन

"खर्पनमा कुहिरो बोकी एउटा कुप्रे गुभाजु खोच्याउँदै उत्तरतिरको भुताहा गल्लीभित्र अन्तर्ध्यान भयो । हातमा लाम्चालाम्चा लाम्चिलो कुचो बोकी हाकुपटासीको मायावी पहिरनमा सजधजिएका मयजूहरू भुइँमा लम्पसार ढलेका भुइँकुहिरोलाई बढार्दै, आफ्नो आङमा नटराज नृत्यको भाव-भङ्गीमाको भूत मन्साउँदै एक तमासले अघि बढे । मयजूहरूलाई पछ्याउँदै नगरपालिकाले वास्ता नगरेका एक हूल कुकुरहरू पनि पुच्छरमा अड्किएको, टाँसिएको कुहिरो टक्टक्याउँदै अघि बढे ।"

टेलिफोन

वा ! कुहिरोको कस्तो अमेजिङ वर्णन ! कस्तो सर्रियल विवरण ! उपन्यासको नाम के पो थियो ?

टाइपराइटर

कुन्नि ! ब्रेल लिपिमा लेखिएको थियो । शब्दहरूलाई छामेर औंलाहरूले पढ्नुपर्ने !

टेलिफोन

शब्दहरूलाई छामेर औंलाहरूले पढ्नु त गजब हुन्थ्यो होला !

अक्षरहरूलाई फिङ्गर टिप्सले स्पर्श गर्दै पढ्नु अद्‌भूत अनुभूति हुन्थ्यो होला हगि !

आई विस, आई वर अ ब्लाइन्ड वुमन !

त्यो ब्रेल लिपिको उपन्यास लेख्ने उपन्यासकारको नामचाहिं के रहेछ ?

टाइपराइटर

कुन्नि ! लेखकको नाम मैले सोधिनँ र उसले पनि बताएन ।

टेलिफोन

कहिलेकाहीं मलाई कस्तो लाग्छ भने हामी उपन्यासका पात्र हौं । हामी कुनै उपन्यासकारका रचना हौं । हामीलाई कसैले आफ्नो किताबमा लेखिरहेको छ ।

मानिलिऊँ, हामी त्यो ब्लाइन्ड म्यानले पढेको उपन्यासको पात्रमात्र हौं । यो उपन्यास जसको कभरमा एउटा कालो बिरालोको मिस्टिक तस्वीर छ । एक छिनका लागि मानिलिऊँ, त्यो उपन्यासको नाम *मिस्टिका* होस् ।

तपाईंलाई यस्तो लाग्दैन ?

टाइपराइटर

प्लस यस्तो पनि होस् कि हामीलाई कुनै पाठक-पाठिकाले पढिरहेका होऊन् ।

कस्तो सर्रियल आइडिया !

टेलिफोन

त्यही त !

हामीलाई कुनै लेखकले आफ्नो उपन्यासमा लेखिरहनु र हामीलाई नै त्यो कुरो थाहा नहनु ! कस्तो आङ सिरिङ्ग पार्ने कुरो !

टाइपराइटर

प्लस त्यो लेखक तालुखुइले हुनु ! चिन्डे हुनु !

टेलिफोन

चिन्डे ? आई लाइक चिन्डे पिपल । चिन्डेहरू भर्खरै जन्मेका चिल्ड्रेनझैं चिल एन्ड कुल हुन्छन् । आई लभ चिन्डेज !

टाइपराइटर

पार्कमा एउटा चिन्डे बलुन बेचिरहेको थियो र चिल्ड्रेन आकाशमा उडिरहेका थिए ।

टेलिफोन

हाउ स्ट्रेन्ज ! बच्चाहरू आकाशमा उडिरहेका थिए ? ती बच्चाहरूसित एक जोर पखेटा पनि थिए कि !

टाइपराइटर

पखेटा काँबाट ल्याउनु ! ती बच्चाहरू वास्तवमा बलुनको सहाराले उडिरहेका थिए । मौसम निर्मल थियो । जोशपूर्ण र आकाशमा कुनै लहडी बादल अझै आइपुगेको थिएन ।

ती बच्चाहरूको दुवै हातमा बलुन बाँधिएको थियो र ती सबै हात फैलाउँदै बिस्तारै आकाशमा पौडिरहेका थिए ।

चिल्ड्रेन वर स्विमिङ इन द स्काई !

चिल्ड्रेन वर फ्लोटिङ इन द स्काई !

चिल्ड्रेनका वैधानिक ड्याड एन्ड ममहरू घाँसमा ढलेर आकाशमा तैरिरहेका आ-आफ्ना नानीबाबुहरूलाई बडो उल्लासमय मुडमा हेरिरहेका थिए ।

पार्कको एउटा कुनामा चिन्डे-बलुन-सेलर बच्चाहरूलाई बलुन बेचिरहेको थियो । ऊ केही ड्वार्फ थियो । पुड्को थियो । उसले आफ्नो चिन्डे टाउकोमा खद्दरको फेटा गुथेको थियो । ग्याँस सिलिन्डरबाट बलुनमा ग्याँस भर्नमा ऊ व्यस्त थियो ।

वास्तवमा बलुन-सेलर ग्याँस सिलिन्डर जत्रै थियो ।

बच्चाहरू पङ्तिमा थिए र आ-आफ्नो पालो पर्खिरहेका थिए । अधैर्यका साथ । आफ्नो पालो आएपछि बच्चो बलुन-सेलरसामु आफ्ना दुवै हात अगाडि फैलाई उभिन्थ्यो ।

फेटावाल पुड्के मानवले पालैपालो बच्चोको दुवै नाडीमा बलुनलाई धागोले बाँधिदिन्थ्यो । त्यसपछि बच्चोले बिस्तारै आफूले अघिसम्म टेकेको भुइँ छाड्थ्यो । ऊ उड्न थाल्थ्यो ।

भुइँमा मखलेल मुद्रामा उभिएका या घाँसमा ढलेका ड्याड एन्ड ममलाई ऊ आकाशबाटै दुवै नाडी हल्लाउँदै टाटा, बाइबाई गर्थ्यो ।

बच्चो उड्दैउड्दै माथि झन् माथि फैलँदै जान्थ्यो । आकाशमै उसैगरी तैरिरहेका अरू चिल्ड्रेनसितै मिसिन्थ्यो ।

त्यस्तो अद्‌भूत दृश्य देखी म चकित परेको थिएँ । मेरो आफ्नो पनि कुनै बच्चो हुन्थ्यो भने त्यसै गरी आकाशमा उड्दो हो ! आफ्नो बच्चा नभएकोमा मलाई ज्यादै थकथकी भयो । खिन्न भएँ । तिम्रो काठमान्डुको आकाशमा बच्चाहरू उड्दैनन् ?

टेलिफोन

काठमान्डुको आकाशमा त अचेल दिनदहाडै चमेराहरू उड्छन् । बच्चाहरू अफकोर्स उड्दैनन् ।

बरू म आफै कहिलेकाहीं उडेको कल्पना गर्छु । सपनामा म प्रायः आकाशमा उडिरहेकी हुन्छु ।

त्यो सायद मुक्त हुने मनोकामना हो ! निर्भार एवम् निर्बन्ध हुने मनोकाङ्क्षा हो ।

म यस बेला आफूलाई तिनै बच्चाहरूसित दाँजेर कल्पना गरिरहेकी छु कि म तिनै उडन्ते बच्चाहरूमध्ये कुनै एक हुँ ।

ध्यानीहरू एवम् परापूर्वकालका ऋषिमुनिहरू जमिनबाट उठेर, उडेर आकाशको रित्तो स्पेसमा ध्यान, तपस्या गरिरहेका चित्रहरू मैले हेर्‍या'छु ।

ध्यान एवम् योगसाधनाले तीनका शरीर निर्भार भएका हुनन् । पृथ्वीको गुरूत्वाकर्षणले समेत अरेस्ट, क्याप्चर गर्न नसक्ने निर्वाण एवम् मोक्षको अवस्थामा ती पुगेका हुनन् ।

मलाई के लाग्छ भने ती चित्रहरूले-जसमा ऋषिमुनिहरू तुर्लुङ्ग हावामा झुन्डिएर तपस्या गरिरहेका हुन्छन्-बडो बोधगम्य एवम् गहन अर्थ बोकेका हुन्छन् । ती चित्रहरू प्रतीकमार्फत् के सङ्केत गर्छन् भने ध्यान, योगसाधना, तपस्यामा तल्लीन साधक सही अर्थमा गुरूत्वको आकर्षण-केन्द्रभन्दा पार हुन्छन् । वियोन्ड ग्राभिटेसन् ।

मैले त्यस्ता तपस्वीहरू देखेकी छु, जो ध्यानको माध्यमबाट वेटलेसनेसको अवस्थामा पुगेका छन् ।

शून्य मस्तिष्कको अवधारणालाई यसले पुष्टि पनि गर्छ । गह्रुङ्गो मस्तिष्क बोकी हिंड्ने मानिसहरू जमिनमा सरीश्रृपझैं घिस्रिएर हिड्ँछन् ।

गणितमा ठ्याक्कै क्यालकुलेसन गर्ने हो भने मान्छेले आफ्नो खोपडीमा कोचेको अहङ्कारको वजन सबभन्दा बढी हुँदो हो !

मान्छेले आफ्नो दिमागमा सङ्ग्रह गरेको ईर्ष्या, लोभलालच, घमण्ड, घृणा, हिंसाको तौल कति हुँदो हो ?

बुद्ध पुरूषहरू तौलविहीन हुन्छन् । वजनरहित हुन्छन् । त्यसको विपरीत युद्ध-पुरूषहरूचाहिँ गह्रुङ्गो थलथले हिप्पोपोटामसझैं हुन्छन् । अनाकर्षक एवम् विकृत ।

निर्मल, चोखो एवम् निश्चल मनुष्यलाई कुनै गुरूत्वाकर्षणले खिच्दैन । ती आकाशमा उड्न सक्छन् । विल्कुल ती बच्चाहरूझैं जो त्यस दिन तपाईंको स्वप्निल पार्कको गगनमा उडिरहेका थिए ।

कथित गह्रुङ्गा-गह्रुङ्गा सिद्धान्त, आदर्शहरूले युक्त मानिस झुसिलकीरासमान जमिनमा घस्रीघस्री हिंड्छन् । कथित गह्रुङ्गा-गह्रुङ्गा सिद्धान्त, आदर्शहरूबाट मुक्त मानिस पुतली समान आकाशमा उड्छन् ।

गहन प्रेम एवम् करूणामा डुबेको प्रेमीको पनि कुनै तौल हुँदैन । प्रेमीहरू समुद्रका त्यस्ता आइसवर्ग हुन्, जो पानीमा तैरिन्छन् र ती प्रेमीहरू कालिदासका मेघझैं पनि हुन्, जो गगनमा पौडिन्छन् । होइन भने होइन भन्नुस् क्यारे !

टाइपराइटर

हो नि त ! ज्यादै मनासिव कुरा गऱ्यौ । तिम्रो आइसवर्ग र कालिदास मलाई मन पऱ्यो ।

टेलिफोन

म स्वयम् पनि एक प्रेमी हुँ ।

टाइपराइटर

प्रेमी त म हुँ । तिमी त प्रेमिका हौ ।

टेलिफोन

लैङ्‌गिक हिसाबले यु आर राइट् । लिङ्‌गको हिसाबले भन्ने हो भने म प्रेमिका हुँ । प्रेममा जेन्डर-वायस कति निकृष्ट कुरो हो । हामी लिङ्‌गको कुरा नगरौं । कि कसो ?

टाइपराइटर

यु आर राइट् । हामी लिङ्‌गको कुरा नगरौं । योनिको कुरा गरौं ।

टेलिफोन

योनि र लिङ्‌गभन्दा माथिको कुरा गरौं ।

टाइपराइटर

उसो भए नाइटोको कुरा गरौं ।

टेलिफोन

नाइटोभन्दा माथि उठौं ।

टाइपराइटर

नाइटोभन्दा माथि भनेर तिमीले के कुरालाई इङ्‌गित गर्न खोजेकी हौ ? नाइटोभन्दा माथि स्तनको कुरा गरौं भन्न खोजेकी हौ ? कुरा अलि प्रस्ट पार न !

टेलिफोन

मैले उडानको कुरा गरौं भनेकी हुँ । लिङ्‌ग, योनिजस्ता तल्लो आसनबाट माथि उठेर मुक्तिको कुरा गरौं भनेकी हुँ । ज्ञान र प्रेमको कुरा गरौं भनेकी हुँ ।

टाइपराइटर

गरौं, गरौं !

टेलिफोन

ज्ञान र प्रेम त्यस्ता दुई मन्त्र हुन्, जसले मान्छेलाई मुक्त गर्छन् । ज्ञान अलिक मस्कुलिन पाराको छ । ज्ञान केही पुरूषोचित छ । प्रेम फेमिनिन् पाराको छ । प्रेम, करूणा स्त्रैण चरित्रका छन् । म गलत भन्दै छु भने कृपया सच्चाइदिनुस् ल !

टाइपराइटर

नारीलाई प्रेम र करूणाले नै मुक्त बनाउने हो । नारीको समर्पण एवम् त्यागले नै त पुरूषहरूको सो-कल्ड सभ्यता माथि उठेको छ ।

टेलिफोन

ज्ञान र प्रेममा ईश्वरको बास छ । कहिलेकाहीं कम्युनिस्टहरूको ईश्वर कार्ल मार्क्स मेरो सपनामा आकाशगङ्गाबाट ओर्लन्छ र भन्छ, "माइ लेडी, लेट्स मेक लभ इन द नेम अफ स्यालभेसन एन्ड निर्वाण !"

मलाई लाग्छ, कार्ल मार्क्स पनि बुद्धपुरूष हुन् । हि वज अ लिवरेटेड सोल ! एक मुक्तात्मा ! एक ऋषि !

सपनामा म प्रायः मार्क्ससित सम्भोगरत हुन्छु । सम्भोगको गहन समाधिमा विलीन हुँदै हामी आकाशगङ्गामा फ्लोट गर्छौं ।

वि फ्लोट इन द ग्यालक्सिज एन्ड मिल्की वेज्, लाइक दोज चिल्ड्रेन फ्लोटिङ इन द स्काई ।

टाइपराइटर

आफ्नो पालो पर्खी धैर्यसाथ उभिएको अन्तिम बच्चोको दुवै नाडीमा बलुन-सेलरले बलुन बाँधिदियो । बच्चोले धर्ती छाड्नुअघि उसको ड्याडीले भन्यो, "बेटा डोन्ट फ्लाई टु हाई । ओके !"

बच्चोले खुशी हुँदै भन्यो, "ओके पापा, म माथि स्वर्गबाट तपाईंलाई हेरिरहन्छु ल ?"

पापाले श्वेत जुङ्गा मुसार्दै ल भन्यो ।

त्यसरी स्वप्निल भ्यालीको अन्तिम बालक पनि आकाशमा उड्यो ।

पापा-ममीहरू धर्तीमै छाडिए । सदासदाका निम्ति !

टेलिफोन

सदासदाका निम्ति ?

टाइपराइटर

यस् । सदाका निम्ति । नेभर टु कम ब्याक अगेन । अन्त्यमा बलुन-सेलरले पनि आफ्नो दुवै नाडीमा बलुन बाँध्यो ।

ग्याँस सिलिन्डरलाई लवलीन पार्कमै छाडी टाउकोमा फेटा गुथेको त्यो चिन्डे, बामपुड्के बलुन-सेलर पनि बिस्तारै उड्यो ।

आकाशमा एकनासले पश्चिम दिशातर्फ ऊ तैरिन थाल्यो । बच्चाहरूले उसलाई पछ्याउन थाले ।

चिल्ड्रेनलाई पछि लगाउँदै बलुनवाला स्वप्निल भ्यालीको आकाशबाट टाढा-टाढा गयो । बच्चाहरू पनि टाढिंदै-टाढिंदै गए ।

सुदूरपश्चिमी डाँडामुनि डुब्नै आँटेको ठूलो सुन्तले सूर्यमा बच्चाहरू केवल मसिना धब्बामा परिणत भए ।

हेर्दाहेर्दै सूर्य डाँडामुनि डिसापियर भयो ।

त्यस दिनदेखि यो स्वप्निल भ्यालीमा बच्चाहरूको जीवन्त हाँसो, खित्काहरू गुञ्जन छाडे ।

कस्को श्राप लाग्यो कुन्नि, त्यसपछि आजसम्म यहाँ कुनै बच्चा जन्मिएका छैनन् ।

बच्चाहरू स्वर्ग गए । नर्कमा त केवल हामी बूढा-बूढीहरूमात्रै बाँकी रह्यौं ।

तिम्रो बच्चाचाहिँ जन्मिने कहिले हो ?

***

सप्तम सियस्टा

सेभेन स्याफ्रन डे-ड्रिम्स अफ मिस्टिका

मर्डर र सेक्सका निम्ति चिहान एक उत्कृष्ट लोकेसन हो ।
एक अद्‌भूत सेटिङ हो । गो अहेड मिस्टिका !
विकल्पहरूको छनौट गर । च्वाइस इज अल योर्स ।

- कार पेन्टर

शनिबार

मनको अतल गहिराइमा सुस्केरा हाल्ने एक्स्ट्रा लार्ज डिजायरको पोस्टमार्टम रिपोर्ट तयार पार्न मैले अझै कुनै तम्तयारी नगरेकोमा तिमी खिन्न भइहाल्नुपर्ने कुनै कारण नै के पो, किन पो रह्यो र ?

ओ सेल्सम्यान उर्फ वीर्यपुरूष !

सैनिक रङको रोयल एनफिल्डमा तिमी कहाँ कुदिरहन्छौ, सधैं ?

तिम्रो मोटरसाइकल रोकेर मैले सोधें, "कहाँ जादै छौ ! किन सधैं हतारमा हुन्छौ ?" तिमीले कुनै जवाफ दिएनौ, फेरि सोधें :

- किन सधैं हतारमा हुन्छौ ? कहाँ जादै छौ ?
- पछाडि बस । - तिमीले भन्यौ ।

म पछाडि बसें ।

- मलाई जोडले च्याप । - तिमीले भन्यौ ।

मैले तिमीलाई जोडले च्यापें ।

- म समय हुँ । - तिमीले मोटरसाइकल स्टार्ट गर्दै भन्यौ ।

हो, तिमी समय हौ । मैले यति नै भनें । यति मात्रै भनें । त्यति मात्रै किन भनें ? तिमीलाई त मैले एक्स्क्लुसिभ प्रश्न सोध्नुपर्थ्यो :

- तिमी समय हौ या हौ सेल्सम्यान ?

ओ, सेल्सम्यान उर्फ वीर्यपुरूष !

तिमी सायद स्वप्न-सेलर हौ । ड्रिम-मर्चेन्ट हौ । सपनाको सौदागर हौ ।

तर तिमी त गइहाल्यौ । मलाई लिएर । कुन्नि कता !

यो सपनाको कुनै डेड एन्ड छैन ?

शुक्रबार

अवचेतनाको चैतन्य चोला भोगचलन गर्दै म कहाँ-कहाँ निर्वस्त्र फिंजिइँदै हिंडेकी छु !

समयको काल चिन्तनमा एक गुह्य रहस्य बनी
ब्रह्माण्डको एक कुनादेखि
अर्को छेउसम्म
विस्तीर्ण
छु !

THIRST-day

सर्पिल पथ निर्जन थियो ।

चकमन्न थियो वन । पिन-ड्रप-साइलेन्सको सारांशमा पथिक एकनासले चुपचाप, निर्विचार हिंडिरहेको थियो । पथिक केही थकित देखिन्थ्यो । पथिकको हातमा कांस्य कमण्डलु थियो ।

कांस्य कमण्डलुमा पथिकको अनसर्टिफाइड आत्माको जेरोक्स कपी थियो कि !

आत्म-मुग्धताको शिखरिणी छन्दको लयात्मक चालचलन पथिकको नाङ्गो पाइतालादेखि खप्परको तालुसम्म सिरिङ-सिरिङ गर्दै सल्बलाइरहेको थियो ।

त्यो सर्पिल पथ मेरो बेडरूममा गई टुङ्गिन्थ्यो ।

बेडरूमको पलङ्गमा आफ्ना परेलीका ढकनी बन्द गरी म स्वप्न समाधिमा लम्पसार परी लीन, तल्लीन, लवलीन थिएँ ।

मेरो निद्रालु शरीर चेतना एवम् पदार्थबीच तटस्थ थियो । सायद मेरो देह दैहिक एवम् दैविकरूपले विदेह थियो ।

किन्तु, परन्तु मेरो देहलाई कुनै पनि ध्वजा, पताका, झण्डा, कात्रो, इत्यादि वस्त्रले छोपेको थिएन । मेरो देह निर्वस्त्र निद्राको नीरव-नश्वरतामा चुर्लुम्म डुबेको थियो ।

नग्न कटिमुन्तिर कपल-अफ-तिघ्राज् दुई विपरीत दिशातर्फ सुलुलुलु बगेका थिए । ती नग्न स्त्रैण-फिला कुनै रूमानी स्वप्नझैं चिल्ला थिए । ती उदाङ्गा कोमल तिघ्रा समदूरीमा भईकन पनि पोल्स-अपार्ट थिए ।

ती दुई तिघ्राका कोमल कापमा नागका दुई ब्ल्याक ट्याटु खोपिएका थिए ।

त्यो कुन तान्त्रिक थियो, जसले मेरा तिघ्राबीच नागका दुई ट्याटु खोपिदिएको थियो ? पथिकलाई यो गुप्त रहस्यको कुनै ज्ञान थिएन ।

फणा उचाली गुजुमुज्ज भई बसेका ती नाग जैविकरूपले जीवन्त लाग्थे ।

पथिकको एक जोडा आँखा नागका ती विषालु चित्रहरू हेर्दै मेरो एक जोडा तिघ्राका कापकापमा अलमलिइरहेका थिए । तिघ्रा स्पर्श गर्न ऊ अन्कनाइरहेको थियो ।

यस्तैमा पथिकले कांस्य कमण्डलुलाई मेरो सिरानी छेउ थपक्क राख्यो र आँखा बन्द गरी सर्प-मोचन-मन्त्र गुनगुन गरी उच्चारण गर्न थाल्यो :

सर्पापसर्प भद्रं ते गच्छ सर्प महाविष
जनमेजयस्य यज्ञान्ते आस्तिकवचनम् स्मर

पथिकको मन्त्रोच्चारणसितै तिघ्राका नाग शनैःशनैः चलमलाउन थाले । आफ्नो फणालाई जुरुक्क-जुरुक्क उचाल्दै ती नागद्वय तिघ्राका कोमल त्वचा उप्काउँदै यथास्थानबाट उम्किए ।

ओछ्यानभरि गुजुल्टिएर, जोल्ठिएर घस्रन थाले ।

तन्नालाई खजमज्याउँदै यताउति सुलुलुलु बग्न थाले । मेरो देहमा सगबगाउन थाले । सलबलाउन थाले । मभित्र भक्भक् उम्लिएको कामुकताको काउकुतिलाई शमन गर्दै, विरेचित गर्दै ती नागद्वय मेरा स्तनका मुन्टाहरूमा बटारिन थाले ।

जरूवाको मूलबाट रसिलो रस रसाउन थाल्यो ।

चार-पाँच चम्चा चिप्लोचिप्लो पानी झऱ्यो ।

Thirst-डेको त्यो कस्तो प्यास ! कस्तो तिर्खा ! कस्तो THIRST !

कपल-अफ-तिघ्राज्बीच अवस्थित अन्धकार चिप्लो सुरुङभित्र ती नागद्वय क्रमशः पालैपालो प्रवेश गरे । ओसिलो गुफाभित्र ती कतै विलीन भए । स्वाहा भए ।

ओम स्वाहा !

ओम स्वाहा !!

ओम स्वाहा !!!

गुफाबाहिर पथिकचाहिं पछि अबेरसम्म सर्प-मोचन-मन्त्र गुनगुन गरी उच्चारण गरी नै रह्यो ।

बुधबार

प्रेक्षालयभित्र जम्मा केवल ममात्रै छु ।

थिएटर गहन मौनतामा चर्लुम्म डुबेको छ । प्रथम लहरको मध्य सिटमा आसनरत छु । कोही आउँदैन । कोही जाँदैन । उफ् ! दिक्क लाग्दो एब्सर्ड अवस्था छ ।

नेपथ्यबाट एकनासले कहिले डमरू
कहिले सारङ्गी
कहिले सिङ्गिङ् बाउल
कहिले मुर्चुङ्गा
कहिले डिजेरिडो बाजाको गुनगुन
भुनभुन
सुनसुन

ध्वनिको नाद गुन्जिरहेछ ।

अनि,
कहिले सबै बाजाहरू
एकैसाथ बजेर मृत्यु-धुनको अर्केस्ट्रा-सिम्फोनी
गुन्जिन थाल्छ ।
नाद
निनाद
ब्रह्मनाद ! उफ्ऽऽऽ यो कस्तो सुक्सुकाउँदो शङ्खनाद !

अकस्मात मञ्चको मध्यभागमा स्पट-लाइट फोकस हुन्छ ।

छतको ड्रिमरबाट-सरी माफ पाऊँ-डिमरबाट स्याफ्रन रङ्गको किरण झर्न थाल्छ, हिउँका फुस्फुसाउँदा हिमाद्री दानाझैं ।

ड्रिमर-सरी माफ पाऊँ-डिमरमुनि झोत्राइरहेको स्पट-लाइटमा क्यालिग्राफर दाजु कृष्णमोचन मास्के उभिइनु भा'छ, सर्लक्क । जसरी उभिएको हुन्छ मृत्यु टक्क, व्यस्त सडकको जेब्रा-क्रसिङ्मा पक्क परी अक्क न बक्क !

शोकधुन त गुन्जिरहेकै छ, मुक्तनादमा, निनादमा अनि ब्रह्मनादमा ।

यस्तैमा, चर्को डेसिबलमा शङ्खनादको आरोह-अवरोहपश्चात् क्यालिग्राफर दाजु कृष्णमोचन मास्के एकालापमा बर्बराउन थाल्नुहुन्छ :

क्यालिग्राफरको एकालाप

कस्तो लाग्छ भने यस्तो लाग्छ : मेरो देहबाट कसैले मेरो टाउको छिनालिदिएको छ ।

कसैले मेरो घाँटीमा खड्ग प्रहार गरेको छ र टाउको एकातिर र गीँड अर्कोतिर अलग्याइदिएको छ ।

शिरलाई पार्सल गरिएको छ ।

त्यो बक्स-पार्सल बोकी कुनै अज्ञात मानिस गल्लीगल्ली, टोलटोल स्याँस्याँ र फ्याँफ्याँ गर्दै दौडिरहेको छ ।

यस्तो खालको दिनरातको भयावह कल्पनादेखि म ज्यादै भयभीत छु ।

मलाई कसले मार्न खोज्दै छ ?

कफिन-बक्समा सुती मेरो हत्याको ग्रान्ड डिजाइन गर्ने त्यो सिजोफ्रेनिक डेडम्यान को हो ?

ओई मेरो हत्यारा ! किन मेरो सामु देखा पर्दैनस् ?

किन यस्तो लाग्दै छ कि मेरो गीँड एकातिर र टाउको अर्कोतिर छट्पटाइरहेको छ ?

यस्तो वीभत्स हत्याको काल्पनिकताले नै मेरो आङ सिरिङ्ग भई खुम्चिएको छ । मेरो बेडरूमबाट, किचेनबाट, टोइलेटबाट, ड्रइङ-रूमबाट, ग्यालरीबाट कसैले सम्पूर्ण धारिला हतियारहरू खुकुरी, कोदालो, चक्कु, कैंची, चुपी, कर्द, छुरी, चुलेसी, आँसी, ब्लेड, आरा, तरबार, दाउ, कटारी, स्याँगी, खुँडा, खड्ग, खन्जर, उस्तुरा, बन्चरो, खुर्पा, रेति मिल्काइदिए पनि हुन्थ्यो नि !

मिस्टिका !

तिमी कहाँ विलायौ ? कता हरायौ ? हेर न, मेरो ज्यान जोखिममा छ । मलाई बचाऊ !

कसैले ममाथि खड्ग प्रहार गर्न खोज्दै छ । कोही मेरो शिरलाई बक्स-पार्सलमा बोकी कुदिरहेको छ !

सेभ मी !

प्यारी बैनी, सेभ मी !

मङ्गलबार

गोथिक चिहानको पार्किङ लटमा भेल्भेट भिन्तुना त्रिपल एक्स रोकियो ।

स्ट्यान्ड-स्टिल-पोजिसन ।

चिहान प्रवेश गर्ने ठाउँमा फलामको अग्लो गेट थियो, जसलाई खुल्ला छाडिएको थियो । चिहानद्वार छेवैको एकमात्र ल्याम्प-पोस्टले रोगी प्रकाश डिस्ट्रिब्युट गरिरहेको थियो । परिवेश, वातावरणको उज्यालोपनमा सेमी-ग्रहण लागेको थियो ।

ल्याम्प-पोस्टको टाउकोमा एउटा कालो बिरालो राजसी ठाँटमा बसेको थियो । बिरालोको लाम्चिलो पुच्छर ल्याम्प-पोस्टको पोलमा बेरिएको थियो ।

सेमी-ग्रहणको छिटपुट अन्धकारमा बिरालोका पहेंला आँखा अथाह चम्किरहेका थिए । ती एकजोर प्रज्वलित आँखाले हामीलाई टुलुटुलु क्वारक्वारती हेरिरहेका थिए ।

कार पेन्टरले कारको ढोका खोल्यो र बाहिरियो । म पनि कारबाट उत्रें ।

ग्रेभयार्ड समीपको ह्वाइट-लोटस्-मोनास्ट्री कुनै भग्नावशेष संरचनाझैं परित्यक्त थियो । मोनास्ट्रीको कोर्टयार्डतिरबाट एक किसिमको विरही धुन चिसो बतासको सडन-झोक्कासितै बहिरहेको थियो ।

भग्नावशेष मोनास्ट्रीको कोर्टयार्डमा बसी कुन ट्राइबल ईश्वर अस्ट्रेलियन आदिवासी बाजा डिजेरिडो बजाइरहेको थियो ? कुन्नि !

कार पेन्टर चिहानद्वारमा उभियो । ठिङ्ग । चिहानद्वारमै म पनि कार पेन्टरको बगलमा उभिएँ । ठिङ्ग । ल्याम्प-पोस्टको टुप्पाबाट बिरालो हाम फाल्यो र कार पेन्टरको गोडावरपर डिजेरिडोको मुहुनी तालमा आफ्नो आङ हल्लाउँदै लचकताका साथ लच्किँदै नाच्न थाल्यो ।

त्यसपछि आफ्नो नृत्यरत आङमा कुनै झाँक्रीको प्रेत घुसेर कामेझैं गरी बिरालो स्टेप-बाइ-स्टेप लम्कन थाल्यो । हामी पनि बिरालोलाई पछ्याउँदै अघि बढ्यौं । मैले कार पेन्टरको हात समातें । उसका औंलाहरू मलाई काठका टुक्राझैं लागे ।

बिरालोका आँखाबाट उस्तैगरी पहेंलो झलझलाकार प्रकाश ननस्टप निस्की नै रहेको थियो, जसले हामीलाई चिहानको घाँसिलो पथबाट गुज्रन अथाह सहयोग गरिरहेको थियो । बिरालोको आँखाले टर्चको प्रकाश फ्याँकिरहेको थियो ।

अन्ततः चिहानको मध्यभागमा अवस्थित तीनवटा चिहान ढुङ्गामा हामी टुसुक्क बस्यौं । कार पेन्टरले बिरालोसित भन्यो :

- गुभाजु ब्रो ! प्लीज आँखा बन्द गर !

गुभाजु ब्रोले आँखा चिम्लेपछि पीत बत्ती झ्याप्प निभ्यो । चिहानको चैहानिक निस्तब्धतालाई चिरफार गर्दै कार पेन्टरको स्वर कानमा गुन्जन थाल्यो :

- ओके मिस्टिका ! अन्ततः हामी ठीक ठाउँमा आइपुग्यौं । दिनभर तिमीले मेरो पिछा गर्‍यौ । भिडियो पार्लरमा, आर्ट ग्यालरीमा, किताबशालामा अनि क्याफेमा । ममाथि तिमीले रचेको अपराधको काल्पनिकताले म पुलकित भएको छु । एउटा उपन्यासकारलाई योभन्दा बढी के नै पो चाहियो र !

  मेरो हत्या गरी तिमी मेरो बेहिसाब कल्याण गर्न चाहन्छौ । मेरो उद्धार गर्न चाहन्छौ । तिम्रो चाह, इच्छा, डिजायर ड्रेडफुल्ली सुन्दर छ । यस्तो खालको सबकन्सस् अट्राक्सन पोलिटिकल्ली करेक्ट हो या होइन म जान्दिनँ तर म के कुरामा विश्वस्त छु भने यो साइकलजिकल्ली सही छ ।

  मेरा निम्ति तिमीले प्राक्टिकल्ली कन्सिडर गरेको यस्तो खालको अवचेतन आकर्षणप्रति म नतमस्तक छु !

  यो चिहान एक पर्फेक्ट ठाउँ हो । तिमीसँग अब दुइटा अप्सनहरू सुरक्षित छन् । तिमीसित दुइटा विकल्प छन् ।

दुई विकल्प ?

ती दुई अप्सनहरू के-के थिए ?

कार पेन्टर आफैले भन्यो :

- या, मेरो हत्या गर या
- या ? - बीचमै सोधें ।
- या हामी सेक्स गरौं !

चिहानमा सेक्स ? यो एक उदेकलाग्दो विकल्प थियो ।

हत्या रोजूँ कि सेक्स ?

या, कुनै तेस्रो विकल्प पनि छ ?

कार पेन्टरको काँपेको आवाज चिहानमा चिरबिर गर्न थाल्यो :

- मर्डर र सेक्सका निम्ति चिहान एक उत्कृष्ट लोकेसेन हो । एक अद्भूत सेटिङ हो । गो अहेड, मिस्टिका ! विकल्पहरूको छनौट गर । च्वाइस इज अल योर्स ।

म दोधारमा थिएँ । बडो उद्विग्न थिएँ ।

दुई विकल्पमध्ये कुनै एकको छनौट गर्न म अभिशप्त थिएँ । कुनै एकको वैकल्पिक छनौट गर्नै लाग्दा गुभाजु ब्रोले आँखा खोल्यो ।

....र चिहानमा पीत प्रकाश आँखै तिरमिराउने गरी झलमल्ल बल्यो ।

म झसङ्ग हुँदै झल्याँस्स भइगएँ ।

मन-DAY

तिमी को हौ ? - उसले भन्यो ?

म मन-day हुँ । - मैले भनें ।

तन-day ?
स्तन-day ?
उसले अटेरी गरी सोधी नै रह्यो : स्तन-डे ? तन-डे ?

म मन-day हुँ । - मैले दोहोऱ्याउँदै भनें ।

तिमी मन-day हौ भने म पनि fun-डे हुँ भन्दै सोमबारले बायाँ आँखा झिम्क्यायो र भन्यो :

- fun-डेमा लेट्स ह्याभ सम् फन ! ओके, मन-day ?

बदलामा मैले दायाँ आँखा झिम्क्याइदिएँ ।

आइतबार

होटल कम्युनिस्ट डिलाइट्सको चुआङ त्जु लबीमा अनुप बराललाई फेयरवेल गरिसकेपछिको लोनसम् दृश्यमा म रनभुल्ल छु ।

ट्रेभरि रित्ता गिलासहरू - ह्विस्कीका, कफीका, वियरका - बोकी गुलाफको झाडी छेवै निःशब्द उभिएकी वेट्रेससित सोध्छु :

- लिफ्ट कता छ ?
- लिफ्ट उता छ । - ओठलाई गोलो पार्दै उसले भनेकी छे । म कुनै भेउ पाउँदिनँ । सोध्छु ।
- उता भनेको कता ?
- उता भनेको उता !

वेट्रेसले प्लास्टिक-कोटेड हातले म उभिएको विपरीत दिशातर्फ सङ्केत गर्दै लेडिज टोइलेटतर्फ इशारा गरी ।

लेडिज टोइलेटभित्र छिर्छु । ढोका ढ्याम्म बन्द गर्छु । नाकमुख पनि दुवै हातले बन्द गर्छु । टोइलेटभरि ओसिलो ढुसीको हरक व्याप्त छ ।

गन्ध अचाक्ली दुर्गन्धित छ ।

ढोका छेउको हरियो बटन थिच्छु । त्यसपछि लगत्तै लेडिज टोइलेटमा एक प्रकारको कम्पन छुट्छ । गड्रङ्, गुड्रुङ् गर्दै यान्त्रिक आवाज निकाल्दै लेडिज टोइलेट थुरथुर काँप्दै तलतलतल रसातलतिर झर्छ ।

हरियो बटन पल्याक-पुलुक-पिलिक गरिरहन्छ ।

धेरै समयपछि बडेबडे आवाजको घन्द्राङ्-घुन्द्रुङ्सितै लेडिज टोइलेट शान्त हुन्छ । ढोका खोल्छु र बाहिरिन्छु ।

विशाल हलमा देखा पर्छु । ठाउँठाउँमा बडेबडे पिलरहरू उभिएका छन्, डिट्टो दैत्यझैं गरी । लगभग टाउकैलाई छुलाँछुलाँझैं गरी सिलिङ दैत्याकारका पिलरमा ढ्याप्प अडेस लागेको छ । भुइँ र सिलिङको गुरूत्वाकर्षणको चापले चेप्ने पो हो कि !

यो फुक्काफाल स्पेस होटलको भूमिगत बेसमेन्ट हो क्यारे !

टिलिक्क टल्किने चिप्लो मार्बलमा चिप्लने भयानक डर लाग्छ । जुत्ता खालेर हातमा लिन्छु र अन्धाधुन्ध अघि बढ्छु ।

बत्तीको यो उज्यालो घामछायाँ काँबाट झरिरहेछ ?

टाढा कतै एउटा पिलरछेउ उभिएको मानवाकृतितर्फ सोझिन्छु । मानवाकृति स्पष्ट दृश्यमा रूपान्तर हुँदै जान्छ । मानवाकृति अन्ततः टोटल्ली स्त्रैण दृश्यमा ट्रान्सफर हुन्छ ।

युवती अघिकै वेट्रेस रैंछे ।

पिलरमा ऊ अडेस लागेर फिल-इट-इजी पोसचरमा उभिएकी छे, ट्रेभरि अघिकै रित्ता गिलासहरू - वियरका, कफीका, ह्विस्कीका - बोकी । सोध्छु ऊसित :

- म काँ आइपुगें ?

- तिमी नर्कमा आइपुग्यौ । - उसले भनी । - नर्कमा तिमीलाई स्वागत छ !

उसैले भनी, "तिमी रूम नम्बर नाइन हन्ड्रेड नाइन्टी नाइनमा जाऊ । कोही तिमीलाई पर्खिरहेछ ।"

म : मलाई रूम नम्बर त्रिपल नाइनमा को पर्खिरहेको छ ?

वेट्रेस : मलाई के थाहा ?

म : मलाई किन कोही पर्खिरहेछ ?

वेट्रेस : मलाई के थाहा ?

म : म को हुँ ? तिमीलाई थाहा छ ?

वेट्रेस : मलाई के थाहा ?

म : तिमीलाई के थाहा छ उसो भए ?

वेट्रेस : तिमी रूम नम्बर नाइन हन्ड्रेड नाइन्टी नाइनमा जाऊ । कोही तिमीलाई पर्खिरहेछ ।

म : त्यहाँ जाने बाटो काँ छ ?

वेट्रेस : मलाई के थाहा ?

कस्तो आश्चर्य ! उसलाई केही थाहा छैन । मलाई पनि त केही थाहा छैन । म यहाँ किन छु ? थाहा छैन । अबको आगामी एक घण्टाभित्र मसित केकस्तो घटनाले साथ दिनेछन् ? थाहा छैन । मलाई पनि वेट्रेसलाई झैं केही पनि थाहा छैन ।

वेट्रेसलाई संक्षिप्त थ्याङ्क्स् भनी म अघि बढ्छु । बिरालोको चालमा ।

करिडोर लामो छ । मलाई कुनै निश्चित रूम खोज्नुछ ।

रूम नम्बर नाइन हन्ड्रेड नाइन्टी नाइन खोज्दै, ढोकाढोका चहार्दै हिंडिरहेकी छु । चुपचाप । आफैले फेरेको श्वास सुन्दै ।

अन्ततः करिडोरको अन्तिम कर्नरमा पुग्छु ।

फुक्काफाल स्पेसको डेड-एन्डमा ढोकासामु चाल मारेर उभिएकी छु । आँखासामु ढोकामा तीनवटा सुनौला 999 कुँदिएको सिल्भर प्लेट हेर्छु । ढोका ढकढक गरी, टिकटिक गरी, ढ्यापढ्याप गरी नक नक नक नकिङ-अन-हेभेन्स-डोर भन्दै *Guns & Roses* को गीत गाउँदै बसूँ या ढोका खोली सुत्त भित्र छिरूँ ?

के गरूँ ? दोधारमा छु ।

मनको मझधारमा छु ।

ढोका खोली फुत्त भित्र छिर्छु । कोठा त विशाल छ । बास्केटबल कोर्टजत्रो । कोर्ट स्टिलका दराजहरूले भरिएको छ । दराजमा असङ्ख्य पुस्तकहरू देख्छु ।

एउटा पुस्तक निकाल्छु ।

पुस्तकको ज्याकेटमा आफ्नै नाम मिस्टिका देखेर खङ्ग्रङ्ग हुन्छु । पाना पल्टाउँछु । सर सर सरर्र । च्याप्टरहरूको नाम आँखामा गढ्छ । देख्छुः ग्रे-डेज । पाना पल्टाउँछु । सर सर सरर्र । देख्छुः ब्लु बोयज्, पाना पल्टाउँछु । सर सर सरर्र । देख्छु : स्याफ्रन ड्रिम्स । इन्डिगो इभनिङ्सको च्याप्टर भर्खरै शुरू भएको छ ।

पाना पल्टाउँछु । सर सर सरर्र । देख्छु : ब्ल्याङ्क पानाहरू । रित्ता फगत सुनसान पानाहरू ।

अर्को पुस्तक उठाउँछु ।

पुस्तकको ज्याकेटमा आफ्नो नाम देखेर पुनः दोस्रोपटक खङ्ग्रङ्ग हुन्छु । त्यहाँ पनि अघिकै पुस्तकमा झैं ग्रे-डेज, ब्लु बोयज्, स्याफ्रन ड्रिम्स अनि इन्डिगो इभनिङ्सका ब्ल्याङ्क पानाहरू, रित्ता फगत सुनसान पानाहरू देख्छु । यसै बखत कसैको इको-प्रुफ आवाज कानमा ठोक्किन्छः

- वेलकम टु माई लाइब्रेरी, मिस्टिका !

त्यो आवाज कोठाको पल्लो कुनाबाट आएको थियो । त्यता नजर फ्याँक्छु ।

बेतको रकिङ्-चेयरमा एक जना चेयरम्यान घप्लक्क बसेको थियो । चेयरको नाडीमा आफ्नो कुहिनोलाई अडेस लगाएर चेयरम्यान सिग्रेटको धुआँ उडाउँदै बसेको थियो ।

रकिङ चेयरबाट चेयरम्यान उठ्यो ।

चेयरम्यानको अनयुजुअल पोशाकमा मेरो नजर ओच्छियो । मेरो ध्यान टाँस्सियो । उसले ब्लु ब्यागी जिन्स लगाएको देखियो । सेतो लामो कुर्ता लगाएको देखियो । गलामा विभिन्न रङ्गका मुगाको क्रिस्टल माला लगाएको देखियो । कुर्तामाथि ग्रे ओभरकोट लगाएको देखियो ।

चेयरम्यानको अघिसम्म याद नगरिएको एक थान चिन्डे टाउको पनि देखियो ।

आफ्नो अनुहारको परिसर वरपर सिग्रेटको सेक्सी धुआँ उडाउँदै उसले भन्यो :

- तिमीलाई मेरो लाइब्रेरीमा स्वागत छ, मिस्टिका !

चेयरम्यान मेरो सामु सर्दैसर्दै आयो ।

उसले मेरो हातको किताब लगभग थुतेर लियो र जहाँ थियो, त्यहीं राखिदियो र भन्यो :

- जुन किताबहरू निकालेर हेरे पनि नतिजा ब्ल्याङ्क पानाहरू नै हो मिस्टिका । रित्ता, फगत सुनसान पानाहरू !

चेयरम्यानले सिग्रेट समातेको हात मेरो कुम्मा बिसायो र म ऊसितै च्यापिएँ । मेरो घाँटीको दायाँ कोणबाट उसको हात तुर्लुङ्ग झुन्डियो । मलाई आफूसितै च्यापेर ऊ डुल्न थाल्यो ।

घाँटीमुनि तुर्लुङ्ग झुन्डिएको हातलाई घुमाएर उसले मेरो मुखसम्म पुऱ्यायो । सिग्रेट च्यापिएका औंलाहरूलाई मेरो ओठमा टिमिक्क मिलाएर राखिदियो ।

उसका औंलाहरूको बीचबाट मैले सिग्रेटको सर्को तानें । धुआँ उडाएँ ।

यस्तैमा मेरो दृष्टि आरूको बोटमा गई टक्क अडियो । कोठामा सिङ्गै आरूको बोट, जहाँ स्याफ्रन रङ्गका चिचिमिरा फूलहरू फुलेका थिए-कहाँबाट आयो ? या उम्रियो ? आरूको बोटमुनि काठको एउटा अद्वितीय कलात्मक टेबल थियो ।

मैले सोधें:

- त्यस्तो आकर्षक काठको टेबल कसले बनाएको हो ?
- कारपेन्टरले ।
- कार पेन्टर कि कारपेन्टर ? - सोधें ।
- कार पेन्टरको पिता कारपेन्टरले बनाएको हो । डुङ्गाबाट ।

अनि मेरो नजर भव्य टेबलमा राखिएको सिसाको बाकसमा पर्न गयो । सिसाको उक्त चम्किलो बाकसमा मेरो नजरले लसपस गर्न थाल्यो । बाकस चतुर्भुजी कोणको थियो । चार आयामिक । बाकसभित्र केही थिएन । बाकस रित्तो, फगत सुनसान थियो । रिक्तताको भ्याकुम मात्रै थियो ।

चेयरम्यानसित मैलै सोधपुछ गरें:

- त्यो बाकसभित्र किन केही पनि छैन ? त्यो किन रित्तो छ ?
- त्यो सिसाभित्र इन्डिगो रङ्गको केही चिज हुनेछ । त्यो अहिले खाली छ । पछि भरिनेछ ।
- त्यहाँ के हुनेछ ?
- त्यसको वर्णन इन्डिगो इभनिङ्स नामक च्याप्टर पढेपछि थाहा हुनेछ ।
- इन्डिगो इभनिङ्स ? - म रनभुल्लमा परें ।
- यस माई लेडी ! इन्डिगो इभनिङ्स । - चेयरम्यानले भन्यो - अब सिग्रेटको अन्तिम सर्को तान ।

सिग्रेटको अन्तिम सर्को तानें । चेयरम्यानको कसिलो अङ्गालोबाट छुट्टिएँ ।

उसले दराजबाट किताब निकाल्यो । किताबबाट एउटा टेक्स्ट रिसाइट गर्छु, सुन्छौ भन्यो । मैले सुन्छु भनें । तिमी रकिङ चेयरमा बस, म आरूको बोटमुनि उभिएर रिसाइटेसन गर्छु, हुँदैन भन्यो । मैले अफकोर्स हुन्छ भनें ।

त्यसपछि चेयरम्यान आरूको बोटमुनि उभियो । मैले आफूलाई जनतका साथ-ह्यान्डल विथ केयर-थपक्क रकिङ चेयरमा बिसाएँ ।

चेयरम्यानले किताबबाट पङ्तिहरू पढ्न थाल्यो । चेयरम्यानको रिसाइटेसन शुरू भयो :

चेयरम्यानको रिसाइटेसन

> मेरो उपन्यासकारको सेक्सुअल टाइम एन्ड स्पेसको कुरा मलाई थाहा भएन ।
>
> तर के कुरा सेक्सुअल्ली सत्य हो भने म उसको हत्या साँझपख गर्न चाहन्थें ।
>
> यो परी-योजनामा मैले केही काल काम गरेकी थिएँ । सोचविचार गरेकी थिएँ ।
>
> त्यो सेक्सिलो परी-योजनाको कन्ट्राक्ट पेपरमा मैले दस्तखत गरिसकेकी थिएँ । अब यस्तै भन्नुपर्ला, कि कसो ? होइन भने होइन भन्नुस् क्यारे !

"पख्नुस् । पख्नुस् ।", म हतास भएँ । चेयरम्यानसित भनें, "रिसाइटेसन रोक्नुस् । भर्खरै तपाईंले पढेको टेक्स्ट मैले कताकता सुनेझैं लाग्यो । ती पङ्तिहरू यसअघि नै मैले कतै युज गरेको जस्तो लाग्यो । तपाईंले उच्चारण गरेका ती वाणीहरू मेरा हुन्झैं लाग्यो ।"

- झैं होइन । जस्तो पनि होइन । ती तिम्रै वाणी हुन् । - चेयरम्यानले किताब बन्द गर्दै भन्यो ।
- कस्तो आश्चर्यलाग्दो कुरा । - म छक्क परें ।
- यो जगत् आश्चर्यले भरिएको एक सङ्ग्रहालय हो । - चेयरम्यानले भन्यो - होइन भने होइन भन क्यारे !

म	:	पख्नुस्, पख्नुस् । यो थेगो युज गर्ने त म हुँ ! यो मेरो थेगो हो । तपाईंले मेरै अगाडि मेरो थेगो युज गर्ने आँट कसरी गर्नुभयो ?
चेयरम्यान	:	डोन्ट वरी ! तिम्रो थेगोको भरथेग गर्ने म नै हुँ ।
म	:	तपाईं को हो ?
चेयरम्यान	:	डोन्ट आस्क मी, हु यु आर ! आस्क योरसेल्फ हु यु आर ?

म	:	हु द फक् एम आई ! हु द हेल एम आई ? हु द ब्लडी बुलशिट एम आई ?
चेयरम्यान	:	यु आर माई इम्याजिनेसन ।
म	:	योर इम्याजिनेसन ?
चेयरम्यान	:	अफकोर्स यस् योर म्याजेस्टी । यु आर माई इटरनल इम्याजिनेसन ।
म	:	तपाईंको इम्याजिनेसनमा म के गर्दै छु ?
चेयरम्यान	:	मेरो इम्याजिनेसनमा तिमी मेरो कल्पना गर्दै छौ ।
म	:	हाउ स्ट्रेन्ज !
चेयरम्यान	:	क्वाइट स्ट्रेन्ज इन्डिड !
म	:	त्यसो भए म अहिले काँ छु ?
चेयरम्यान	:	तिमी पेज नम्बर टु हन्ड्रेड फोर्टीमा छौ ।

कसैले मलाई भन्दिए पनि हुन्थ्यो नि !

यो पेज नम्बर 240 काँ छ ?

इन्डिगो इभनिङ्स

पार्ट–टाइम–न्यारेटर

हरेक मोर्टल मनुष्यको जीवनमा एउटा कालजयी,
इमोर्टल डिस्टर्वेन्सको खाँचो छ ।

- ऊ

आर टी आर आर । क्याबिन नम्बर 999 ।

अर्थात् रेन-ट्री रिपब्लिक रेस्टुराँको सत्रौं तल्लामा बसी म यो लेखिरहेछु । म क्याबि(नमा छु । फर्निचरको नाममा कुर्सी र टेबल छ । चकलेटी रङ्गको भित्तामा पोस्टर, म्याप केही छैन । घडी अवश्य छ तर त्यसमा समयको कुनै चाल, पदचाप छैन ।

मौसम ठन्डाठन्डा, कुलकुल छ । टेबलकै एक कुनामा गुलाफको इन्डिगो फूल छ ।

यो उपन्यासको म हुँ एक पार्ट-टाइम-न्यारेटर ।

पार्ट-टाइम-न्यारेटर ?

तपाईंलाई लाग्ला ह्वाट् ननसेन्स् ?

मलाई वास्तवमा यो उपन्यासका निम्ति भनी पार्ट-टाइम-न्यारेटरको भूमिकामा नियुक्त गरिएको छ । मलाई तपाईं भाडाको कथावाचक भनी निर्धक्क भन्न सक्नुहुन्छ ।

मलाई के मात्र आग्रह गरिएको छ भने म एउटा च्याप्टर लेखूँ । जुन म गर्न जाँदै छु । तर त्यसअघि आफूले वर्णन गर्नुपर्ने च्याप्टर, अध्याय लेख्नु पहिले म तपाईंलाई यो बताइहालूँ कि म किन र कसरी यस्तो अनौठो भूमिकामा देखा परें !

तपाईं फेरि पनि भन्नुहोला, ह्वाट् ननसेन्स् ?

तर यस्तो खालको ननसेन्स् पेशामा पक्कै पनि कुनै सेन्स छ । केही समयअघिको एउटा रोचक घटना तपाईंसमक्ष पेश गरूँ क्यारे !

पढ्नुस् ।

***

सर्वप्रथम आफ्नो परिचयबाट म आफ्नो किस्साको सानो हिस्सा कहन्छु ।

म एक लोग्नेभान्छे हुँ ।

मान्छे ? होइन । भान्छे ।

एक लोग्ने भान्छे । प्लीज डोन्ट गेट कन्फ्युज्ड विथ लोग्नेमान्छे । आई एम सिम्प्ली भान्छे, लोग्नेभान्छे ।

शहरको एउटा नामी एवम् दामी होटलको भान्छाघरमा मैले आफ्नो आयु निमिट्यान्न पारेको थिएँ । होटलको भान्छाघरमा काम गर्दागर्दै म कहिले लोग्नेभान्छे भएँ थाहै भएन ।

म कुनै अनअफिसियल स्वास्नीको लोग्ने भने होइन । तैपनि मलाई सबैले लोग्नेभान्छे भनी बोलाउन थाले ।

अहिले त म होटलबाट सेवानिवृत्त भएको छु । हेर्नोस् न ! लगभग सात दशक बूढो भइगएको छु ।

***

करिब एक महिना अघि यो उपन्यासको लेखकसित मेरो संयोगले भेट भएको हो । त्यो अनौठो मनुवालाई त्यसअघि मैले सपनामा समेत फेला पारेको थिइनँ । विपनाको त झन् के कुरा भयो र ?

यो संयोगपूर्ण भेट हामीलाई कुण्डलिनी कुहिरोले जुराइदिएको थियो ।

कुहिरोले लखेटेर मलाई दरबारमार्गको डेड डिजायर क्याफेभित्र हुलिदिएको थियो । काठमान्डुका कफी पारखीहरूका माझ त्यो क्याफे *डबल डी क्याफे*को नाममा चर्चित या लोकप्रिय छ । यो तपाईंलाई थाहा भएकै कुरा हो ।

आफ्नो घाँटीमा विभिन्न रङका गेडा भएको गेड्यौली माला झुन्ड्याएको त्यो लेखकसित क्याफेको कर्नर टेबलमा पहिले त आमनेसामने भई केवल छोटो देखादेख भएको हो ।

लेखक टेबलमा घोप्टो परी न्याप्किन पेपरमा बडो तल्लीनका साथ केही लेखिरहेको थियो ।

टेबलमा अरू न्याप्किन पेपरहरू यत्रतत्र फिंजिएका थिए । यस्तो लाग्थ्यो, टेबलमा न्याप्किन पेपरको बिस्कुन लगाइएको छ । ती सप्पै न्याप्किन पेपरमा लेखकका मसिना अक्षरहरू लिपिबद्ध थिए ।

मैले एउटा न्याप्किन पेपर उठाएर त्यसमा लेखिएका अक्षरहरूलाई पढ्ने जमर्को गरें । जमर्को किन गर्नु परेको भने ती अक्षर मेरो समझ बाहिरका थिए । म केही बुझ्दिनथें ।

ती रञ्जना लिपिमा लेखिएका नेवारी अक्षर हुँदा हुन् !

ती नेवारी अक्षरहरूलाई गुट्मुट्याएर मैले एस-ट्रे छेउ राखिदिएँ । अर्को न्याप्किन पेपर उठाएँ । त्यहाँ लेखिएका अक्षर फरक काँटका थिए । ती अक्षर केही चित्रात्मक थिए ।

प्योर पिक्टोरियल ! ती चिनियाँ मन्डारिन लिपिमा लेखिएका अक्षर हुँदा हुन् !

ती चिनियाँ अक्षरहरूलाई पनि पट्याएर एस-ट्रे छेउ राखिदिएँ । अर्को न्याप्किन पेपर उठाएँ । त्यहाँ लेखिएका अक्षर झनै अर्कै ढाँचाका थिए । ती अक्षरहरू उत्तानो फर्की निदाएका झैं थिए । निद्रामग्न ती अक्षरहरू ! ती स्वप्नवत् शब्दहरू ! स्लिपिङ लेटर्स !

ती अक्षर अरबी घोडाझैं थिए, हट्टाकट्टा । अहिले नै हिनहिनाई हाल्छन् कि जस्ता !

टेबलमा यत्रतत्र फिंजिएका अर्थात् बिस्कुन लगाइएका सम्पूर्ण न्याप्किन पेपरहरूलाई मैले एकपछि अर्को गर्दै हेर्न भ्याएँ ।

ती सम्पूर्ण अक्षरहरू मेरा निम्ति अपरिचित थिए । अज्ञात थिए । पराइ थिए ।

विभिन्न लिपिमा अनुबन्धित ती अक्षरहरूसित प्रत्यक्षतः सम्बन्धित त्यो तालुचिन्डे लेखकचाहिं बडो एकाग्रतापूर्वक टेबलमा घोप्टो परी निरन्तर लेखी नै रहेको थियो ।

डबल डी क्याफेमा बसी निमग्न भई त्यो न्याप्किन राइटर विभिन्न लिपिमा के लेखिरहेथ्यो ? उसको त्यो निमग्नता हेर्न लायकको थियो । प्रशंसायोग्य थियो ।

उसको एकाग्रतालाई बेला न कुबेलाको सिग्रेट्यौली तल्तल् एवम् कफीको सुरूप्सुरूप्ले भङ्ग गर्नेबाहेक अरू पर्सनल डिस्टर्बेन्स ऊसित केही थिएन ।

उसको एकाग्रतालाई अलिकति चलाइदिन मन लाग्यो ।

अलिकति खोक्ने विनम्रताका साथ मैले शिष्टाचारपूर्वक भनें, "माफ गर्नुहुन्छ कि ?" मेरो आकस्मिक आवाजले ऊ अलिकति अलमलियो । लेख्दालेख्दै टक्क अडियो । भन्यो, "कसलाई माफ गरूँ ?"

म : मलाई ! मलाई माफ गर्नुहुन्छ कि !

ऊ : तपाईंलाई किन माफ गरूँ ?

म : तपाईंलाई डिस्टर्ब गर्न चाहन्छु । गरूँ ?

ऊ : गर्नुस् । मज्जाले डिस्टर्ब गर्नुस् ।

म : मैले डिस्टर्ब गर्दा तपाईंलाई डिस्टर्ब त हुँदैन ?

ऊ : डिस्टर्ब हुन्छ, त्यसैले डिस्टर्ब गर्नुस् ।

म : कडा खालको डिस्टर्ब गरूँ कि नरम खालको ? कस्तो टाइपको डिस्टर्ब गरूँ ?

ऊ : कुनै टिपिकल डिस्टर्ब गर्नुस् ।

म : टिपिकल ?

ऊ : डिस्टर्ब जसलाई गरिने हो, उसलाई कुनै डिस्टर्ब नै भएन भने डिस्टर्बेन्सको के अर्थ ? सो, यु आर वेलकम टु डिस्टर्ब मी ।

डिस्टर्ब गर्दा कसैलाई डिस्टर्ब भएन भने डिस्टर्बेन्सको कुनै फिलिङ्स नै आएन भने त्यस्तो डिस्टर्बेन्सको गरिमा शून्य दशमलव शून्य हुन्छ ।

त्यस्तो शून्य दशमलव शून्य आयु भएको डिस्टर्बेन्सको कुनै डिस्टर्बिङ मूल्य हुँदैन । वास्तवमा डिस्टर्बेन्स मूल्यवान् हुनुपर्छ ।

कसैलाई सही समयमा डिस्टर्ब गरियो भने त्यस्तो डिस्टर्बेन्सको मूल्य अमूल्य हुन्छ । आई लभ अनमोल डिस्टर्बेन्सेस् ।

डिस्टर्ब गर्ने मान्छे र डिस्टर्ब गरिइने मान्छेबीचको डिस्टर्बेन्समा गुड टाइमिङ र ट्युनिङ भयो भने त्यस्तो डिस्टर्बेन्स अमर हुन्छ । इमोर्टल हुन्छ ।

हरेक मोर्टल मनुष्यको जीवनमा एउटा कालजयी इमोर्टल डिस्टर्बेन्सको खाँचो छ ।

तपाईंले गर्न खोज्नुभएको डिस्टर्बेन्सको टाइम सेड्युल एकदम पर्फेक्ट छ । मलाई तपाईंको डिस्टर्बेन्स स्वीकार छ । प्लीज डिस्टर्ब मी !

प्लीज डिस्टर्ब मी ! उसले उच्चारण गरेको यही फ्रेजले मलाई ऊतर्फ अचाक्ली आकर्षित गऱ्यो । डिस्टर्बेन्समाथि उसले दिएको सानोतिनो प्रवचनले म अभिभूत भएँ । विमुग्ध भइगएँ । विमुग्धताको यस्तो टिपिकल खालको विनयशीलताले मलाई ऊतर्फ बेस्सरी खिँच्यो ।

आफ्नो जीवनको यत्रो कालखण्डमा मैले त्यसअघि त्यस्तो विचित्र मानिस कहिल्यै भेटेको थिइनँ, जसले मलाई साउती मार्दै भनेको होस् - आऊ ! मलाई डिस्टर्ब गर ! प्लीज डिस्टर्ब मी !

उसले कपल-अफ-सिग्रेट सल्कायो ।

एउटा मलाई दियो । अर्को आफूसितै राख्यो ।

- म न्याप्किन पेपरमा नोट बनाउँदै थिएँ । - धुआँसितै ऊ बोल्यो ।
- कस्तो नोट ? - धुआँसितै मैले सोधेँ ।
- आफ्नो उपन्यासलाई चाहिने नोट ।
- तपाईं उपन्यास लेख्दै हुनुहुन्छ ?
- हो । म उपन्यास लेख्दै छु ।
- तपाईं न्याप्किन पेपरमा उपन्यास लेख्दै हुनुहुन्छ ?
- न्याप्किन पेपरमा मात्र किन ? म त टोइलेटको टिस्यु पेपरमा समेत लेख्छु ।
- हाउ स्ट्रेन्ज !
- क्वाइट स्ट्रेन्ज, इन्डिड !

म आर्श्चयचकित भएँ । अघि नै भनिहालेँ, आफ्नो जीवनको यत्रो कालखण्डमा मैले त्यसअघि त्यस्तो विचित्र लेखकको बारेमा कहिल्यै सुनेको थिइनँ, जो न्याप्किन पेपरमा मात्र नभई टोइलेटको टिस्यु पेपरमा समेत आफ्नो उपन्यास लेख्छ ! उपन्यासको नोट उतार्छ, विभिन्न लिपिमा !

त्यही दिन उसले मसित एउटा अनौठो प्रस्ताव पेश गऱ्यो । उसले भन्यो :

- आफ्नो उपन्यासको निम्ति मलाई पार्ट-टाइम-न्यारेटर चाहिएको छ ।
- पार्ट-टाइम-न्यारेटर ? - सोधें ।
- हो, एक पार्ट-टाइम-न्यारेटर । तपाईं गर्नुहुन्छ ?

यस्तो अनौठो खालको जब्-अफर सुनी म ट्वा परें । "ट्वाँ नपर्नुस् !", उसले भन्यो, "यो ट्वाँ नै परिहाल्नुपर्ने ट्वाँके कुरा कदापि होइन ।"

- यो कसरी सम्भव छ ? - मैले सोधें ।
- एकदम सम्भव छ । यो भाडाको कामजस्तै हो । म तपाईंलाई हायर गर्न चाहन्छु ।
- पछि फायर गर्नु भो भने नि ! हायर गर्नेले फायर पनि गर्ला नि !
- फायरको चिन्ता नगर्नुस् !
- के-को चिन्ता गरूँ त ?
- चिन्ता नगर्नुस् । केवल चिन्तन गर्नुस् ।

उसको कुरा मलाई गज्जब लाग्यो : चिन्ता होइन, चिन्तन गर्नुस् । मैले के कुराको चिन्तन गर्नुपर्ने हो, त्यसको बारेमा पनि उसले मलाई यस्तो भन्योः

- काम सजिलो छ । यद्यपि यसअघि यस्तो काम कसैले नगरेको होस् । तैपनि काम सजिलो छ । तपाईंले के मात्रै गर्नुपर्ने हुन्छ भने आफ्नो चिन्तनको डिग्री केही बढाउनुस् ।
- आफ्नो चिन्तनको डिग्री मैले कसरी बढाउने हो ? - मैले जिज्ञासा राखें ।
- केही गर्नुपर्दैन । म तपाईंलाई मेरो उपन्यासको एक अंश सुनाउँछु । त्यसलाई केवल तपाईंले आफ्नै किसिमले आफ्नै भाषाशैलीमा न्यारेट गर्नुपर्छ । यो काममा म तपाईंलाई कुनै डिस्टर्ब गर्दिनँ ।
- मलाई डिस्टर्ब हुन मन लागे पनि मलाई तपाईं डिस्टर्ब गर्नुहुन्न ?
- गर्दिनँ । मेरो उपन्यासको एउटा अंशलाई, पार्टलाई तपाईं न्यारेट गर्नुस् । ढुक्कले । आफ्नै शैलीले । तपाईंका निम्ति मैले एउटा क्याबिन बुक गरिसकेको छु ।
- कहाँ ?
- रेन-ट्री-रिपब्लिक रेस्टुराँको सत्रौं तल्लामा ?
- यो रेस्टुराँ कहाँ छ ?
- कृष्ण मन्दिरको पछाडिपट्टिको ज्वजलपा गल्लीमा ।

त्यसरी त्यो दिन मैले आफूलाई नयाँ अवतारमा फेला पारें । म यो उपन्यासको पार्ट-टाइम-न्यारेटर बनें ।

हामीबीच पैसाको पनि सहज डिल भैंगयो । आफ्नो प्रोफेसनप्रति लेखक पूर्णरूपले कटिबद्ध थियो । उसले सोध्यो, "पैसा कसरी लिनुहुन्छ ?"

म : कसरी लिऊँ ?

ऊ : तपाईं नै भन्नुस्, कसरी दिऊँ ?

म : एक गेडा अक्षरको कति रूपैयाँ दिन सक्नुहुन्छ ?

ऊ : गेडाको दरले गर्ने कि पेडाको ?

म : पेडा ? ह्वाट् पेडा ?

ऊ : अक्षरलाई गेडा भनौं, शब्दलाई पेडा भनौं । यसो गर्दा कसो होला ?

म : गुड होला । यसो गर्दा पेडा र गेडाको हिसाबकिताब राम्रो होला । भेरी गुड होला ।

ऊ : दुई रूपैयाँ हुन्छ ? एक गेडाको दुई रू. हुन्छ ?

म : हुन्छ । अर्ध गेडाको पनि पैसा पाइन्छ होला नि ? पाइन्न कि ?

ऊ : पाइन्छ, पाइन्छ । जरूर पाइन्छ । त्यो चाहे अर्ध गेडा होस् या फुल गेडा, हरेक गेडाको पैसा जरूर पाइन्छ । बाई द वे, संसारका हरेक गेडा मूल्यवान् छन् । छैनन् कि ?

म : छन्, छन् । जरूर छन् । हरेक गेडा मूल्यवान् छन् ।

ऊ : जस्तो कि - फर एक्जाम्पल - तपाईंले लेख्ने आडम्बर भन्ने पेडाको होलसेल मूल्य नौ रू. हुनेछ । आडम्बर भन्ने पेडामा कूल गेडा, अझ भनूँ सग्ला गेडा चारवटा छन् । आ, ड, ब, र । एउटा म भन्ने गेडा अधकल्चो छ ।

चारवटा सग्ला गेडा दुई रू. का दरले आठ रू. भयो । म भन्ने अधकल्चो गेडाको रू. एक भयो ।

तसर्थ आडम्बर नामक पेडाको कूल नौ रू. हुन आयो । कि, कसो ?

म : यो त गजबै भयो । आडम्बरको पनि पैसा पाइने ! घृणाको कति रू. पाउँछु ?

ऊ : घृणाको टोटल मूल्य पाँच हो ।

उपन्यासमा मेरो हैसियत केवल पार्ट-टाइम-न्यारेटरको मात्र हो भन्ने कुरामा ऊ, म र प्रकाशक तीनै पक्ष सजग रहनेछौं भन्ने बेहोराको सम्झौता-पत्रमा अर्को दिन हामी तीनै पक्षकाले एकएक थान आ-आफ्नो दस्तखत गर्‍यौं ।

सम्झौता-पत्र यस प्रकार थियोः

सम्झौता-पत्र

तपाईं श्री लोग्नेभान्छेलाई लेखक कुमार नगरकोटीद्वारा लेखिँदै गरेको उपन्यास *मिस्टिका*मा लेखककै सहमति बमोजिम पार्ट-टाइम-न्यारेटरको भूमिकामा नियुक्त गरिएको छ ।

उपन्यासमा तपाईंले गर्नुहुने न्यारेसनमा देखापर्ने प्रत्येक अक्षरको रू. २/- (अक्षरेपी रूपैयाँ दुई मात्र) का दरले भुक्तान गरिनेछ । साथै, अधकल्चो अक्षरको रू. १/- (अक्षरेपी रूपैयाँ एक मात्र) प्रदान गरिनेछ ।

तपाईंलाई समयको कुनै पावन्दी रहनेछैन । लेख्ने अवधिभरका निम्ति तपाईंको बसोबास, खानपान एवम् सम्पूर्ण फुर्मायस खर्चको अभिभारा प्रकाशकको हुनेछ । तपाईंलाई उपलब्ध गराइने सम्पूर्ण सेवासुविधा तपाईंले प्राप्त गर्नुहुने मूल रकमबाट कुनै पनि हालतमा कट्टा गरिनेछैन ।

उपन्यास प्रकाशनपश्चात् तपाईंलाई १५ प्रति पुस्तक निःशुल्क प्रदान गरिनेछ ।

पुनश्चः

लेख्दालेख्दै कुनै कारणवश तपाईंको मृत्यु भएमा, हत्या भएमा या तपाईंले राजिखुशीमा आत्महत्या गरेमा तपाईंलाई उपलब्ध गराइने रकम स्वतः खारेज हुनेछ । अन्यथा तपाईं आफ्नो न्यारेसनपश्चात् पनि जीवितै पाइएको खण्डमा तपाईंलाई डबल रकम भुक्तान गरिने व्यहोरा जानकारी गराइन्छ ।

आशा छ, तपाईं जीवितै हुनुहुनेछ ।

प्रकाशक | पार्ट-टाइम-न्यारेटर | लेखक

यसरी आफ्नो परिचयका साथ यो उपन्यासको लेखकसित भएको संयोगपूर्ण भेटघाट एवम् त्यसको आफ्टरम्याथ (सम्झौता-पत्रमा हस्ताक्षर, रेन-ट्री-रेस्टुरेन्टको सत्रौं तलाको क्याबिन नम्बर 999 मा मेरो बस्दोबस्त आदि) बारे संक्षिप्तरूपले चर्चा गरिसकेपछि म लोग्नेभान्छे अर्थात् पार्ट-टाम-न्यारेटरको कर्तव्य हुन आउँछ कि आगामी शव-chapter - पीपल-ट्री & पात्रहरू - बोधपूर्वक स्मुथ्ली न्यारेसन गरूँ।

पीपल–ट्री & पात्रहरू

पीपल-ट्रीको करङमा लोग्ने तुर्लुङ्ग झुन्डिएको थियो ।
उसको देहमा टर्चको गिलो प्रकाश छ्यापें ।

- लिपिका

भनिन्छ, त्यो पीपल-ट्रीमा शैतानको बास थियो ।

वृक्षको इतिहासबारे विभिन्न मानिसका विभिन्न धारणाहरू थिए । कोही भन्थे, त्यो पीपल-ट्री त्रिभुवनले रोपेका हुन् ।

को त्रिभुवन ?

राजा त्रिभुवन । कसैकसैका अनुसार उक्त ट्री पुष्पलाल श्रेष्ठले रोपेका हुन् । को पुष्पलाल ? नेपाल कम्युनिस्ट पार्टीका संस्थापक ।

पीपल-ट्रीको वृक्षरोपण गर्ने मानिसको नामलाई लिएर प्रशस्त हल्लाहरू सुनिन्थ्यो । कोही भन्ने गर्थे, त्यो बिरूवा रोप्ने मानिस अरू कोही नभएर गणेशमान सिंह हो, मनमोहन अधिकारी हो, कृष्णप्रसाद भट्टराई हो । कोहीकोही त त्यो रूखको उत्पत्ति जवाहरलालसित समेत जोडिदिने गर्थे ।

को जवाहर ? कस्को लाल ?

स्वतन्त्र भारतका प्रथम प्रधानमन्त्री जवाहरलाल नेहरू । नेहरू-नेक्ससस‍ित उक्त पीपल-ट्रीको यो कस्तो ऐतिहासिक कल्पनाशीलता हो ?

यी सब त भए स्वप्निल भ्यालीमा सुनिने पीपल-ट्री बारेका विभिन्न खाले स्थानीय लोककथन ।

इतिहासकार डा. त्रिकालरत्न शेरचनका अनुसार वि.सं. २००७ सालमा नेपाली कङ्ग्रेसका सभापति मातृकाप्रसाद कोइरालाले उक्त पीपल-ट्रीको बिरूवा रोपेका थिए । तर उपर्युक्त तथ्यलाई अर्का इतिहासविद् एवम् प्रख्यात मानवशास्त्री हिमांशुचन्दन जोशीको टिपोटले ठाडै अस्वीकार गर्छ ।

जोशीका अनुसार त्यो पीपल-ट्री श्री ३ मोहनशमशेरले वि.सं. २००७ सालमा रोपेका हुन् । आफ्नो चर्चित पुस्तक ***Mohan Shumsher Revisited*** को पेज नम्बर १११ मा उक्त प्रसङ्गको वर्णन भेटिन्छ ।

जोशी लेख्छन्ः

It can be said without any cloud of dust that pipal tree was planted by the last prime minister of the Rana regime, Mohan Shumsher Junga Bahadur Rana. Shumsher, who was stationed in the Swopnil Valley for a couple of weeks to inherit his health, was amused by his recurring dreams.

In the dream he would be handed a small ***Biruwa*** (Plant) of Pipal by different people.

People varied in his each episode of dreams.

Sometime it would be BP Koirala and other times, they would be Puspa Lal Shrestha, Ganeshman Singh, Manmohan Adhikari, Krishna Prasad Bhattarai and so on. Every one of them who appeared in his dream would request him to plant the tree.

That was a dream. But in reality it was the king Tribhuvan who gave Mohan Shamsher a ***Biruwa*** of the Pipal.

The ***Biruwa*** was infact, a souvenir from the first prime minister of independent India Jawaharlal Nehru to King Tribhuvan.

***

स्वप्निल भ्यालीको तेह्र दिने बसाइमा मोहनशमशेर जबराले एउटै सपना बारम्बार देखे । सपना पीपल-ट्रीको बिरूवासित जोडिएको थियो ।

अधिकांश सपनामा उनी बिरूवा रोपिरहेका हुन्थे । कहिले उनी त्यो बिरूवा समाती एकलासको निर्जन पथमा मगज खुस्केको कुनै वैरागीझैं धुमधुम्ती हिंडिरहेका हुन्थे । कहिले त्यो बिरूवा हेर्दाहेर्दै आँखै अगाडि बढ्न थाल्थ्यो र एक रातमै आकाशलाई छुन पुग्थ्यो ।

मोहनशमशेरलाई त्यो बिरूवा कसैले सुटुक्क दिन्थ्यो । उसलाई बिरूवा दिने मानिस हरेक सपनामा फरक हुने गर्थे । ती मानिसका अनुहार मात्र मोहनशमशेरले झुलुक्क देख्थे ।

ती मानिस वि. सं. २००७ फागुन ७ गते प्रधानमन्त्री तथा परराष्ट्र मन्त्री मोहनशमशेरसितै राजा त्रिभुवनसमक्ष सपथ ग्रहण गरेका आफ्नै मन्त्रीमण्डलका सदस्यहरू थिए :

१. बबरशमशेर राणा - रक्षा मन्त्री
२. नृपजङ्ग राणा - शिक्षा मन्त्री
३. चुडाराजशमशेर राणा - वन मन्त्री
४. यज्ञबहादुर बस्नेत - स्वायत्त शासन मन्त्री
५. विश्वेश्वरप्रसाद कोइराला - गृह मन्त्री
६. सुवर्णशमशेर राणा - अर्थ मन्त्री
७. गणेशमान सिंह - उद्योग-वाणिज्य मन्त्री
८. भद्रकाली मिश्र - यातायात मन्त्री
९. भरतमणि शर्मा - खाद्य तथा कृषि मन्त्री

नौ जना मन्त्रीहरूबाहेक जो अरू चार जना उनको सपनामा हाजिर भई उनलाई पीपल-ट्रीको बिरूवा हस्ते गरे । ती यसप्रकार छन्:

१०) पाल्पाली नेता गभर्नर रूद्रशमशेर ज.ब.रा. ११) तत्कालीन भारतीय राजदूत सर सि. पी. एन. सिन्हा १२) ऋद्धिबहादुर मल्लः *शारदा*का संस्थापक/प्रकाशक १३) *मकैको खेती*का लेखक सुब्बा कृष्णलाल अधिकारी ।

सुब्बा कृष्णलाल अधिकारीसित सम्बन्धित सपना अरू सपनाको तुलनामा केही सचित्र खालको थियो । सपनामा कृष्णलाल मकै गोडमेल गरिरहेका थिए । मकैका बोट यसरी हलक्क बढेका थिए कि यस्तो लाग्थ्यो, ती आकाशलाई छोइरहेका छन् । याँमानका बडेबडे मकैका बोटहरूमाझ कृष्णलाल कुप्रिएर कुटोले माटो गोडिरहेका थिए ।

मोहनशमशेर ऊसामु हठात् उभिन पुग्छन् । अनि दुवै हात अगाडि फैलाउँछन् । कृष्णलालले उनको एक हातमा *मकैको खेती* नामक किताब दिन्छन् । अर्को हातमा चाहिं पीपल-ट्रीको बिरूवा थमाइदिन्छन् ।

अनि हेर्दाहेर्दै कृष्णलाल मकैको बोटमा चढ्छन् र सर्दै सर्दै सर्दै टुप्पोतिर उक्लन्छन् र आकाशमा बेपत्ता हुन्छन् ।

यता मोहनशमशेर स्याँस्याँ र फ्याँफ्याँ गर्दै ओछ्यानमा व्युँझन्छन् ।

तर यी सब त सपना थिए । एक प्रकारले यसलाई मोहनशमशेरको पीपलपाते सपना मान्नुपर्ने हुन्छ । तर इतिहासमा सपनाको कुनै अर्थपूर्ण प्रयोजन रहँदैन । इतिहासले सपनाको अस्तित्त्वलाई अस्वीकार गर्छ । इतिहास सपनाको योगफलले निर्मित कुनै मस्यौदा होइन । इतिहास स्वैरकाल्पनिक कथा होइन ।

इतिहास त बरू विपनाहरूको विपठन मात्रै हो ।

पीपल-ट्रीसित सम्बन्धित विपनाको विपठनचाहिँ यस प्रकार छः

आफ्नो तेह्रदिने बसाइँमा देखेको स्वप्न शृङ्खलामध्ये स्वप्निल भ्यालीमा मोहनशमशेरले देखेको कृष्णलालको पीपलपाते सपना अन्तिम थियो । यो स्वप्न-काण्ड वि. सं. २००७ साल फागुन २५ गते घटेको थियो । त्यसको पर्सिपल्ट अर्थात् सत्ताईस गते स्वप्निल भ्यालीमा तत्कालीन राजा श्री ५ त्रिभुवनको आगमन भएको थियो ।

श्री ५ सित एउटा बिरूवा थियो । पीपल-ट्रीको बिरूवा ।

श्री ५ ले श्री ३ लाई त्यो बिरूवा हस्ते गरे । श्री ५ र श्री ३ कोशाही संवाद मुनिः

श्री ५ : टेक् दिस् बिरूवा अफ् अ पीपल-ट्री !

श्री ३ : मौसुफ, यो बिरूवालाई के गरूँ ?

श्री ५ : बिरूवालाई के गरिन्छ ?

श्री ३ : बिरूवालाई रोपिन्छ ।

श्री ५ : बिरूवालाई रोप ।

श्री ३ : कहाँ रोपूँ ?

श्री ५ : बिरूवालाई कहाँ रोपिन्छ ?

श्री ३ : बिरूवालाई गमलामा रोपिन्छ ।

श्री ५ : यो बिरूवालाई चाहिँ गमलामा रोप्ने धृष्टता नगर ।

श्री ३ : त्यसो भए के गरूँ ? बिरूवालाई कहाँ रोपूँ ?

श्री ५ : त्यसो भए, यसो गर ।

श्री ३ : कसो गरूँ ?

श्री ५ : बिरूवालाई मेरो टाउकोमा रोप ।

श्री ३ : मौसुफको टाउकोमा त श्रीपेच छ । कसरी रोपूँ ?

श्री ५ : हरे, मूर्ख महाराज ! कस्तो स्वाँठलाई मैले प्राइममिनिस्टर बनाएछु ! यसो गर । बिरूवालाई स्वप्निल भ्यालीको कुनै स्पेसल ठाउँमा रोप किनभने यो स्पेसल बिरूवा हो । म दिल्लीमा रहँदा-बस्दा मलाई जवाहरलालले उपहार दिएका हुन्, यो बिरूवा ।

श्री ३ : को जवाहर ? कस्को लाल ?

श्री ५ : जवाहरलाल नेहरू ।

यसरी त्यो पीपल-ट्रीको उत्पत्ति कथा जवाहरलाल नेहरूसम्म फैलिएको थियो । मोहनशमशेर राणाले त्यो बिरूवालाई वि. सं. २००७ साल फागुन २७ गते अपराह्नको ठीक १ बजेर १ मिनेटमा रोपेका थिए, स्वप्निल भ्यालीको थुम्के डाँडामा ।

इतिहासविद् एवम् मानवशास्त्री हिमांशुचन्दन जोशीका अनुसार त्यो पीलल-ट्रीलाई शमशेर-ट्री पनि भन्ने गरिन्थ्यो ।

अब इतिहासलाई फास्ट फर्डवार्ड गरौं । यसो गर्दा हामी वर्तमानमा आइपुग्छौं र शुरूमै के बताइसकियो भने त्यो पीपल-ट्रीमा शैतानको बास छ ।

शमशेर-ट्रीको वर्तमान कहालीलाग्दो छ ।

त्यसो त शमशेर-ट्री भन्ने नाम नै पनि खारेज भैसकेको छ । स्वप्निल भ्यालीका पिपलहरू त्यसलाई सिम्प्ली पीपल-ट्री भन्ने गर्छन् ।

थुम्के डाँडामा अवस्थित वृक्षको चैंतारीमा मानिसहरू विरलै पसिना पुछ्न, आराम गर्न, श्वास फेर्न रोकिन्छन् ।

पीपल-ट्रीको हेरचाहमा संलग्न व्यक्ति हाउडे - जसलाई पीपल-पुरूष पनि भनिन्छ - को कथनलाई आधिकारिक मान्ने हो भने उक्त वृक्ष कहिलेकाहीं कामज्वरोले ग्रस्त बिरामीझैं काम्ने गर्छ । सम्पूर्ण वृक्ष लुगलुग काँप्छ । पसिना काढ्छ । पातहरू अनौठो आवाज निकाली सुसेल्छन् ।

पीपल-पुरूष हाउडेको कुरालाई विश्वास गर्ने हो भने पीपल-ट्रीको फेदमुनि पक्कै पनि कुनै नरपिशाच बस्ने गर्छ, जो औंसीको रातमा घुँघुँ आवाज निकालेर रोइरहन्छ । त्यो घुँघुँ निर्वैयक्तिक उदासिनताको प्राचीन चीत्कार थियो ।

त्यो वृक्षमा मानिसहरू झुन्डिएर आफ्नो देहत्याग गर्थे । भनिन्छ, देहविनाशको लक्षण बोकी हिंड्ने मानिसहरूलाई त्यो वृक्षले आफूतिर आकर्षित गर्थ्यो ।

अनौठो कुरा के थियो भने वृक्षको करङमा पासो लगाई झुन्डिने मृतकजनहरूको लिङ्ग सदा एकनासको हुन्थ्यो, पुरूष ।

त्यो वृक्षमा आजसम्म कुनै स्त्रीले खुशीखुशी 'खुद्खुशी' गरेको कुनै रेकर्ड थिएन ।

मदिराको सुरमा कहिलेकाहीं हाउडे पीपल-ट्रीमाथि टिप्पणी गर्थ्यो, आफ्ना साथी-भाइहरूमाझ । हाउडे भन्थ्योः

- त्यो रूख होमो हो ।
- होमो ? - साथीभाइ छक्क पर्थे । जिल्लिन्थे ।
- त्यसलाई पीपल-ट्री होइन, होमो-ट्री भन्नुपर्छ । - ऊ भन्थ्यो ।
- किन होमो-ट्री भन्नुपर्छ ? - कोही सोध्थ्यो ।
- त्यसले सधैं पुरूषहरूलाई मात्र आकर्षित गर्छ । आजसम्म त्यो रूखमा कुनै पनि स्त्री झुन्डिएकी छैन । सधैं पुरूषमात्र किन त ?
- किन त ? - कोही सोध्थ्यो ।
- किनभने त्यो रूख होमो हो । होमो-ट्री हो ।

यस्तो खालको होमो-ट्रीको टिप्पणीमा हाउडेका साथीभाइहरू पनि अन्ततः होमा हो मिलाउने गर्थे ।

***

पासोको काम छालाको बेल्टले गर्थ्यो । सिन्थेटिक लेदर पनि होइन । लेदरको ओरिजिनल बेल्ट । स्त्रीहरूलाई सो-कल्ड होमो-ट्रीले आकर्षित नगर्नाको एउटा कारण छालाको बेल्ट पनि हुनसक्थ्यो किनकि छालाको बेल्ट केवल पुरूषहरूको प्यान्टमा हुने गर्थ्यो ।

बेल्टको फन्दाबाट स्त्रीहरू जोगिएका थिए ।

बेल्ट पुरूषहरूका निम्ति फाँसीको फन्दा पो थियो कि !

यस्तो पनि होइन कि मानिसहरूलाई पीपल-ट्रीको ब्रान्चमा झुन्डिएर देहत्याग गर्नबाट रोक्न कुनै कदम नचालिएको होस् । बेल्टलाई प्रतिबन्ध गर्ने योजना आफैमा बडो हास्यास्पद भैगयो । रूखलाई फलामको तारबारले पनि घेरिएकै हो ।

तर देहत्यागीहरूको आत्मविनासी खयालातलाई जाबो फलामको तारबारले के छेक्थ्यो ?

***

पीपल-ट्रीको संक्षिप्त इतिहास लेखियो ।

नाउ, इट्स कफी टाइम !

इट्स कफी ब्रेक ।

एक छिन आराम गरूँ ।

त्यसपछि म लेख्नेछुः पीपल-ट्रीमा झुन्डिएर देहत्याग गर्ने देहत्यागीहरूको सेलेक्टेड किस्सा ।

तर देहत्यागी अनगिन्ती छन् । तीमध्ये केवल तीन जनाको प्रसङ्ग उल्लेख गर्न मलाई आग्रह गरिएको छ । मलाई सेलेक्टेड तीन किस्सा छान्न कठिन भइरहेको छ ।

यस्तैमा कसैको आवाज सुन्छुः

- रूम सर्भिस ! प्लीज, लुक याट् मी !

क्याबिनभित्र छिरूँ कि नछिरूँ भन्ने दोधारमा ढोकैको मझधारमा ठिङ्ग उभिएकी युवतीलाई एक पलक हेर्छु । इशाराले भित्र डाकी पठाउँछु ।

कफी-ट्रेलाई टेबलमा राखी युवती भन्छेः

- नाउ, इट्स कफी टाइम । इट्स कफी ब्रेक । एक छिन आराम गर्नुस् ।

युवतीले मेरै मनको अन्तरिम कुरा ठ्याक्कै भनी । म विस्मितजस्तै केही भएँ । उसको ग्राफिक अनुहारमा आफ्नो उत्सुक आँखा ओछ्याउँछु ।

युवतीले ओठभरि चम्किलो गाजल लिपेकी छे र आँखाभरि इन्डिगो रङको लिपस्टिक पोतेकी छे । के गर्ने ! म विस्मितजस्तै केही भएको छु । मलाई सकेसम्म माफ गरियोस् । युवतीको सौन्दर्य विवरणमा गम्भीर त्रुटी भएको छ । यसलाई यसरी पढियोस्ः

युवतीले आँखाभरि चम्किलो गाजल लिपेकी छे, ओठभरि इन्डिगो रङको लिपस्टिक पोतेकी छे ।

युवतीको चिल्लो मुडुलो टाउकोबाट घरीघरी मेरो दृष्टि चिप्लिरहेको छ । भन्छुः

- मेरो मनको कुरा ठ्याक्कै कसोगरी भन्न सकेकी तिमीले ? तिमी को हौ ?
- म युवती हुँ । - उसले भनी । - मलाई समयसमयमा तपाईंको ख्याल गरियोस् भनिएको छ । म तपाईंको हेरचाह गर्ने युवती हुँ ।

मलाई एक कप कफी दिन्छे । लिन्छु । अर्को कप आफै लिन्छे । हेर्छु । क्याबिनको चारैतर्फ उसका आल्मन्ड-आँखा चलमलाउँछन् । अनि मेरो आँखामा आफ्नो आँखा मिलाउँदै ऊ यसो भन्छेः

- म तपाईंलाई सहयोग गर्न आएकी हुँ । माथिको यस्तै आदेश छ ।
- माथि ? कस्तो माथि ?

माथि हेर्छु । सिलिङ पो छ ।

- कस्तो खालको सहयोग ? - सोधी पठाउँछु ।
- तपाईं मुश्किलमा हुनुहुन्छ ? हो कि होइन ? - भन्छे ।
- हो । - भन्छु ।
- तपाईंलाई तीन जना देहत्यागीहरूको नाम बताउँछु है त ? - भन्छे ।
- को तीन देहत्यागी ? - सोध्छु ।
- जो पीपल-ट्रीमा झुन्डिएका थिए । ती तीन पात्रहरूको छनौट गर्न तपाईंलाई मुश्किल परिरहेको छ । हो कि होइन ? - भन्छे ।
- हो । - भन्छु ।
- लौ सुन्नुस्, ती तीन पात्रहरूको नाम ।
- लौ सुन्छु ।
- कारपेन्टर, ग्रहणशमशेर थापा र पण्डित साष्टाङ्ग शास्त्री ।

युवतीको सेलेक्सनलाई मैले लालमोहर छाप लगाउने अठोट गरें । उसले झ्याल खोली । झ्यालबाट दुई प्याकेट कुण्डलिनी कुहिरो भित्र छिरे ।

उफ्ऽऽऽ यी कुहिरिला दिनरातहरूको अन्त्य कहाँ, कैले, कसरी पो होला ?

एक प्याकेट कुहिरो युवतीको कफी कपमा छिर्‍यो । अर्को प्याकेट कुहिरो मेरो कफी कपमा घुस्यो । हामी दुवैले चम्चा उठायौं र कुहिरोलाई कफीसितै कपमा घोल्न थाल्यौं । यो त गज्जब भइगयो !

कफी ब्लेन्डेड विथ कुहिरो ।

अ प्याकेट अफ कुहिरो विथ अ कप अफ कफी !

कफीको इन्स्टान्ट आनन्द उठायौं । मुड टोटल्ली फ्रेश भयो । क्याबिन नम्बर ९९९ बाट डिपार्चर हुनका निम्ति युवती तम्तयार भई । मैले विनम्रतापूर्वक भनी पठाएँः

- थ्याङ्क्स्, फर योर हेल्प । मलाई सेलेक्टेड नामहरू बताइदियौ । थ्याङ्क यु !
- इट्स ओके ! इट्स माई ड्युटी !
- कस्तो ड्युटी ?
- वास्तवमा हामी सब आ-आफ्नो ड्युटी निभाइरहेका छौं ।
- कस्तो अचम्म ! तिमी वास्तवमा को हौ, के हो र किन हौ ? - सोधी पठाएँ ।
- म युवती हुँ । उसले भनी । - म यो उपन्यासको आत्मा, हंस जे भन्नुस्, त्यही हुँ ।
- हंस, आत्मा ! - म आश्चर्यचकित परें ।
- यस, यु आर राइट । - भनी ।
- उसो भए तिमी आत्मिका हौ ? तिमी हंसिका हौ ? - सोधी पठाएँ ।
- नो, यु आर रङ । - उसले भनी ।
- त्यसो भए राइट के हो ? तिमी को हौ ?
- म सिमसारा हुँ । - उसले भनी र क्याबिनबाट फटाफट बाहिर गई ।

नेभर टु कम ब्याक अगेन ।

पात्र नम्बर
१
॥ कारपेन्टर ॥

थुम्के डाँडाको पीपल-ट्रीमा झलमल्ल घाम लाग्यो ।

मान्छेहरू वृक्षवरपर झुरूप्प भई जम्मा भएका थिए । ती सबका सपाट अनुहारमा उदासिनताको शोकमग्न चित्र कोरिएको थियो ।

कोही खासखुस गर्थे । कोही खोक्थे ।

हाउडे हस्याङ्फस्याङ् गर्दै यताउति दौडिरहेको थियो ।

पीपल-ट्रीको ब्रान्चमा कारपेन्टर झुन्डिएको थियो ।

कारपेन्टरको मुहार हँसिलो थियो । उसले हाँसीहाँसी देहत्याग गरेको हुनुपर्छ । उसको देहलाई तलदेखि माथिसम्म एक्स्ट्रा-लार्ज-साइजको गाउनले घर्लम्प छोपेको थियो । गाउन इन्डिगो रङको थियो ।

इन्डिगो गाउनको माथ्लोपट्टि देब्रे भागमा खल्ती थियो । खल्तीबाट कागजको एक भाग फुत्त बाहिर निस्केको थियो ।

सबै भद्र मलामीहरू मृत्युञ्जय गेलाललाई धैर्यपूर्वक पर्खिरहेका थिए । को थियो यो मिस्टर गेलाल ?

मृत्युञ्जय गेलाल वास्तवमा *शब्दमोचन* साहित्यिक मासिकको सम्पादक थियो ।

यस्तो मौकामा सम्पादक गेलाल प्रायः ढिलो आइपुग्थ्यो ।

पीपल-पुरूष अर्थात् हाउडेले सबैभन्दा पहिले देहत्यागसम्बन्धी घटनाको समाचार सुनाउने नै मिस्टर गेलाललाई हो तर ऊ आइपुग्छ सधैं ढिलो । सधैंको लेट-कमर ।

स्वप्निल भ्यालीका मानिसहरूमाझ एउटा कुरा चलनचल्तीमा थियो । ऊ सधैं ढिलो आउनुको जबर्जस्त कारण थियो । त्यो के भने ऊ आफ्नो महत्त्व दर्शाउन चाहन्थ्यो । सबै मलामीले, यहाँसम्म कि देहत्यागीले समेत उसको प्रतीक्षा गरून् । प्रतीक्षाले मानिसको महत्त्व बढाउँछ । उसको महत्तालाई कसैले पनि कदापि नजरअन्दाज नगरोस् । सम्पादक मृत्युञ्जय गेलाल यस्तै भन्छ भनी मानिसहरू भन्ने गर्थे ।

अन्ततः मानिसहरूको प्रतीक्षा समाप्त भयो ।

थुम्के डाँडामा *शब्दमोचन* साहित्यिक मासिकको सम्पादक श्री मृत्युञ्जय गेलाल झुल्कियो । उसलाई मलामीहरूले तितरबितर भई बाटो छाडिदिए । ऊ सरासर चैतारीतर्फ बढ्यो ।

एकपटक, मात्र एकपटक ब्रान्चमा तुर्लुङ्ग झुन्डिएको देहत्यागी कारपेन्टरको देहलाई राम्रोसित अवलोकन गऱ्यो ।

चप्पल खोलेर ऊ सुलुल्ल रूख चढ्यो । सर्दैसर्दै ब्रान्चसम्म पुग्यो । कारपेन्टरको खल्तीबाट कागज निकाल्यो । ब्रान्चमै बसी दुइटै खुट्टा हल्लाउँदै वरपर जम्मा भएका मलामीको भीडतर्फ एकपटक, मात्र एकपटक आँखा दौडायो ।

कागजमा एउटा चिठी थियो ।

मिस्टर गेलालले घाँटी सफा गऱ्यो । एक डल्लो पीत खकार भुइँमा थुक्यो र चिठी पढ्न थाल्यो । मलामीहरू धैर्यपूर्वक मिस्टर गेलाललाई सुन्न थाले ।

कारपेन्टरको चिठी

प्रिय पुत्र कार पेन्टर !

तिमी आएनौ । म गएँ ।

मलाई थाहा छ, मेरो अन्तिम संस्कार गर्नका निम्ति तिमी मलामीहरूमाझ कतै छैनौ तर मलाई के विश्वास छ भने तिमीले *शब्दमोचन*को पेज नम्बर सत्र अवश्य पनि पढ्नेछौ, जहाँ यो पत्र प्रकाशन हुनेछ ।

दुईचार कुराहरू तिमीलाई मैले भन्नैपर्ने भएको छ । आफ्नो जीवनकालभरि मैले मौनव्रत लिएँ । मौनधारण गरें ।

आज मौन भङ्ग गर्ने बेला आएको छ ।

तिम्रो जन्मलाई लिएर मानिसहरू आज पनि अनेक खासखुस गरी बस्छन् । मैले ती सब खासखुसलाई सुनेर पनि चुपचाप आजसम्म सहेर बसें । मोटामोटीरूपमा ती खासखुस यस्ता थिए ।

खासखुस १

तिमीलाई एउटी बोक्सी या किचकन्याले ओडारमा जन्माएकी हो । जन्मने वित्तिकै तिमी आङ बटार्दै हिंड्न थालेका हौ ।

खासखुस २

तिमीलाई मैले रूखको टुप्पामा कुनै चराको गुँडमा भेट्टाएको हुँ ।

खासखुस ३

तिमीलाई कुनै माझीले नदीमा जाल हानेर निकालेको हो र तिमीलाई मैले माझीसित किनेको हुँ ।

प्रिय पुत्र कार पेन्टर !

सके तिमीले पनि यस्ता खासखुस सुनेका छौ ।

म आज दृढतापूर्वक के भन्छु भने ती सब खासखुस कपोलकल्पित हुन् । रोमाञ्चक कल्पनामात्र हुन् । कसैको जन्ममाथि यस्तो तल्लोस्तरको हँसिमजाक, ठट्टा गर्नु कदापि उचित हुँदैन ।

तिम्रो जन्मको यथार्थ त बरू यस्तो थियो :

तिमीलाई मैले आफ्नो पेटमा नौ महिना हुर्काएको हुँ ।

स्वप्निल भ्यालीका कुनै पनि मानिसलाई मेरो बारे एउटा रहस्य कहिल्यै थाहा भएन कि मैले कुनै बखत केही काल स्वास्नीमान्छेको रूपधारण गरेको थिएँ ।

प्रिय पुत्र !

तिम्रो माता पनि मै हुँ । तिम्रो पिता पनि मै हुँ । भएको यस्तो थियोः

जङ्गलमा एउटा सामान्यखालको रूख थियो । बकाइनाको जस्तो । हरेक पूर्णिमाको रात त्यसमा फल फल्थ्यो । मात्र एउटा । त्यो फल इन्डिगो रङको सानोसानो थियो । अण्डाजस्तो ।

एक पूर्णिमाको रात मैले त्यो फल खाएँ ।

जङ्गलबाट ओडारसम्म आइपुग्दा मेरो पूरै शरीर परिवर्तन भइसकेको थियो ।

ओडारमा आई जम्मै वस्त्र खोली आफैलाई नियाली हेरें । म स्वास्नीमान्छे बनेकी थिएँ ।

मेरो त्वचा मुलायम, नरम, कोमल भएको थियो । छातीमा पोटिला स्तन उम्रेका थिए । ती इन्डिगो रङका थिए । मेरो लिङ्ग नाश भएको थियो र यसको ठाउँमा गिलोगिलो योनि पलाएको थियो ।

फल खाएर म गर्भवती भएको थिएँ ।

ती कालमा मैले कुनै फर्निचरका सामान बनाइनँ । ओडारबाट कहिल्यै बाहिर निस्किनँ । नौ महिनाको गर्भाधानपश्चात् मैले तिमीलाई जन्माएँ ।

प्रिय पुत्र कार पेन्टर !

तिमी कति रहरलाग्दा थियौ । खाइलाग्दा थियौ । मैले तिमीलाई दूध चुसाई हुकाएँ । बढाएँ ।

एक दिन मलाई घना जङ्गलबीच अवस्थित त्यो रूखको घना याद आयो । रूख खोज्दै गएँ । पूर्णिमाको रात थियो ।

रूख फेला पारें । त्यसमा एउटा इन्डिगो फल झुन्डिएको थियो । फल टिपें । खाएँ । रूखलाई बन्चरोले काटकुट पारें । रूखलाई आफैसित घिसार्दै ल्याएँ ।

तर जङ्गलबाट ओडारसम्म आइपुग्दा मेरो पूरै शरीर परिवर्तन भइसकेको थियो । म पुनः पुरूषमा मेटामर्फोसिस भइसकेको थिएँ ।

यस्तो थियो, तिम्रो जन्मको कथा ।

तिमीले आफ्नो दोस्रो उपन्यास लेख्यौ कि लेखेनौ ? पहिलो उपन्यास तिमीले ममा समर्पित गरेका थियौ । दोस्रो उपन्यास कसलाई समर्पित गर्दै छौ ?

तिमी अहिले कुनै मिस्टिक युवतीको मायाजालमा चुर्लुम्म डुबेका छौ । मिस्टिकाको इन्द्रजालमा भष्म भएका छौ ।

बेटा,
बि अवेयर अफ मिस्टिक वुमन !
प्रिय पुत्र कार पेन्टर !
म पनि त अब भष्म भएको छु ।
तिमी आएनौ । म गएँ ।

तिम्रो प्रिय पिता एवम् माता,
कारपेन्टर

***

चिठी पढी सिध्याएपछि मिस्टर गेलालले ब्रान्चबाट पुलुक्क एकपटक, मात्र एकपटक सबैलाई हेऱ्यो ।

त्यसपछि प्रुफ रिडर दिवङ्गत बुढाथोकी चैतारीमा उक्लियो । उसले भन्योः

- आशा छ, तपाईंहरू सबैले यो पत्रलाई *शब्दमोचन*को आगामी अङ्कको पेज नम्बर सत्रमा अवश्य पढ्नु हुने नै छ । अब आजका देहत्यागी कारपेन्टरलाई ब्रान्चबाट झारियोस् र अन्तिम संस्कारका निम्ति तयार पारियोस् ।

मिस्टर गेलाल ब्रान्चबाट फुत्त तल खस्यो ।

त्यसपछि हाउडे रूख चढ्यो । सर्दैसर्दै देहत्यागी कारपेन्टर झुन्डिएको ब्रान्चसम्म पुग्यो । देहत्यागीको घाँटीमा कसिएको बेल्टलाई फुस्कायो । मुनिका मलामीहरूले लासलाई थामे । लासलाई चैतारीमै लम्पसार पारी पसारियो । सुताइयो ।

पीपल-पुरूष अर्थात् हाउडे ब्रान्चबाट फुत्त तल खस्यो ।

हाउडेको नजर मृतकको गाउनमाथिको उपल्लो थलोमा टक्क अडियो । उपल्लो थलोमा खल्ती थियो । खल्तीभित्रै अझै केही बाँकी थियो कि ! उसले खल्तीभित्र हात घुसाऱ्यो । छिनमै हातसितै एउटा कागजको खोस्टो पनि फुत्त निस्कियो । कागजलाई अनफोल्ड गऱ्यो । त्यहाँ मसिना अक्षरमा केही लेखिएको थियो ।

हाउडेले मसिना अक्षरहरूलाई सबैले सुन्ने गरी जोडजोडले पढ्न थाल्योः

मसिना अक्षरहरू

(अन्तिम संस्कारसम्बन्धी कारपेन्टरीयन विधि)

प्रिय स्वप्निल भ्यालीका आफन्तीहरू !

मलाई न त जलाइयोस् । न त गाडियोस् । मलाई त बरू नदीमा बगाइयोस् ।

म नदीमा बग्दैबग्दै स्वप्निल भ्यालीमा आएको थिएँ । अब स्वप्निल भ्यालीबाट पनि म बग्दैबग्दै जानेछु । अनन्तमा मिल्न ।

अनित्य अस्तित्त्वको अन्त्य कहाँ छ ? म खोज्नेछु ।

प्रिय आफन्तीहरू !

अनौठो फल फल्ने वृक्षबाट मैले डुङ्गा बनाएको थिएँ ।

त्यसलाई अब ओडारबाट निकालियोस् र मलाई त्यसैमा राखी नदीमा बगाइयोस् ।

मेरो अन्तिम संस्कारको यो विधिलाई स्वीकार गरियोस् ।

मेरो देहलाई नदीमा विसर्जन गरियोस् ।

अस्तु !

पात्र नम्बर
२
॥ ग्रहणशमशेर थापा ॥

स्वप्निल भ्यालीका स्वास्नीमान्छेका गुप्त कथनअनुसार पीपल-ट्री एकान्तमा उनीहरूसित कुराकानी गर्न तम्सन्थ्यो। घाँटीको अर्बुद रोगग्रस्त रोगीले झैं स्वास्नीमान्छे भन्थे - पीपल-ट्री घ्यार्रघुर्र टाइपको यान्त्रिक एवम् धोद्रो स्वर निकाली बर्बराउँथ्यो।

अधिकांश समय गणेश भगवान्को मूर्ति खोपेर बस्ने मूर्तिकार ग्रहणशमशेर थापाकी स्वास्नी लिपिकाले एक साँझ सन्ध्या भोजनअघिको कफी सेसनमा यसो भनी :

- रूखले आज मसित कुरा गऱ्यो।
- कस्तो कुरा गऱ्यो ?
- रूखले भन्यो, "आज राति ठूलो झरी झर्नेछ, आकाशबाट।"

समय यस्तै आठको आसपास हुँदो हो। ग्रहणशमशेर थापाले लिपिकाको कुरालाई गहनरूपले ग्रहण गरेको बुझियो।

ग्रहणशमशेरले बार्दलीमा गई आकाश हेऱ्यो। स्वप्निल भ्यालीको आकाशमा उज्यालो पूर्णिमाको एक टुक्रा रात टाँगिएको थियो। बादलको कुनै अत्तोपत्तो थिएन।

जूनले छिटफुट डिस्ट्रिब्युट गरेको शीतल प्रकाशले पाँच माइल टाढा कारपेन्टरको जङ्गल चम्किलो देखिन्थ्यो।

ऊ काठको कुर्सीमा धुम्धुम्ती बसेको थियो।

लिपिकाले अर्को कप कफी ल्याएर लोग्नेलाई हस्ते गरी। ग्रहणशमशेरले सुरूप्प गरी मसिनो साउन्ड निकाली कफीको स्वादिलो चुस्की लियो। लिपिकाको अनुहारमा एकटकले हेऱ्यो। उसले भन्यो, "रूखले बोलेको त्यो एक टुक्रा डाइलग एकपटक रिपिट गर त।"

लिपिका : आज राति ठूलो झरी झर्नेछ, आकाशबाट।

ग्रहणशमशेर : झर्नेछ ?

लिपिका : हो, झर्नेछ ।

ग्रहणशमशेर : तिमीले आफ्नै कानले सुनेकी हौ ?

लिपिका : अरू कस्को कानले सुन्थें र ? आफ्नै कानले सुनेकी हुँ ।

ग्रहणशमशेर : तिमीलाई रूखले गरेको भविष्यवाणीमा विश्वास त छैन नि !

लिपिका : छैन ।

लिपिका किचनतर्फ गई ।

ग्रहणशमशेरले आकाश हेऱ्यो । मेघको कतै चाइचुइँसम्म पनि थिएन । उसले यस बेला वास्तवमा गणेश भगवान्को मूर्तिलाई सम्झनु पर्‍यो । मूर्तिको फिनिसिङ टच बाँकी नै थियो, जसलाई पूरा गर्नु थियो । गणेश भगवान्को सुँडमा केही गडबडी भएको थियो । नाकको प्वाल गलत लोकेसनमा परेको थियो, जसले गर्दा मूर्ति दोषपूर्ण एवम् हाँस्यास्पद देखिन्थ्यो ।

त्यस्तो अनर्थ उसबाट कसरी हुन गयो ?

जीवनमा पहिलोपटक आफ्नो कालीगढीप्रति ऊ सशङ्कित भएको थियो । आफ्ना कलात्मक औंलाहरूमाथि उसलाई सन्देह भएको थियो । आफ्ना औंलाहरूमाथि उसलाई विश्वास भइरहेको थिएन । उसको अविचलित आत्मविश्वास डगमगाएको थियो ।

यस्तो बेला, आफ्नो प्राइभेट आत्मविश्वासले आत्महत्या गरेका बेला ग्रहणशमशेर थापाकी स्वास्नी लिपिकाले ऊसित भनेकी थिई, "रूखले आज मसित कुरा गऱ्यो ।"

त्यसको भोलिपल्ट ग्रहणशमशेर थापा पीपल-ट्रीको ब्रान्चमा झुन्डिएको पाइयो ।

उसको मृतदेह गिलो थियो । उसले लगाएका लुगाहरू कालो कमिज, कालो प्यान्ट, कालो स्वेटर, कालो जुत्ता र कालो मोजा भिजेका थिए । उसले लगाएको कालो अन्डरवेयर पनि सके भिजेकै हुनुपर्छ ।

त्यो रातको सम्झना लिपिकाको मन-मस्तिष्कमा आजसम्म पनि लिपिबद्ध छ । उफ्ऽऽऽ त्यो संस्मरण, त्यो मेमोयेर !

लिपिकाको मेमोयर

लोग्ने बार्दलीमा बसी कफी पिउँदै थियो ।

रूघाको कारण उसको नाकबाट निरन्तर पानी बगिरहेको थियो । थाप्ने हो भने नाकको त्यो रूघ्यौली पानीले बाल्टी भरिन्थ्यो ।

लोग्नेलाई सायद केही कुराले सताइरहेको थियो ।

केही बेर अघिसम्म जूनको जुनेली प्रकाशले उघ्रिएको आकाशलाई कालो ढेडु बादलले छोपिसकेको थियो ।

आकाशको कुनाकाप्चालाई समेत ढेडु मेघले ओगटेर बसेको थियो । त्यसपछि आकाशबाट झरी झर्न थाल्यो ।

मैले दिउँसो पीपल-ट्रीले गरेको भविष्यवाणी सम्झेंः आज राति ठूलो झरी झर्नेछ, आकाशबाट ।

लोग्ने बार्दलीमा थिएन । तब कहाँ थियो त ?

मेरो पालो ठूलो वर्षादीले आफ्नो आङलाई घर्लप्प छोपें । यँमानको ठूलो टर्च बोकें ।

र घरबाट निस्कें ।

बजारको गल्ली हुँदै, ढुङ्गाको सडकमा चिप्लिँदै - चप्पल लगाउन त भुसुक्कै बिर्सेछु - हिडें ।

केहीबेर एकतमासले हिंडेपछि म थुम्के डाँडा पुगें । वृक्षनेर गएँ ।

वृक्षमा मात्रै पर्ने गरी मुसलधारे झरी झमझम गर्दै आकाशबाट झरिरहेको थियो ।

वृक्षवरपर त सिमसिम बर्सात मात्रै थियो । रूखमा मैले टर्च बालें ।

पीपल-ट्रीको करङमा लोग्ने तुर्लुङ्ग झुन्डिएको थियो । उसको देहमा टर्चको गिलो प्रकाश छ्यापें ।

अलिकति प्रकाश उसको अनुहारमा छ्यापें । लोग्नेको निथ्रुक्क भिजेको अनुहार चम्कियो । म निकै तर्सें ।

डरले खुम्चिएर डल्लो परें । भुइँमा थचक्क बस्दा केही वस्तुमा ठोक्किएँ । त्यतापट्टि उज्यालो छ्यापें ।

भुइँमा गणेश भगवान्को कालो मूर्ति थियो । मूर्तिको सुँड बीचबाट चुँडालिएको थियो ।

ठूलो झरी आकाशबाट निरन्तर झरी नै रह्यो ।

***

पात्र नम्बर
३
॥ पण्डित साष्टाङ्ग शास्त्री ॥

पण्डित साष्टाङ्ग शास्त्रीले एक दिन उदेकलाग्दो निर्णय लियो । शास्त्रीको उक्त निर्णय शास्त्रीयचाहिं अवश्य पनि थिएन । न त थियो, शाश्वत नै ! त्यो निर्णय त बडो सामयिक थियो । समसामयिक ।

त्यो निर्णय उसले सपनाबाट उधारो लिएको थियो । सापटी लिएको थियो ।

त्यो स्वप्न-सापटी निर्णय आखिर के थियो त ?

निर्णय के थियो भने उसले जिन्स प्यान्ट र टाइट टी-सर्ट लगाउनेछ । डिङ्गो बुट लगाउनेछ । टाउकोमा फ्रेन्च ह्याट लगाउनेछ ।

उक्त डिसिजन साष्टाङ्ग शास्त्रीको जीवनमा लिइएको एक महत्त्वपूर्ण निर्णय थियो । कारण, उसले आफ्नो जीवनकालमा त्यसअघि कहिल्यै प्यान्ट, सर्ट, जुत्ता लगाएको थिएन । न त टोपी नै लगाएको थियो ।

पण्डित साष्टाङ्ग शास्त्रीको सदाबहार पहिरन, परिधान त धोती थियो, दौरा सुरुवाल पो थियो ।

पहेंलो धोती उसको ब्रान्डेड वस्त्र थियो ।

उसको पीत धोतीबारे कस्तोसम्म जनश्रुति लोकप्रिय थियो भने जन्मँदासमेत पण्डित साष्टाङ्ग शास्त्री मिनी स्कर्ट साइजको धोती लगाएरै स्वप्निल भ्यालीमा व्युत्पत्ति भएको थियो ।

धोतीबाहेक ऊ दौरा सुरुवाल लगाउँथ्यो ।

उसको ज्यान उडन्ते टाइपको थियो । ठूलो हुरीबतासमा उसलाई आफ्नो ज्यान सम्हाल्नै गाह्रो पर्थ्यो । हुरीले उडाइदिने प्रवल सम्भावना सदा भइरहन्थ्यो ।

पण्डित साष्टाङ्ग शास्त्रीको एकसरो उडन्ते, हावादारी ज्यानमा दुईसरो दौरा अनि सुरुवाल सदा सजिएकै हुन्थ्यो । खुट्टामा भने सदा छालाको चप्पल लगाउँथ्यो ।

पन्ध्र-पन्ध्र दिनमा ऊ कपाल खौरन्थ्यो । कपाल खौरन ऊ बजारको अन्तिम छेउमा अवस्थित एवम् व्यवस्थित *चरैवति केश मुण्डनालय*मा कदापि कहिल्यै जाँदैनथ्यो । उसको केशमुण्डन त बरू उसकी विधवाले पो गर्थी ।

विधवा ?

होइन, होइन । गल्ती भयो, माफ गर्नुस् ।

पण्डित साष्टाङ्ग शास्त्रीको केश खौरने काम उसकी कचकचमा सिद्धि प्राप्त गरेकी पोक्ची जहान अश्रुधाराले गर्थी ।

उसको टुप्पीलाई फुक्काफाल छाड्ने हो भने नितम्बसम्म लत्रिएको हुन्थ्यो तर टुप्पीलाई ऊ प्रायः जुरो पार्थ्यो र टाउकोमा एकमुष्ट बाँधी राख्थ्यो ।

टोपी ऊ कहिल्यै लगाउँदैनथ्यो ।

टोपी लगाउने मनुष्यसित उसको तीव्र अरूची थियो । क्याप, ह्याट, टोप, टोपी जे भन्नुस् शिरमा पहिरिने मनुष्यहरू उसको नजरमा केवल टपोरी थिए ।

टोप र टपोरी !

यी दुई शब्दको समान उच्चारणमा ऊ अलि बढी नै उत्साहित हुने गर्थ्यो । ऊ प्रायः भन्ने गर्थ्योः

- सब टोपे, टपोरी हुन् ।

यद्यपि उसलाई टपोरीको खास अर्थ के हो, थाहा थिएन । प्रयोगमा आउने सम्पूर्ण शब्दको अर्थ थाहा हुनैपर्छ भन्ने सो-कल्ड युनिभर्सल नियम ऊ मान्दैनथ्यो । कसैले टपोरीको खास अर्थ के हो भनी सोधिहालेको खण्डमा ऊ आफ्नो कन्चट कन्याउन थाल्थ्यो र प्वाक्क भन्थ्योः

- म कुनै शब्दकोश होइन ।

पण्डित साष्टाङ्ग शास्त्रीले टोपी कहिल्यै नलगाउनुको गुह्य रहस्यचाहिं-जो ऊ भन्थ्यो-सौर्य-ऊर्जासित जोडिएको थियो । त्यसो त ऊ सूर्य देवताको घनघोर फ्यान थियो । उपासक थियो ।

सौय-ऊर्जासित जोडिएको उसको धारणा बडो यौनिक थियो । बडो युनिक थियो ।

यौनिक र युनिक दुवै मिलेको हुनाले उसको धारणा कमसेकम उसलाई मौलिक लाग्ने गर्थ्यो । तपाईंले कहिल्यै टोपी नलगाउनुको मूल कारण के हो भन्ने पीपल-पुरूष अर्थात् हाउडेको प्रश्नको उत्तर पण्डित साष्टाङ्ग शास्त्रीले एक दिन यसरी दिएको थियोः

- टोपी नलगाउनाले टाउकोमार्फत् सौर्य-ऊर्जा शरीरभित्र प्रवेश गर्छ । यो ऊर्जाले शरीरलाई हरक्षण तन्दुरूस्त पार्छ । शरीर हरबखत सक्रिय रहन्छ ।
  सौर्य-ऊर्जाले सेक्सको इम्युनिटी पावर बढाउँछ ।

तर टोपी लगाउनाले सौर्य-ऊर्जा शरीर प्रवेश गर्नबाट रोकिन्छ । त्यो टोपेको सेक्सुअल इनर्जी शून्य डिग्रीमा झर्छ ।

वास्तवमा टपोरीहरूको सेक्सुअल फ्यान्टासी शून्य दशमलव शून्य डिग्रीको हुन्छ ।

यस्तो खालको यौनिक तथा युनिक धारणा सुनी त्यस दिन हाउडेको बोलती बन्द भएको थियो । संयोग नै मान्नुपर्छ, त्यस दिन हाउडेले रेड क्याप लगाएको थियो । शास्त्रीको तर्क सुनी उसले टाउकोबाट क्याप निकाल्यो र मनमनै प्रण गर्‍योः *शास्त्रीजीले भन्नुभएको कुरा सायद जायज छ । विगत केही कालदेखि मेरो सेक्सुअल इनर्जी अवश्य पनि घटेकै हो । टाइममा उठ्दै उठ्दैन । लाजमर्नु हुन्छ । सायद यो सब रेड क्यापकै कारण हो । टु हेल विथ रेड क्याप ! आइन्दा टोपी लगाउदिनँ । मेरो टाउकोलाई ताप चाहिएको हुनुपर्छ । सौर्य ताप । शास्त्रीजीले भनेको कुरा अजमाएर हेर्दैमा के नै पो नोक्सानी होला ! कतै मेरो पनि सेक्सुअल इम्युनिटी, फ्यान्टासी बढी पो हाल्छ कि !*

यद्यपि पण्डित साष्टाङ्ग शास्त्रीको सेक्सुअल ऊर्जाको न्युनतम् तापक्रमचाहिँ कति डिग्री थियो ? यसको पब्लिक कन्फेसनचाहिँ उसले कहिल्यै गरेन । न त कहिल्यै मौसम तथा जलवायु विभागले यसको सूचना नै जारी गर्‍यो ।

टोपी लगाउने टपोरीहरूको ग्रहदशाको शुद्धीकरण गर्नै ऊ अरूची मान्थ्यो । ऊ त्यस्ता ग्रहदशाद्वारा ग्रस्त टपोरीसित खुल्लमखुल्ला भन्ने गर्थ्योः

- टोपी लगाउनु भा'छ । अब भुत्रोको ग्रहदशा शान्ति हुन्छ ! पहिले टोपी फुकाल्नुस् । तपाईंको आधा ग्रहदशा यसै शान्ति हुन्छ । बाँकी आधा काम म हेरूँला ।

सुन्नेजान्नेले केसमेत भन्थे भने टोपी लगाउने मानिसहरूको ऊ गलत भविष्यवाणी गरिदिन्थ्यो । हात हेराउने मानिस टोपीवाला पर्‍यो भने ऊ हस्तरेखाको अध्ययनविना नै भनिदिने गर्थ्योः

- तपाईंले लगाएको टोपीकै कारण तपाईंको टाउकोमा शनि र राहुको प्रकोप छ । टोपीकै कारण निकट भविष्यमै हुन गइरहेको सुहागरातमा ठूलो दुर्घटना हुने योग छ ।

आफ्नो चिना, जोखाना देखाउन जाने मनुष्यहरू यदि टोपीवाला छन् भने त्यस्ता टपोरीहरूको भाग्यलाई लिएर ऊ निरङ्कुश टिकाटिप्पणी गर्ने गर्थ्यो । एक दिन आफ्नो लोग्नेको चिना देखाउन आएकी महिलासित उसले यसो भन्यो :

- तपाईंको श्रीमान्‌ले सेक्सको समयमा टोपी लगाउनुहुन्छ ?

महिला केही सरल हृदयकी स्वास्नी थिई, सायद । टोपी भनेको उसले हो न हो, परिवार नियोजनको अस्थायी साधन कण्डम भन्ने अर्थमा बुझी । सके उसको श्रीमान्

सेक्सको समयमा कण्डम लगाउने गर्थ्यो । पण्डितको प्रश्नको उसले सरल एवम् निष्पाप चित्तमा जवाफ दिई:

- लगाउनुहुन्छ ।

पण्डित : त्यसो भए फुकाल्न लगाउनुस् । टोपी लगाएर सेक्स गर्ने ? कस्तो स्वाँठ लोग्ने परेछ ।

महिला : टोपी फुकालेर सेक्स गर्दा गर्भ रह्यो भने के गर्ने ?

पण्डित : टोपीसित गर्भको के तालुक ? अचम्म छ !

महिला : पण्डितजी ! तपाईंले कुन टोपीको कुरा गर्नुभा ?

पण्डित : अरू कुन टोपी हुन्थ्यो ? मैले टाउकोको टोपीको कुरा गऱ्या ।

महिला : मैले त अर्कै टोपी पो बुझें ।

टोपीसित सम्बन्धित पण्डित साष्टाङ्ग शास्त्रीका यस्ता उदेक्यौली किस्साहरू स्वप्निल भ्यालीमा सर्वत्र चर्चाको विषय बनेका थिए ।

टोपी किस्साले गर्दा ऊ लोकप्रियताको टपर बनेको थियो ।

तर एक दिन अचम्म भयो । पण्डित साष्टाङ्ग शास्त्रीले टोपी लगायो ।

कुरा टोपीको मात्र हुँदो हो त, यो टोपी-किस्सा या प्रकरणलाई शास्त्रीको अन्तरिम प्रायश्चितको हिस्सा ठानी संक्षिप्त प्रतिक्रिया मात्रै जाहेर गर्न सकिन्थ्यो तर पण्डित साष्टाङ्ग शास्त्रीले त्यो दिन टोपीका साथ आफ्नो उडन्ते ज्यानलाई ब्लु जिन्स प्यान्ट, ह्वाइट टी सर्ट र फ्रेन्च क्यापले सुशोभित पाऱ्यो । मानौं, यतिमात्र पर्याप्त थिएन अथवा शरीरका यी जिन्सी जिनिस अपूरो भएका हुन् । उसले छालाको जुत्ता विक्री-वितरण गर्ने *ब्राउन लेदर डिङ्गो हाउसबाट* एक जोर कालो चम्किलो डिङ्गो जुत्ता पनि किन्यो ।

त्यो दिनको दैनिकी यस प्रकार थियो :

सधैं ब्रह्ममुहूर्तमा स्वप्न परित्याग गर्ने पण्डित साष्टाङ्ग शास्त्री त्यो बिहान ओछ्यानबाट अबेर उठ्यो ।

निद्राबाट बाहिर निस्कँदा आँगनमा घाम लागिरहेको थियो । उसको आङ्मा पनि एक टुक्रा घाम टाँस्सियो ।

सूर्य देउतालाई उसले देख्या नदेख्यै गऱ्यो । वास्ता गरेन । बालै दिएन । सूर्य पुजन एवम् जल तर्पण गर्ने पावन मुड पनि भएन ।

घरपछाडिको करेसाबारी छेवैको कुण्डमा जलस्नान गरेन । निधारमा त्रिपुण्ड टीका पनि लगाएन । मन्त्र पाठ केही गरेन । बरू जहान अश्रुधारासामु अनौठो आग्रह गऱ्यो:

- मलाई पपाया जुस दिइयोस् ।
- पपाया जुस ? त्यो पनि एकाबिहानै ? - आफ्नो खसमको यस्तो अदैविक चालादेखि अश्रुधारा आश्चर्यचकित परी । मेवाको जुस खोज्न अब कहाँ जाने ? खसमको कस्तो अवैदिक पारा !

कस्तो अदैविक चाला ?

कस्तो अवैदिक पारा ?

अश्रुधारालाई के गरूँ, कसो गरूँ भयो । खसमको नजरबाट एक बित्ता तल झरूँ या खसमको दृष्टिबाट दुई बित्ता पर सरूँ ? के गरूँ ?

पपाया जुस पिउने पावन धोको पूरा नहुने छाँटकाट देखापरेपछि पण्डित साष्टाङ्ग शास्त्री बजारतिर झऱ्यो । *आम्रपाली ड्रिङ्क्स पार्लर*भित्र सरासर छिऱ्यो र बेयरासित भन्योः

- बेयरा ब्रो ! मलाई पपाया जुस सर्भ गरियोस् ।

बेयरा ब्रो : पपाया जुस त छैन शास्त्रीजी !

शास्त्रीजी : छैन ?

बेयरा ब्रो : छैन । पपाया वाइन छ । चल्छ ? इज पपाया वाइन फाइन् ?

शास्त्रीजी : नो । इट्स नट फाइन् विथ मी । मलाई जुस नै दिइयोस् । जीवनमा पहिलोपटक जुस खाइँदै छ । मेरो मनको तुलतुल यही छ कि पपाया जुस नै सेवन गरियोस् । त्यसैले ओ सेवक ब्रो ! पपाया जुस सेवन गर्ने मेरो इच्छा पूरा गरियोस् ।

सेवक ब्रो : शास्त्रीजी ! जुस मेसिन त बिग्रेको छ ।

बसिसकेको सोफाबाट पण्डित साष्टाङ्ग शास्त्री जुरूक्क उठ्यो र बाहिरियो । एकसुरले हिंड्दै बजारको अन्तिम छेउसम्म पुग्यो ।

*चरैवति केश मुण्डनालय*भित्र छिऱ्यो र खाली कुर्सीमा थपक्क बस्यो । आफ्नो नितम्बसम्म लत्रिएको एक मुठा टुप्पीतर्फ बूढी औंलाले सङ्केत गर्दै हजामसित पण्डितले यसो भन्योः

- बार्बर ब्रो ! यो शिखाको बुचरिङ गरियोस् । तु ।
- बुचरिङ ? शिखाको बुचरिङ ? बार्बर ब्रो ट्वाँ पऱ्यो ।

बार्बरलाई ट्वाँ परेको देखी पण्डितले भन्यो :

- बार्बर ब्रो ! टुप्पी छेदन गरियोस् । तु ।

टुप्पी छेदन ? बार्बर ब्रो डबल ट्वाँ पऱ्यो ।

बार्बरलाई डबल ट्वाँ परेको देखी पण्डितले तेस्रोपटक मुखा आँ गऱ्योः

- बार्बर ब्रो ! तु शिखा मुण्डन गरियोस् । तु ।

शिखा मुण्डन ? बार्बर ब्रो ट्रिपल ट्वाँ परिगयो । पण्डितले पटक-पटक तु उच्चारण गरेको सुन्दा बार्बर ब्रोलाई आफ्नो किङ साइज्ड तुरीको याद आयो । त्यो तुरी, जसलाई उसले पार्सल गरी ड्रयरभित्र कतै थन्काइदिएको थियो ।

बार्बर ब्रोको सेक्स वास्तवमा बार्बरिक & सिजनल थियो । वर्षको चारवटा सिजनमा ऊ ड्रयरबाट पार्सल निकाल्थ्यो । स्प्रिङ, समर, फल, विन्टर । तत्तत् सिजनमा ऊ आफ्नो नाइटोमुनि केवल चारपटक तुरी जडान गर्थ्यो र औंसीको रातमा सेक्स पार्लरतिर छिर्थ्यो ।

- ट्वाँ परी के सोचि'रा ? - पण्डित लगभग चिच्यायो ।

बार्बर ब्रोले कैंची समात्यो । एक मुठा तुरीलाई-सरी, माफ गर्नुस्-टुप्पीलाई मुट्ठीमा बन्द गऱ्यो । पण्डितले भन्योः

- बार्बर ब्रो । कैची होइन छुरा चलाइयोस् ।

***

पण्डित रिभल्भिङद्वारबाट सरासर *फ्याफुल्ला पोशाक गृह*भित्र प्रवेश गऱ्यो । सरासर जिन्स ग्यालरीतर्फ बढ्यो । एउटा टाइट ब्लु प्यान्ट चाङबाट टिप्यो । टि-शर्ट ग्यालरीतर्फ बढ्यो । एउटा श्वेत टि-शर्ट टिप्यो । सरासर काउन्टरमा आयो । काउन्टरम्यानसित भन्यो :

- चेन्जिङ रूम काँ छ ? कृपया देखाइयोस् ।

काउन्टरम्यानले जवाफ दियो, "यहाँ चेन्जिङ रूम छैन । यहीं उभिइउभिई चेन्ज गर्नुस् ।"

पण्डित साष्टाङ्ग शास्त्री दोधारमा पऱ्यो । कपडा खोलूँ कि नखोलूँ ?

यसैबेला काउन्टरमा मुडुलो टाउको भएकी सिमसारा टुप्लुक्क देखा परी । सिमसाराले यताउति कतै नहेरी सरासर आफ्नो स्लिभलेस शर्टको टाँक खोली । स्याफ्रन-डटेड-शर्ट फ्यात्त भुइँमा खस्यो ।

यताउति कतै नहेरी सिमसाराले ब्राको हुक खोली । स्याफ्रन-डटेड-ब्रा फ्यात्त भुइँमा खस्यो । त्यसपछि उसको शरीरबाट स्याफ्रन-डटेड-फ्रक भुइँमा फ्यात्त खस्यो । त्यसैगरी खस्यो भुइँमा फ्यात्त स्याफ्रन-डटेड-प्यान्टी ।

सर्वाङ्ग नग्न सिमसाराको स्याफ्रन शरीरलाई पण्डित साष्टाङ्ग शास्त्रीले घुटुक्क थुक निल्दै हेऱ्यो । सिमसाराले पण्डितसामु भनी :

- युवतीको कसिलो स्तन र टाइट योनि कहिल्यै देख्या छैन ? थुक निलिहाल्नु पर्छ ?

सिमसाराको डाइलग सुनी निल्नै लागेको दोस्रो थुक पण्डितको घाँटीमा नै अड्कियो । सिमसाराले दोस्रो डाइलग डेलिभरी गरी :

- दोस्रो थुक घाँटीमा किन अड्काइरा ! निल्नुस् ।

शास्त्रीले बाँकी दोस्रो थुक घुटुक्क निल्यो ।

वस्त्र-ग्यालरीबाट छनौट गरिएका फ्यान्सी वस्त्रहरूलाई सिमसाराले प्लास्टिकको ब्यागबाट निकाली । इन्डिगो प्यान्टीलाई तिनिक्क तन्काएर दुवै गोडामा घुसाइवरी माथि सार्दै टिमिक्क पारी । इन्डिगो ब्रा लगाई । त्यसमाथि इन्डिगो स्लिभलेस शर्ट लगाई । त्यसपछि मात्र अन्तिममा इन्डिगो फ्रक लगाई ।

पालैपालो भुइँका वस्त्रहरू टिप्दै सिमसाराले प्लास्टिकको ब्यागमा राखी । अक्क न बक्क परी ठिङ्ग उभिएको पण्डित साष्टाङ्ग शास्त्रीलाई ब्याग थमाउँदै भनी, "अश्रुधारा बज्यैलाई दिनुहोला । मेरो उपहार भयो ।"

यति भनी सिमसारा *फ्याफुल्ला पोशाक गृह*बाट फटाफट बाहिरिई ।

- पपाया जुस खानुस् । - काउन्टरम्यानको आवाज सुनी पण्डित बेस्सरी झस्क्यो ।

काउन्टरम्यानको हातमा पीत रङ्गको एक गिलास रसिलो जुस थियो । जुसको गिलास काउन्टरम्यानको हातबाट उसको हातमा सऱ्यो । पण्डितले एक श्वासमै सबै जुस घटघट पियो ।

त्यसपछि शास्त्रीले आफ्नो आङबाट दौरा सुरूवाल उताऱ्यो । नाङ्गै भयो । त्यसपछि नयाँ लुगा लगायो ।

उसको उडन्ते ज्यानमा ब्लु टाइट जिन्स प्यान्ट र टाइट टि-शर्ट बिल्कुल म्याच गऱ्यो । शास्त्री दङ्ग पऱ्यो । काउन्टरम्यानसित भन्यो :

- मलाई एउटा अच्छा बेल्ट र फ्रेन्च ह्याट पनि दिइयोस् ।

कुनै विलम्ब नगरी काउन्टरम्यानले पण्डितसामु एउटा अच्छा लेदर बेल्ट र फ्रेन्च ह्याट पेश गऱ्यो । दुवै जिनिस लगाइसकेपछि ऐनामा उसले आफूलाई अवलोकन गऱ्यो । ऐनाको प्रतिविम्बित मान्छेलाई उसले चिन्न सकेन ।

दौरा सुरूवाललाई उसले झोलामा पोको पाऱ्यो । यतिखेर उसलाई झल्यास्स याद भयो । अर्को पोको खोई ? यताउति खोज्यो । अर्को पोको त कतै थिएन ।

- के खोज्नुभयो ? - काउन्टरम्यानले सोध्यो ।
- मेरो अर्को पोका । - उसले भन्यो ।
- कस्तो अर्को पोका ?
- सिमसाराले मेरो हातमा थमाइदिएको पोका । भर्खरै उसले मलाई यहीं दिएकी थिई नि !
- को सिमसारा ?
- भर्खरै यहीं थिई नि । मुडुलो टाउको भएकी युवती !
- त्यस्ती मुडुलो टाउको भएकी युवती हाम्रो दोकानमा आजसम्म कहिल्यै आएकी छैन ।
- साँच्चि हो ?

- धरोधर्म साँचो हो । यहाँ आइमाईको पोशाक नै पाइँदैन शास्त्रीजी ! कस्तो भुसुक्क बिर्सनुभएको तपाईंले । यो त जेन्ट्स पसल हो ।

***

पण्डित साष्टाङ्ग शास्त्रीलाई कम्प्लिट्ली नयाँ गेटअपमा देखेर *ब्राउन लेदर डिङ्गो हाउस*को मालिक प्रतिपदा पराजुली प्रशस्त चकित पऱ्यो । प्रतिपदाले भन्यो पनि :

- शास्त्रीजी ! गज्जबको हुलिया बनाउनुभएछ ! टोपी लगाउनुभएछ !

जवाफमा शास्त्री मुसुक्क हाँस्यो । पसलभरि आँखा दौडायो । थरिथरि मोडलका जुत्तामा उसको नजर पऱ्यो । प्रतिपदाले भन्यो :

- शास्त्रीजी ! भन्नुस् के सेवा गरूँ ? पपाया जुस पिउने कि ?
- पिउने । - भन्यो ।

प्रतिपदा पराजुलीले पपाया जुस पण्डितको हातमा थमाइदियो । पण्डितले एकै श्वासमा खाइदियो । रित्तो गिलास फिर्ता गर्दै भन्यो :

- मलाई काइदाको डिङ्गो बुट देखाइयोस् ।

प्रतिपदा पराजुली काइदाको बुट खोज्न पसलको गुप्त कक्षभित्र छिऱ्यो । एकछिनमै निस्कियो । बुटसितै । साष्टाङ्ग शास्त्रीले बुट लगायो । गोडामा ठ्याक्कै मेल खायो । एक छिन बुट बजार्दै पसलमै यताउति टहलकदमी गऱ्यो ।

प्रतिपदाले भन्यो :

- शास्त्रीजी ! फ्रेन्च ह्याट र डिङ्गो बुटमा तपाईं ज्याङ्गो देखिनुभयो ।
- कस्तो देखिएँ रे ? - शास्त्रीले सोध्यो ।
- ज्याङ्गो ! - प्रतिपदाले भन्यो ।
- ज्याङ्गो भन्याचाहिं क्या हो ?
- त्यति पनि थाहा छैन ? - प्रतिपदाले प्रतिप्रश्न गऱ्यो ।
- थाहा छैन । क्या हो ?
- ज्याङ्गो भनेको पण्डित साष्टाङ्ग शास्त्री हो । - प्रतिपदाले ज्याङ्गोको अर्थ खुलायो ।

***

त्यो दिन बजारभरि साष्टाङ्ग शास्त्रीको निकै चर्चा भयो । उसको फ्रेन्च टोपी बातचितको हट टपिक बन्यो । *इरोटिका सिगार-हाउस*को शप-किपर जुजुकाजी त्यसबेला घोर आश्चर्य मात्रै नभई खङ्ग्रङ्गै भयो, जब माथि टोप र मुनि डिङ्गोमा सजिएको पण्डित साष्टाङ्ग शास्त्री ऊसामु देखा पऱ्यो र भन्न थाल्यो :

- म सिगारको तलतलद्वारा चारैतर्फबाट घेरिएँ । घेराउमा परें । तसर्थ जुजुकाजी भाइ ! जनी गरी मेरो हातमा सिगार थमाइयोस् ।

जुजुकाजीले पण्डितलाई माथि, मध्य र मुनि अनि मुनि, मध्य र माथि गरी आश्चर्यको मनोभावले क्रमशः एकसरो, दुईसरो हेऱ्यो । हेर्ने क्रम, उपक्रमलाई जारी राख्दै जुजुकाजीले तीनसरो पनि हेर्ने तीव्र अठोट गऱ्यो । त्यसै बखत पण्डित साष्टाङ्ग शास्त्रीले भन्यो :

- मलाई यसरी इन्स्टलमेन्टमा तलदेखि माथिसम्म भागबन्डा लगाई टुलुटुलु नहेरियोस् । मद्वारा यसअघि भनिएकै कुरा हो । त्यसलाई यहाँ पुनः रिपिट गरिन्छ । कृपया, जनी गरी मेरो हातमा सिगार थमाइयोस् ।

पण्डितको भाषामा अनौठो किसिमको अपरिचित लवज थियो । शास्त्रीजी किन प्यासिभ भोइसमा बोलिरहेछन् ? जुजुकाजी एकछिन घोरियो ।

- यसरी कदापि नघोरियोस् । - शास्त्रीले भन्यो ।
- बडो अचम्म छ । - जुजुकाजीले केवल तीन शब्द मात्र उच्चारण गर्न सक्यो ।
- अचम्म नमानियोस् । - पण्डितले भन्यो - अघि नै दुईपल्ट भनिएको कुरा पुनः अन्तिमपटक रिपिट गरिँदै छ । ध्यानपूर्वक सुनियोस् । जनी गरी मेरो हातमा सिगार थमाइयोस् ।

जुजुकाजी बडो रनभुल्लमा पऱ्यो । ऊ कन्फ्युजनको ऊमा पऱ्यो । अर्थात् घेराउमा पऱ्यो । उसले ऊ निकाल्यो । अर्थात् सिगार निकाल्यो ।

अन्ततः उसले उसलाई ऊ दियो । अर्थात् सिगार दियो । त्यसपछि पण्डितले उसलाई ऊ दियो । अर्थात् धन्यवाद दियो :

- लौ त ! तपाईंलाई धन्यवाद दिइन्छ । ओके ?

मुन्टो हल्लाउँदै जुजुकाजीले ओके भन्यो । पसलबाट प्रस्थान गर्नुअघि पण्डितले यताउति हेर्दै, धमिलो स्वरमा जुजुकाजीको कानैनेर साउती गर्दै भन्यो :

- भोलि तपाईं कस्को मलामी जाँदै हुनुहुन्छ, थाहा छ ?

जुजुकाजीले मुन्टो हल्लाउँदै बिस्तारै थाहा छैन भन्यो । यताउति पल्याकपुलुक हेर्दै पुनः साउतीमै पण्डितले जुजुकाजीको कानमा भन्यो :

- पीपल-ट्रीको ब्रान्चमा भोलि ज्याङ्गो झुन्डिएको पाइनेछ ।
- को ज्याङ्गो ? - जुजुकाजीले सोध्यो ।

परन्तु ज्याङ्गोबारे पण्डितले कुनै जानकारी खुलाएन ।

***

त्यो साँझ आफ्नो खसमलाई त्यस्तो अकल्पनीय एवम् कल्पनातीत हुलियामा देखी अश्रुधारा झण्डै बेहोस भई ।

पण्डित साष्टाङ्ग शास्त्रीले *फ्याफुल्ला पोसाक गृह*बाट अश्रुधाराको लागि पनि एउटा नयाँ लुगा ल्याइदिएको थियो । लुगा दिँदै भन्यो :

- तिमीलाई समेत फ्यान्सी ड्रेस ल्याइएको छ । ई यसलाई हेरियोस् र तु लगाइहालियोस् ।

अश्रुधाराले लुगाको सानो पिसलाई ओल्टाइपल्टाई हेरी । परन्तु केही भेउ पाइन । सोधीः

- कस्तो लुगा हो यो ? यति छोटो ?
- फ्रक । - पण्डितले भन्यो ।

हातमा फ्रक समाती अश्रुधारा कोठामा एकछिन फऱ्याकफुरूक गरी । नाकको पोरा फुलाउँदै यताउति डुली । क्रोधको दावानलले ऊ भित्रभित्रै भष्म हुँदै गई ।

ठूलाठूला नेत्रले खाउँलाझैं गरी अश्रुधाराले भनी :

- म फ्रग हुँ र फ्रक लाउने ?

त्यसको भोलिपल्ट पण्डित साष्टाङ्ग शास्त्री पीपल-ट्रीको ब्रान्चमा झुन्डिएको पाइयो । पण्डितको शास्त्रीय ज्यानमा अशास्त्रीय पराधुनिक पहिरन देखी मलामीहरू अवाक् भए ।

शास्त्रीको मृतदेहलाई मोक्ष-घाटमा जलाइयो ।

***

टेलिफोन र टाइपराइटर

पात्रहरू

टाइपराइटर : दिवङ्गत बुढाथोकी

टेलिफोन : सिमसारा

समय

०१:०१

रात

दिव्य प्रश्नको मसित कुनै दैविक आन्सर थिएन ।
म त फगत एक जैविक युवती न परें ।

- सिमसारा

टेलिफोन

म असनको नौ-गल्ली चोकमा उभिएकी थिएँ । चोक चुपचाप थियो । सुनसान थियो । मेरो चारैतर्फ ठूलाठूला घरहरू थिए । भूत बङ्गलाजस्ता घरहरूद्वारा म घेरिएको थिएँ । भूत बङ्गलाका गोस्ट हाउसहरूको घेराउमा परेकी थिएँ ।

टाइपराइटर

यु मिन गेस्ट हाउस ? अतिथि गृह ?

टेलिफोन

आई मिन गोस्ट हाउस । भूत गृह । बाक्लो कुहिरोको गहन सघनताले गल्लीलाई छोपेको थियो । यस्तो लाग्थ्यो, ती कुहिरो छापामार लडाकु हुन्, जो ग्रे-गल्लीमा मार्चपास गरिरहेका छन् ।

टाइपराइटर

मार्चपास गरिरहेको कुहिरो ? कस्तो ब्युटिफुल कुरो !

टेलिफोन

केही कुहिरो स्ट्यान्ड-स्टिल पोजिसनमा थिए । ती पि ए यु एस ई : पज्-पोस्चरमा थिए ।

टाइपराइटर

ती स्ट्यान्ड-स्टिल पोजिसन अर्थात् पज्-पोस्चरका कुहिरो कतै डेड पो थिए कि !

टेलिफोन

डेड त अलि भनिहाल्न मिल्दैनथ्यो कि ! किनकि केही कुहिरो मेरो आङमा टाँस्सिएका थिए र तिनलाई टकटक्याउँदा ती उडेर फुस्स-फुस्स गरी आङबाट खस्थे । मेरो खुट्टावरपर गुभाजु गुट्मुटिन्थ्यो । र बेला-बखत छेवैको अशोक विनायक मन्दिरभित्र या कहिले अन्नपूर्णा देवीको मन्दिरभित्र गई बिलाउँथ्यो । यस्तो लाग्थ्यो, गुभाजु मसित हाइड एन्ड सिकको खेल खेलिरहेको छ ।

टाइपराइटर

को गुभाजु ? मन्दिरको पुजारी हो ? टेम्पलको प्रिस्ट तिम्रो खुट्टावरपर किन गुट्मुटिरहेको थियो ?

टेलिफोन

प्रिस्ट, पुजारी केही पनि होइन ।

गुभाजु त बिरालो पो हो त ! अ ब्ल्याक बिरालो ।

टाइपराइटर

तिमी त्यहाँ नौ-गल्लीमा किन पुगेकी थियौ ? तिमी
त्यहाँ के गर्दै थियौ ?

टेलिफोन

म कसैलाई कुरिरहेकी थिएँ । म कसैको प्रतीक्षामा थिएँ ।

टाइपराइटर

कसलाई कुरिरहेकी थियौ ? तिमी कस्को प्रतीक्षामा थियौ ?

तिमीलाई भेट्न को आउँदै थियो ?

टेलिफोन

त्यो मलाई थाहा थिएन । मलाई यतिमात्र भनिएको थियो कि मैले त्यहाँ कसैलाई पर्खी बस्नुपर्नेछ । कोही मेरा निम्ति बक्स-पार्सल लिएर आउँदै थियो ।

मलाई के पनि भनिएको थियो भने त्यो बक्स-पार्सलभित्र एउटा महत्त्वपूर्ण चिठी हुनेछ ।

टाइपराइटर

चिठी ? कस्तो चिठी ? बक्स-पार्सल नै चाहिने कस्तोखालको महत्त्वपूर्ण चिठी ?

टेलिफोन

त्यसबारे मलाई केही पनि बताइएको थिएन ।

मलाई त यत्तिमात्र भनिएको थियो, "सिमसारा ! तिमी असनको नौ-गल्लीमा प्रतीक्षा गरी बस । कोही न कोही आउनेछ र तिम्रो हातमा बक्स-पार्सल थमाउनेछ । त्यसभित्र एउटा महत्त्वपूर्ण चिठी हुनेछ । गो एन्ड वेट फर समबडी सिमसारा !"

टाइपराइटर

सिमसारा ? यो सिमसारा भनेको को ?

टेलिफोन

सिमसारा भनेको सिमसार क्षेत्रमा फुल्ने गुलाफ । गुलाफ पनि कस्ता भने इन्डिगो रङको । सिमसारा भनेको सिमसार क्षेत्रमा फुल्ने कमल । कमल पनि कस्तो भने इन्डिगो रङको । सिमसारा भनेको म । अरू को हुन्थ्यो ?

टाइपराइटर

आई यम सरी । कस्तो भुसुक्कै बिर्सेको मैले ! मलाई त अझै पनि मिस्टिकासित कुरा गरिरा'छु जस्तो लागिरा'छ । मिस्टिका र म यसैगरी रातभरि कुरा गरी बस्थ्यौं । कस्तो मिस्टिक तरिकाले मिस्टिका गायब भई, होइन ? मिस्टिकाको कुनै अत्तोपत्तो थाहा लाग्यो ? ऊ कहाँ हराई ?

टेलिफोन

आजको मितिसम्म कुनै खबर छैन । पहिले-पहिले पनि मिस्टिका दिज्यू पटक-पटक यसै गरी हराउनु हुन्थ्यो रे ! तर गायब भएको केही कालपछि फर्किहाल्नु हुन्थ्यो रे ! तर यसपटक गायबको ग्याप अलि लम्बियो । मलाई त कस्तो डर लागिरा'छ । कतै दुर्घटनामा त पर्नु भएन ? त्यसमाथि प्रेग्नन्ट हुनुहुन्छ ।

टाइपराइटर

कति महिनाको प्रिग्नेन्सी हो ?

टेलिफोन

नौ महिना पूरा भएर दश महिना लागेको अवस्था हो ।

टाइपराइटर

डेलिभरी टाइम त भैसकेको रै'छ ।

टेलिफोन

त्यही त, यस्तो क्रिटिकल समयमा मिस्टिका दिज्यू कहाँ हुनुहुन्छ होला ? त्यस्तो अज्ञात ठाम कहाँ होला, जहाँ मिस्टिका मास्केका तमाम याम, चार्म र आरामको बस्दोबस्त गरिएको छ ।

टाइपराइटर

तमाम याम, चार्म र आराम ! वाह ! यु साउन्ड लाइक मिस्टिका ह्वेन यु स्पिक लाइक दिस् ! एनि वे ! नौ-गल्लीमा तिमीले कति लामो प्रतीक्षा गऱ्यौ ? कति युग बितायौ ? तिम्रो प्रतीक्षाको कुनै डेड-एन्ड भएन ?

टेलिफोन

मलाई त्यहाँ केही मानिसहरूले बाइपास गरी गए। मसित केही बेर केही कुराकानी गरे। केही सोधपुछ गरे। ती सबै मानिसहरूको चासो भने प्रायः मिस्टिकाको आत्मगमन बारे नै रहने गर्थ्यो।

टाइपराइटर

अच्छा ? फर एक्जाम्पल ? तिमीलाई बाइपास गरी जाने मानिसहरू को थिए ?

टेलिफोन

फर एक्जामपल-प्रदीप गिरी। गल्ली नम्बर १०१ बाट प्रदीप गिरी टर्च बालेर फुत्त निस्कनुभयो र मलाई सोध्नुभयो।

टाइपराइटर

प्रदीप गिरीले तिमीसित के सोध्नुभयो ?

टेलिफोन

सिमसारा मैयाँ ! चलो छैयाँ-छैयाँ ! मैयाँ, यो गल्लीको कुनै गन्तब्य छैन ? जहाँ म लेडी मिस्टिका मास्केको हस्तरेखा पढेर आगामी जीवन-पथ पहिल्याउन सकूँ ?

टाइपराइटर

कस्तो दिव्य प्रश्न ! तिमीले कस्तो खालको आन्सर दियौ त ?

टेलिफोन

दिव्य प्रश्नको मसित कुनै दैविक आन्सर थिएन। म त फगत एक जैविक युवती न परें। जैविक युवतीसित कहाँ दैविक पहुँच हुनु ! त्यसैले म मौन रहेँ। मौनम् शरणम् गच्छामी !

टाइपराइटर

सिमसारा !

तिम्रो मौनता स्वयम्मा एक सुन्दर आन्सर थियो। अक्सर दिव्य प्रश्नहरूको गहन ट्राजेडी के हो भने त्यसको कुनै दैविक आन्सर हुँदैन। शब्दम् शरणम् गच्छामी भनी दैविक शब्दहरूमा शरण पर्ने शरणागतहरूले अक्सर मौनम् शरणम् गच्छामीको जैविक मौनताको मन्त्रलाई आत्मसात गर्न चुक्छन्।

योर साइलेन्स वज अ पर्फेक्ट आन्सर। दिस इज गुड। तिम्रो जैविक मौनता स्वयम्मा एक सुन्दर आन्सर थियो।

त्यसपछि के भयो ?

टेलिफोन

प्रदीप गिरी शब्दम् शरणम् गच्छामी, मौनम् शरणम् गच्छामीको मन्त्रोच्चारण गर्दै दृश्यबाट अलप हुनुभयो । प्रदीप गिरी फ्रेम-आउट हुनुभयो । त्यसपछि गल्ली नम्बर १ बाट चैतन्य मिश्र बायाँ हातमा राँको बोकेर फुत्त निस्कनुभयो । उहाँले पनि मसित केही सोधपुछ गर्नुभयो ।

टाइपराइटर

चैतन्य मिश्रको प्रश्न के थियो ?

टेलिफोन

ओ, मिस्टिका मैयाँ !

मलाई लेडी मिस्टिकाको मिस्टिक ड्रिम्समा ड्रेडफुल्ली डेड हुनुछ । निनादीय निद्रा निदाउनु छ । मलाई मिस्टिका मास्केको ठेगाना बताइदेऊ ।

टाइपराइटर

बताइदियौ त ? मिस्टिकाको मिस्टिक ठेगाना ?

टेलिफोन

सपनाको पनि कुनै ठेगाना हुन्छ र ? तसर्थ म मौन रहें । त्यसपछि चैतन्य मिश्र राँकोसितै मेरो आँखासामु नै डिजल्भ हुनुभयो । विपनाबाट डिजल्भ भएपछि मानिस सपनाको संसारिक सत्तामा पुग्दो हो, सायद ! विपनाबाट डिजल्भ भएलगत्तै चैतन्य मिश्र मिस्टिकाको मिस्टिक सपनामा पदार्पण गर्नुभयो । मिस्टिकाको ठेगाना भेट्नुभयो सायद । मलाई यस्तै लाग्यो ।

टाइपराइटर

विपना कतिपयलाई सपना कतिपयसित जोड्ने एउटा अदृश्य च्यानल हुन्छ, प्यासेज हुन्छ, पथ हुन्छ । त्यसलाई चैतन्य-पथ भनिन्छ । पथिक बनी, हातमा राँको बोकी चैतन्य मिश्र त्यही अदृश्य चैतन्य-पथ मार्फत् मिस्टिकाको मिस्टिक ड्रिम्समा पुगेका हुन् ।

टेलिफोन

चैतन्य-पथमा चैतन्य मिश्र ! हाउ स्वीट् !

टाइपराइटर

हरेक मनुष्य एक पथिक हो, जोसित एक चैतन्य-पथ हुन्छ । त्यो पथ देख्नु-नदेख्नु पथिकको च्वाइसको कुरा हो । बाई द वे ! हरेक पथिक कहाँ चैतन्य मिश्र हुन्छ र ?

टेलिफोन

त्यसपछि गल्ली नम्बर १३ बाट अनुप बराल उदाउनुभयो । उहाँको हातमा चाहिं टर्च या राँको केही पनि थिएन । उहाँ विल्कुल रित्तो हुनुहुन्थ्यो । उहाँ हतास, उदास देखिनुहुन्थ्यो ।

टाइपराइटर

अनुप बराल हतास, उदास देखिइनुको कारण के रै'छ ? सोधिनौ ?

टेलिफोन

अहँ, सोधिनँ । कोही हतास, उदास छ भनी थाहा पाउँदा पाउँदै ऊ किन हतास छ, किन उदास छ भनी सोध्नुको के तुक रहन्छ र ? तसर्थ सोधिनँ । अनुप बराललले त बरू उल्टै मलाई सोध्नुभयो ?

टाइपराइटर

के सोध्नुभयो, सिमसारा ?

टेलिफोन

सिमसारा ! तिमी हतास, उदास किन छ्यौ ?

टाइपराइटर

कस्तो रोचक कुरा । तिम्रो प्रश्न त तिमीलाई नै ब्याकफायर पो भएछ !
तिमी हतास, उदास थियौ र ?

टेलिफोन

थिइनँ त ! हतास, उदास त बरू अनुप बराल नै हुनुहुन्थ्यो नि ! उहाँको अनुहारबाट रङ फुङ्ग उडेको थियो । उहाँको अनुहार फुस्रो थियो । तर मलाई उहाँले उल्टै सोध्नुभयो ।

टाइपराइटर

उल्टै के सोध्नुभयो सिमसारा ?

टेलिफोन

सिमसारा !
तिम्रो अनुहारबाट रङ किन फुङ्ग उडेको छ ? तिम्रो अनुहार किन फुस्रो छ ?

टाइपराइटर

तिम्रो अनुहारबाट रङ उडेको थियो र ? के तिम्रो अनुहार फुस्रो थियो ?

टेलिफोन

थिएन त ! तर उहाँले किन त्यसो भन्नुभयो भनी म कन्फ्युज भएँ । फेरि मलाई उहाले सोध्नुभयो कि सिमसारा तिमी कन्फ्युज किन छौ ?

टाइपराइटर

तिमीले के जवाफ दियौ त ?

टेलिफोन

के जवाफ दिनु र मैले ? म त नाजवाफ थिएँ । फेरि अनुप बरालले सोध्नुभयो कि सिमसारा, माई डार्लिङ ! तिमी किन नाजवाफ छौ ? मलाई मनमनमा के लाग्यो भने अनुप बराल केही कुरामा अलमलिनुभएको छ । उहाँलाई केही कुराले टेन्सन दिएको छ । तर उल्टै उहाँले मलाई के भन्नुभयो थाहा छ ?

टाइपराइटर

सिमसारा ! तिमी के कुरामा अलमलिरहेकी छौ ? तिमीलाई के कुराले टेन्सन दिएको छ ? अनुप बरालले तिमीलाई यही सोध्नुभयो, होइन त ?

टेलिफोन

एकज्याक्टली ! ठ्याक्कै त्यही भन्नुभयो । तर तपाईंले कसरी थाहा पाउनुभयो ?

टाइपराइटर

भेरी सिम्पल । तिमीसित यति कुरा गरिसकेपछि मेरो के कर्तव्य हुन आउँछ भने म तिम्रो दिमागमा घट्ने प्रसङ्गहरू पढ्न सकूँ । कि कसो ? आई क्यान सिम्प्ली रिड योर माइन्ड ।

टेलिफोन

दिस इज क्वाइट गुड ! म अनुप बरालको कन्फ्युजन, पीडा र समस्या केही बुझ्थें । कुण्डलिनी कुहिरोको कारण उहाँको *सिल्भिया* फिल्म फ्लोरमा जान सकेको थिएन । त्यसमाथि उहाँकी हिरोइन मिस्टिका मास्के प्रेग्नन्ट भएकी थिई र सम्पूर्ण सम्पर्क सूत्रहरूदेखि वियोन्ड थिई, पार थिई ।

अशोक विनायक मन्दिरबाट गुभाजु निस्क्यो र अनुप बराललाई आँखा सन्काउन थाल्यो ।

गुभाजु अनुप बरालको खुट्टामा गुट्मुटिन थाल्यो । तीनपटक म्याउँ ! म्याउँ !! म्याउँ !!! गऱ्यो । त्यसपछि अनुप बरालले गुभाजुलाई दुवै हातले भुइँबाट उठाउनुभयो र आफ्नो कुममा राख्नुभयो । अनि गुभाजु र अनुप बराल म्याडम फेब्रुअरीको गल्ली नम्बर ५५५ तर्फ लागे । हेर्दाहेर्दै त्यसपछि बाक्लो कुण्डलिनी कुहिरोको गहन अन्धकारमा मिस्टर बराल एन्ड गुभाजु, द ब्ल्याक क्याट फेड-आउट भइगए ।

टाइपराइटर

कोही फ्रेम-आउट होइदिने, कोही डिजल्भ हुने अनि कोही फेड-आउट हुने ! कस्तो सुन्दर ! तिमीले दृश्य-विनाशको राम्रो वर्णन गऱ्यौ । दिस इज गुड !

टेलिफोन

दृश्य-विनाशका कुरा यस्तै हुन् । दे जस्ट अपियर्ड आउट अफ् ब्लु एन्ड सिम्प्ली डिसापियर्ड इन्टु नोह्वेर ! त्यसपछि मदन भण्डारीको गल्ली नम्बर १७ बाट एउटा मौन जुलुस निस्क्यो ।

टाइपराइटर

मौन जुलुस ? कस्तो खाले मौन जुलुस ? शोकमग्न जुलुस ?

टेलिफोन

अब त्यस्तै भन्नुपर्ला । शुरूमा त अँध्यारो कुहिरोको ग्रे-गल्लीबाट एउटा चिन्डे मनुष्य देखा पर्‍यो । ऊ अस्वाभाविकरूपले पुड्को थियो । ठ्याक्कै नाप्ने हो भने ग्याँसको सिलिन्डर जत्रो होला । उसको हातका दुवै नाडीमा बलुन थिए । चिन्डेको पछिपछि त बच्चाहरू थिए । बच्चाहरूको लामो लाइन थियो ।

त्यो जुलुस लाम्चो-लाम्चो थियो । अचम्म लाग्ने कुरा त के थियो भने ती सम्पूर्ण बच्चाहरूको नाडीमा समेत बलुन बाँधिएको थियो । बलुन बच्चाहरूको टाउकोमाथि उडिरहेका थिए । बच्चाहरूको अनुहार ज्यादै मलिन थियो ।

टाइपराइटर

त्यो चिन्डेले टाउकोमा खद्दरको फेटा गुथेको थियो । हो कि होइन ?

टेलिफोन

हो, हो । यु आर राइट ! चिन्डेको टाउकोमा खद्दरको फेटा गुथिएको थियो र ऊ मरूभूमिमा ऊँटको अवैध कारोबार गर्ने सौदागरझैं देखिन्थ्यो । त्यसले मलाई अनौठो प्रश्न सोध्यो ।

टाइपराइटर

अनौठो प्रश्न वास्तवमा अनौठो हुन्छ । त्यसले तिमीलाई के सोध्यो ?

टेलिफोन

यो कुन लोक हो र यहाँ यति बाक्लो कुहिरो किन लागिरा'छ ?

टाइपराइटर

तिमीले के भन्यौ त ?

टेलिफोन

मैले भनें कि यो काठमान्डु नाम गरेको मर्त्यलोक हो । यहाँ यति बाक्लो कुहिरो किन लागिरा'छ भन्ने उसको दोस्रो प्रश्नको सन्दर्भमा त म आफै कुहिरोको काग भएकी छु, म के नै पो भन्न सक्थें र ? बरू मैले चिन्डेसित सोधें ।

टाइपराइटर

के सोध्यौ ? आशा छ, राम्रै प्रश्न सोध्यौ ।

टेलिफोन

तपाईं यी बच्चाहरू लिएर कता जाँदै हुनुहुन्छ ?

टाइपराइटर

यो एकदमै राम्रो, उचित एवम् महत्त्वपूर्ण प्रश्न थियो । तिमीले यस्तो प्रश्न सोधेर ठीक गऱ्यौ सिमसारा । अनि चिन्डेले के भन्यो ?

टेलिफोन

म यी बच्चाहरूसित वर्ल्ड-टुरमा निस्केको हुँ । हामी अफगानिस्तानको बामियानबाट पाकिस्तानको तक्षशिला हुँदै यता आइपुगेका हौं । हाललाई म हल खोजिरहेको छु । सिनेमा हल । बच्चाहरूलाई फिल्म देखाउनु पऱ्या छ ?

टाइपराइटर

कुन फिल्म ?

टेलिफोन

चिल्ड्रेन अफ हेभन ।

टाइपराइटर

चिल्ड्रेन अफ हेभन ! चिल्ड्रेनहरू *चिल्ड्रेन अफ हेभन* हेर्न आकाशबाट काठमान्डु झरेका थिए ?

टेलिफोन

त्यस्तै देखिन्थ्यो । चिन्डेले सोध्यो, "सिनेमा हल कहाँ छन् ?" मैले भनें, "सिनेमा हल बन्द छन् ।" उसले सोध्यो, "किन बन्द छन् ?" मैले के जवाफ दिएँ ? मलाई यस बखत ठ्याक्कै सम्झना भएन । त्यसपछि मैले चिन्डेलाई सम्झाउन थालें ।

टाइपराइटर

कसरी सम्झाउन थाल्यौ ?

टेलिफोन

हेर्नुस्, तपाईं मर्त्यलोकमा *चिल्ड्रेन अफ हेभन* हेर्न आउनुभएको छ । बच्चाहरूलाई *चिल्ड्रेन अफ हेभन* देखाउन तपाईं किन हेभन नै जानुहुन्न ?

तपाईं नर्कमा आएर मसित कृपया हेभनको कुरा नगर्नुस् ।

त्यसपछि यहींनेर दृश्य-विनाश भयो । मेरो अगाडि न त चिन्डे थियो, न त बच्(चाहरू नै । मलाई अहिले के लाग्दै छ भने ती सब दृश्यहरू मेरा मेन्टल हलुसिनेसन

थिए । सायद इन्द्रचोकको त्यो नौ-गल्लीमा त्यस दिन कुनै प्रदीप गिरी, चैतन्य मिश्र, अनुप बराल नामधारण गरेका कुनै पनि मनुष्य मेरो सामु उपस्थित भएका थिएनन् ।

हुनसक्छ, ती मेरा प्यारानर्मल कल्पना थिए । ती सब ड्रिम्स थिए सायद ! स्याफ्रन ड्रिम्स ! स्याफ्रन ड्रिम्सबाट म जाग्नु पर्थ्यो, होइन र ? जाग्राम अवस्थामा आउनु पर्थ्यो, होइन र ? मेरो मानसिक जागरण आवश्यक थियो, होइन र ? होइन भने होइन भन्नुस् क्यारे !

टाइपराइटर

तिमीले यसरी आफ्नो सेन्टेन्सको अन्त्यमा होइन भने होइन भन्नुस् क्यारे भन्ने थेगो हठात् युज गरिदिंदा मलाई अहिले अनायास मिस्टिकाको होलिस्टिक याद आइरहेको छ । प्लीज सिमसारा ! यो थेगो युज नगर । बिन्ती छ ।

टेलिफोन

तपाईंको बिन्ती कबुल छ । बिन्ती गर्दै उभिएको थियो, मेरो सामु एउटा मानिस । उसले पनि मलाई बिन्ती छ भनेको थियो ।

टाइपराइटर

त्यसरी बिन्ती गर्ने ऊ को थियो ?

टेलिफोन

उसले सोल्जरको पोशाक लगाएको थियो । अनि उसको काँधमा एउटा बन्दुक झुन्डिएको थियो । सोल्जरसित एउटा बक्स-पार्सल थियो । दुवै हात जोडी मलाई बिन्ती गर्दा उसले त्यस बक्स-पार्सललाई भुइँमा राखेको थियो । सोल्जरले मलाई उक्त बक्स-पार्सल दिन चाह्यो ।

टाइपराइटर

सोल्जरले तिमीसित केही भन्यो कि ! भन्यो भने के पो भन्यो ?

टेलिफोन

चाइन्जो यो पार्सल कबुल गर्नुस् ।

टाइपराइटर

कबुल गऱ्यौ त ?

टेलिफोन

कबुल गरें । म नाइँनास्ती गर्ने नास्तिक युवती पनि त होइन नि ! मलाई त अस्तित्त्वका सम्पूर्ण चीजहरू कबुल छ । प्रकृतिका सम्पूर्ण कबुलियतनामाहरू कबुल छ । सोल्जरको आवाजचाहिं बडो अब्नर्मल थियो । उसलाई मैले सोधें कि यो बक्स-पार्सल मलाई कसले पठाएको हो ?

टाइपराइटर

कसले पठाएको रैछ त्यो बक्स-पार्सल ? कतै मैले त पठाएको थिइनँ ? सोज्लरले के भन्यो ?

टेलिफोन

चाइन्जो मलाई त के मात्र भनिएको थियो कि यो बक्स चाइन्जो सिमसारासमक्ष पुऱ्याइयोस् र चाइन्जो उसैलाई हस्तान्तरण गरियोस् । यो बक्स पठाउने चाइन्जो को थियो मलाई चाइन्जो कसरी थाहा हुन्छ ? सोल्जरले यस्तै भन्यो । मैले उसलाई यो सोधें कि किन ऊ बातैपिच्छे चाइन्जो, चाइन्जो भनिरहेछ । उसले भन्यो कि यो मेरो चाइन्जो थेगो हो ।

टाइपराइटर

उसको थेगोलाई लिएर तिमीले कुनै टिप्पणी पनि गऱ्यौ कि ?

टेलिफोन

मैले ऊसित भनें - आई हेट थेगो । रेस्पोन्समा ऊ केवल ङिच्च गऱ्यो । मैले अघि नै भनें नि ! उसको आवाज कही अब्नर्मल थियो । पुरूष भईकन पनि ऊ स्त्री-वाणीमा बोलिरहेको थियो । मैले उसलाई जिज्ञासावश सोधिदिएँ कि सोल्जर भएर ऊ किन स्त्री लवजमा बोलिरहेको छ !

टाइपराइटर

अ गुड क्वेस्चन ! सोल्जरले के भन्यो ?

टेलिफोन

यो सब रूद्रघण्टीको कमाल हो । म इमोसनमा आउँदा, उत्तेजनामा आउँदा रूद्रघण्टी सक्रिय हुन्छ र मेरो स्वर लोग्ने मान्छेको जस्तो हुन्छ । सामान्य कुरा गर्दा रूद्रघण्टी निस्क्रिय हुन्छ र म स्वास्नी मान्छेको स्वरमा बोल्न थाल्छु । सिमसारा, म अहिले तिमीसित सामान्य कुरा गरिरा'छु । त्यसैले म स्त्रीको स्त्रैण भोकलमा बोलिरा'छु । सोल्जरले यस्तो भन्यो । हाउ स्ट्रेन्ज ! होइन त ?

टाइपराइटर

क्वाइट स्ट्रेन्ज इन्डिड ! तिमीले उसको नाम सोधिनौ ?

टेलिफोन

सोधें नि ! किन सोधिनँ ?

टाइपराइटर

उसले आफ्नो नाम के बतायो ?

टेलिफोन

ट्याडपोल ।

टाइपराइटर

ट्याडपोल ? के सोल्जर ट्याडपोल थियो ? सोल्जर भ्यागुतोको चेपेगाँडा पो थियो ?

टेलिफोन

ट्याडपोल सोल्जरको नाम थियो । ट्याडपोल सोल्जर । हाउ इन्ट्रेस्टिङ !

टाइपराइटर

क्वाइट इन्ट्रेस्टिङ इन्डिड !

टेलिफोन

ट्याडपोललाई केही हतार रै'छ ! मलाई बक्स-पार्सल हस्तान्तरण गऱ्यो र ब्लु बोयजको गल्ली नम्बर ९९९ तर्फ लम्कँदै गयो । सोल्जर-सिन त्यसपछि कोल्याप्स भयो । मैले बक्स-पार्सललाई जनतनका साथ समातें । सामान केही गह्रुङ्गो थियो । मैले बक्स खोलें । पार्सलभित्रको वीभत्स दृश्य देखी म आतङ्कित भएँ । मुर्छा नै परिहाल्छु कि भएँ । थ्याङ्क गड ! धन्न बेहोश भइनँ । पार्सलभित्र एउटा टाउको थियो । शिरोच्छेदन गरिएको एउटा सग्लो टाउको थियो ।

टाइपराइटर

ओ गड ! ओ माई गड ‼ ओहो माई गड !!! पार्सलभित्र मान्छेको टाउको थियो ?

टेलिफोन

हो । पार्सलभित्र मान्छेको टाउको थियो । दुवै आँखा उघ्रिएका थिए । ओठमा अझै पनि आलो मुस्कानको मनतातो भाव छरिएको थियो । रक्तहीन पहेंलो अनुहारको एक्सप्रेसन काँचो-काँचो थियो ।

टाइपराइटर

वध गरिएको त्यो टाउको कतै मेरो त थिएन ? मेरो मुटुको धड्कन तिमी सुनिरहेकी छौ सिमसारा ? मेरो मुटुको चाल बेहाल भएको छ । त्यो टाउको कतै क्यालिग्राफर कृष्णमोचन मास्केको पो थियो कि ! भन सिमसारा ! त्यो टाउको कस्को थियो ?

टेलिफोन

त्यो टाउको मिस्टिकाको नोभलिस्ट-लभरको थियो । त्यो टाउको मिस्टिकाको उपन्यासकार-प्रेमीको थियो । त्यो टाउको कार पेन्टरको थियो ।

यादोंकी ग्रे-परछाइयाँ

समय भर्खरै जन्मिएको छ ।
अघिसम्म त्यो नवजात समय मेरो हातमा थियो
र
अहिले कुर्सीमा छ ।

- अनुप बराल

- मे आई कम इन्टु योर माइन्ड ?

अनुप बरालसित टेलिप्याथीमार्फत् सम्पर्कमा रहन्छु । भन्छु :

- मिस्टर बराल, मस्तिष्क प्रवेश गरूँ ?

अनुप बरालको मन्त्रमुग्ध आवाज कानमा प्रवेश गर्छ, "प्लीज कम इन् मिस्टर नगरकोटी ! कम स्लोली ! म पोयट्री रिसाइटेसन गर्दै छु । तपाईं पनि सुन्नुस् । मिस्टिकाको मिस्टिक यादमा लेखिएको कविता हो । भर्खरै लेखेको हुँ । काव्य श्रवण गर्नुस् । आफूलाई मन परेका वर्ड्स एन्ड फ्रेजलाई हाइलाइट गरी सुने हुन्छ । है त ?"

- शीर्षक के हो, कविताको ? - सोध्छु ।

- तुम सो रही थी ।

- कौन सो रही थी, मिस्टर बराल ?

तुम सो रही थी

वो आया था,
तुमको सायद पता नहीं

सप्ताहान्तकी दोपहरी धुपमे
देहमे कुछ पुरानी पोशाक लगाए हुए
हातमे गितार
और
मुँहमेसे सिगरेटकी वर्फिली-धुआँ उडाते हुए
वो आया था
तुम्हारी अजनवी कमरेमे
चुपचाप

लेकिन,
तुम सो रही थी

अपनी हि स्वप्नकी सिल्वटोमे विखरी हुई
कुछ सुखे हुए पत्तियों कि तरह

उसने तुम्हे जगाया नहीं ...
घुँघरिले बाल तुम्हारी चेहेरेमे
चेहेरा-पुञ्जकी बरसात कि तरह छा गई थी
और तुम
निद्रामे मुस्कुरा रही थी

वो,
चुपचाप, गुमसुम
कुर्सीमे बैठकर
तुम्हारी डायरी और
आत्म-कथाकी प्राचीन पाण्डुलिपि पढ रहा था

वो,
तुम्हारी भुलीविरसी
यादोंकी ग्रे-परछाइयाँ लेकर
तुम्से मिल्ने आया था
लेकिन,
तुम सो रही थी
शाम तक
तुम्हारी जाग्नेकी इन्तजारमे
वो,
कुर्सीमे मौन पडा रहा
इतिहासकी कोई भद्धी पुस्तक कि तरह

ऐसी, कौनसी
मशगुल-ए-प्रेमी तुम्ने स्वप्नमे पा ली थी
जिसे छोडकर तुम
निद्रा से बाहर आ नसकी
और
मुझे स्वागत नकर सकी

तुमको पता नही सायद
वो आया था तुम्हे मिल्ने
सप्ताहान्तकी दोपहरी धुपमे
देहमे कुछ पुरानी पोशाक लगाए हुए
हातमे गितार
और
मुहँमेसे सिगरेटकी वर्फिली-धुआँ उडाते हुए

वो आया था
वो अर्थात् मेरी आत्मा
प्रिय प्राण,
तुम सो रही थी

- कस्तो लाग्यो कविता, मिस्टर के ?
- कविताजस्तो लाग्यो कविता, मिस्टर बि ।

मिस्टर B : तपाईंले हाइलाइट गरेका वड्‌र्स एन्ड फ्रेज कस्ता छन् ? सुन्न मिल्छ ?

मिस्टर K : मिल्छ ।

B : सुनाउनुस् न त !

K : एक. पुरानी पोशाक
दुई. बर्फिली धुआँ
तीन. अजनवी कमरे
चार. स्वप्नकी सिल्वटोमे विखरी हुई
पाँच. घुँघरिले बाल
छ. चेहेरा-पुञ्जकी बरसातकी तरह ! मिस्टर बि, चेरापुञ्जीलाई चेहेरा प्लस पुञ्जी बनाइदिनुभएछ ।

B : अँ बनाइदिएँ । तपाईं चेरापुञ्जीको बर्सातमा मिस्टिकाको भिजेको चेहराको इम्याजिन गर्न सक्नुहुन्छ ।

K : ब्युटिफुल इम्याजिनेसन ! दिस इज गुड ।

B : थ्याङ्स !

K : ७. निद्रामे मुस्कुरा रही थी
८. आत्म-कथाकी प्राचीन पाण्डुलिपि

९. यादोंकी ग्रे-परछाइयाँ ! ग्रे-श्याडोज अफ मेमोरिज् ! यादका ग्रे-छायाँहरू ! दिस इज् क्वाइट अ ग्रे-इम्याजिनेसन मिस्टर बि ! दिस इज गुड ।

B : थ्याङ्क्स मिस्टर के !

K : १०. इतिहासकी कोइ भद्दी पुस्तक

एलेभन. मश्गुल-ए-प्रेमी ! क्वाइट इन्ट्रेस्टिङ ! उर्दू गजलमा एक्सपोज हुने मेटाफर-गेमलाई तपाईंले आफ्नो कवितामा इम्पोज गर्नुभएछ ! दिस इज गुड, मिस्टर बि !

B : थ्याङ्क्स मिस्टर के !

K : ट्वेल्भ. निद्रा से बाहर

थर्टिन. वो आया था । वो अर्थात् मेरी आत्मा ! पोयट्रीको चुडान्त ज्यादै आत्मस्पर्शी छ । क्वाइट हिप्नोटाइजिङ ! अन्तिम शब्दहरूले त मर्ममै प्रहार गर्छन् । प्रिय प्राण, तुम सो रही थी । मिस्टर बि ! तपाईंको आत्मा आत्मीय लाग्यो । म वास्तवमा आत्मलीन भएँ । काव्यलीन भएँ ।

B : थ्याङ्क्स मिस्टर के ! यो कवितामार्फत् मैले आफ्नो सामयिक चेतनाको खोज गर्न चाहेको हुँ ।

K : तपाईंले भन्न खोजेको सामूहिक चेतनाको कुरा हो ?

B : सामूहिक होइन । मैले सामयिक चेतनाको कुरा गरेको हुँ । समकालीन चेतना ! कन्टेम्पोररी कन्सससनेस् !

K : मिस्टर बि, मलाई लाग्छ, चेतना समयको चक्रीय प्रणालीमा आवद्ध हुँदैन । चेतना कालनियन्त्रित हुँदैन । चेतना सामयिक, समकालीन या असामयिक हुँदैन ।

चेतना टाइमलेस हुन्छ । समयातीत हुन्छ ।

समयको चाहिं निश्चितता एवम् सीमितता हुने गर्छ । परन्तु किन्तु समयको यस्तो खाले सीमिततामा चेतना लिपिबद्ध हुन अभिशप्त छैन ।

समयसित त फगत पदार्थको यौनिक सम्बन्ध हुन्छ । सेक्सुअल इन्टिमेसी हुन्छ, जो निश्चित काल-अवधिमा विनाश हुन्छ ।

मैले जान्ने भई बढी बोलेँ भने मलाई रोक्नुस् है !

तपाईंको यो कविता पनि एक प्रकारले भन्ने हो भने पदार्थ हो, जो काल-अवधिमा विनाश हुन्छ । परन्तु किन्तु काव्यको कम्प्लिट

स्ट्रक्चरमा देखा परेको तर अस्पर्शित लय, चाल एवम् विम्बका छालचाहिँ चैतनिक विधान हुन् ।

पदार्थ आयुबद्ध हुन्छ । चेतना आयुपार हुन्छ । पोयट्रीको पार्थिव शरीरको निश्चित काल-अवधि-खण्ड हुन्छ । तर पोयट्रीमा इम्पोज्ड गरिएको चेतनाचाहिँ पोयट्रीकै प्रोपर्टी हो, जो कालातीत हुन्छ ।

सो मिस्टर बराल !

हामी पदार्थ, चेतना हुँदै कालातीत कुरा गरौं । इज द्याट् ओके ?

B : ओके ! हामी मिस्टिकाको कुरा गरौं, हुँदैन ?

K : अफकोर्स हुन्छ । मिस्टिकाको मिस्टिक मुमेन्ट, मुभमेन्टका कुरा गरौं । मिस्टिसिज्मको कुरा गरौं ।

B : मिस्टिका मेरी नायिका थिई ।

K : तपाईंकी नायिका कि तपाईंको फिल्मकी नायिका ?

B : दुवै ।

K : दुवै ?

B : मिस्टिकालाई भेटेपश्चात् ऊ मेरो फिल्मकी नायिकामात्र रहिन । मेरी नायिका बनी । यो ट्रान्सफर्मेसनको कुरा हो । मिस्टर के, ट्राइ टु अण्डरस्ट्यान्ड ।

K : यस्तो खाले ट्रान्सफर्मेसन सबै हिरोइनसित तपाईं हरेक फिल्ममा गर्नुहुन्छ कि ! हरेक नाटकमा गर्नुहुन्छ कि ! हरेक फिल्ममा, नाटकमा अभिनय गर्ने नायिका कालान्तरमा तपाईंको जीवनकै नायिका बन्छन् कि !

B : यस्तो सधैं हुँदैन । यस्तो खाले ट्रान्सफर्मेसन निर्देशकको जीवनमा घट्ने यदाकदाका घटना हुन् ।

K : यदाकदा घट्ने घटना जोडघटाउको सूत्रबद्ध नियमका अपवादीय घटना हुन्, होइनन् कि !

B : हुन् हुन् । मिस्टिका स्वयम्मा एक अपवादपूर्ण घटना हो । एन एक्सेप्सनल इन्सिडेन्स् अफ माई लाइफ ।

K : घटना, दुर्घटना या परिघटना ?

B : यु मिन परी-घटना ? अप्सरा एवम् परीहरूले घटाउने परी-घटना ?

K : यस माई फ्रेन्ड ! प्लीज टेल मी मोर परी-घटना ।

B : सुन्न तयार हुनुहुन्छ ?

K : तयार छु । वास्तवमा यो परी-घटना तपाईंको जीवनमा तयार हुनुअघि उहिल्यैदेखि नै म तपाईंलाई सुन्न तयार थिएँ ।

B : लौ सुन्नुस् !

K : लौ सुन्छु !

एक परी-घटना

यो एक रातको परी-घटना हो ।

गल्ली नम्बर थर्टिनबाट म फुत्त असनको नौ-गल्ली-चोकमा उत्पत्ति भएको थिएँ । विगत केही कालदेखि दिमागमा उथलपुथल हुने केही सेलेक्टेड मनोघटनाहरूद्वारा म सताइएको थिएँ ।

नौ-गल्लीमा त्यस दिन मैले सिमसारालाई भेटेको थिएँ । ऊ कसैको प्रतीक्षामा थिई । म हतास, उदास थिएँ तर मैले सिमसारालाई उल्टै सोधेको थिएँ कि ऊ हतास, उदास किन छे ?

नौ-गल्लीमै एकाएक फेड-आउट भएपछि म दरबारमार्गकोफुटपाथमा उत्पत्ति भएको थिएँ । रातको कालो तान्त्रिक छायाँ फुटपाथमा यत्रतत्र छ्याप्छ्याप्ती छ्यापिएको थियो । यस्तैमा मैले मिस्टिकालाई देखें ।

मिस्टिका डबल डी अर्थात् डेड *डिजायर क्याफे*को द्वारबाट राजहंसको चालमा निस्की । उसलाई हिंड्नमा झिंजो लागिरहेको देखिन्थ्यो किनभने केही कदम हिंडेपछि ऊ टक्क अडिएर विश्राम लिन्थी ।

मिस्टिकाको पेट हावा भरिएर फुलेको कन्डमजस्तो फुलेल थियो ।

बिस्तारै-शङ्खे कीराको स्लो मोसनमा-मिस्टिका हिंड्दै-हिंड्दै भेल्भेट भिन्तुना त्रिपल एक्ससम्म पुगी । पछाडिको ढोका खोली र गाडीभित्र अलप भई ।

यतिन्जेल म ल्याम्प-पोस्टमुनि थिएँ । चाल मारेर-चोरको गतिमा-बिस्तारै गाडीसम्म पुगें ।

गाडीको अघिल्लो ढोका खोलें र चालकको सिटमा बसें । रियर-भ्यु-मिररको लोकेसन एडजस्ट गरें । मिररमा मिस्टिकाको मिस्टिक मुहार क्लोज-अप-दृश्यमा देखा पर्‍यो । ऊ आँखा चिम्ली बसेकी थिई ।

मैले गाडी र म्युजिक एकैसाथ स्टार्ट गरें ।

झूमा लिम्बूको मुन्धुम-मन्त्र मौन एवम् मिहीन म्यूजिकमा आत्मालाप गर्न थाल्यो । *खासाम*को हाक्पारा, ख्याली र पालामको सामूहिक इन्स्ट्रुमेन्टल ध्वनिको आलाप गाडीभित्र मिहीन लयमा गुन्जियो । त्यस्तै मिहीन लयमा भेल्भेट भिन्तुना त्रिपल एक्स घना कुहिरोको बाक्लो ग्रे-धुआँलाई चिर्दै अघि बढ्यो ।

सुनसान सडकको कङ्क्रिट वक्षस्थलमा समय र सङ्गीत कति काल, युग र कति मिटर, किलोमिटर गुड्यो, त्यसको मलाई कुनै हेक्का भएन ।

चेतनाको चैतन्य चोला घरीघरी सम्झी म एकनासले कुहिरिलो-ग्रे-पथमा गुडिरहें । आफूलाई कुनै लङ्-ड्राइभमा निस्केको स्वप्न मानुष ठानिदिएँ मैले । बाइ द वे, लाइफ इज अ लङ् होली डे !

मिस्टिकाको agelong मौनता लाग्यो ageless थियो । एक timeless मौनता ! उफ्ऽऽऽ त्यो एक epic मौनता !

गाडी अब त शहरको मूल सडकलाई उतै कतै पछाडि-पछाडि छाड्दै निर्जन पथको अन्त्यहीन अन्धकारतर्फ सर्दै-सर्दै अघि बढिरहेको थियो ।

यस्तो लाग्थ्यो, हामी इटरनिटीतर्फ लम्किरहेका थियौं । बढिरहेका थियौं । गुडिरहेका थियौं । लाग्थ्यो, त्यो एक इटरनल जर्नी थियो ।

इटरनल जर्नीमा झ्याप्प ब्रेक लाग्यो ।

गाडी एक तले विशाल कटेजको कम्पाउन्डभित्र प्रवेश गरिसकेको थियो । पालैपालो गाडीबाट ओर्लियौं ।

मिस्टिकालाई पछ्याउँदै म उसैको पछि लागें । उसले कटेजको द्वारलाई हातले धकेलेर खोली । हामी भित्र छिर्‍यौं ।

भित्र इन्डिगो प्रकाश चारैतर्फ झलमल्ल बलेको थियो । म जहाँ उभिएको थिएँ, त्यो एक खुला स्पेस थियो । यस्तो लाग्थ्यो, त्यो स्पेस कोठा या हल नभई एक कोर्टयार्ड हो ।

कोर्टयार्डको पश्चिम कुनामा अग्नि-कुण्ड थियो । तर कुण्डमा अग्नि-सिंचन गरिएको थिएन । बरू त्यहाँ त षट्कोणीय आकारमा चन्दनका सिनित्त परेका काष्ठ-प्लेटलाई चाङ आफ्टर चाङ, तह आफ्टर तह, थाक आफ्टर थाक, लेयर आफ्टर लेयर मिलाइवरी चिता बनाइएको थियो ।

चिताको सर्वोच्च स्थानमा चन्दन काठकै चकटी ओछ्याईकन एक आसन बनाइवरी राखिएको थियो ।

चिताको लगभग तीन मिटरको दूरी छेउछाउ एउटा काठको टेबल थियो। टेबलमा एउटा काँचको पारदर्शी बाकस थियो, जुन चतुर्भुज आकारको थियो। त्यो बाकस किन रित्तो थियो ? किन खाली-खाली थियो ?

टेबलकै समीप एउटा रकिङ चेयर थियो। चेयरमा कुनै चेयरम्यान थिएन। कोर्टयार्डभरि चन्दनको धूप-वास्ना मगमग फैलिएको थियो।

मैले यताउति चारैतर्फ फनफनी हेरें। तर मिस्टिकालाई देखिनँ। एकाएक कहाँ अलप भई ?

कोर्टयार्डमा झूमा लिम्बूको अर्ग्यानिक-म्यूजिक अझै पनि अर्केस्ट्रा साउन्डमा छ्यालब्याल गरी भुइँभरि, भित्ताभरि पोखिएको थियो। लतपतिएको थियो। मुन्धुम-मन्त्र, फेदाप्पे र हाक्पाराका इथनिक ट्युन सिलिङबाट तप्प-तप्प चुहिँदै थियो।

कोर्टयार्डको भित्तामै टाँसिएका अनेक द्वारहरू थिए। मैले एउटा द्वारभित्र छिर्ने चेष्टा गरेँ। साँघुरो प्यासेजमा केही क्षण टहल्दै म एउटा च्याम्बरभित्र प्रवेश गरें। कोठाको वातावरणले क्षणिक भ्रम प्रदान गऱ्यो। कोठा कुनै थिएटरझैं थियो। अपरेसन-थिएटर !

अपरेसन-बेडमा मिस्टिका लम्पसार पल्टेकी थिई। ऊ सर्वाङ्ग नग्न थिई।

शरीरमा इन्डिगो-एप्रोन एवम् मुखमा इन्डिगो-मास्क लगाएको सर्जनलाई मैले चिन्न सकिनँ। वेडछेवै उभिई ऊ थर्मोमिटरमा मिस्टिकाको दैहिक तापक्रम अवलोकन गर्दै थियो।

मास्क खोली मलाई हेर्दे नहेरी सर्जन बोल्योः

- मिस्टर बराल !
  तपाईं छेउ लागेर बस्नुस्, त्यो कुर्सीमा। म मिस्टिकाको पेटको सिजरिङ गर्दै छु। पेट चिर्दै छु। अपरेसन गर्दै छु।

मलाई सङ्केत गरिएको कुर्सीमा म आरामपूर्वक बसें। मिस्टिकालाई तन्मयका साथ बडो एकाग्रचित्तका साथ हेरी बसें।
सिरानीको कम्फोर्ट जोनमा मिस्टिकाको टाउको बिसाइएको थियो। उसले मलाई पुलुक्क हेरी। मुस्कुराई।
द्याट् वज एन इन्डिगो-स्माइल !

मिस्टिकाले आँखैको इशाराले मलाई आफूतिर बोलाई । म ऊतर्फ जानै लाग्दा सर्जनले भन्यो :

- मिस्टर बराल ! तपाईं आफ्नो ठामबाट नउठ्नुस् । चुपचाप बसिराख्नुस् । तपाईंको अहिले कुनै काम छैन । त्यही कुर्सीबाट केवल हेरी बस्नुस् । तपाईंको काम आएपछि तपाईंलाई अवश्य बोलाइनेछ । कृपया, हेरीमात्र रहनुस् । कुनै पनि अनावश्यक एक्टिभिटिजमा आफूलाई संलग्न हुन नदिनुस् ।

सर्जनको आदेश सुनी म हेर्‍याहेर्‍यै भएँ ।

मेरो डरलाग्दो ब्लडी कन्फ्युजनको अस्थायी अवस्था देखी मिस्टिका मुसुक्क हाँसी । म पनि हाँसें । उसले आफ्नो आँखालाई तीन सय सिक्स्टी डिग्रीमा घुमाइवरी मलाई के इसारा गरी कि सब ठीक हुनेछ, चिन्ताको कुनै कज एन्ड एफेक्ट छैन, सब कुशल–मङ्गल नै हुनेछ ।

त्यसपछि सर्जनका हात, पञ्जा, औंला, मुठी, हत्केला इत्यादि तुच्छ अङ्गहरू यन्त्रवत् मिस्टिकाको पेटहुँदी चलमलाउन थाले ।

सर्वप्रथम त उसले मिस्टिकाको नरम पेटलाई धारिलो औजारले निर्मतापूर्वक चिरिदियो ।

त्यो देखी म खङ्ग्रङ्ग भएँ ।

तर मिस्टिकाले ऐया, आत्थु केही भनिन । चुपचाप मलाई हेर्दै केवल हाँसी मात्रै रही ।

उता सर्जनका दुवै हात मिस्टिकाको पेटभित्र तन्मयका साथ चलमलाइरहेका थिए र यता मेरा उत्सुक आँखाद्वय सर्जनका नाडीद्वयमा सलबलाइरहेका थिए ।

मिस्टिकाको बच्चा कस्तो जन्मेला ? कस्तो रङको होला ? कालो, गोरो या गहुँगोरो ? या ग्रे, ब्लु, स्याफ्रन, इन्डिगो ? कस्तो रङको होला ?

पेटको बच्चा छोरा होला कि छोरी ?

मास्क खोली, मलाई हेर्दै नहेरी सर्जन बोल्यो :

- मिस्टर बराल !
  छोरा या छोरीको कल्पना नगर्नुस् । त्यता नअल्मलिनुस् । अब यता आउनुस् र यसलाई दुवै हत्केलाले थमाउनुस् ।

म सर्जनसित लगभग टाँस्सिन पुगें ।

म घोर आश्चर्यचकित एवम् विमस्यविमूढ त्यस बेला भएँ, जब सर्जनले मिस्टिकाको पेटभित्रबाट एउटा याँमानको किङसाइज्ड अण्डा निकाल्यो र मेरो हत्केलामा थमाइदियो, थपक्क ।

त्यो अण्डा लगभग बास्केटबल साइजको थियो । अण्डा कम्प्लिट्ली इन्डिगो रङको थियो । इन्डिगो रङको पार्श्वभूमिमा मसिना सूक्ष्म माइक्रोस्कपिक दाना, विन्दुहरू थिए ।

ती दानाहरू, विन्दुहरू लाखौंको हाराहारीमा थिए हुनन् ! ती डटेड विन्दुहरू ग्रे, ब्लु, अनि स्याफ्रन रङका थिए ।

अण्डा मनतातो थियो ।

अण्डालाई बेरेको त्वचा कोमल नौनीझैं मुलायम थियो । त्यो कमलो, नरम त्वचाको आवरण भर्खरै जन्मिएको कुनै फाइभ मिनेट्स ओल्ड शिशुको गिलोगिलो तालुझैं थिलथिलो थियो ।

त्यो त्वचा अझै गठिलो, साह्रो न साह्रो बोक्रा बनिसकेको थिएन ।

अण्डालाई हातैमा समाती अवाक् मुद्रामा मैले मिस्टिकालाई हेरें । उसको मुहारमा आश्चर्यको त्यान्द्रोसमेत फेला परेन । ओठलाई फ्यास्स पारी मिस्टिका फिस्स मुस्कुराई ।

मचाहिं फिस्स गरूँ कि हिस्स परूँ ?

फिस्स र हिस्सको दोधारमा परी म खिस्स भइरहें ।

त्यो मनतातो इन्डिगो-एग बिस्तारै मेरो दैहिक तापक्रमसित सन्तुलन मिलाउँदै क्रमशः चिसिंदै गयो ।

चिसिइँदै जाने तापक्रमको उपक्रमसितै अण्डाको मुलायम त्वचा सारो हुँदै गई अन्ततः ठोस बोक्रामा परिणत भयो ।

यसपटक पनि मलाई हेर्दै नहेरी सर्जन बोल्न थाल्यो :

- मिस्टर बराल !
  तपाईंको काम सकियो । अब जानुस् । टेक केयर अफ दिस इन्डिगो-एग । म अब मिस्टिकालाई सिलाउँछु । पेट सिउँछु ।

म कतै जाने मुडमा थिइनँ । तसर्थ अटेरी बनी उभिई नै रहें ।

- जानुस् भनेको होइन ? - सर्जन बोल्यो ।
- कता जाऊँ ? - म बोलें ।
- कतै गइहाल्नुस् । - ऊ बोल्यो ।

मैले कता गइदिनु पर्ने हो र किन त्यसो गर्नुपर्ने हो, केही बुझ्न सकिरहेको थिइनँ । म्याक्सिमम् अन्यौलमा थिएँ ।

ठीक यसैबेला मिस्टर के, तपाईंको फोन-कल आयो । अण्डालाई कुर्सीमा थपक्क राखें र तपाईंको फोन रिसिभ गरें ।

मिस्टर K : मैले फोनचाहिं किन गरेको रहेछु ? तपाईं त्यस्तो क्रिटिकल मुमेन्टमा हुनुहुँदो रहेछ । मिस्टर बि ! मैले फोनमा के भनें ?

मिस्टर B : कति बज्यो ?

K : तपाईंले के जवाफ दिनुभयो त ?

B : समय भर्खरै जन्मिएको छ । अघिसम्म त्यो नवजात समय मेरो हातमा थियो र अहिले कुर्सीमा छ । केही बेर अघिसम्म समय मनतातो थियो र अहिले चिसिंदै ठोस भएको छ ।

K : त्यसपछि मैले के पो भने ?

B : समयलाई सिसाको पारदर्शी बाकसमा राख्नुस् ।

K : राख्नुभयो त !

सर्जनको आदेश एवम् तपाईंको सन्की टाइपको अनुरोधले काम गऱ्यो । अण्डा बोकें र अपरेसन थिएटरबाट बाहिरिएँ अनि साँधुरो प्यासेजलाई छिचोल्दै कोर्टयार्डमा आइपुगें ।

झूमा लिम्बूको मन्त्रबद्ध म्यूजिक त अब म्याजिकल रियलिज्मको कुनै तान्त्रिक टाइम एन्ड स्पेसमा विलीन भइसकेको थियो ।

अण्डालाई मैले बडो जतनकासाथ काठको टेबलमा सजाएर राखिएको काँचको बाकसभित्र राखिदिएँ ।

ग्लासभित्रको इन्डिगो-एग भव्य देखियो ।

त्यसलगत्तै म कटेजदेखि बाहिरिएँ । भेल्भेट भिन्तुना त्रिपल एक्सको ढोका खोलें र चालकको सिटमा बसें ।

पछाडिको सिटमा मिस्टिका स्ट्याचु अफ भिनसझैं गजधम्म भई बसेकी थिई ।

रियर-भ्यु-मिररमा मिस्टिकाको क्लोज-अप-दृश्य फेला पऱ्यो ।
मिररमार्फत् हामीले एकार्कालाई हेराहेर गऱ्यौँ ।
मैले गाडी र म्युजिक एकसाथ स्टार्ट गरेँ ।
सारङ्गी, सिङ्गिङ् बाउल र डिजेरिडोको कोरस इन्स्ट्रुमेन्टल ध्वनिको आलाप मिहीन लयमा गुञ्जन थाल्यो ।
त्यसपछि भेल्मेट भिन्तुना त्रिपल एक्स घना कुहिरोको बाक्लो ग्रे-धुआँलाई चिर्दै एक कस्मिक जर्नीतर्फ स्वचालित गति, चाल एवम् छालसितै अघि बढ्यो ।

***

गर्भ–गृह, अग्निसमाधि र डेड एन्ड

यो सम्पूर्ण घटनाको शुरूवात् त्यस बेलादेखि भयो, जुन साँझ मैले एउटा क्याफेमा म्याक्सिमम् वियर पिएको थिएँ, चाइनिज गीत गाएको थिएँ र ब्ल्याक फ्यान्टासी हराएको थिएँ ।

\- स्पिकर

पाटन सङ्ग्रहालयको गर्भगृहमा पुग्दा मलाई एकतमासको मृत संवेदना या भनूँ स्वर्गीय व्याकुलताले गिजोलेको थियो । म्युजियममुनिको लामो भूमिगत सुरूङ केही बेर एकसुरले हिंडेपछि म त्यो गर्भगृहमा पुगेको थिएँ ।

दिक एवम् कालको म्याट्रिक्स मेरो मेटाफिजिकल मस्तिष्कमा छिन्नभिन्न भएको थियो ।

म रकिङ चेयरमा शान्त एवम् सौम्य, चुपचाप बसेको थिएँ ।

गर्भगृह अक्चाली चैंडा, फराकिलो थियो । भित्ताको एक पाटोमा स्टिलका भीमकाय पुस्तक-दराजहरू थिए, जहाँ कुनै पुस्तक थिएन । भित्ताको अर्को पाटो-विपरीत दिशामा-एउटा आरूको बोट थियो, जहाँ इन्डिगो रङका चिचिमिरा फूलहरू फुलेका थिए ।

आरूको बोटमुनि काठको टेबल थियो । काठको टेबलमाथि सिसाको बाकस थियो, जुन चतुर्भुज आकारको थियो । त्यो बाकसभित्र एउटा अण्डा थियो । एक इन्डिगो-एग ।

अग्नि-कुण्डचाहिं मेरो अगाडि थियो । ठीक आँखै अघिल्तिर ।

अग्निकुण्डमा स्यान्डलवुडको षट्कोणीय चिता थियो । चितामाथिको चन्दन-चकटीको आसनमा ऊ आँखा चिम्ली, पलेटी मारी पद्मासनको ध्यानमग्न पोस्चरमा बसेको थियो ।

ऊ वास्तवमा मेरै रूपविन्यासको मायावी अवतार थियो । या म उसको अवतार थिएँ ?

कि ऊ मेरो अल्टर-इगो थियो ?

या म कतै उसको छायाँ थिएँ ? म उसको प्रतिविम्ब पो थिए कि !

जेहोस्, ऊ पनि कुमार नगरकोटी नै थियो । तर मभन्दा केही बूढो । उसको र मेरो अनुहारमा दाह्री र जुङगाको भेदबाहेक सबै चीज दुरूस्त थियो । उसको फ्रेन्चकट दाह्री श्वेतरङ्गी थिए ।

हाम्रो शरीरको आकार एवम् विकार समान थियो । उसको चिन्डे टाउकोमा मेरो क्लिन-सेभ्ड-टाउकोको छायाँ परेको थियो ।

ऊ फुलिसकेको बूढो कुमार नगरकोटी थियो ।

म फुल्न बाँकी अधबैंसे कुमार नगरकोटी थिएँ ।

ऊ उता चितामा थियो ।

म यता चेयरमा थिएँ ।

आफ्नो आँखाको ढकनी खोलेपछि उसले मलाई देख्यो । आफ्नो गुरू-गम्भीर अनुहारमा कुनै पनि एक्स्ट्रा-लार्ज-आयातीत भाव इम्पोज नै नगरी ऊ बोल्यो :

- ब्ल्याक फ्यान्टासी ल्याउनुभयो त ?
- ल्याएँ । - म बोलेँ ।
- खै, देखाऊ त !

मैले खल्तीबाट सेलफोन निकालें । हातमा खेलाएँ । उसलाई देखाउनै लाग्दा रिङटोन अनायासै बज्न थाल्यो । उसले मलाई भन्यो :

- फोन उठा न ! के टुलुटुलु हेरिरहेको ?

मैले फोनमा भनें - हेलो !

फोनमा उसको आवाज सुनियो :

- तपाईंलाई यो गर्भगृहमा स्वागत गरें है त ! यतिका कालसम्म तिमीले मेरो ब्ल्याक फ्यान्टासी जतनका साथ राखिदियौ, त्यसका निम्ति तँलाई धन्यवाद दिऊँ कि नदिऊँ ?
- दिऊँ-दिऊँ । - मैले फोनमै ऊसित भनें ।
- धन्यवाद !

ब्ल्याक फ्यान्टासीलाई कानैमा राखी म रकिङ-चेयरबाट उठें । यो अलि अनौठो दृश्य र प्रसङ्ग थियो । हामी आमनेसामने बसी फोनमा कुरा गरिरहेका थियौं । गर्भगृहमा यताउति हिंडडुल गर्दै ऊसित फोनमा कुरा गर्न थालें । घरीघरी म चितातर्फ उसलाई पनि हेर्ने गर्थें । मसित कुरा गर्दा उसको केवल ओठमात्र चलिरहेको हुन्थ्यो, जसको आवाज म ब्ल्याक फ्यान्टासीको स्पिकरमा सुन्ने गर्थें ।

स्पिकर : तँलाई तँ, तिमी, तपाईं कुन सम्बोधनद्वारा अड्रेस गरूँ ?

म : तैंले मलाई तँ भने हुन्छ । तिमीले मलाई तिमी भने हुन्छ । तपाईंले मलाई तपाईं भने पनि हुन्छ । मलाई तँ, तिमी, तपाईं जे भने पनि हुन्छ ।

स्पिकर : म को हुँ ? थाहा छ नि !

म : म कन्फ्युजमा छु । वास्तवमा यो ब्ल्याक फ्यान्टासी मेरो हातमा परेदेखि र तपाईंसित कुरा गरेपछि म बडो रनभुल्लमा परेको छु । थाहा र अथाहबीच म नराम्रोसित फसेको छु ।

स्पिकर : म तिम्रो भविष्य हुँ ।

म : यसको अर्थ त यो हुन आयो कि म तपाईंको वर्तमान हुँ ।

स्पिकर : करेक्ट ।

म : म तपाईंको वर्तमान ! तपाईं मेरो भविष्य ! म अहिले कहाँ छु ?

स्पिकर : तिमी अहिले उपन्यासको अन्तिम च्याप्टरमा छौ ।

म : मैले कुरा बुझिनँ । कस्तो उपन्यास ? कस्तो च्याप्टरको कुरा गर्नुभएको तपाईंले ?

स्पिकर : तिमी मेरो उपन्यासको एक पात्र हौ ।

म : मात्र एक पात्र ?

स्पिकर : हो । यो सम्पूर्ण घटनाको शुरूवात् त्यस बेलादेखि भयो, जुन साँझ मैले एउटा क्याफेमा म्याक्सिमम बियर पिएको थिएँ, चाइनिज गीत गाएको थिएँ र ब्ल्याक फ्यान्टासी हराएको थिएँ ।

ब्ल्याक फ्यान्टासीलाई तिमीले भोलिपल्ट त्यही क्याफेमा भेट्टाएका थियौ । हो कि होइन ? यस् अर नो ?

म : यस् ।

स्पिकर : त्यही बिहानदेखि एउटा उपन्यासको खेस्रा मेरो दिमागमा बन्यो । नाम दिएँ - *मिस्टिका* । त्यसपश्चात् म उपन्यासको मिस्टिक, सर्रियल एवम् तान्त्रिक कल्पनामा उडान भर्न थालेँ ।

यसैबीच लेखिएको एउटा मेमोयर-*ब्लु बोयज्*-तिमीलाई मैले पोस्ट बक्स नम्बर ट्रिपल नाइनमा पठाइदिएको थिएँ । मेरो के भन्नु र ! त्यो तिम्रै मेमोयर थियो ।

अवश्य पनि पढ्यौ होला ? पढ्यौ कि पढेनौ ?

म : पढेँ ।

स्पिकर : आज उपन्यासको अन्त्य हुँदै छ ।

वास्तविकता त वास्तवमा के हो भने उपन्यासको औपचारिक अन्त्य त भई नै सकेको छ । तिम्रो निम्ति उपन्यासको एउटा प्रिमियम कपी टेबलमा राखिदिएको छु ।

यस गर्भगृहबाट प्रस्थान गर्दा तिमीले उपन्यासको आफ्नो प्रति अवश्य लिनेछौ ।

अघि नै भनिसकें । उपन्यासमा वर्णित सम्पूर्ण घटना, प्रसङ्गहरू मेरा कल्पना हुन् । *मिस्टिका* पढेपछि तिमीले थाहा पाइहाल्नेछौ ।

अहिले हामीबीच जुन संवाद, वार्ता भइरहेको छ, त्यो लेखिई नै सकिएको छ । यहाँसम्म कि अबको केही समयमा घट्ने सम्पूर्ण विवरणहरू उपन्यासमा आद्योपान्त लेखिई नै सकिएका छन् ।

अब तिमीले गर्नुपर्ने एउटा महत्त्वपूर्ण काम बाँकी छ ।

म : कस्तो काम ?

स्पिकर : अवलोकन गर्ने काम ।

प्रज्ञावान् बन र चितामा मलाई साक्षीभावले हेर । यो अग्नि-कुण्डमा म अब अग्नि-समाधि लिन जाँदै छु ।

मेरो कस्मिक-प्रस्थानलाई अवलोकन गर ।

मेरो चिन्डे टाउकोमाथि चिम्नीको जुन प्यासेज तिमी देखिरहेका छौ, मेरो मोक्षान्तरणपश्चात् या देहभष्मपश्चात् उड्ने इन्डिगो-धुआँ त्यही प्यासेज हुँदै यो सङ्ग्रहालयको टुप्पामा अवस्थित चिम्नीबाट बाहिरिनेछ ।

त्यो इन्डिगो-धुआँ कुण्डलिनी कुहिरोसित घुलमिल हुनेछ । डिजल्भ हुनेछ ।

अग्नि-कुण्डको इन्डिगो-धुआँ कुण्डलिनी कुहिरोमा विसर्जन भएपश्चात् नै काठमान्डुको आकाशमा, धर्तीमा मडारिरहेको ग्रे-कुहिरो लोप हुनेछ ।

अब फोन डिसकनेन्ट गर र मेरो अग्नि-समाधि अवलोकन गर ।

***

फोन आफै डिसकनेन्ट भयो । म अग्नि-समाधिसित कनेन्ट भएँ ।

अग्नि-कुण्डको चिता जल्न थाल्यो । उसले आँखा चिम्ल्यो । जलिरहेको चन्दन-काठबाट एकमुष्ट, दुईमुष्ट, तीनमुष्ट धुआँ पुतपुताउन थाल्यो र चिम्नीको प्यासेजभित्र छिर्न थाल्यो ।

भर्भर्र, भुर्भुर्र, चुर्चुर्र गर्दै इन्डिगो-अग्नि बल्न थाल्यो । गर्भगृहभरि चन्दनको मगमग वास्ना फैलियो ।

अब त मसित यतिका कालसम्म साथै रहेको ब्ल्याक फ्यान्टासीको कुनै प्रयोजन थिएन । मलाई फोन गर्ने मानिस नै नरहेपछि सेलफोनको के अर्थ ?

ब्ल्याक फ्यान्टासीलाई अग्निकुण्डमा मिल्काइदिएँ ।

***

अब त सम्पूर्ण कुरा समाप्त भइसकेको थियो ।

रकिङ-चेयरबाट उठें । टेबलमुनिको कमण्डलुलाई हातमा लिएँ ।

अग्नि-कुण्डमा थुप्रिएको खरानीको ढिस्कोबाट केही अस्तु कमण्डलुमा राखें । टेबलमै राखिएको *मिस्टिका*को हार्ड-बाउन्ड प्रिमियम बुकको ज्याकेट कभरलाई हत्केलाले स्पर्श गरें ।

उता गई आरूको बोटमुनि एकछिन उभिएँ । बोटलाई जोडजोडले हल्लाइदिएँ । मेरो टाउको, काँध र पूरै शरीरमा आरूका इन्डिगो फूलहरू बर्से ।

फूलहरूको बर्सातले मलाई सर्वाङ्ग भिजायो । रूझायो ।

ठीक यसै बखत भुइँमा सिसा बज्रेको चकनाचुर-आवाजले म झसङ्ग भएँ । त्यो सिस-गुञ्जनतर्फ मैले आँखा ओछ्याएँ ।

फुटेका सिसाहरूमाझ इन्डिगो-एगको बोक्रा पनि नराम्रोसित चर्किएको थियो । अण्डा भने चलमलाइरहेको थियो ।

हेर्दाहेर्दै अण्डाको चर्किएको भागबाट कालो बिरालोको टाउको निक्लियो । अर्को नेक्स्ट दुई-चार पलपश्चात् अण्डाको बाँकी बोक्रा छोडाउँदै सग्लो बिरालो अण्डाको खपटाबाट आङ बटार्दै निस्क्यो ।

बिरालोले एक चरण मलाई हेऱ्यो । मैले एक चरण बिरालोलाई हेरें । कालो जीवको झलझलाकार पहेंलो आँखाको त्राटक-सम्मोहनले मेरो चेतनालाई डस्न थाल्यो ।

म्याउँऽ

कालो बिरालो एक चरण थुरथुर गरी थुरूर्र काँम्यो । पुच्छरलाई ढाडमाथि फन्को लगाउँदै एक चरण हल्लायो ।

म्याउँऽऽ

कालो बिरालो गर्भगृहको प्रस्थानद्वारसम्म पुग्यो र मलाई फर्केर टुलुटुलु हेऱ्यो । लगत्तै आफ्नो टाउकोलाई एक चरण हल्लायो ।

म्याउँऽऽऽ

मैले आरूको बोटमुनिबाट कमण्डलु उठाएँ । टेबलबाट *मिस्टिका* उठाएँ ।

एक हातमा अस्तुको कमण्डलु र अर्को हातमा *मिस्टिका*को प्रिमियम बुक बोकी म बिरालोको पछि लागें । गर्भगृहको द्वारलाई ढ्याम्म बन्द गरिदिएँ । त्यसमा आग्लो कसिदिएँ ।

त्यसपछि हाम्रो सुरूङ-यात्रा शुरू भयो ।

मेरो अघिअघि हिंडिरहेको कालो बिरालोको आँखाबाट निस्कने चहकिलो पीत-प्रकाशले हाम्रो पथ प्रदर्शन गरिरह्यो, गरी नै रह्यो ।

***

सङ्ग्रहालयमुनिको भूमिगत सुरूङमा *मिस्टिका*को ब्ल्याक बुक र कमण्डलु बोकी म कति युग, कति काल हिंडें ? तपाईंले मलाई बताइदिए कति जाती हुन्थ्यो ? त्यो वास्तवमै सुरूङ-यात्रा थियो कि फगत एक मानसिक-यात्रा ? कुनै दिन तपाईंले अवश्य पनि मलाई बताई दिनुहुनेछ ।

म्युजियमको चिम्नीबाट पुतपुर्तिंदै निस्केको इन्डिगो-धुआँ ग्रे-कुहिरोभित्र डिजल्भ भयो कि भएन मलाई थाहा भएन । काठमान्डुको काँचो हुस्सु ओइलायो कि ओइलाएन, त्यो पनि मलाई कहिल्यै थाहा भएन ।

आजसम्म पनि म त हिंडी नै रहेको छु, कालो बिरालोलाई पछ्याउँदै । यो यात्राको डेड-एन्ड कतै त अवश्य होला !

म्याउँ

युफोरिया
&
euphoria

त्यो एक मिस्टिक रात थियो ।

कानभित्र कसैले जोडजोडले डमरू बजाइरहेको थियो । कसैले मन्दिरको घण्ट बजाइरहेको थियो । कोही एकोहोरो शङ्ख फुकिरहेको थियो ।

शङ्ख, घण्ट र डमरूको त्रि-नादले कानभित्र एक प्रकारको कोलाहलपूर्ण वैदिक कम्पोजिसनलाई जन्म दिइरहेको थियो । त्यो एक सेल्फ हिप्नोटिक हलुसिनेसनको ऐन्द्रिक उच्छवास थियो । हुनुपर्छ ।

ओछ्यानको चिसो चिहानमा म सायद छट्पटाइरहेको हुँदो हुँ ! चट्याङको बज्र-ध्वनिले मेरो निद्रामा ठूलो भ्वाङ पारिदिएपछि जन्याकजुरूक उठें ।

कोठा अन्धकार गुफाजस्तै थियो । डेड-डार्क-रूम । डार्कनेसको इन्टेन्सिटीबारे मैले त्यसअघि कहिल्यै गम्भीरतापूर्वक सोचेको रहेनछु । डार्कनेसको मापन-विधि के-कसो हुँदो हो ? कति फेरनहाइटको डार्कनेस ? कति मिलिमिटरको डार्कनेस ? कति म्याग्निच्युडको अन्धकार ? कति डेसिबलको अन्धकार ? केही बेर सोचमग्न भएँ ।

छामछुम गर्दा छेवैमा टर्च फेला पारें ।

ढोका खोली बरन्डामा निस्कें । एउटा खुक्स सल्काएँ । आफू वरपर फैलिएको रात्रिकालीन जगत्लाई नियालें । सिग्रेटको धुआँ निलें । धुआँ निल्नु र जगत् नियाल्नुमा के-कस्तो सादृश्यता थियो ?

गड नोज् !

छोटकरीमा भन्नु पर्दा त्यो नगरकोटको एक अद्‌भूत नगरकोटीयन नाइट थियो । द *फोर्ट रिसोर्ट*को एउटा कटेज । रूम नम्बर १२० । अल्टिच्युड २००० मिटर । बरन्डाको प्यासेजमा गुमसुम ओहोरदोहोर गरें । काठको रेलिङ्मा अडेस लागेर बगैंचाको ल्याम्प-पोस्टले अज्ञात फूलहरूको झाडीमा छ्यापेको पीत प्रकाशलाई हेरें ।

हुतुतुतु गर्दै पात्लो-पात्लो खालको काँचो कुहिरो देवदार, सल्लामा ठोक्किँदै पूर्वतिर बर्त्तिंदै जान्थ्यो । कुहिरोमा मिसिएको बतास अस्थमाको दीर्घरोगीझैं जोडजोडले सुसाइरहेको थियो ।

बतास किन त्यति हतास थियो ?

निद्रामा त्यही बतास गुन्जिएको हुनुपर्छ, मेरो कानमा डमरू, घण्ट अनि शङ्खको वैदिक ध्वनिमा ! मेरो ओठबाट अनायास बब डिलनको गीतका अक्षर-दानाहरू खस्न थाले:

How many roads must a man walk down
before you call him a man
The answer my friend is blowing in the wind.
The answer is blowing in the wind

मेरो आन्सर पनि बतासमा उडिरहेको थियो । त्यसलाई मैले क्याच गरें, जसरी बतासमा उडिरहेको बललाई सर बिबियन रिचर्डले क्रिकेट मैदानमा क्याच गर्थे ।

झट्पट रूम-प्रवेश गरें । राइटिङ टेबलमा क्यान्डल जलाएँ । टेबलमाथिको भित्तामा झुन्डिएको डिलक्स-मिररमा आफ्नो नाङ्गो आकृतिको छायाँ-चित्र हेरें । पार्श्वभागको डार्क सेड्समा देखिएको आफ्नै नग्न-देहमाथि जडान गरिएको आफ्नो एक थान प्राइभेट, भुताहा अनुहार देखी झसङ्ग तर्सें ।

टेबलमा अनाथ छाडिएको सेतो कागजमा कालो मार्कर-पेनले आफ्नो पहिलो उपन्यासको नाम क्यालिग्राफिक फन्टमा पहिलोपटक लेखें: *मिस्टिका* ।

प्रकाशक भूपेन्द्र खड्काको निद्रा भङ्ग गर्न मन लाग्यो । लेखक निदाउन नसकेको बेला उसको प्रकाशकचाहिं मस्तसित निदाउनु भनेको उपन्यासमाथिको क्रुर मजाक सिवाय अरू के हुन सक्छ ? लेखक छट्पटाउनु र प्रकाशकचाहिं निदाउनु ? ये भि कोई बात हुई ?

फोन गरें । भने:

- मैले उपन्यासको नाम फेला पारें नि !
- काँ फेला पार्नु भो ? - उसको निद्रालु आवाज ।
- बतासमा । बतासमा फेला पारें । - भनें ।
- बतासमा ? - उसको निद्रालु टोन् ।
- यस माई फ्रेन्ड ! इट वज् ब्लोइङ् इन द विन्ड । - भनें ।

फोन काटियो ।

***

संयोगको कुनै आचार संहिता हुँदैन ।

तर संयोगको अदृश्य मादकताले मलाई कहिलेकाहीं घर्लप्प छोप्छ । खर्लप्प निल्छ । सर्लप्प डस्छ । उपन्यासमा मलाई काला वाइल्ड क्याटहरू चाहिएको थियो । ती

बिरालाहरू धरहराको बेसमेन्टबाट निस्कनु पर्थ्यो । त्यसका निम्ति धरहरा कोल्याप्स हुनु नितान्त आवश्यक थियो ।

तसर्थ धरहरा कोल्याप्स भएको अंश उपन्यासमा लेखें ।

मिस्टर खड्काले उक्त उपन्यासको अंश पाठ गर्दा भनेः

- कुमार दाइ, ज्यूँदोजाग्दो धरहरालाई कोल्याप्स गरेको यो टेक्स्ट पढ्दा पाठकले नपत्याउने पो हुन् कि !
- त्यो मेरो समस्या होइन । - मेरो हू केयर्स टाइपको आन्सर ।
- कस्को समस्या हो ? - मिस्टर खड्काको पाठकीय चिन्ता ।
- धरहरा बनाउन लगाउने भीमसेन थापाको समस्या हो । - मेरो जवाफ ।
- भीमसेन थापा आफै कोल्याप्स भएको त युगौं पो भइसक्यो दाइ । - मिस्टर खड्काको खड्ग-प्रहार ।
- धरहरा पनि त कुनै दिन कोल्याप्स होला नि ! कि कसो ? नथिङ् इज इमोर्टल । नथिङ् इज इटर्नल, माई फ्रेन्ड । - मैले भनेको थिएँ ।

***

दोस्रो संयोग मिस्टर योगसित जोडियो । योग अर्थात् योगनरेन्द्र मल्ल ।

संयोग र योग !

कस्तो इन्ट्युसन, हकि !

उपन्यासको ओपनिङ च्याप्टरमा मैले मिस्टर योगलाई पाटन दरबार स्क्वायरमा युगौंदेखि जुम्ले हात जोडी नमस्कार गरी बसेको ढुङ्गे पिलरबाट तल झार्नुपर्ने भयो ।

भूपेन्द्र खड्का र मबीच रोचक संवाद भई त गयो । उनले सोधपुछ गरे ।

- दाइ, योगनरेन्द्र मल्ललाई पिलरबाट झार्दा अलि रियलिस्टिक हुँदैन कि !
- हू द फक इज राइटिङ अ रियलिस्टिक नोभेल ? - भनें ।
- आई एम सरी । माफ पाऊँ दाइ । तपाईंले लेखि'रा उपन्यास त फ्यान्टासी पो हो त ! कस्तो भुसुक्कै बिर्सेछु । - उनले भने ।
- कल इट अ ब्ल्याक फ्यान्टासी । - भनें ।
- ब्ल्याक फ्यान्टासी ?
- यस माई फ्रेन्ड, अ ब्ल्याक फ्यान्टासी । यो मेरो मोबाइलको ब्रान्ड हो । - भनें ।

***

अप्रिल-डिजास्टरमा धरहरा कोल्याप्स भयो । मिस्टर योगको सालिक भुइँमा झऱ्यो । वसन्त ऋतुमा फूलहरू मात्र फुल्दा रहेनछन् ! धरहरा एवम् सालिकहरू पनि ढल्दा रै'छन् !

त्यो अप्रिय-अप्रिलले मेरो उपन्यासको सेटिङलाई (पाटन दरबार स्क्वायर) तहसनहस पारिदियो । T.S. Idiot (Eliot) ठीकै भन्थ्योः

- *April is the cruellest month.*

***

पाटनका तान्त्रिक गल्लीहरूको भग्नावशेष पन्छाउँदै डुली हिंड्दा (सायद, अप्रिल २७) बिहानीपख इँटा, धूलो, सिमेन्ट र काठको थुप्रोमा गजधम्म बसेको ब्ल्याक फ्याट-क्याट मैले देखें, च्यासल गल्लीको ढुङ्गेधारा छेवैको भग्नावशेष गेटनिर । छेवैमा, मेरो औंला समाती साथसाथ हिंडेको फुच्चे गुरू रिम्पोचेले बिरालो देखाउँदै भन्यो, "पापा, तपाईंको ब्ल्याक क्याट त यहाँ आएछ । घर लैजाऔं न !"

- यो घरमा बस्ने बिरालो होइन बाबु । - मैले भन्नु पऱ्यो ।

बिचरो रिम्पोचे ! उसले मेरो राइटिङ टेबलभरि बिरालोको तस्वीरका कटिङहरू देखेको थियो । भुइँमा यत्रतत्र छरिएका बिरालाका चित्रहरू देखेको थियो । यहाँसम्म कि स्कुल जानुअघि उसले आफू कस्तो देखिएछु भनी हेर्ने किङ्साइज्ड ऐनामा समेत मैले कालो बिरालोको चित्र टाँसिदिएको थिएँ । कालो बिरालोको मात्र चित्र हेर्दा-हेर्दा उसलाई लाग्दो पनि हो कि बिरालोको रङ् केवल कालो मात्रै हुन्छ ।

मेरा पाठकहरूमध्ये कसैको घरमा खैरो बिरालो हुँदो हो ! त्यसो भएको खण्डमा कुनै दिन म गुरू रिम्पोचेलाई लिएर तपाईंको घर आउँदो हुँ र भन्दो हुँः

- प्रिय पाठक ! गुरू रिम्पोचेको अङ्गालोमा एक थान खैरो बिरालो हालिदिनुस् न, प्लीज !

त्यो बिहान च्यासलको गल्लीमा भग्नावशेषको थुप्रोमाथि बसेको बिरालो देख्दा रिम्पोचेलाई लाग्यो होला - हो न हो, पापाको ब्ल्याक क्याट कोठाबाट भागेर यहाँ आइपुगेछ । त्यसलाई घर लानु पर्छ र ऐनामा टाँसिदिनु पर्छ ।

रिम्पोचेकी वान एन्ड द अन्ली ममी सावित्री कार्की मसित भन्छे, "धरहरा भत्केको र योगनरेन्द्र मल्ल झरेको कुरा तपाईंले उपन्यासमा पहिल्यै नलेखेको भए पनि हुन्थ्यो नि ! पछि कुनै आर्टिकलमा लेखे भैहाल्थ्यो ! यस्तो अशुभ पनि लेख्ने ? यस्तो वाहियात पनि कुनै संयोग हुन्छ ? कस्तो अशुभ लाग्ने मान्छेलाई लाग्ने बनाइएछ !"

उसको कुरा सुनी फिस्स हाँस्छु । भन्छुः

- तिम्रो कुरा सुन्दा या त तिमीले लाग्ने चेन्ज गर्नुपर्ने भयो या त मैले आफ्नो नाम चेन्ज गर्नुपर्ने भो ! नाम नै चेन्ज गरूँ क्यारे ! शुभबहादुर नगरकोटी कसो होला ?

जोक्स अपार्ट । हँसिमजाकका कुरा यस्तै हुन् । लोग्ने र स्वास्नीको अस्तित्त्व संसारमा रहुन्जेल यस्ता हँसिमजाक भई नै रहलान् । जस्तो कि लोग्नेको बायाँपट्टि नै सुत्ने स्वास्नीलाई लिएर म टिप्पणी उठाउँछु, "बुझ्यौ सावित्री ! स्वास्नी वास्तवमा लेफ्टिस्ट हुँदा रै'छन् ।"

त्यसपछि ऊ फ्याट्ट भनिदिन्छेः

- हरेक लोग्ने दक्षिणपन्थी हो ।

जेहोस्, त्यो साँझ सावित्रीले कोठामा यत्रतत्र छरिएका कालो बिरालाका सम्पूर्ण चित्रहरूलाई गुटुमुटु पारेर डस्टबिनमा फ्याँकिदिई ।

***

यो उपन्यासको प्लट मैले काठमान्डुका क्लासिक क्याफेहरूमा, पाटनका तान्त्रिक गल्लीहरूमा, म्युजियमहरूमा, आर्ट ग्यालरीहरूमा, नगरकोटका भलाद्मी जङ्गलहरूमा फेला पारेको हुँ । सिटी बसमा, ट्याक्सीमा, टेम्पोमा, कारमा, मोटरसाइकलको खलासी-सिटमा अनि नाइट ट्रेन टु कोलकातामा भेट्टाएको हुँ ।

ती क्याफे, गल्ली र जङ्गलहरूमा मिस्टिका मास्के, सिमसाराजस्ता आकर्षक महिलाहरूसित मैले आफ्नो सर्रियल समय बिताएँ । आफैले क्रियट गरेका स्वप्निल स्त्रीहरूसितको मेरो अवैध लभ-अफेयर्सलाई म पछिसम्म सम्झिरहनेछु ।

एक दिन अनुप बराललाई कुरैकुरामा भनेको थिएँ, "तपाईं त कास्टिङ् डाइरेक्टर ! विभिन्न नाटक एवम् फिल्महरूमा तपाईं कलाकारहरूलाई कास्ट गर्नु हुन्छ । अब म तपाईंलाई मेरो उपन्यासमा कास्ट गर्छु । मञ्जुर छ ?"

- मञ्जुर छ । - उनले भने र फुर्क्याए पनि - तपाईंको नोभलमा कास्ट हुन नचाहने को पो होला र, मिस्टर के ?

किताबको कभरमा लेखिएको नगरकोटीको लोगो अनुप बरालको अक्षर हो । त्यो नाम मलाई उनले टोइलेट पेपर - सरी, माफ गर्नुस् - न्याप्किन पेपरमा लेखेर हस्ते गरेका थिए । त्यही नामको लोगोलाई मैले किताबको कभरमा युज या मिसयुज गरेको हुँ ।

थ्याङ्क यु मिस्टर बराल !

***

किताबको कभर कन्सेप्ट लेखक बुद्धिसागरको हो । ब्ल्याक ब्याकग्राउन्डको मध्य भागमा एउटा कालो क्याट ! किताबको माथ्लो भागमा ठूलो अक्षरमा केवल नगरकोटी, मात्र नगरकोटी, फगत नगरकोटी ! टु हेल विथ् सो-कल्ड कुमार ! बाँकी रहन जाने

मुनिको रहलपहल भागमा चाहिं सानो अक्षरमा (याद रहोस् केवल सानो अक्षरमा) उपन्यासको नाम *मिस्टिका* ! त्यसपछि, कुमारजी बुझ्नु भो ! तपाईंको मिस्टिका टोटल्ली मिस्टिक देखिनेछ !

यु आर टोटल्ली राइट प्रिय लेखक बुद्धिसागर ! थ्याङ्क यु !

***

एक दिन कुमारजी मित्र यज्ञशजीकहाँ पुगी गया उपन्यासको गरूँ हित भनी ! कुमारजीले पुछिलियाः

- यज्ञशजी ! मकन केही फिलिम और निर्देशकका नाम दिन्या हुन् कि नाइँ ?

यज्ञशजी हाँस्दा भया । अम्रिकानो पिउँदा भया । मुसुक्क हाँसीकन भन्दा भयाः

- सर, मु कहन्छु । तु लेख्न्या हौ त ?

तहाँ उप्रान्त 'मु' कँहदा भया । 'तु' लेख्दा भया ।

यसरी यज्ञशजीका फेभरेट फिलिमका लिस्ट तयार हुँदा भया । म गद्‌गद हुँदा भया । उपन्यासमा प्रयोग गर्दा भया ।

थ्याङ्क यु यज्ञशजी !

***

*द फोर्ट रिसोर्ट*का साथी अनिल प्रधानसित मैले योग, तन्त्र, अध्यात्म, क्वान्टम फिजिक्स, जे. कृष्णमूर्ति एवम् मिस्टिसिज्ममाथि अनेक चिन्तन-मनन गर्ने टाइम एन्ड स्पेस पाएँ । अन्धकारलाई चिर्न मलाई उनले टर्च पनि दिए । मेरो अचाक्ली हेरचाह गर्दै उपन्यासको नाजायज कामना गरे । रिसोर्टमा उपन्यास लेखनको अवधिभरि उनी र उनका गुणी स्टाफहरूले मेरो लेखन-संसारको aura & aroma मा चार चाँद लगाइदिए ।

थ्याङ्क यु अनिल !

***

एकहत्तरको शिशिरमा *कोमाः अ पोलिटिकल सेक्स*को टिमसित कोलकाता जानु पऱ्यो । उडिसा जानु पऱ्यो । ट्रेनमा कलाकारहरूसित कलब्रेक खेल्नु पऱ्यो । भारू नोटहरू ननस्टप जित्नु पऱ्यो । तासको खालमा घिमिरे युवराजसित घोषणा गर्नु पऱ्योः

- कलब्रेक त मलाई फाप्यो । उपन्यासमा कुनै पात्रको नाम कलब्रेक राख्नु पऱ्यो । डाक्टर कलब्रेक गोदार । कस्तो लाग्यो ?
- सरजी, क्रेजी लाग्यो । - घिमिरेले भने ।

घिमिरे हरबखत मेरो दिमागमा समथिङ् क्रेजी कल्पना, कन्सेप्ट र कथाहरू घटित एवम् दुर्घटित भैरहोस् भन्ने कामुक कामना गरिरहन्छन् । जस्तो कि उडिसाको होटल दीप्तिमा आफूले भारतीय अभिनेत्री दीप्ति नवलका कुरा गर्न छाडी उपन्यासमा प्रयोग गर्न चाहेको पार्ट-टाइम-न्यारेटरको किस्सा मैले उनलाई सुनाएँ । कस्तो लाग्यो भनी सोध्दा उनले भने, "सरजी, क्रेजी लाग्यो !"

उनका अनुसार भारतको त्यो यात्रामा मैले आफ्नो हृदयको चिहानमा उपन्यासको डेड-बडी बोकी हिंडेको थिएँ । त्यो यात्रा वास्तवमा मेरो उपन्यासको यात्रा थियो । अ जर्नी टु रिमेम्बर !

थ्याङ्क यु मिस्टर घिमिरे !

***

उनी मलाई मुक्त-आत्मा भन्न रूचाउँछन्ः अ लिबरेटेड सोल ! उनी किन त्यसो भन्छन्, गड नोज् । नन् अफ माई बिजनेस । मलाई आफ्नो बा. ४ च. २७४६ को ग्रीन KIA मा डुलाउन लगिरहन्छन् । लङ ड्राइभमा, सर्ट ड्राइभमा ।

माधव घिमिरे, विनोद मेहता, डिपी भण्डारी, चैतन्य मिश्र, खगेन्द्र सङ्ग्रौलाजस्ता मनिषीहरूलाई बोकेको त्यो ऐतिहासिक (मोडर्न क्लासिक !) KIA को फ्रन्ट सिटमा मलाई राख्छन् र भन्छन्ः

- तपाई मस्तसित खुक्सको धुआँ उडाउन सक्नुहुन्छ, कुमारजी ! मुक्त-आत्माहरू उड्ने भनेकै धुआँमा हो ।

उनलाई एक दिन भनें, "केही कालका निम्ति मलाई नगरकोट लगेर थन्क्याइदिनुस् न !" उनले मीठो उत्तर दिएः

- कुमारजी, तपाईंलाई त म नर्कमा लगेर थन्काउन पनि तयार छु ।

कतै न कतै डुली हिंड्नुपर्ने मान्छे म । नर्कका डार्क गल्लीहरूतिर भड्किन रूचाउने मान्छे म । आफ्नो सरनेम नै नरककोटी भएपछि मेरो के नै पो लाग्छ र !

उपन्यासमा बच्चाहरू आकाशमा उड्ने प्रसङ्ग मेरो खप्परमा जर्मिनेट भएको ग्रीन KIA को फ्रन्ट सिटमा बसी काठमान्डुका सर्रियल क्याफे खोज्ने बहानामा आएको हो ।

थ्याङ्क यु शेखर खरेल एन्ड योर ग्रीन KIA !

***

फिभर नगरकोटी ! फोसिल नगरकोटी !! कोमा नगरकोटी !!! यदि तपाईंले राजकुमार बानियाँसित मेरो असली नाम के हो भनी सोध्नुभयो भने उसले अझैं

लम्बेतान नाम जुटाइदिन्छः सर्रियल नगरकोटी । ह्याङ्ओभर नगरकोटी । Deja Vu नगरकोटी र अन्तमा सो-कल्ड मिस्टिक नगरकोटी !

मप्रति उसको सदाको सर्वकालिक भ्रम के भैदियो भने म कुनै लिट्रेरी जादुगर हुँ, जो कुनै न कुनै चमत्कार गरिरहन्छ । यहाँसम्म कि मेरा तथाकथित लिट्रेरी पिसहरूलाई ऊ साहित्य नै ठान्दैन । चमत्कार भन्छ ।

उसको सधैंको गुनासोः

- कथा, निबन्ध, नाटक, कविताका तपसिल विधामा के झुन्डिएर आत्महत्या गर्न खोजिʼरा ! उपन्यास पो लेख्नुपर्छ । उपन्यासको पनि कल्याण हुने र तपाईंको पनि !

म भन्थें, "कल्याण नभएर कु-कल्याण भएमा के गर्ने ?" मेरो थेगो सापटी लिई ऊ भन्थ्योः

- हू केयर्स !

प्रिय प्रिन्स, थ्याङ्क यु !

***

हिरो होन्डा । बा. ३० प. ८९८० । त्यो ब्लु स्प्लेन्डरको म रेगुलर खलासी । उपन्यासको प्लट एन्ड क्यारेक्टर हन्टिङ्को निम्ति मलाई कताकता डुलाइहिंड्ने ब्लु स्प्लेन्डरका चालक गुरूङ सुशान्त उर्फ जोर्बा द गुरूङ थ्याङ्क यु !

***

उपन्यासको इन्सेप्सन-पिरियडदेखि बर्थसम्म हरफनमौला दीपक सापकोटा मसित जोडिई नै रह्यो । वास्तवमा मेरो खप्परमा उपन्यास लेखनको अन्तरिम षड्यन्त्र रच्ने खुङ्खार षड्यन्त्रकारी ऊ नै त हो !

उसको सम्पादनमा निस्कने *पाण्डुलिपि* मासिकमा उसैको ढिपीले उपन्यास-अंश नलेख्दो हुँ त मेरो निम्ति *मिस्टिका* फगत एक मिस्टिक कल्पनामात्रै रहने थियो । हरफनमौलाको Conspiracy Theory को घनचक्करमा न त म फस्थें, न मेरा पाठकहरू नै ।

थ्याङ्क यु हरफनमौला, फर योर ग्रान्ड षड्यन्त्र !

***

केही Bunch of Boys यो उपन्याससित आत्मीयपूर्वक जोडिए । ती प्रेमिल नामहरू हेरौं:

रोशन शेरचन
सन्तोष आचार्य
राजन गोदार
गनेस पौडेल
मणि काफ्ले
चन्द्रवीर तुम्बापो

थ्याङ्क यु Bunch of boys !

***

मेरो बाल्यकालका मित्र-त्रय हर्क थापा, अक्षय अधिकारी र रवि मल्ल । थ्याङ्क यु गायज् फर योर लभ एन्ड कम्प्यासन् bestowed upon me.

थ्याङ्क यु भूपेन्द्र खड्का & पवन आचार्य फर योर unconditional care & concern showered upon me.

थ्याङ्क यु एरिना ताम्राकार फर द पेन्टिङ You've not painted yet.

थ्याङ्क यु झूमा लिम्बू फर द म्यूजिक I borrowed from you.

***

थ्याङ्क यु सचिन यगोल श्रेष्ठ !

थ्याङ्क यु उमेश काफ्ले !

थ्याङ्क यु रमेश घोरासैनी !

प्रिय मिस्टिका !

थाहै थिएन, उपन्यास लेख्नुको अनुभव यति सुन्दर पनि हुन सक्छ ! यति सुखद्-आश्चर्य एवम् आनन्दले भरिएको हुन्छ ! यति सर्रियल र यति मिस्टिक हुन्छ ! यति युफोरिक पनि हुन्छ !

euphoria & युफोरिया

म्याउँ !

June 17, 2015

BOOK HILL

बुकहिल पब्लिकेसन प्रा. लि.
कर्पोरेट तथा सम्पादकीय कार्यालय
सत्य-सदन ५३०/२० कालिका मार्ग,
का.म.न.पा.- २९, कालिकास्थान, काठमाडौं
पोस्ट बक्स नं. : ४९७४,
फोन : +९७७-१-५९०४४०१/२
info@bookhill.com.np
www.bookhill.com.np

बुकहिल इन्टरनेसनल
३ लिटल पेडक क्लोज
क्रली, वेस्ट ससेक्स
आरएच ११ ओबिएन, यु.के.
फोन : +४४-०-७४५४८४०७७५
+४४-०-१२९३३८५७३४
info@bookhill.co.uk
www.bookhill.co.uk

आवरण रि-डिजाइन
सचिन यगोल श्रेष्ठ

लेआउट
उमेश काफ्ले

पहिलो संस्करण : भदौ, २०७२
डिलक्स एडिसन : भदौ, २०७९

ISBN HB : 978-9937-8955-6-9

MYSTICA BY KUMAR NAGARKOTI

www.ingramcontent.com/pod-product-compliance
Ingram Content Group UK Ltd.
Pitfield, Milton Keynes, MK11 3LW, UK
UKHW040622041026
15589UKWH00012B/1014

9 789937 895569